ALARMFASE ROOD

Van dezelfde auteur verschenen bij The House of Books:

Hartslag
Diagnose besmet
Koud bloed
Koud hart

RIZZOLI & ISLES-THRILLERS

De laatste sterft
Het stille meisje
Sneeuwval
Het aandenken
Verdwijn
De Mefisto Club
De leerling
De zondares
Zustermoord
De chirurg

Tess Gerritsen

ALARMFASE ROOD

the house of books

Oorspronkelijke titel
Gravity
Uitgave
Pocket Books, New York

Vertaling
Els Braspenning
Omslagontwerp en omslagfoto
Studio Jan de Boer BNO, Amsterdam
Foto auteur
© Kelly Campbell Photography

ISBN 978 90 443 3984 0
D/2008/8899/124
NUR 332

Voor de mannen en vrouwen die ruimtevluchten mogelijk hebben gemaakt.

De grootste prestaties van de mens vinden hun oorsprong in dromen.

Dankbetuiging

Ik had dit boek niet kunnen schrijven zonder de grote hulpvaardigheid van de mensen van NASA. Mijn oprechte dank gaat uit naar:

Ed Campion, NASA Public Affairs, die me een fascinerende rondleiding heeft gegeven in het Johnson Space Center.

Vluchtleider Mark Kirasich (ISS) en vluchtleider Wayne Hale (spaceshuttle) voor het inzicht in hun veeleisende werk.

Ned Penley, voor zijn uitleg over de keuze van de experimenten.

John Hooper, die me heeft laten kennismaken met het nieuwe Crew Return Vehicle.

Jim Reuter (MSFC), voor zijn uitleg over de inrichting en het levensinstandhoudingssysteem van het ruimtestation.

Ruimtevaartartsen Tom Marshburn en Smith Johnston, voor de details over medische ingrepen bij gewichtloosheid.

Jim Ruhnke, voor zijn antwoorden op mijn soms bizarre vragen over technische kwesties. Ted Sasseen (gepensioneerd NASA-employé), voor de herinneringen uit zijn lange carrière als luchtvaartingenieur.

Ik ben ook dankbaar voor de hulp van experts op een aantal andere gebieden:

Bob Truax en Bud Meyer, de levensechte rakettenjongens van Truax Engineering, voor de primeur over meermalig te gebruiken ruimteschepen.

Steve Waterman, voor zijn kennis over decompressiekamers.

Charles D. Sullivan en Jim Burkhart voor de informatie over amfibievirussen.

Ross Davis, voor de neurochirurgische details.

Bo Barber, mijn eigen bron van informatie over vliegtuigen en landingsbanen. (Bo, met jou ga ik zonder aarzelen de lucht in!)

Tot slot gaat mijn dank wederom uit naar:

Emily Bestler, die me mijn vleugels liet uitslaan.

Don Cleary en Jane Berkey van het Jane Rotrosen Agency, die weten waar een goed verhaal in schuilt.

Meg Ruley, die dromen laat uitkomen.

En...

mijn echtgenoot Jacob. Lieverd, dit is van en voor ons beiden.

De Zee

1

Het Galapagos Rif
.30 graden zuid, 90.30 graden west

Hij zweefde boven de rand van de peilloze diepte.

Onder hem was de gapende duisternis van een ijskoude waterwereld, waar de zon nooit in doordrong en de vonken van bioluminescente wezentjes de enige bron van licht waren. Dr. Stephen D. Ahearn lag doodstil in de lichaamsomvattende stoel van de *Deep Flight IV*, zijn hoofd genesteld in de transparante plastic neuskegel. Hij had het opwindende gevoel dat hij vogelvrij door een eindeloze ruimte zweefde. In de lichtbundels van de vleugellampen zag hij het trage, oneindige neerdalen van organisch afval uit het met licht doorzeefde water hoog boven zijn hoofd. Restanten van protozoën die door duizenden meters water naar hun graf op de oceaanbodem dwarrelden.

Glijdend door die motregen van afval stuurde hij de *Deep Flight* langs de rand van het onderzeese ravijn, de wand aan bakboord, de plateaubodem onder hem. Hoewel het sediment onvruchtbaar leek, zag hij overal bewijzen van leven. In de bodem van de oceaan stonden lijnen en strepen geëtst van scharrelende beestjes, die nu een veilig heenkomen hadden gezocht in de mantel van bezinksel. Hij zag ook sporen van het bestaan van de mens: een verroest stuk ketting, als een slang rond een anker gedraaid, een colaflesje, half verzonken in slijm. Spookachtig afval uit de onbekende wereld boven het water.

Een wonderlijk decor kwam in zicht. Het was alsof hij door een onderzees bos van half verkoolde boomstammen voer. Het waren de ‘zwarte schoorstenen’, metershoge pijpen, gevormd door ontbonden mineralen die omhoog wervelden uit barsten in de aardkorst. Hij bewoog de stuurknuppel om de koers van de *Deep Flight* iets naar stuurboord te verleggen zodat hij niet met de schoorstenen in aanvaring zou komen.

'Ik ben bij de hydrothermale schacht aangekomen,' zei hij. 'Snelheid twee knopen, schoorstenen aan bakboord.'

'Houdt de boot zich goed?' Helens stem kwam krakend door in zijn koptelefoon.

'Voorbeeldig. Zo eentje wil ik best voor mezelf.'

Ze lachte. 'Dan zul je een vette cheque moeten uitschrijven, Steve. Kun je het nodulaire veld al zien? Dat moet recht voor je liggen.'

Ahearn zweeg terwijl hij ingespannen in het troebele water tuurde. Even later zei hij: 'Ik zie het.'

De mangaanknollen zagen eruit als over de oceaanbodem uitgestrooide kool. Ze waren gevormd door mineralen die zich op stenen of korreltjes zand hadden vastgezet en waren bijna bizar glad van vorm. Mangaanknollen waren een felbegeerde bron van titanium en andere edelmetalen, maar hij liet ze voor wat ze waren. Waar hij naar op zoek was, was nog veel kostbaarder.

'Ik daal nu af in de spelonk,' zei hij.

Met de stuurknuppel stuurde hij de *Deep Flight* over de rand van het plateau. Terwijl zijn snelheid steeg tot tweeëneenhalve knoop, trokken de vleugels, die ontworpen waren om het averechtse effect te bewerken van vliegtuigvleugels, de duikboot naar beneden. Langzaam daalde hij af in de kloof.

'Twaalfhonderd meter,' meldde hij. 'Twaalf vijftig...'

'Let op of je voldoende ruimte houdt. Het is een smalle kloof. En hou je de watertemperatuur in de gaten?'

'Die begint te stijgen. Ze is nu dertien graden.'

'Je zit nog vrij ver van de krater. Pas over 2000 meter kom je in warm water.'

Plotseling schoot er een donkere gedaante vlak langs Ahearns gezicht. Hij kromp ineen en trok geschrokken aan de stuurknuppel waardoor de duikboot scherp naar stuurboord helde. De klap van de boot tegen de wand van het ravijn deed het hele vaartuig trillen.

'Jezus!'

'Positie!' zei Helen. 'Steve, wat is je positie?'

Hij hapte naar adem en voelde zijn hart tegen het dikke, nauwsluitende pak bonken. *De romp. Heb ik de romp beschadigd?* Hij spitste zijn oren of hij boven zijn hijgende ademhaling uit het geluid van splijtend staal en het fatale sissen van binnenstromend water hoorde. Hij zat 3600 meter onder water en een druk van 100 atmosfeer sloot zich om hem heen als een vuist. Een barst in de romp, binnenspuitend water, en hij zou verpletterd worden.

'Steve, zeg iets!'

Hij baadde in het koude zweet. Eindelijk vond hij zijn stem terug. 'Ik schrok ergens van... Ik ben tegen de wand gebotst...'

'Heb je schade opgelopen?'

In de neuskegel keek hij om zich heen. 'Dat kan ik niet zien. Ik denk dat ik met de sonar de rotsen heb geraakt.'

'Is het schip nog bestuurbaar?'

Hij probeerde de stuurknuppel uit. De duikboot draaide iets naar bakboord. 'Ja, het reageert nog.' Hij haalde diep adem. 'Het gaat alweer. Er zwom iets vlak langs de koepel. Daar schrok ik van.'

'Wat was het?'

'Het ging zo snel! Als in een flits – een soort slang die langs me heen schoot.'

'Zag het eruit als een vissenkop op het lichaam van een aal?'

'Ja. Ja, dat was het.'

'Dan was het een puitaal. *Thermarces cerberus.*'

Cerberus, dacht Ahearn met een huivering. De driekoppige hond die de poorten van de hel bewaakte.

'Hij wordt aangetrokken door de warmte en de sulfur,' zei Helen. 'Je zult er nog wel meer zien wanneer je dichter bij de krater komt.'

Als jij het zegt. Ahearn was een leek op het gebied van oceaanbiologie. De diertjes die langs zijn plastic koepel dreven waren voor hem niet meer dan eigenaardige wezentjes, levende wegwijzers naar zijn bestemming. Met beide handen nu weer rustig op de stuurknuppel stuurde hij de *Deep Flight IV* dieper de spelonk in.

Vierduizend meter. Vierduizend vijfhonderd.

Stel toch dat hij de romp had beschadigd.

Vijfduizend meter. De verpletterende druk van het water nam lineair toe naarmate hij verder daalde. Het water was nu zwarter, gekleurd door opstijgende sulfur uit de krater in de diepte. De vleugellampen konden de dikke minerale pap nauwelijks doorboren. Verblind door het rondwervelende sediment stuurde hij de boot buiten het door sulfur getinte water en meteen werd het zicht beter. Hij zette zijn afdaling voort aan de rand van de hydrothermale krater, buiten de pluim van het door magma verwarmde water, maar de temperatuur van het water bleef evengoed stijgen.

Negenenveertig graden Celcius.

Weer schoot er iets voor hem langs. Deze keer slaagde hij erin op koers te blijven. Hij zag nog meer puitalen, die als dikke slangen met hun kop naar beneden in het water hingen, alsof ze in het luchtledige waren opgehangen. Het water dat uit de krater in de diepte omhoog werd gestuwd, bevatte veel verwarmde waterstofsulfide, een chemische stof die giftig was en onverenigbaar met leven. Toch waren levensvormen er in dit zwarte, giftige water in geslaagd te groeien en hadden ze wonderbaarlijke en soms erg mooie vormen aangenomen. Aan de wand van het ravijn kleefden wiegende *Riftia*-wormen, twee meter lang, met een donsachtige rode pluim op hun kop. Hij zag trossen gigantische oesters: spierwitte schelpen waar een fluweelachtige rode tong uit te voorschijn kwam. Hij zag griezelig bleke, spookachtige krabben, die in de spleten van de wand scharrelden.

Ondanks de airconditioning begon hij de warmte te voelen.

Zesduizend meter. De temperatuur van het water was nu 80 graden. Binnen de pluim, die werd verwarmd door kokend magma, lag de temperatuur rond de 270 graden. Dat zelfs hier, in deze volslagen duisternis, in dit giftige, gloeiendhete water wezens konden bestaan, was een regelrecht wonder.

'Ik zit op zesduizend zestig meter,' zei hij, 'maar ik zie het nog niet.'

Helens stem kwam zwak en krakend door. 'Er zit een richel aan de wand. Je moet hem zien wanneer je ongeveer op zesduizend tachtig meter zit.'

'Ik zie hem nog steeds niet.'

'Vertraag je snelheid. Anders bots je er misschien per ongeluk tegenaan.'

'Zesduizend zeventig, ik zie hem nog steeds niet. Het water lijkt hier verdorie wel erwtensoep. Misschien zit ik op de verkeerde plek.'

'... sein van de sonar... stort boven je in!' De helft van haar noodkreet ging verloren in de storingen op de zender.

'Dat heb ik niet goed doorgekregen. Kun je het even herhalen?'

'De wand van de kloof is aan het instorten! Er valt allemaal puin neer! *Maak dat je wegkomt!*'

Nu hoorde hij brokken steen met harde bonken op de boot neerkomen. In paniek drukte hij de stuurknuppel naar voren. Een gigantische zwarte muur stortte vlak voor hem in en ketste in het troebele water af tegen de tegenoverliggende wand van de kloof, waar een laag steen van afbrokkelde en begon te zinken. Het gebonk op de duikboot werd steeds heviger. Nu hoorde hij een oorverdovend gekrijs van metaal op steen en sloeg hij ergens tegenaan met een klap die hem als een vuistslag raakte.

Zijn hoofd knikte naar voren, zijn kin werd in de kraag van het ruimtevaartpak gedrukt. Hij voelde de boot zijwaarts hellen, hoorde het misselijkmakende kreunen van metaal toen de stuurboordvleugel langs puntige rotsen schraapte. De boot rolde om en om. Een ondoordringbare wolk van bezinksel wervelde langs de koepel.

Hij trok aan de noodhendel om ballast af te stoten en trok tegelijkertijd aan de stuurknuppel. De *Deep Flight IV* schoot naar voren, maar weer hoorde hij dat ijzingwekkende krijsen van metaal dat langs steen schraapte, en toen kwam de boot met een schok tot stilstand en bleef hij roerloos hangen, licht naar stuurboord hellend. Hij rukte aan de stuurknuppel en zette de stuwraketten op volle kracht.

Er gebeurde niets.

Hij liet alles los. Zijn hart bonkte terwijl hij zijn best deed de paniek te onderdrukken. Waarom bewoog het schip niet? Waarom reageerde het nergens op? Hij dwong zichzelf de twee digitale controlepanelen te bekijken. Accu's intact. Stroomtoevoer intact. De dieptemeter stond op zesduizend tweeëntachtig meter.

Langzaam zakte het sediment en kregen de dingen in de lichtbundel van zijn linker vleugellamp weer vorm. Hij tuurde door de koepel naar buiten en zag een uitheems landschap van puntige zwarte stenen en bloedrode *Riftia*-wormen. Hij rekte zijn nek om de stuurboordvleugel te bekijken. Wat hij zag, deed zijn maag ineenkrimpen.

De vleugel zat tussen twee stukken rots geklemd. Hij kon niet vooruit. Hij kon ook niet achteruit. *Ik zit in een tombe, negentienduizend voet onder de oppervlakte van de oceaan.*

'... je me? Steve, hoor je me?'

Hij hoorde zijn eigen stem, ijl van angst: 'Ik zit vast... de stuurboordvleugel zit tussen twee rotsen...'

'... flappen aan bakboord. Misschien kom je dan los.'

'Dat heb ik al geprobeerd. Ik heb alles geprobeerd. Ik zit muurvast.'

Een doodse stilte in de koptelefoon. Was hij ze kwijt? Was de verbinding verbroken? Hij dacht aan het schip boven hem, het dek dat zachtjes deinde op de golven. Hij dacht aan de zon. Het was een prachtige, zonnige dag geweest, vogels hadden door de lucht gescheerd, boven de bodemloze blauwe zee...

Nu klonk er een mannenstem in zijn koptelefoon. Het was Palmer Gabriel, de man die de expeditie financierde. Zoals altijd sprak hij rustig en met overwicht. 'We zijn al begonnen met de reddingsoperatie, Steve. De tweede duikboot wordt op dit moment te water gelaten. We zullen je zo snel mogelijk naar boven halen.' Een korte stilte en toen: 'Kun je iets zien? Wat zie je om je heen?'

'Ik – ik zit op een richel vlak boven de krater.'

'Hoeveel details kun je onderscheiden?'

'Wat?'

'Je zit op iets meer dan zesduizend meter. Precies de diepte die we moeten hebben. Hoe ziet de richel eruit? En de wand?'

Ik ga hier sterven, maar hij wil weten wat voor stenen ik zie.

'Steve, doe de schijnwerper aan. Vertel ons wat je ziet.'

Hij dwong zichzelf naar het instrumentenpaneel te kijken en de schijnwerper aan te zetten.

Fel licht doorboorde het troebele water. Hij staarde naar het nieuwe landschap dat zijn netvliezen registreerden. Tot nu toe had hij zich op de wormen geconcentreerd. Nu richtte hij zijn blik op het puin dat op de brede richel lag. De stenen waren pikzwart, net als de magnesiumknollen, maar hadden scherpe randen, alsof het gestolde glasscherven waren. Hij keek naar rechts, naar de stukken rots waartussen zijn vleugel gevangenzat en besefte opeens waar hij naar keek.

'Helen heeft gelijk,' fluisterde hij.

'We verstaan je niet.'

'Ze had gelijk! De iridiumbron – ik zie hem hier vlak voor me –'

'Je zakt weg. Je kunt beter...' Gabriels stem ging verloren in luid gekraak en toen werd het stil.

'Dat heb ik niet verstaan. Herhaal dat alsjeblieft!' zei Ahearn.

Hij kreeg geen antwoord.

Hij hoorde het bonken van zijn hart, het gebulder van zijn ademhaling. *Rustig aan, rustig aan. Ik verbruik mijn zuurstof veel te snel...*

Buiten de plastic koepel dreef het leven in een sierlijke dans langs hem heen door giftig water. Terwijl de minuten zich aaneenregen tot uren, keek hij naar de wuivende *Riftia*-wormen, die met behulp van hun rode pluimen voedsel zochten. Hij zag een oogloze krab behoedzaam over de met stenen bezaaide richel kruipen.

Het licht werd zwakker. Opeens ging de airconditioning uit.

De accu was bijna leeg.

Hij deed de schijnwerper uit. Alleen de lamp aan de stuurboordvleugel gaf nu nog zwak licht. Over een paar minuten zou hij de hitte gaan voelen van het tachtig graden warme, met magma verzadigde water. De hitte zou door de romp heen dringen en hem langzaam levend gaarkoken in zijn eigen zweet. Hij voelde al een druppel uit zijn haar over zijn wang rollen. Hij hield zijn blik gericht op de eenzame krab die met overwogen bewegingen tussen de stenen op de richel scharrelde.

Het licht aan de vleugel flakkerde.

En ging uit.

De Lancering

2

7 juli

Twee jaar later

Afbreken.

Dwars door het gebulder van de stuwraketten en het zenuwslopende geratel van het ruimteschip heen hoorde vluchtspecialiste Emma Watson in gedachten het commando *afbreken* zo duidelijk alsof het door haar koptelefoon was gekomen. In werkelijkheid had geen van de bemanningsleden het woord hardop gezegd, maar ze wist dat de keuze gemaakt moest worden, en snel. Van gezagvoerder Bob Kittredge of pilote Jill Hewitt, die voor haar in de cockpit zaten, had ze het vonnis nog niet gehoord. Dat was ook niet nodig. Ze waren zo'n hecht team geworden, dat ze elkaars gedachten konden lezen. Bovendien gaven de oranje waarschuwingslichtjes op het controlepaneel van het ruimteschip duidelijk aan wat ze moesten doen.

Een paar seconden geleden had de *Endeavour* het punt Max Q bereikt, het onderdeel van de lancering waarin de grootste aerodynamische druk werd uitgeoefend. Op dat punt begon het ruimteschip, zich verzettend tegen de weerstand van de lucht, hevig te trillen. Kittredge had eventjes gas teruggenomen naar zeventig procent om het getril te verlichten, maar nu gaven de waarschuwingslampjes op het controlepaneel aan dat twee van de drie motoren waren uitgevallen. Met slechts één motor en de twee stuwraketten kwamen ze nooit door de dampkring.

Ze móesten de lancering afbreken.

'Controlekamer, dit is *Endeavour*,' zei Kittredge op heldere, kalme toon. Zonder een spoor van angst. 'We kunnen de lancering niet doorzetten. De linker en middelste hoofdmotoren zijn bij Max Q uitgevallen. We kunnen niet anders dan de lancering afbreken via RTLS.'

'Begrepen, *Endeavour*. We bevestigen uitvallen van twee hoofdmotoren. U kunt de lancering afbreken nadat de stuwraketten zijn leeggebrand.'

Emma zocht al in de stapel instructiekaarten naar die voor RTLS: Terugkeren naar lanceerterrein. De bemanning kende iedere fase van de procedure uit het hoofd, maar in het koortsachtige tempo van het afbreken van een lancering kon er wel eens een belangrijk detail over het hoofd gezien worden. De instructielijst was hun vangnet.

Met bonkend hart ging Emma het aanbevolen actieplan na dat duidelijk stond aangegeven in blauw. Een afgebroken lancering wegens het uitvallen van twee motoren was te overleven – maar alleen in theorie. Wat ze in feite nodig hadden, was een serie wonderen. Eerst moesten ze brandstof dumpen en de laatste motor afzetten. Daarna moesten ze het ruimteschip losmaken van de gigantische brandstofraket. Vervolgens moest Kittredge het ruimteschip draaien, met de neus naar het lanceerterrein. Hij zou slechts één kans krijgen om hen veilig naar Kennedy terug te brengen. Eén vergissing en de *Endeavour* zou in de oceaan storten.

Hun leven lag in de handen van gezagvoerder Kittredge.

Hij hield voortdurend contact met de controlekamer en zijn stem klonk nog steeds kalm, zelfs een beetje verveeld, toen ze het tweeminuten-punt naderden. Dat was het volgende kritieke punt. Op het scherm van de elektronenstraalbuis lichtte Pc<50 op. De stuwraketten stroomden precies volgens schema leeg.

Emma voelde het meteen, de plotselinge remming toen de raketten het laatste restje brandstof hadden verbruikt. Ze kneep haar ogen dicht toen een felle flits voor het raam aangaf dat de stuwraketten wegschoten van de brandstofraket.

Het bulderende lawaai verstomde abrupt en het heftige trillen hield op, zodat ze nu bijna vredig door de lucht zeilden. In de plotselinge stilte werd ze zich bewust van het razende kloppen van haar hart, dat als een vuist tegen haar veiligheidsgordels bonkte.

'Controlekamer, dit is *Endeavour*,' zei Kittredge, nog steeds onnatuurlijk kalm. 'Stuwraketten afgestoten.'

'Begrepen. We hebben het gezien.'

'We beginnen nu aan de afbrekingsprocedure.' Kittredge drukte op de knop Afbreken, waarvan de draaischijf al op RTLS stond.

In haar koptelefoon hoorde Emma Jill Hewitt zeggen: 'Emma, de instructielijst!'

'Ik heb hem al voor me.' Emma begon de lijst hardop voor te lezen. Haar stem klonk net zo angstaanjagend kalm als die van Kittredge en Hewitt. Wie naar hun dialoog luisterde, kon onmogelijk vermoeden dat ze oog in oog stonden met een catastrofe. Ze werkten nu als automaten, hun paniek onderdrukt, iedere handeling geleid door wat ze in hun hoofd hadden gestampt en duizend keer geoefend. De boordcomputers zouden automatisch de koers naar het lanceerterrein bepalen. Ze volgden nu nog de oude koers, klimmend naar 400.000 voet terwijl ze de brandstof dumpten.

Emma voelde de duizelingwekkende draai toen het ruimteschip in positie kwam door letterlijk over de kop te gaan. De horizon, die ondersteboven was geweest, kreeg opeens zijn normale stand en nu koersten ze aan op Kennedy, bijna 600 kilometer ver weg.

'*Endeavour*, dit is de controlekamer. U kunt de hoofdmotor afzetten.'

'Begrepen,' antwoordde Kittredge. 'Hoofdmotor afgezet.'

Op het instrumentenpaneel begonnen de rode lampjes die de stand van de drie motoren aangaven, gelijktijdig te knipperen. Kittredge had de hoofdmotor afgesloten en over twintig seconden zou de externe brandstofraket loslaten en in zee vallen.

We verliezen erg snel hoogte, dacht Emma, *maar we zijn op weg naar huis*.

Ze schrok toen een zoemer ging en nieuwe waarschuwingslampjes begonnen te knipperen.

'Controlekamer, computer drie is uitgevallen!' riep Hewitt. 'Een van de navigatievectors is uitgevallen! Ik herhaal, een van de navigatievectors is uitgevallen!'

'Het kan een storing in de remmingsprocedure zijn,' zei Andy Mercer, de vluchtspecialist die naast Emma zat. 'Zet hem op offline.'

'Nee! Het kan een foutieve datamelding zijn!' zei Emma snel. 'Ik stel voor de back-up in te schakelen.'

'Back-up!' beval Kittredge kortaf.

'Ik schakel nu back-up in,' zei Hewitt. Ze zette computer nummer vijf aan.

De vector deed het weer. Iedereen slaakte een zucht van verlichting.

Een reeks ontploffingen gaf het afstoten van de brandstoftank aan. Ze konden niet zien hoe die in zee viel, maar wisten dat ze weer een kritiek punt waren gepasseerd. Het ruimteschip vloog nu op eigen kracht, een dikke, lompe vogel die op huis aan koerste.

Hewitt riep: 'Verdomme! We zijn een APU kwijt!'

Emma hief met een ruk haar hoofd op toen een nieuwe zoemer ging. Er was een hulpcircuit uitgevallen en nu begon er nóg een alarmsignaal te piepen. Ze keek in paniek naar het controlepaneel. Een grote hoeveelheid oranje waarschuwingslichtjes knipperde. Op de videoschermen waren alle data verdwenen. In plaats daarvan zag ze alleen onheilspellende zwarte en witte strepen. *Een grootscheepse computerstoring*. Ze vlogen zonder navigatiegegevens. Zonder flapcontrole.

'Andy en ik zullen proberen de APU-storing op te heffen!' riep Emma.

'Schakel de back-up weer in!'

Hewitt zette de schakelaar om en vloekte. 'Ik krijg geen stuur, jongens. Er gebeurt niets...'

'Probeer het nog een keer!'

'Hij doet niets.'

'We zakken scheef!' riep Emma en ze voelde haar maag protesteren tegen het hellen van het toestel.

Kittredge trok aan de stuurknuppel, maar ze waren al te ver omgerold naar stuurboord. De horizon helde naar een verticale stand en draaide ondersteboven. Emma's maag bleef protesteren toen ze weer rechtop draaiden. Ze maakten nog een draai, sneller ditmaal, en daarna bleef de horizon wentelen in een misselijkmakende werveling van lucht en zee en lucht.

De dodenspiraal.

Ze hoorde Hewitt kreunen en Kittredge met doffe berusting zeggen: 'Ik kan niets meer doen.'

Steeds sneller draaiden ze, tot de duikvlucht abrupt tot een einde kwam.

Daarna was het stil.

Een plagende stem zei in hun koptelefoons: 'Sorry, jongens. Ditmaal hebben jullie het niet overleefd.'

Emma rukte de koptelefoon van haar hoofd. 'Dat was niet eerlijk, Hazel!'

Jill Hewitt viel haar bij: 'Je *wilde* ons dood hebben. We hadden het schip nooit kunnen redden.'

Emma was als eerste de vluchtsimulator uit. Met de anderen achter zich aan marcheerde ze naar de raamloze controlekamer, waar hun drie instructeurs voor een van de rijen computers zaten.

Teamleider Hazel Barra draaide zich met een ondeugende grijns om naar gezagvoerder Kittredges vierkoppige bemanning. Hoewel Hazel eruitzag als een gezellige moeke met haar wijduitstaande bruine kroeshaar, was ze een meedogenloze spelbedenker die haar astronauten aan bijzonder moeilijke simulaties onderwierp en het iedere keer als een persoonlijke overwinning leek te beschouwen wanneer een bemanning het niet overleefde. Hazel was zich sterk bewust van het feit dat iedere lancering op een ramp kon uitlopen en wilde dat haar astronauten voldoende vaardigheden hadden om in leven te blijven. Eén van haar teams verliezen was een nachtmerrie die ze nooit hoopte te beleven.

'Deze simulatie was echt onder de gordel, Hazel,' klaagde Kittredge.

'Ja, maar jullie hebben tot nu toe alles overleefd. We moeten jullie verwaandheid een beetje in toom houden.'

'Dat kan best zijn,' zei Andy, 'maar *twee* motoren die meteen al bij de lancering uitvallen? Een storing in de APU? Een hulpcircuit dat dienst weigert? En dan laat je computer nummer vijf ook nog eens uitvallen? Hoeveel mankementen zijn dat bij elkaar? Niet erg realistisch, Hazel.'

Patrick, een van de andere instructeurs, draaide zich grijnzend om. 'En dat was nog lang niet alles.'

'O nee?'

'Ik heb nog een storinkje veroorzaakt in de sensor van de zuurstoftank. Jullie hebben geen van allen erg gehad in de verandering van de cabinedruk.'

Kittredge lachte. 'Alsof we daar tijd voor hadden!'

Hazel stak een mollige arm op om een staakt-het-vuren af te kondigen. 'Oké, misschien hebben we een beetje overdreven. Eerlijk gezegd verbaasde het ons dat jullie na het afbreken van de lanceringsprocedure nog zo ver zijn gekomen. Dus hebben we nog een spaak in het wiel gestoken om het zo interessant mogelijk te maken.'

'Een spaak in het wiel gestoken? De wielen van de kar gerukt, zul je bedoelen!' snoof Hewitt.

'Het punt is,' zei Patrick, 'dat jullie echt een beetje verwaand beginnen te worden.'

'Dat heet *zelfverzekerd*,' zei Emma.

'Zelfverzekerd mag,' gaf Hazel toe. 'Dat is juist goed. Jullie hebben vorige week bij de integratiesimulatie schitterend teamwork geleverd. Zelfs Gordon Obie was ervan onder de indruk.'

'Heeft De Sfinx dat gezegd?' Kittredge trok verrast zijn wenkbrauwen op. Gordon Obie was het hoofd van de afdeling Bemanningen, een zo verbluffend zwijgzame en afstandelijke man dat niemand op het Johnson Space Center in Houston hem echt kende. Hij kon hele vergaderingen van de afdeling Vluchtplanning bijwonen zonder ook maar één woord te zeggen, al twijfelde niemand eraan dat hij ieder detail in zich opnam. De astronauten hadden zonder uitzondering ontzag voor hem en waren zelfs een beetje bang voor hem. Hij was degene die de vluchtopdrachten indeelde, dus kon hij je carrière maken of breken. Het feit dat hij Kittredges ploeg had geprezen was dus erg goed nieuws.

Hazel schopte het voetstuk waar ze al op waren geklommen meteen weer onder hen weg. 'Maar,' zei ze, 'Obie maakt zich zorgen dat jullie dit iets te licht opvatten. Dat het voor jullie nog steeds alleen maar een spel is.'

'Wat wil hij dan?' vroeg Hewitt. 'Dat we hele dag gaan zitten piekeren over de tienduizend manieren waarop we kunnen neerstorten en levend verbranden?'

'Een ramp bestaat niet alleen in theorie.'

Hazels woorden, zo zachtjes geuit, brachten iedereen een ogenblik tot zwijgen. Sinds de *Challenger* waren alle leden van het astronautenkorps zich er sterk van bewust dat een tweede ongeluk slechts een kwestie van tijd was. Mensen die in raketten gingen zitten die waren ontworpen om met een stuwkracht van vijf miljoen pond te ontbranden, konden het zich niet veroorloven de risico's van hun vak te negeren. Toch spraken ze zelden over dodelijke ongelukken in het heelal; erover praten hield in dat je toegaf dat de mogelijkheid bestond. Dat je besefte dat voor de volgende *Challenger* jouw naam op de bemanningslijst kon staan.

Hazel besefte dat ze een domper had gezet op hun goede humeur. Dat was geen goede manier om een trainingssessie af te ronden, dus zwakte ze haar kritiek wat af.

'Ik zeg dit alleen omdat jullie al zo verdraaid goed samenwerken. Het valt niet mee om jullie te laten falen. De lancering is over drie maanden en jullie zijn al goed in vorm. Maar ik wil jullie in nóg betere vorm hebben.'

'Met andere woorden, jongens,' zei Patrick vanachter zijn computer. 'Niet verwaand worden.'

Bob Kittredge liet quasi-nederig zijn hoofd hangen. 'Laten we nu dan allemaal maar naar huis gaan om ons boetekleed aan te trekken.'

‘Te veel zelfvertrouwen is gevaarlijk,’ zei Hazel. Ze stond op en keek de gezagvoerder aan. Kittredge had al drie ruimtevluchten gemaakt, was bijna een kop groter dan Hazel en had de zelfverzekerde houding van een marinepiloot, wat hij ook was geweest, maar Hazel liet zich door Kittredge noch haar andere astronauten intimideren. Of ze nu ruimtedeskundigen waren of oorlogshelden, ze maakten allemaal dezelfde moederlijke bezorgdheid in haar los: dat ze alsjeblieft heelhuids zouden terugkeren van hun missies.

Ze zei: ‘Jij bent zo’n goede gezagvoerder, Bob, dat je bemanning is gaan denken dat een ruimtereis een fluitje van een cent is.’

‘Nee, ze zijn zelf zo goed dat het míj lijkt alsof een ruimtereis een fluitje van een cent is.’

‘We zullen zien. De integratiesimulatie is aanstaande dinsdag, met Hawley en Higuchi aan boord. We zullen weer wat nieuwe trucjes voor jullie bedenken.’

Kittredge grinnikte. ‘Ga je gang, probeer ons maar te vermoorden. Maar hou het wel fair.’

‘Het lot is vrijwel nooit fair,’ zei Hazel ernstig. ‘Dat hoef je dus ook niet van mij te verwachten.’

Emma en Bob Kittredge zaten achter een pilsje in the Fly By Night Saloon en namen de vluchtsimulatie van die dag door. Het was een ritueel waar ze elf maanden geleden mee waren begonnen, in het prille begin van hun teamvorming, toen ze met hun vieren als bemanning waren aangewezen voor vlucht nummer 162 van de spaceshuttle. Iedere vrijdagavond kwamen ze bijeen in de Fly By Night, die vlak bij het Johnson Space Center aan NASA Road 1 lag, om de vooruitgang van hun training te bespreken. Wat ze goed hadden gedaan en waar ze nog aan moesten werken. Kittredge, die ieder lid van zijn bemanning persoonlijk had gekozen, had het ritueel ingesteld. Hoewel ze per week ruim zestig uur samen trainden, had hij nooit haast om thuis te komen. In het begin had Emma gedacht dat het kwam omdat de onlangs gescheiden Kittredge geen zin had om naar een leeg huis te moeten terugkeren, maar toen ze hem beter leerde kennen, had ze begrepen dat deze besprekingen gewoon zijn manier waren om de stoot adrenaline die hun werk met zich meebracht, langer te laten voortduren. Kittredge leefde voor het vliegen. Als tijdverdrijf las hij de saaie handboeken van de spaceshuttle. Hij bracht al zijn weekeinden door aan de stuurknuppel van een van NASA’s T-38’s. Het was bijna alsof hij het een belediging vond dat hij door de zwaartekracht met zijn voeten op de aarde werd gehouden.

Hij begreep dan ook niet waarom de rest van zijn ploeg aan het eind van de dag graag naar huis wilde en vanavond keek hij een beetje somber omdat ze maar met hun tweeën aan hun vaste tafeltje in de Fly By Night zaten. Jill Hewitt was naar een pianorecital van haar neef en Andy Mercer was vandaag tien jaar getrouwd. Dus waren alleen Emma en Kittredge op het afgesproken tijdstip verschenen. Nadat ze alle simulaties van die week hadden doorgenomen, viel er een stilte. Behalve over hun werk hadden ze niet veel om over te praten.

'Ik ga morgen met een van de T-38's naar White Sands,' zei hij. 'Wil je soms mee?'

'Ik kan niet. Ik heb een afspraak met mijn advocaat.'

'Gaan jij en Jack dan echt de knoop doorhakken?'

Ze zuchtte. 'Ja, het is eindelijk zover. Jack heeft een advocaat en ik heb een advocaat. De scheiding begint nu echt het karakter te krijgen van een niet te stoppen trein.'

'Dat klinkt alsof je bedenkingen hebt.'

Ze zette met een klap haar glas op de tafel. 'Dat is anders niet zo.'

'Waarom draag je zijn ring dan nog steeds?'

Ze keek naar de gouden trouwring. Met een plotseling, heftig gebaar probeerde ze hem van haar vinger te trekken, maar ze kon hem er niet afkrijgen. Na zeven jaar aan haar vinger had de ring zich in haar vlees genesteld en weigerde hij zijn plek op te geven. Ze vloekte en rukte er nog een keer aan, zo hard dat hij de huid van haar knokkel schraapte toen ze hem eroverheen trok. Ze legde de ring op de tafel. 'Alsjeblieft. Nu ben ik een vrije vrouw.'

Kittredge lachte. 'Jullie zijn al langer met die scheiding bezig dan ik getrouwd ben geweest. Waar zitten jullie eigenlijk over te ruziën?'

Ze leunde achterover in haar stoel, opeens vermoeid. 'Overal over. Ik geef eerlijk toe dat ik zelf ook niet altijd redelijk ben. Vorige week hebben we een poging gedaan om samen een lijst te maken van al onze bezittingen. Wat ik krijg, wat hij krijgt. We hadden ons voorgenomen ons beschaafd te gedragen. Zoals het twee volwassen mensen betaamt. Maar we waren nog niet halverwege toen de strijd alweer hoog oplaaide. Pure oorlog. En we waren geen van beiden bereid een stapje terug te doen.' Ze zuchtte. Eerlijk gezegd was het tussen haar en Jack altijd zo geweest. Ze waren allebei even koppig en even hartstochtelijk. In liefde of in oorlog, de vonken sprongen er altijd van af. 'We zijn het maar over één ding eens geworden,' zei ze. 'Dat ik de kat mag houden.'

'Bof jij even.'

Ze keek hem aan. 'Heb jij er wel eens spijt van?'

'Van mijn scheiding? Helemaal niet.' Hoewel zijn antwoord ondubbelzinnig klonk, sloeg hij zijn ogen neer, alsof hij een waarheid probeerde te verbergen die ze allebei kenden: dat hij nog steeds rouwde om het falen van zijn huwelijk. En dat een man die het aandurfde zich op een raket met miljoenen liters brandstof vast te binden, kon lijden aan doodgewone eenzaamheid.

'Weet je wat het probleem is?' vroeg hij. 'Daar ben ik nu pas achter gekomen. Het probleem is dat andere mensen ons niet begrijpen, omdat ze de droom niet met ons kunnen delen. De enigen die met astronauten getrouwd blijven, zijn heiligen en martelaars. En degenen wie het geen donder kan schelen of we de vluchten overleven of niet.' Hij lachte bitter. 'Bonnie was geen martelaar. En van de droom begreep ze niets.'

Emma staarde naar de glanzende trouwring op de tafel. 'Jack begrijpt het wel,' zei ze zachtjes. 'Het was ook zíjn droom. Daarom is het ook misgegaan. Omdat ik de lucht in mag en hij niet. Omdat hij degene is die achterblijft.'

'Dan is het hoog tijd dat hij volwassen wordt en de feiten onder ogen ziet. Niet iedereen is er geschikt voor.'

'Ik wou dat je niet over hem sprak alsof hij een afdankertje was.'

'Hij heeft zelf ontslag genomen.'

'Hij had geen keus. Hij wist dat hij nooit gekozen zou worden voor een ruimtevlucht. Als je niet mag vliegen, heeft het geen zin om in het korps te blijven.'

'Ze hebben hem om zijn eigen bestwil op de grond gehouden.'

'Het was medisch giswerk. Eén niersteen wil niet zeggen dat je er nog meer krijgt.'

'Goed, dokter Watson. Jij bent de arts. Zeg eens eerlijk: Zou jij Jack in je bemanning voor de shuttle willen hebben? Terwijl je wist met welk medisch probleem hij kampt?'

Ze dacht even na. 'Ja. Als arts zou ik hem willen hebben. De kans is groot dat Jack het in de ruimte uitstekend zal doen. Hij heeft zoveel te bieden, dat ik echt niet begrijp waarom ze hem daar *niet* willen hebben. Dat ik van hem ga scheiden, wil nog niet zeggen dat ik geen respect meer voor hem heb.'

Kittredge lachte en dronk zijn glas leeg. 'Ik kan niet zeggen dat ik je echt objectief vindt.'

Ze wilde protesteren, maar besefte dat ze zich niet zou kunnen verdedigen. Kittredge had gelijk. Wat Jack McCallum aanging, was ze nooit objectief geweest.

Buiten, in de vochtige warmte van de Houstonse zomeravond bleef ze op het parkeerterrein staan en keek op naar de hemel. De gloed boven de stad deed de sterren verbleken, maar ze kon toch een aantal bekende sterrenbeelden zien. Cassiopeia, Andromeda en de Zeven Zusters. Iedere keer dat ze daarnaar keek, herinnerde ze zich wat Jack tegen haar had gezegd toen ze op een zomerse nacht naast elkaar in het gras hadden gelegen en naar de sterren keken. De nacht waarin ze had beseft dat ze van hem hield. *Het heelal zit vol vrouwen, Emma. Jij hoort daar ook.*

Zachtjes zei ze: 'En jij ook, Jack.'

Ze deed het portier van haar auto open en stapte in. Ze viste de trouwring uit haar zak, staarde ernaar in het vage licht en dacht aan de zeven jaar huwelijk die de ring vertegenwoordigde. En die nu bijna voorbij waren.

Ze liet hem weer in haar zak glijden. Haar linkerhand voelde naakt aan, kaal. *Ik zal er gewoon aan moeten wennen,* dacht ze, en ze startte de motor.

3

10 juli

Dokter Jack McCallum hoorde het loeien van de eerste ambulance en zei: 'Daar gaan we, mensen!' Hij duwde de dubbele buitendeuren van de eerstehulpafdeling open en stapte naar buiten. Hij voelde hoe zijn hartslag versnelde en de adrenaline zijn zenuwstelsel opzweepte tot knetterende elektriciteitskabeltjes. Hij had geen idee wat er onderweg was naar het Memorial Southeast Hospital, alleen dat het om meer dan één patiënt ging. Via de intercom hadden ze gehoord dat er op de I-45 vijftien auto's bij een kettingbotsing betrokken waren geraakt, waarbij twee doden en een groot aantal gewonden waren gevallen. Alle zwaargewonde patiënten werden rechtstreeks naar Bayshore of Texas Med gebracht, en de kleinere ziekenhuizen, inclusief Memorial Southeast, waren in paraatheid gebracht om de rest op te vangen.

Op het speciale ambulanceplatform keek Jack om zich heen om te zien of zijn ploeg gereed was. Zijn collega-arts, Anna Slezak, stond naast hem met een strakke, vechtlustige uitdrukking op haar gezicht. Hun ploeg bestond verder uit vier verpleegsters, een laboratoriumassistent en een angstig kijkende stagiair die pas een maand geleden zijn medische studie had voltooid, waardoor hij het groenste lid van de ploeg was, en uitermate onhandig. *Hij kan beter de psychiatrie ingaan*, dacht Jack.

De sirene zweeg na een laatste klaaglijke uithaal toen de ziekenwagen de helling opreed en achteruit naar het platform manoeuvreerde. Jack trok het achterportier open om te kijken wie hun eerste patiënt was. Het bleek een jonge vrouw te zijn. Haar hoofd en nek lagen onbeweeglijk in een nekband en aan haar blonde haar kleefde bloed. Toen de brancard uit de ambulance werd getrokken en Jack haar gezicht kon zien, ervoer hij de plotselinge schok van herkenning.

'Debbie,' zei hij.

Ze keek nietsziend in zijn richting, maar leek niet te weten wie hij was.

'Ik ben het. Jack McCallum,' zei hij.

'O, Jack.' Ze deed haar ogen dicht en kreunde. 'Mijn hoofd doet zo'n pijn.'

Hij kneep geruststellend in haar schouder. 'We zullen goed voor je zorgen, meisje. Wees maar niet ongerust.'

Ze duwden de brancard door de dubbele deur naar de traumakamer.

'Ken je haar?' vroeg Anna.

'Het is de vrouw van Bill Haning, de astronaut.'

'De Bill Haning die in het ruimtestation zit?' Anna lachte. 'Dan zal het wat kosten om hem te bellen.'

'Als het nodig mocht zijn, kunnen we hem makkelijk bereiken. Op het JSC kunnen ze een telefoontje zó doorverbinden.'

'Heb je liever dat ik deze patiënte neem?' Het was een redelijke vraag. Artsen behandelden niet graag vrienden en familieleden; je kon onmogelijk objectief blijven wanneer de patiënt die op de tafel een hartstilstand kreeg, iemand was die je kende en graag mocht. Hoewel hij en Debbie ooit in dezelfde sociale kringen hadden vertoefd, beschouwde Jack haar echter alleen als een kennis, niet een vriendin, dus had hij er geen moeite mee de behandeling op zich te nemen.

'Nee, ik doe het wel,' zei hij en liep achter de brancard aan naar de traumakamer. In gedachten ging hij na wat hem te doen stond. De enige zichtbare verwonding was de snee vlak boven haar slaap, maar omdat het een hoofdwond was, moest hij controleren of ze geen schedelbreuk had opgelopen en of haar wervelkolom niet was beschadigd.

Terwijl de verpleegsters bloedmonsters namen en Debbie's kleren wegsneden, gaf de ziekenbroeder die met de ambulance was meegekomen, Jack een kort verslag over het ongeluk.

'Ze zat in de vijfde auto. Voor zover we konden zien, is ze eerst van achteren geraakt, een kwartslag naar links gedraaid en toen nogmaals geraakt, aan de kant van de bestuurder. Het portier was helemaal ingedeukt.'

'Was ze bij bewustzijn toen je bij haar kwam?'

'Ze is een paar minuten buiten westen geweest en werd wakker toen we een infusie aanbrachten. We hebben haar wervelkolom meteen geïmmobiliseerd. Bloeddruk en hartslag waren goed. Ze heeft geboft.' De ziekenbroeder schudde zijn hoofd. 'Je had de man in de auto achter haar moeten zien.'

Jack liep naar de brancard om de patiënte te onderzoeken. Beide pupillen reageerden op licht en haar oogbewegingen waren normaal. Ze wist haar naam en waar ze was, maar kon zich de datum niet herinneren. Gedeeltelijke oriëntatie, dacht hij. Reden genoeg om haar in het ziekenhuis op te nemen, al was het maar ter observatie.

'Debbie, ik stuur je eerst even door naar de röntgenafdeling,' zei hij. 'Dan kunnen we zien of je soms iets hebt gebroken.' Hij keek naar de verpleegster. 'CT van schedel en wervelkolom. En...' Hij zweeg en luisterde.

Er was weer een ambulance in aantocht.

'Zorg dat ik die foto's snel krijg,' zei hij kortaf. Op een drafje liep hij terug naar het platform, waar zijn ploeg alweer bijeen was gekomen.

Een tweede sirene voegde zich in de verte bij de eerste. Jack en Anna keken elkaar geschrokken aan. Twee ambulances tegelijk?

'Wat een dag,' mompelde hij.

'Is de traumakamer al vrij?' vroeg Anna.

'De patiënte is op weg naar röntgen.' Hij liep naar voren toen de eerste ziekenwagen achterwaarts het platform opreed. Zodra hij tot stilstand was gekomen, rukte Jack het portier open.

Ditmaal was de patiënt een man van middelbare leeftijd, een dikke man met een bleke, klamme huid. *Op de rand van een shock*, was Jacks eerste conclusie, maar hij zag geen bloed, geen verwondingen.

'Hij was een van de eersten in de rij,' zei de ziekenbroeder terwijl ze de brancard naar binnen duwden. 'Hij klaagde over pijn in zijn borst toen we hem uit zijn auto haalden. Hartslag stabiel, een beetje aan de hoge kant, maar zonder storingen. Systole negentig. We hebben hem ter plekke morfine en nitro gegeven en aan de zuurstof gelegd.'

Ze wisten allemaal precies wat hun te doen stond. Terwijl Anna op een kaart noteerde waarom de man was binnengebracht en in welke lichamelijke conditie hij verkeerde, brachten de verpleegsters de plakkertjes van de hartmonitor op zijn borst aan. De ECG stroomde uit het apparaat. Jack scheurde de strook af en bekeek allereerst de ST-niveaus in V1 en V2.

'Hartpatiënt,' zei hij tegen Anna.

Ze knikte. 'Dacht ik al.'

Een verpleegster riep om de hoek van de deur: 'De andere ambulance is er!'

Jack holde met twee verpleegsters weer naar buiten.

De jonge vrouw op de brancard gilde van de pijn en wrong zich in allerlei bochten. Na één blik op haar verkorte rechterbeen waarvan de voet bijna geheel zijwaarts was verbogen, wist Jack dat deze patiënte regelrecht naar de operatiekamer moest. Hij knipte snel haar kleren weg en zag een binnenwaartse heupfractuur: haar dijbeen was in het bekken geramd door de kracht waarmee haar knieën het dashboard van de auto hadden geraakt. De aanblik van haar grotesk vervormde been bezorgde hem heel even een misselijk gevoel.

'Morfine?' vroeg de verpleegster.

Hij knikte. 'Geef haar zoveel als ze nodig heeft. Ze leeft momenteel in een wereld van pijn. Kijk wat voor bloedgroep ze heeft en laat zes eenheden bloed klaarleggen. En zorg dat hier zo snel mogelijk een orthopedist bijkomt.'

'Dokter McCallum naar röntgen, dokter McCallum naar röntgen.'

Jack keek geschrokken op. *Debbie Haning*. Hij holde de zaal uit.

Debbie lag op de röntgentafel. Een verpleegster van de eerstehulpafdeling en de röntgenoloog stonden over haar heen gebogen.

'Toen we klaar waren met de foto's van de wervelkolom en schedel konden we haar niet aan de praat krijgen,' zei de technicus. 'Ze reageert niet eens op pijn.'

'Hoe lang is ze al bewusteloos?'

'Dat weet ik niet. Ze heeft zeker tien tot vijftien minuten op de tafel gelegen voordat we er erg in hadden dat ze geen antwoord meer gaf.'

'Is de CT-scan al gedaan?'

'Nee, de computer is uitgevallen en het kan wel een paar uur duren voordat hij het weer doet.'

Jack scheen met een zaklantaarntje in Debbie's ogen en voelde zijn maag een akelige vrije val maken. Haar linkerpupil was verwijd en reageerde niet op het licht.

'Laat me de foto's eens zien,' zei hij.

'Die van de wervelkolom hangen al aan het scherm.'

Jack liep snel naar de kamer ernaast en bekeek de röntgenfoto's die aan de verlichte schermen hingen. Op de foto's van de nek waren geen breuken te zien en ook haar nekwervels waren in orde. Hij trok de foto's van de nek eraf en hing die van de schedel aan het scherm.

Op het eerste gezicht viel hem niets bijzonders op. Toen zag hij een bijna onzichtbaar lijntje schuin boven het linker slaapbeen. Het was zo dun dat het eruitzag als een kras van een speld. Een haarscheurtje.

Was daardoor de linker hersenader beschadigd? Dat zou een bloeding binnen haar schedel veroorzaken. Naarmate de hoeveelheid bloed toenam, werden de hersenen steeds verder in elkaar gedrukt. Dat verklaarde de snelle achteruitgang van haar mentale toestand en het feit dat haar pupil niet op licht reageerde.

Het bloed moest onmiddellijk afgevoerd worden.

'Breng haar terug naar de eerstehulp!' zei hij.

Binnen een paar seconden lag Debbie weer vastgebonden op de brancard en duwden ze haar op een holletje de gang door. Toen ze haar een lege behandelkamer in stuurden, riep hij naar de balie: 'Waarschuw onmiddellijk neurochirurgie! We hebben hier een epidurale bloeding en maken de patiënte in gereedheid voor een schedelboring.'

Debbie moest eigenlijk naar een operatiekamer, maar ze ging zo snel achteruit dat ze geen minuut te verliezen hadden. De behandelkamer zou moeten dienen als operatiezaal. Ze hevelden haar over op het bed en bevestigden een hele batterij ECG-draden op haar borst. Haar ademhaling was onregelmatig geworden; het was tijd om een zuurstofslang bij haar binnen te brengen.

Hij scheurde net het pakket open, toen een van de verpleegsters zei: 'Ze ademt niet meer!'

Hij duwde de laryngoscoop in Debbie's keel. Een paar seconden later zat de zuurstofslang op zijn plaats en werd zuurstof in haar longen gepompt.

Een verpleegster stopte de stekker van een elektrisch scheerapparaat in het stopcontact. Debbie's blonde haar viel in zijdeachtige plukken op de grond tot haar schedel helemaal bloot kwam te liggen.

De receptioniste keek om het hoekje van de deur. 'De neurochirurg zit in een file. Hij kan hier op z'n vroegst over een uur zijn.'

'Laat dan iemand anders komen!'

'Ze zijn allemaal in Texas Med! Daar zijn alle hoofdwonden naartoe gestuurd.'

Jezus, we zijn de klos, dacht Jack, neerkijkend op Debbie. Met iedere minuut die verstreek werd de druk binnen haar hoofd groter. Hersencellen stierven. *Als dit mijn vrouw was, zou ik niet wachten. Geen seconde*.

Hij slikte. 'Breng me de Hudson-Brace-boor. Ik zal het zelf doen.' Hij zag de geschrokken gezichten van de verpleegsters en voegde eraan toe, met meer bravoure dan hij voelde: 'Het is hetzelfde als gaten in de muur boren. Ik heb het vaker gedaan.'

Terwijl de verpleegsters de geschoren schedel in gereedheid brachten, trok Jack een chirurgenpak en steriele handschoenen aan. Toen hij Debbie met steriele lakens bedekte, zag hij tot zijn eigen verbazing dat zijn handen niet trilden, hoewel zijn hart bonkte. Het was waar dat hij al eens een schedelboring had gedaan, maar dat was maar één keer, en onder de supervisie van een neurochirurg.

We kunnen niet wachten. Ze is stervende. Ik móet het doen.

Hij pakte de scalpel en maakte een kaarsrechte incisie in de huid boven het linker slaapbeen. Bloed stroomde naar buiten. Hij sponste het weg en zette klemmetjes op de aders. Terwijl een verpleegster de huidflap met een haak opzij hield, sneed hij dieper in de huidlaag tot hij bij het schedelvlies was gekomen, dat hij wegschraapte om de oppervlakte van de schedel bloot te leggen.

Hij pakte de Hudson-Brace-boor. Het was een mechanisch apparaat dat met de hand werd bediend en er bijna antiek uitzag, als iets wat je in de schuur van je grootvader zou verwachten. Eerst gebruikte hij de perforator, een schopvormige boor die alleen maar een kuiltje in het bot maakte. Toen zette hij de roosboor erop, die een ronde punt had en een veelkantige kop. Hij haalde diep adem, zette de punt in het kuiltje en begon te boren. In de richting van de hersenen. Zweetdruppeltjes verschenen op zijn voorhoofd. Hij boorde zonder CT-foto's, puur afgaand op zijn klinische beoordelingsvermogen. Hij wist niet eens of hij op de juiste plek zat.

Opeens stroomde er bloed uit het gaatje op de steriele lakens.

Een verpleegster hield er snel een kom onder. Jack haalde de boor uit het gat en zag een gestage rode stroom uit de schedel naar buiten komen en een glinsterende plas vormen in de kom. Hij had op de juiste plek geboord. Zolang het bloed vloeide, nam de druk op Debbie Hanings hersenen af.

Hij slaakte een diepe zucht en voelde al zijn spieren pijn doen toen de spanning opeens wegtrok uit zijn schouders.

'Breng de bottenwas in gereedheid,' zei hij. Toen legde hij de boor weg en pakte de suctiekatheter.

Een witte muis hing in de lucht, alsof hij in een transparante zee dreef. Dokter Emma Watson gleed ernaartoe, slank en sierlijk als een waterballerina, haar krullende donkerbruine haar uitgespreid als een spookachtig aureool. Ze pakte de muis en draaide zich langzaam om naar de camera. Ze hield een injectiespuit omhoog.

De film was meer dan twee jaar oud, opgenomen aan boord van de spaceshuttle *Atlantis* tijdens STS 141, maar het bleef Gordon Obie's favoriete pr-film en daarom was die nu op alle videoschermen van NASA's Teague Auditorium te zien. Want wie keek er níet graag naar Emma Watson? Ze was soepel en lenig en had iets wat je alleen maar *pit* kon noemen, met een sprankelende weetgierigheid in haar ogen. Van het kleine littekentje boven haar wenkbrauw tot de licht beschadigde voortand (een overblijfsel, had hij gehoord, van roekeloos skiën) was haar gezicht een toonbeeld van levenslust. Gordon vond het echter vooral belangrijk dat ze zo intelligent was. En zo bekwaam. Hij volgde Emma's carrière bij NASA met een belangstelling die niets te maken had met het feit dat ze een mooie vrouw was.

Als hoofd van de afdeling Bemanningen had Gordon Obie veel macht over de samenstelling van de astronautenteams en hij deed zijn best een veilige – sommigen noemden het een kille– emotionele afstand te bewaren tussen hemzelf en zijn astronauten. Hij was zelf ook astronaut geweest en tweemaal de gezagvoerder van een ruimteschip. Zelfs toen had hij al de bijnaam De Sfinx gehad, omdat hij zo'n gereserveerde, ondoorgrondelijke man was die nooit tot zomaar een praatje te verleiden was. Zijn zwijgzaamheid en relatieve anonimiteit bevielen hem uitstekend. Hoewel hij nu tussen andere NASA-topmensen op het podium zat, wisten de meeste mensen in de zaal niet wie Gordon Obie was. Hij zat er alleen maar voor de sier. Net zoals de videofilm van Emma Watson voor de sier was: een mooi meisje om de belangstelling van het publiek vast te houden.

De film eindigde abrupt en op het scherm verscheen het NASA-logo, dat ook wel 'de gehaktbal' werd genoemd, een met sterren bezaaide blauwe cirkel met een ovalen ring eromheen en een gespleten rode bliksemschicht. Leroy Cornell, het hoofd van de Administratie van NASA en Ken Blankenship, de algemeen directeur van het JSC, liepen naar de katheders om vragen te beantwoorden. Botweg gezegd was het hun taak geld bij elkaar te bedelen en vandaag hadden ze een sceptische groep congresmensen en senatoren tegenover zich, leden van de verschillende sub-commissies die over NASA's begroting gingen. NASA had nu al twee jaar te lijden van ingrijpende begrotingsbekortingen en de laatste tijd hing er een sfeer van moedeloze somberheid in de gangen van het Johnson Space Center.

Gordon liet zijn blik over de keurig geklede mannen en vrouwen in de zaal glijden en had het gevoel dat hij naar buitenaardse wezens keek. Wat mankeerde die politici? Hoe konden ze zo kortzichtig zijn? Het verbijsterde hem dat ze zijn hartstochtelijkste overtuiging niet deelden: namelijk dat de mens zich onderscheidt van de dieren door zijn honger naar kennis. Alle kinderen stelden de universele vraag: *Waarom?* Vanaf hun geboorte waren ze voorgeprogrammeerd om nieuwsgierig te zijn, onderzoekers te worden, te proberen achter wetenschappelijke feiten te komen.

Deze uitverkoren overheidsdienaars hadden de nieuwsgierigheid die de mens uniek maakte, echter allang verloren. Ze waren niet met de vraag *Waarom?* naar Houston gekomen, maar met de vraag *Waarom zouden we?*

Het was Cornells idee geweest ze te paaien met wat hij cynisch 'de Tom Hanks tour' noemde, met een verwijzing naar de film 'Apollo 13' die nog steeds gold als de beste pr die NASA ooit had gekregen. Hij had de laatste successen aan boord van het rondcirkelende International Space Station gepresenteerd en de bezoekers de gelegenheid gegeven een aantal echte astronauten de hand te drukken. Was dat niet wat iedereen wilde? Een held aanraken? Zo dadelijk kregen ze nog een rondleiding door het Johnson Space Center, beginnend met Gebouw 30 en de controlekamer. Het maakte niet uit dat ze het verschil niet wisten tussen een ruimtecomputer en Nintendo; al die glanzende technologie moest genoeg zijn om grote indruk op ze te maken en hen in ware gelovigen te veranderen.

Maar het lukt niet, dacht Gordon verontrust. Deze politici trapten er niet in.

NASA kampte met machtige tegenstanders. Een van de machtigsten was senator Phil Parish die op de voorste rij zat. Voor de 76-jarige, onverzettelijke havik uit South Carolina was het behoud van de defensiebegroting de hoogste prioriteit, NASA of geen NASA. Nu hees hij zijn honderdvijftig kilo zware lichaam uit zijn stoel om Cornell met zijn zuidelijke accent een vraag te stellen.

'Uw instituut heeft haar budget voor dat ruimtestation ver overschreden,' zei hij. 'Naar mijn mening heeft het Amerikaanse volk niet beseft dat het zijn defensiebegroting moet opofferen opdat jullie daarboven kunnen knutselen aan allemaal mooie laboratoriumexperimenten. Ik dacht dat dit een nationaal project heette te zijn? Voor zover ik het kan beoordelen, zijn *wij* degenen die voor het grootste deel van de kosten moeten opdraaien. Vertelt u me dus maar eens hoe ik deze witte olifant moet rechtvaardigen tegenover de brave burger van South Carolina!'

Het hoofd van de Administratie antwoordde met een voor de camera in gereedheid gehouden glimlach. Hij was een politicus in hart en nieren, een handjesschudder wiens charme en charisma hoog scoorden bij de pers en in Washington, waar hij het grootste deel van zijn tijd besteedde aan het paaien van het Congres en het Witte Huis om geld, geld en nog meer geld voor de immer ontoereikende begroting van het ruimtevaartcentrum. Hij was het gezicht van NASA, terwijl Ken Blankenship, de man die belast was met het dagelijkse reilen en zeilen van het JSC, het gezicht was dat alleen insiders binnen het instituut kenden. Samen waren ze de yin en yang van de directie van NASA, zo volkomen verschillend van temperament dat het moeilijk was je voor te stellen hoe ze als team konden functioneren. Binnen NASA grapte men wel eens dat Leroy Cornell alleen maar stijl en geen inhoud had, en Blankenship alleen maar inhoud en geen stijl.

Cornell gaf gladjes antwoord op senator Parish' vraags: 'U vraagt waarom andere landen geen bijdrage leveren. Senator, het antwoord daarop luidt dat ze wel degelijk bijdragen leveren. Het ISS is een internationaal ruimtestation in de ware zin van het woord. Het is waar dat de Russen slecht bij kas zitten en dat we het verschil hebben moeten bijleggen, maar ze werken er wel voor. Ze hebben momenteel een kosmonaut in het station en hebben reden te over om het ISS draaiende te houden. Wat uw vraag betreft over waarom we het ruimtestation nodig hebben, hoeft u alleen maar te kijken naar de research die wordt verricht op het gebied van de biologie en geneeskunde. Materiaalwetenschap. Geofysica. Onze generatie zal nog van de bevindingen van al die research kunnen genieten.'

Iemand anders stond op en Gordon voelde zijn bloeddruk stijgen. Als er iemand was aan wie hij een nog grotere hekel had dan aan senator Parish, was het congreslid Joe Bellingham uit Montana, wiens knappe Marlboro-Man-uiterlijk niet kon verdoezelen dat hij van wetenschap absoluut geen kaas had gegeten. Tijdens zijn laatste campagne had hij geëist dat er op alle openbare scholen Creationisme zou worden onderwezen. Dat de biologieboeken verbannen moesten worden en in plaats daarvan de bijbel op tafel moest komen. *Hij denkt waarschijnlijk dat raketten door engelen het heelal in worden gebracht*.

'Waarom moeten we zo veel technologie delen met de Russen en de Japanners?' vroeg Bellingham. 'Het baart mij grote zorgen dat we zomaar allerlei high-tech-geheimen weggeven. Het begrip internationale samenwerking klinkt erg mooi, maar wie belet die lui ons op een gegeven moment de rug toe te keren en al die wetenschap *tegen* ons in te zetten? Waarom zouden we de Russen vertrouwen?'

Angst en achtervolgingswaanzin. Onwetendheid en bijgeloof. Van al die dingen bestond er veel te veel en Gordon raakte er gedeprimeerd van om naar Bellingham te moeten luisteren. Walgend van de man keek hij een andere kant op.

En zo kwam het dat hij Hank Millar met een strak gezicht het auditorium zag binnenkomen. Millar was het hoofd van de afdeling Astronautenadministratie. Hij hield zijn ogen strak gericht op Gordon, die meteen begreep dat er een probleem was.

Gordon verliet het podium en volgde Millar de zaal uit. 'Wat is er?'

'Bill Hanings vrouw heeft een ongeluk gekregen. We hebben gehoord dat ze er slecht aan toe is.'

'Jezus.'

'Bob Kittredge en Woody Ellis zitten op pr te wachten. We moeten overleg plegen.'

Gordon knikte. Hij keek het auditorium in naar congreslid Bellingham, die nog steeds stond te zeuren over de risico's van het weggeven van technologie aan de communisten. Toen liep hij met een strak gezicht achter Hank aan het gebouw uit en staken ze samen het plein over.

Ze trokken zich gezamenlijk terug in een van de kleine kantoren. Kittredge, de gezagvoerder van STS 162, had een rood gezicht en maakte een geagiteerde indruk. Woody Ellis, de vluchtleider van het International Space Station, zag er rustiger uit, maar Gordon had Ellis dan ook nog nooit ongerust gezien, zelfs niet in crisissituaties.

'Wat was het voor ongeluk?' vroeg Gordon.

'Een gigantische kettingbotsing,' zei Hank. 'Mevrouw Haning is per ziekenwagen naar het Memorial Southeast vervoerd. Daar heeft Jack McCallum haar op de eerstehulp behandeld.'

Gordon knikte. Jack kenden ze allemaal erg goed. Hoewel hij niet meer tot het astronautenkorps behoorde, stond hij nog steeds op het actieve artsenrooster voor de ruimtevluchten. Een jaar geleden had hij het grootste deel van zijn taken bij NASA neergelegd en was hij op de eerstehulpafdeling van een privé-ziekenhuis gaan werken.

'Jack heeft ons zelf gebeld,' zei Hank.

'Heeft hij gezegd hoe ze eraan toe is?'

'Ze heeft een zware hoofdwond en ligt op de intensive care. In coma.'

'En wat is de prognose?'

'Op die vraag kon hij geen antwoord geven.' Er viel een stilte, terwijl ze er allemaal over nadachten wat deze tragedie voor NASA inhield. Hank zuchtte. 'We moeten het aan Bill vertellen. We kunnen dit niet voor hem achterhouden. Het probleem is...' Hij maakte zijn zin niet af. Dat was ook niet nodig; ze wisten allemaal wat het probleem was.

Bill Haning zat in het internationale ruimtestation en had er pas een maand van zijn geplande viermaandelijkse verblijf opzitten. Dit nieuws zou hard aankomen. Van alle factoren die een langdurig verblijf in de ruimte zo moeilijk maakten, baarde de emotionele tol NASA altijd de grootste zorgen. Een gedeprimeerde astronaut kon een missie geheel ontwrichten. Jaren geleden had zich in het ruimtestation *Mir* een soortgelijke situatie voorgedaan toen men kosmonaut Volodya Dezhurov ervan op de hoogte had gesteld dat zijn moeder was gestorven. Dezhurov had zich dagenlang afgezonderd in een van de kamertjes van *Mir* en geweigerd met de controlekamer in Moskou te praten. Zijn verdriet had het werk van alle anderen aan boord zwaar ondermijnd.

'Ze hebben een erg goed huwelijk,' zei Hank. 'Ik kan je nu al vertellen dat Bill het hier erg moeilijk mee zal hebben.'

'Beveel je aan een plaatsvervanger voor hem te sturen?' vroeg Gordon.

'Ja, met de eerstvolgende shuttlevlucht. Het zal al moeilijk genoeg voor hem zijn het nog twee weken vol te houden. We kunnen onmogelijk van hem verlangen zijn vier maanden uit te dienen.' Zachtjes voegde Hank eraan toe: 'Ze hebben twee kleine kinderen.'

'Zijn back-up voor het ISS is Emma Watson,' zei Woody Ellis. 'We kunnen haar ernaartoe sturen met STS 160. Met Vances bemanning.'

Toen Emma's naam werd genoemd, paste Gordon er goed voor op geen overmatige belangstelling te tonen. En geen emotie. 'Wat is jouw mening over Watson? Is ze er klaar voor om drie maanden eerder te vertrekken?'

'Ze weet dat ze in geval van nood Bills plaatsvervangster is. Ze is al op de hoogte van de meeste experimenten waar hij mee bezig is. Volgens mij is die optie dus haalbaar.'

'Het bevalt mij anders niets,' zei Bob Kittredge.

Gordon slaakte een zucht van vermoeidheid en zei tegen de gezagvoerder: 'Dat had ik ook niet verwacht.'

'Watson maakt integraal deel uit van mijn bemanning. We zijn goed ingewerkt als team. Ik wil daar liever geen verandering in hebben.'

'Jullie vertrekken pas over drie maanden. Je hebt tijd om je aan te passen.'

'U maakt het me erg moeilijk mijn werk goed te doen.'

'Kun je in drie maanden geen nieuw bemanningslid inwerken?'

Er verscheen een harde trek rond Kittredges mond. 'Ik bedoel alleen dat mijn bemanning uitstekend functioneert als team. En dat we het niet leuk zullen vinden als we Watson kwijtraken.'

Gordon keek naar Hank. 'Hoe zit het met de bemanning van STS 160? Vance en zijn ploeg?'

'Wat hen betreft is het geen probleem. Watson zal gewoon als passagier op het middendek meereizen. Ze kunnen haar bij het ISS afleveren zoals ieder ander vrachtje.'

Gordon dacht erover na. Ze hadden het nog steeds over opties, geen zekerheden. Misschien zou Debbie Haning gezond en wel wakker worden en kon Bill gewoon in het ISS blijven. Maar zoals iedereen op NASA had Gordon geleerd voorbereid te zijn op iedere noodsituatie en een denkbeeldige lijst in zijn hoofd mee te dragen over wat er moest gebeuren wanneer a, b of c gebeurde.

Hij keek vragend naar Woody Ellis. Woody knikte.

'Goed,' zei Gordon. 'Laat Emma Watson dan maar even bij me komen.'

Ze zag hem aan het eind van de gang staan. Hij was in gesprek met Hank Millar en hoewel hij met zijn rug naar haar toe stond en een anoniem groen operatiepak droeg, wist Emma meteen dat hij het was. Een huwelijk van zeven jaar had banden gesmeed die dieper gingen dan het herkennen van zijn gezicht.

Jack McCallum had er precies zo bij gestaan toen ze hem voor het eerst had ontmoet, toen ze allebei nog als stagiaires werkten in het San Francisco General Hospital. Hij had bij de verpleegstersbalie gestaan en iets op een kaart geschreven, zijn brede schouders afhangend van vermoeidheid, zijn haar in de war alsof hij net uit bed kwam. En dat was ook zo; hij had er net een drukke nachtdienst op zitten, en ondanks zijn ongeschoren kin en rode ogen had ze zich meteen tot hem aangetrokken gevoeld toen hij zich had omgedraaid en haar voor het eerst had gezien. En dat was wederzijds geweest.

Nu was Jack tien jaar ouder, zat er al wat grijs in zijn donkere haar, en drukte wederom de vermoeidheid op zijn schouders. Ze had hem drie weken niet gezien, maar hem een paar dagen geleden alleen telefonisch gesproken, een gesprek dat was uitgelopen in de gebruikelijke hooglopende ruzie. Het leek wel alsof ze tegenwoordig niet eens meer normaal met elkaar konden praten, zelfs niet per telefoon.

Ze was dan ook best nerveus toen ze naar hem toe liep.

Hank Millar zag haar aankomen en zijn gezicht betrok meteen, alsof hij wist dat het op oorlog zou uitlopen en hij een veilig onderkomen wilde zoeken voordat het schieten begon. De uitdrukking op Hanks gezicht moest Jack zijn opgevallen, want hij keek over zijn schouder om te zien wat er de oorzaak van was.

Toen hij Emma zag, was het alsof hij bevroor, terwijl een spontane glimlach zich op zijn gezicht begon te vormen. Het was bijna alsof hij verbaasd en verheugd was haar te zien. Toen kreeg iets anders de overhand en werd de glimlach vervangen door een uitdrukking die volkomen neutraal was, niet vriendelijk en niet onvriendelijk. Het gezicht van een vreemdeling, dacht ze, en ergens was dat erger dan wanneer hij haar met openlijke vijandigheid had begroet. Dan zou er tenminste nog sprake zijn geweest van enige emotie, een overblijfsel, hoe gehavend ook, van een huwelijk dat ooit goed was geweest.

Ze reageerde op zijn fletse blik met een uitdrukking die precies even neutraal was en sprak tegen beide mannen tegelijk, niet tegen een van de twee.

'Gordon heeft me verteld dat Debbie een ongeluk heeft gekregen,' zei ze. 'Hoe is het met haar?'

Hank keek naar Jack, in de verwachting dat hij antwoord zou geven. Uiteindelijk zei hij zelf: 'Ze is nog niet bij bewustzijn gekomen. We houden een soort wake in de wachtkamer. Kom er gerust bij, als je wilt.'

'Ja. Natuurlijk.' Ze liep in de richting van de wachtkamer.

'Emma,' riep Jack haar na. 'Kunnen we even praten?'

'Ik zie jullie zo nog wel,' zei Hank en hij liep snel van hen weg. Ze wachtten tot hij om de hoek was verdwenen en keken elkaar toen aan.

'Debbie is er slecht aan toe,' zei Jack.

'Wat mankeert haar precies?'

'Ze heeft een epidurale bloeding gehad. Ze was bij bewustzijn toen ze binnen werd gebracht. Ik heb met haar gepraat. Na een paar minuten ging ze opeens razendsnel achteruit. Ik was toen bezig met een andere patiënt. Ik had het niet door. Ik heb de schedelboring pas gedaan toen...' Hij zweeg en keek van haar weg. 'Ze wordt kunstmatig beademd.'

Emma stak haar hand naar hem uit, maar trok hem halverwege terug, omdat ze wist dat hij haar hand alleen maar van zich af zou schudden. Het was zo lang geleden dat hij troostende woorden van haar had geaccepteerd. Wat ze ook zei en hoe eerlijk ze het ook meende, hij zou het beschouwen als medelijden. En daar walgde hij van.

'Zo'n diagnose is niet makkelijk te stellen, Jack,' was het enige wat ze wist te zeggen.

'Ik had het eerder moeten zien.'

'Je zei dat ze snel achteruitging. Geef jezelf dus niet de schuld.'

'Daar schiet ik weinig mee op.'

'Dat bedoel ik ook niet!' zei ze wrevelig. 'Ik wijs alleen op het eenvoudige feit dat je de juiste diagnose hebt gesteld en haar overeenkomstig hebt behandeld. Moet je altijd zo streng zijn voor jezelf?'

'Het gaat niet om mij,' zei hij fel. 'Het gaat om jou.'

'Hoe bedoel je?'

'Debbie komt voorlopig het ziekenhuis niet uit. En dat wil zeggen dat Bill...'

'Ik weet het. Gordon Obie heeft me zijn plaats al gegeven.'

Jack gaf niet meteen antwoord. Toen zei hij: 'Is het dan al besloten?'

Ze knikte. 'Bill komt naar huis. Ik ga met de eerstvolgende vlucht mee om hem te vervangen.' Haar blik dwaalde naar de intensive care. 'Ze hebben twee kinderen,' zei ze zachtjes. 'Hij kan daar niet blijven. Niet drie maanden.'

'Je bent er nog niet gereed voor. Je hebt geen tijd gehad om –'

'Ik zal gereed zijn.' Ze draaide zich om.

'Emma.' Hij stak zijn hand uit om haar tegen te houden. Zijn aanraking verraste haar. Ze keek naar hem om. Meteen liet hij haar los.

'Wanneer vertrek je naar Kennedy?' vroeg hij.

'Over een week. Vanwege de quarantaine.'

Hij zweeg perplex terwijl hij het nieuws probeerde te verwerken.

'Tussen haakjes,' zei ze, 'kun jij voor Humphrey zorgen tot ik terug ben?'

'Waarom doe je hem niet in een dierenpension?'

'Het is wreed om een kat drie maanden op te sluiten.'

'Heeft dat monster al geleerd niet overal zijn klauwen in te zetten?'

'Doe niet zo flauw, Jack. Hij rijt alleen dingen open wanneer hij vindt dat hij verwaarloosd wordt. Als je hem een beetje aandacht schenkt, zal hij je meubels met rust laten.'

Jack keek op toen uit de luidsprekers klonk: 'Dokter McCallum naar eerstehulp. Dokter McCallum naar eerstehulp.'

'Je moet gaan,' zei ze, zich omdraaiend.

'Wacht even. Dit gaat allemaal zo snel. We hebben niet eens tijd om te praten.'

'Als je de scheiding bedoelt, kan mijn advocaat al je vragen beantwoorden tot ik terug ben.'

'Nee.' Ze schrok van zijn felle, boze toon. 'Nee, ik wil *niet* met je advocaat praten!'

'Wat wil je me dan vertellen?'

Hij keek haar lange tijd aan, alsof hij op zoek was naar de juiste woorden. 'Het gaat me om deze ruimtevlucht,' zei hij uiteindelijk. 'Het gaat te snel. Het voelt niet goed aan.'

'Wat bedoel je daarmee?'

'Je wordt zomaar ineens ingezet als plaatsvervangster. Je gaat de ruimte in met een andere bemanning.'

'Vance heeft zijn mensen goed in de hand. Ik voorzie echt geen problemen.'

'En in het ruimtestation? Hierdoor kan je verblijf in de ruimte alles bij elkaar wel zes maanden duren.'

'Dat kan ik heus wel aan.'

'Maar het was niet gepland. Het gebeurt zomaar opeens.'

'Wat wil je nu eigenlijk, Jack? Dat ik nee zeg?'

'Ik weet het niet!' Hij haalde gefrustreerd zijn hand door zijn haar. 'Ik weet het niet.'

Ze bleven een ogenblik zwijgend staan, zonder te weten wat ze moesten zeggen terwijl ze geen van beiden een eind wilden maken aan het gesprek. Een huwelijk van zeven jaar, dacht ze, en dit is ervan over. Twee mensen die niet met elkaar kunnen leven en ook niet bij elkaar weg kunnen gaan. En nu krijgen we ook geen tijd om onze problemen op te lossen.

Weer klonk door de luidspreker: 'Dokter McCallum onmiddellijk naar eerstehulp.'

Jack keek haar aan met een getergde uitdrukking op zijn gezicht. 'Emma...'

'Ga nu maar, Jack,' zei ze. 'Ze hebben je nodig.'

Met een gefrustreerde kreun draaide hij zich om en liep op een drafje naar de eerstehulpafdeling.

Emma liep ook weg, de andere kant op.

4

12 juli
Aan boord van het ISS

Door de ramen van de Node 1 Koepel zag dr. William Haning wolkenpartijen ronddraaien boven de Atlantische Oceaan, 220 mijl ver weg. Hij raakte het glas aan, liet zijn vingers over de barrière glijden die hem tegen het vacuüm van het heelal beschermde. Het was slechts één van de obstakels die hem gescheiden hield van thuis. Van zijn vrouw. Hij zag de aarde onder zich draaien, zag de Atlantische Oceaan wegglijden en eerst Noord-Afrika en toen de Indische Oceaan langzaam in beeld komen, terwijl daar de schemering inzette. Hoewel zijn lichaam gewichtloos zweefde, was het alsof zijn verdriet op zijn borst drukte en hem het ademen bemoeilijkte.

Op dit moment vocht zijn vrouw in een ziekenhuis in Houston voor haar leven en hij kon niets doen om haar te helpen. Nog twee weken zat hij hier gevangen en kon hij alleen maar neerkijken op de stad waar Debbie misschien op sterven lag, zonder dat hij in staat was naar haar toe te gaan, haar aan te raken. Het enige wat hij kon doen was zijn ogen sluiten en proberen zich voor te stellen dat hij naast haar zat en hun vingers zich ineenstrengelden.

Hou vol. Wees sterk. Ik kom gauw thuis. Ik kom gauw bij je.

'Bill? Gaat het een beetje?'

Hij keek om en zag Diana Estes uit de Amerikaanse laboratoriummodule de koepel binnen zweven. Het verbaasde hem dat juist zij degene was die naar zijn welzijn informeerde. Ze zaten hier nu al een maand bij elkaar, maar hij mocht de Engelse nog steeds niet erg. Ze was hem te afstandelijk, te klinisch. Ondanks haar mooie, bleekblonde uiterlijk was ze geen vrouw tot wie hij zich ooit aangetrokken zou voelen, en ze had op haar beurt ook nooit de minste belangstelling voor hem getoond. Maar des te meer voor Michael Griggs. Dat Griggs beneden op de aarde een vrouw had die op hem wachtte, scheen hierboven voor hen niet van belang te zijn. Hier in het ISS waren Diana en Griggs als twee helften van een tweelingster die om elkaar heen cirkelden, verbonden door een sterke gravitatie.

Dit was een van de minpunten wanneer er zes mensen uit vier verschillende landen lange tijd gezamenlijk in een kleine, besloten ruimte moesten leven. Er waren voortdurend wisselende bondgenootschappen, wisselende gevoelens van *wij* tegen *zij*. De stress van een langdurig verblijf in een besloten ruimte had op ieder van hen een andere invloed. De Rus Nicholai Rudenko, die het langst aan boord van het ISS zat, was de afgelopen paar dagen somber en lichtgeraakt geworden. Kenichi Hirai, van het Japanse NASDA, was zo gefrustreerd door het feit dat hij nogal slecht Engels sprak, dat hij meestal in een geladen stilzwijgen verviel. Alleen Luther Ames bleef iedereen te vriend. Toen Houston het slechte nieuws over Debbie had doorgegeven, was Luther degene geweest die instinctief had geweten wat hij tegen Bill moest zeggen. Hij had vanuit zijn hart gesproken. Als mens. Luther was de in Alabama geboren zoon van een geliefde zwarte predikant en had van zijn vader het talent geërfd om troost te bieden.

'Het is zo klaar als een klontje, Bill,' had Luther gezegd. 'Jij moet zo snel mogelijk terug naar je vrouw. Laat Houston dus maar gauw een limousine sturen, anders krijgen ze het met mij aan de stok.'

Dan was Diana's reactie heel anders geweest. Met haar eeuwige logica had ze kalmpjes gezegd dat Bill niets kon doen om zijn vrouw sneller beter te maken. Debbie lag in een coma; ze zou niet eens weten dat hij er was. *Net zo kil en scherp als de kristallen die ze in haar laboratorium kweekt.* Zo dacht Bill over Diana.

Daarom vond hij het vreemd dat ze nu vroeg hoe hij het maakte. Ze bleef bij de ingang van de koepelkamer hangen, even afstandelijk als altijd. Haar lange blonde haar zwierde om haar heen als zeewier.

Hij keek weer uit het raam. 'Ik zit te wachten tot Houston in zicht komt,' zei hij.

'Er is e-mail voor je gekomen van Experimenten.'

Hij gaf geen antwoord, maar staarde naar de twinkelende lichtjes van Tokio, dat op de rand van de dageraad zat.

'Bill, er zijn dingen die je aandacht vereisen. Als je niet in staat bent te werken, zullen wij je taken onder ons moeten verdelen.'

Zijn taken. Daar was ze dus over komen praten. Niet de pijn die hij voelde, maar of ze erop kon rekenen dat hij zijn werk in het laboratorium zou doen. De dagen aan boord van het ISS verliepen volgens een strak schema en er was weinig tijd voor overpeinzingen of verdriet. Als een van de bemanningsleden niet kon werken, moesten de anderen zijn taken overnemen, anders trad er stagnatie op in de experimenten.

'Soms,' zei Diana met pure logica, 'is werken de beste manier om niet aan je verdriet te denken.'

Hij zette zijn vinger op de vlek van lichtjes die aangaf waar Tokio was. 'Je hoeft echt niet te doen alsof je een hart hebt, Diana. Daar tuint toch niemand in.'

Eventjes bleef het stil. Hij hoorde alleen het constante gezoem van het ruimtestation, een geluid waar hij zo aan gewend was geraakt dat hij zich er nauwelijks van bewust was.

Niet het minst aangeslagen zei ze toen: 'Ik weet dat je het moeilijk hebt. Het valt niet mee om hier vast te zitten zonder naar huis te kunnen. Maar daar is nu eenmaal niets aan te doen. Je moet wachten op de spaceshuttle.'

Hij lachte bitter. 'Waarom zou ik wachten? Als ik binnen vier uur thuis kan zijn?'

'Blijf nou even serieus, Bill.'

'Ik ben serieus. Ik kan zo in het CRV stappen en *gaan*.'

'En ons hier zonder reddingsboot achterlaten? Je praat onzin.' Ze zweeg even. 'Weet je, misschien zou je je beter voelen wanneer je iets inneemt. Alleen maar om je door deze moeilijke tijd heen te helpen.'

Hij draaide zich naar haar om. Al zijn pijn en leed sloegen om in woede. 'Een pil waarmee alles goed wordt gemaakt?'

'Misschien helpt het, Bill. Ik moet er gewoon van op aankunnen dat je niets irrationeels zult doen.'

'Krijg de klere, Diana.' Hij zette zich af tegen de koepel en zweefde langs haar heen naar de ingang van het Amerikaanse laboratoriumluik.

'Bill!'

'Er is werk aan de winkel, zoals je me zo vriendelijk bent komen vertellen.'

'Ik zei toch dat we de taken kunnen verdelen? Als je denkt dat je het niet aankunt...'

'Ik ben heus wel in staat mijn werk te doen!'

Hij zweefde het Amerikaanse laboratorium binnen, blij dat ze niet achter hem aan kwam. Toen hij omkeek, zag hij haar naar de woonmodule zweven, ongetwijfeld om te zien of het *Crew Return Vehicle* er nog wel was. Het CRV kon alle zes de astronauten herbergen en was hun enige reddingsboot in geval het ruimtestation door een ramp getroffen werd. Hij had haar bang gemaakt met zijn gezwets dat hij makkelijk het CRV kon kapen en hij had er nu al spijt van, want nu zou ze hem constant in de gaten houden om te zien of hij soms emotioneel ten onder ging.

Het was al moeilijk genoeg om 220 mijl boven de aarde in een veredeld sardineblik te moeten zitten, maar als ze je voortdurend achterdochtig in de gaten hielden, was het nog veel erger. Hij wilde wanhopig graag naar huis, maar hij was niet onstabiel. Jaren van training en psychologische screentests hadden uitgewezen dat Bill Haning een professional was. Zeker geen man die zijn collega's ooit in gevaar zou brengen.

Met een geroutineerd gebaar duwde hij zich tegen de wand af en zweefde door de labmodule naar zijn werkplek. Hij nam de laatste stapel e-mails door. Diana had op één punt gelijk: werk zou zijn gedachten afleiden van Debbie.

De meeste van de berichten waren afkomstig van NASA's Ames Biological Research Center in Californië en bevatten routineverzoeken om bevestigingen over gegevens. Het verloop van veel van de experimenten werd gelijktijdig hier en op aarde bijgehouden en wetenschappers hadden soms vragen over de gegevens die ze ontvingen. Hij bekeek de berichten stuk voor stuk, en trok een gezicht bij het zoveelste verzoek om urine- en ontlastingmonsters van de bemanning. Hij liet de lijst langzaam over het scherm rollen en stopte bij een nieuw bericht.

Een ander soort bericht. Het was niet afkomstig van Ames, maar van een privé-instituut. De privé-sector kon tegen betaling experimenten aan boord van het ruimtestation brengen, en hij ontving dan ook vaak e-mail van wetenschappers die niet aan NASA verbonden waren.

Dit bericht was afkomstig van SeaScience in La Jolla, Californië.

Aan: Dr. William Haning. ISS Biowetenschappen.
Van: Helen Koenig, Hoofdonderzoeker
Betreft: Experiment # CCU23 (Archeon celgroei)
Bericht: Onze meest recente gedownlinkte data laten snelle en onverwachte toename van celkweekmassa zien. S.v.p. bevestigen met uw meetapparatuur voor micro-organismen.

Weer zo'n gelegenheidsverzoek, dacht hij vermoeid. Veel van de experimenten in het heelal werden gereguleerd door opdrachten van wetenschapsmensen op aarde. De metingen werden verricht door middel van video-opnamen of automatische monsternemers, en de resultaten werden rechtstreeks doorgeseind naar de researchers op aarde. Met zo veel prachtige apparatuur aan boord van het ISS was het logisch dat er wel eens storingen optraden. Dat was de ware reden waarom er mensen in het ruimtestation nodig waren – om mankementen aan de gevoelige apparatuur te verhelpen.

Hij riep het metingenbestand van CCU#23 op en bekeek het protocol. Het was een experiment voor de privé-sector, niet door NASA besteld maar door SeaScience, een commerciële firma. De cellen in de kweek waren archeonen, bacterieachtige zee-organismen, verzameld in thermale kraters diep onder de oppervlakte van de oceaan. Ze waren niet schadelijk voor de mens.

Hij zweefde het laboratorium door naar het celkweekrek en zette zijn kousenvoeten in de voetbanden om zich staande te houden. Het kweekrek was een doosvormig instrument met een eigen vochtmeter en vloeistoftoevoerregelaar om de twee dozijn celkweekjes en weefselmonsters voortdurend vochtig te houden. De meeste van de experimenten werden volkomen automatisch en zonder menselijke hulp uitgevoerd. Gedurende zijn vier weken aan boord van het ISS had Bill tube #23 slechts één keer bekeken.

Hij trok de celmonsterla naar voren. In de la lagen 24 kweekbuisjes in een cirkelvormige opstelling. Hij pakte buisje #23 eruit.

Hij keek er geschrokken naar. De dop stond bijna bol, alsof hij onder druk stond. In plaats van de ietwat troebele vloeistof die hij had verwacht te zullen zien, had de inhoud van het buisje een blauwgroene kleur. Hij hield het ondersteboven, maar de materie bewoog zich niet. Het was niet vloeibaar meer, maar dik en stroperig.

Hij stelde de meetapparatuur voor micromaterie in en schoof het buisje in de sleuf. Even later verschenen de gegevens op het scherm.

Er is iets heel erg mis, dacht hij. Deze kweek is op de een of andere manier besmet geraakt. Misschien was het originele celmonster niet zuiver geweest of had een ander organisme kans gezien de buis binnen te dringen en was de oorspronkelijke materie daardoor vernietigd.

Hij typte een antwoord aan dr. Koenig:

'Uw gedownlinkte gegevens bevestigd. Kweek is volkomen veranderd. De materie is niet langer vloeibaar, maar ziet eruit als een gelatineachtige massa, fel van kleur, bijna neon-blauwgroen. We moeten de mogelijkheid van besmetting in acht nemen...'

Hij stopte. Er was nog een mogelijkheid: het effect van de microzwaartekracht. Op aarde groeiden kweekjes over het algemeen in platte vorm, door zich in twee richtingen uit te breiden op de oppervlakte van de kweekcontainer. In de gewichtloosheid van het heelal, bevrijd van de invloed van de zwaartekracht, gedroegen dezelfde monsters zich anders. Ze groeiden in drie dimensies en kregen vormen die op aarde onmogelijk waren.

Stel dat celkweek #23 niet besmet was? Stel dat dit gewoon de manier was waarop archeonen zich gedroegen wanneer er geen zwaartekracht was om ze onder controle te houden?

Bijna meteen verwierp hij dat idee. Deze veranderingen waren te drastisch. Gewichtloosheid alleen kon een ééncellig organisme niet in deze opvallende groene massa hebben veranderd.

Hij typte: 'Met de eerstvolgende shuttlevlucht sturen we een monster van kweek #23 voor u mee. Wachten uw verdere instructies af.'

Hij schrok toen een la met een harde tik werd dichtgeschoven. Toen hij omkeek, zag hij Kenichi Hirai bij zijn werkplek. Hoe lang zat hij daar al? De man was zo stilletjes het laboratorium binnengekomen dat Bill het helemaal niet had gemerkt. In een wereld waar geen boven en onder bestaat, waar je nooit voetstappen hoort, is een mondelinge groet vaak de enige manier om anderen te laten weten dat je er bent.

Toen hij Bill naar hem zag kijken, knikte Kenichi zwijgend en ging door met zijn werk. De zwijgzaamheid van de Japanner irriteerde Bill. Kenichi had iets van een huisspook. Doordat hij altijd zo stilletjes en onderwachts opdook, joeg hij iedereen de stuipen op het lijf. Bill wist dat het kwam omdat Kenichi vond dat hij niet goed genoeg Engels sprak en dat hij, om vernederingen te vermijden, liever zo weinig mogelijk zei. Toch kon hij best 'hallo' zeggen wanneer hij een module binnenkwam, om te voorkomen dat zijn vijf collega's voortdurend de zenuwen van hem kregen.

Bill richtte zijn aandacht weer op buisje #23. Hoe zou deze gelatinemassa eruitzien onder de microscoop? vroeg hij zich af.

Hij stak het buisje in de handschoenkast van plexiglas, vergrendelde het luikje en stak zijn handen in de aan de kast vastzittende handschoenen. Als er iets mocht lekken, zou het beperkt blijven tot de kast. Vloeistofdeeltjes die in microzwaartekracht vrij rondzweefden, konden de elektriciteitskabels van het ruimtestation lelijk aantasten. Voorzichtig draaide hij de dop van het buisje los. Hij wist dat de inhoud onder druk stond; dat was te zien aan het bollen van de dop. Toch schrok hij hevig toen de dop ervanaf schoot als een kurk uit een champagnefles.

Hij deinsde achteruit toen een blauwgroene klodder tegen de binnenkant van de handschoenkast spatte. De materie bleef eventjes hangen, trillend, alsof ze leefde. Ze leefde ook: een grote massa micro-organismen, samengesmolten tot een geleiachtige matrix.

'Bill, we moeten praten.'

De stem deed hem geschrokken opkijken. Hij deed snel de dop op het buisje en draaide zich om naar Michael Griggs, die de module binnen was gezweefd. Achter hem kwam Diana binnen zweven. De *beautiful people*, dacht Bill. Wat zagen ze er gestroomlijnd en atlethisch uit in hun marineblauwe NASA T-shirts en lichtblauwe korte broeken.

'Diana zegt dat je met problemen kampt,' zei Griggs. 'We hebben zojuist met Houston overlegd en daar zijn ze van mening dat het misschien verstandig is als je iets slikt. Alleen maar om je door de komende dagen heen te helpen.'

'Zo, hebben jullie Houston nu ook bang gemaakt?'

'Ze maken zich zorgen over je. En wij hier ook.'

'Mijn opmerking van daarnet over de CRV was alleen maar sarcastisch bedoeld.'

'Maar zoiets maakt ons wel nerveus.'

'Ik hoef geen valium. Laat me liever gewoon met rust.' Hij haalde het buisje uit de handschoenkast en legde het terug op zijn plek in de monsterla. Hij was te geïrriteerd om er nu aan te kunnen werken.

'We moeten ervan op aankunnen dat we je geheel kunnen vertrouwen, Bill. We zijn hierboven geheel van elkaar afhankelijk.'

Bill keek hem woedend aan. 'Zie ik eruit als een waanzinnige? Is dat jullie probleem?'

'Je kunt nu alleen maar aan je vrouw denken. Dat begrijp ik. En –'

'Daar begrijp jij niets van. Zolang we hier zitten heb jij volgens mij niet één keer aan je vrouw gedacht.' Hij wierp een veelbetekenende blik op Diana, duwde zich af en zweefde door de module naar de verbindingsgang. Hij wilde net de woonmodule binnengaan toen hij Luther daar zag, die het middagmaal gereedmaakte.

Ik kan me nergens verstoppen. Nergens alleen zijn.

Opeens in tranen gleed hij achterwaarts terug en dook de koepel in.

Met zijn rug naar de anderen staarde hij door het raam naar de aarde. De kust van de Grote Oceaan kwam al in beeld. Nog een zonsopgang, nog een zonsondergang.

Nog een eeuwigheid van wachten.

Kenichi keek Griggs en Diana na toen ze uit de labmodule dreven, ieder voortgestuwd door een goed geschatte afzet. Ze bewogen zich zo sierlijk, als blonde goden. Hij sloeg ze vaak gade wanneer ze het niet in de gaten hadden. Hij vond het vooral fijn om naar Diana Estes te kijken, een vrouw zo blond en bleek dat ze transparant leek.

Door hun vertrek had hij het laboratorium voor zich alleen en kon hij zich ontspannen. Zoveel conflicten in dit ruimtestation. Het werkte op zijn zenuwen en tastte zijn concentratievermogen aan. Hij was van nature een rustige man die graag in zijn eentje werkte. Hoewel hij het Engels uitstekend verstond, had hij er moeite mee zich erin uit te drukken en vond hij het erg vermoeiend om een heel gesprek te voeren. Hij werkte veel liever in zijn eentje, en in stilte, met alleen de proefdieren als gezelschap.

Hij keek door de ruit naar de muizen in het dierenverblijf en glimlachte. Aan de ene kant van de gazen wand zaten twaalf mannetjes; aan de andere kant twaalf vrouwtjes. In Japan had hij als kleine jongen konijnen gefokt en het fijn gevonden de diertjes op schoot te nemen en te aaien. Deze muizen waren echter geen huisdieren en leefden afgezonderd van menselijk contact; de lucht die ze uitademden werd gefilterd en gereinigd voordat hij zich mocht mengen met de rest van de lucht in het ruimtestation. Alles wat met de dieren gedaan moest worden, gebeurde in de aangrenzende handschoenkast, waar alle biologische monsters, van bacteriën tot laboratoriumratten, behandeld konden worden zonder vrees voor besmetting van de lucht in het ruimtestation.

Vandaag moesten bloedmonsters worden genomen. Geen taak die hij erg prettig vond, omdat hij daarvoor de huid van de muizen moest doorboren met een naald. Hij mompelde in het Japans een verontschuldiging toen hij zijn handen in de handschoenen stak en de eerste muis naar de afgesloten werkruimte overbracht. De muis wrong zich in alle bochten om aan hem te ontsnappen. Hij opende zijn hand en liet de muis vrij rondzweven terwijl hij de spuit gereedmaakte. Het was zielig om te zien, de muis die woest met zijn pootjes trappelde in een poging weg te komen. Zonder iets om zich tegen af te zetten zweefde hij hulpeloos in het niets.

De spuit was klaar. Hij hief zijn gehandschoende hand op om de muis weer te pakken. Pas toen zag hij het blauwgroene bolletje dat naast de muis zweefde. Zo dicht bij hem, dat de muis er met zijn roze tongetje nieuwsgierig aan likte. Kenichi lachte hardop. Zwevende bolletjes drinken was iets dat de astronauten voor de grap deden en nu amuseerde de muis zich ook met dat spelletje.

Toen dacht hij opeens: waar zou die blauwgroene materie vandaan gekomen zijn? Bill had als laatste de handschoenkast gebruikt. Hij had dus iets geknoeid, maar zou het giftige materie zijn?

Kenichi zwom naar de computer en keek naar het experimentenprotocol dat Bill had opgeroepen. Het was CCU#23, een celkweek. Hij zag aan het protocol dat het bolletje niets gevaarlijks bevatte. Archeonen waren ongevaarlijke ééncellige zeeorganismen, zonder besmettelijke eigenschappen.

Gerustgesteld keerde hij terug naar de handschoenkast, stak zijn handen erin en pakte de spuit.

5

16 juli

We hebben geen downlink.

Jack staarde naar de pluim van uitlaatgassen in de strakblauwe lucht en voelde de angst diep in zijn ziel snijden. De zon brandde op zijn gezicht, maar zijn zweet was ijskoud geworden. Hij zocht de hemel af. Waar was de shuttle? Nog maar een paar seconden geleden had hij hem met een lange bocht de hemel in zien schieten en het schudden van de grond gevoeld bij de oorverdovende lancering. Naarmate het ruimteschip hoger was geklommen, had hij zijn hart voelen stijgen, meegesleurd door de denderende raketmotoren. Hij had het hemelwaartse pad gevolgd tot het schip niet meer dan een speldenknop was geworden waar het zonlicht op afketste.

Hij zag hem nergens. De strakke witte streep was een rafelig spoor van grijze rook geworden.

In paniek zocht hij de hemel af en zag opeens een wirwar van beelden. Vuur in de hemel. Een satansvork van rook. Wijdverspreide fragmenten die in zee stortten.

We hebben geen downlink.

Hij werd wakker, hijgend, zijn lichaam badend in zweet. Het was dag en de zon scheen brandend heet door zijn slaapkamerraam.

Met een kreun zwaaide hij zijn benen over de rand van het bed en bleef met zijn hoofd tussen zijn handen zitten. Hij had de airco gisteravond niet aangezet en nu was het in de kamer zo heet als in een oven. Hij strompelde naar de schakelaar en zakte weer neer op het bed, een zucht van verlichting slakend toen de koude lucht uit het rooster begon te stromen.

De oude nachtmerrie.

Hij wreef over zijn gezicht, probeerde de beelden te verdrijven, maar ze stonden te diep in zijn geheugen gegrift. Hij had in zijn eerste studiejaar gezeten toen de *Challenger* was ontploft. Hij liep net door de zitkamer van het studentenhuis toen de televisie de eerste berichten over de ramp uitzond. Die dag en in de dagen die erop waren gevolgd, had hij de gruwelijke filmbeelden keer op keer gezien, ze zo diep in zijn onderbewustzijn opgenomen dat ze voor hem zo echt waren geworden alsof hij die ochtend zelf op de tribune van Cape Canaveral had gestaan.

En nu was de herinnering in zijn nachtmerries teruggekeerd.

Vanwege Emma's lancering.

Onder de douche hield hij zijn hoofd gebogen onder de harde koudwaterstraal, wachtend tot de laatste sporen van zijn dromen zouden worden weggespoeld. Volgende week begon zijn vakantie, maar hij was allerminst in een vakantiestemming. Hij was al in geen maanden met de zeilboot weggeweest. Nu had hij drie volle weken. Misschien zouden die weken op het water, weg van de eeuwige stadslichten, de beste therapie zijn. Hij, de zee en de sterren, en verder niets.

Het was lang geleden dat hij echt naar de sterren had gekeken. De laatste tijd was het alsof hij zelfs vermeed ernaar te kijken. Als kleine jongen was zijn blik altijd hemelwaarts gericht geweest. Zijn moeder had hem ooit verteld dat hij als kleuter 's avonds een keer op het grasveld achter in de tuin had gestaan, beide handen uitgestoken om de maan te pakken. Toen hij er niet bij kon komen, had hij gefrustreerd gehuild.

De maan, de sterren, het zwarte heelal – allemaal buiten bereik nu, en hij voelde zich vaak als die kleuter van toen, jankend van frustratie, zijn voeten vastgeklonken op aarde, zijn armen nog steeds uitgestoken naar de hemel.

Hij draaide de kraan dicht en bleef met beide handen tegen de tegels geleund staan. Hij hield zijn hoofd gebogen, zijn haar druipend nat. Vandaag is het de zestiende juli, dacht hij. Nog acht dagen tot Emma's lancering. Hij voelde zijn huid afkoelen.

Binnen tien minuten was hij aangekleed en zat hij in zijn auto.

Vandaag was het dinsdag, dus waren Emma en haar nieuwe bemanning nu bezig met het laatste deel van de geïntegreerde simulatie. Ze zou moe zijn en geen zin hebben om met hem te praten. Maar morgen ging ze naar Cape Canaveral. Morgen was ze buiten zijn bereik.

Hij reed naar het Johnson Space Center, zette zijn auto voor Gebouw 30, liet bij de ingang zijn NASA-penning zien en draafde de trappen op naar de controlekamer. Daar hing een gespannen en zwijgzame sfeer. De driedaagse geïntegreerde simulatie was een soort eindexamen voor zowel de astronauten als de mensen van de controlekamer, een met crisissituaties overladen generale repetitie van de ruimtereis – van de lancering tot en met de landing – waarbij een groot aantal storingen werd gesimuleerd om iedereen op zijn qui-vive te houden. Drie ploegen controllers hadden elkaar in deze zaal de afgelopen dagen diverse malen afgelost, en de twee dozijn mannen en vrouwen die nu achter de computers zaten, zagen er vermoeid uit. De prullenbakken zaten propvol koffiebekers en blikjes Diet Pepsi. Hoewel een paar van de controllers Jack zagen en hem toeknikten, was er geen tijd voor een echte begroeting; ze zaten midden in een crisissituatie en iedereen was geconcentreerd op de problemen. Het was voor het eerst in maanden dat Jack in de controlekamer was en hij voelde de oude opwinding meteen, een soort elektriciteit die door de zaal knetterde wanneer ze midden in een ruimtevlucht zaten.

Hij liep naar de bovenste rij computers en bleef staan naast vluchtleider Randy Carpenter, die het te druk had om met hem te praten. Carpenter was de hogepriester van alle vluchtleiders van het shuttleprogramma. Met zijn 140 kilo was hij een indrukwekkende verschijning in de controlekamer. Met zijn buik over zijn broekriem en zijn voeten gespreid op de grond geplant, was hij als een scheepskapitein op de brug van een rollend schip. In deze zaal had Carpenter het voor het zeggen. 'Ik ben een prachtig voorbeeld,' zei hij graag, 'van hoe ver een dikke jongen met een bril het kan schoppen.' In tegenstelling tot de legendarische vluchtleider Gene Krantz, die door zijn citaat 'Falen is geen optie' een held van de media was geworden, was Carpenter alleen binnen NASA bekend. Omdat hij zo weinig fotogeniek was, was hij sowieso niet geschikt als filmidool.

Jack luisterde naar het gesprek tussen het ruimteschip en de controlekamer en begreep al snel wat de aard van het probleem was dat Carpenter moest zien op te lossen. Jack had twee jaar geleden precies zo'n probleem toebedeeld gekregen bij een geïntegreerde simulatie, toen hij nog in het astronautenkorps zat en zich had voorbereid op vlucht STS 145. De bemanning van de shuttle had gemeld dat de luchtdruk in de cabine plotseling was gedaald, wat duidde op een lek. Er was geen tijd om naar de oorzaak ervan te zoeken; ze moesten een drastische koersverlegging uitvoeren.

De vluchtdynamicatechnicus die voor de voorste rij computers zat, in wat bekendstond als De Loopgraaf, ging razendsnel de verschillende vluchttrajecten na om te bepalen wat het geschiktste landingsterrein was. Niemand beschouwde dit als een spel; men was zich er te zeer van bewust dat als dit een echte crisis was, het leven van zeven mensen in gevaar zou verkeren.

'Cabineluchtdruk gezakt tot dertien punt negen psi,' meldde Leefklimaatcontrole.

'Edwards Air Force basis,' kondigde Vluchtdynamica aan. 'Tijdstip van landing geschat op 1300 uur.'

'Als de cabinedruk in dit tempo blijft dalen, zal hij tegen die tijd op zeven psi zitten,' zei Leefklimaatcontrole. 'Ik adviseer de bemanning hun helmen op te zetten, voordat we beginnen aan de procedure voor terugkeer in de dampkring.'

CAPCOM gaf het advies door aan de *Atlantis*.

'Begrepen,' antwoordde commandant Vance. 'We hebben onze helm op en beginnen aan de procedure voor terugkeer in de dampkring.'

Onwillekeurig leefde Jack helemaal met het spannende spel mee. Terwijl de seconden wegtikten, hield hij zijn blik gericht op het centrale scherm voor in de zaal, waar het pad van het ruimteschip stond uitgestippeld op een wereldkaart. Hoewel hij wist dat iedere crisis kunstmatig werd veroorzaakt door een gewiekst simulatieteam, werd hij aangestoken door de ernst van de oefening. Hij was zich er amper van bewust dat hij al zijn spieren spande, terwijl hij ingespannen naar de veranderende gegevens op het scherm keek.

De luchtdruk in de cabine zakte tot zeven psi.

De *Atlantis* dook de bovenste laag van de dampkring in. Ze zaten nu in een communicatie-blackout, tien lange minuten van stilte waarin de wrijving die werd veroorzaakt door de vaart waarmee het ruimteschip de dampkring binnenkwam, de lucht eromheen ioniseerde, waardoor iedere vorm van communicatie onmogelijk werd gemaakt.

'*Atlantis*, hoort u me?' zei CAPCOM.

Opeens kwam de stem van commandant Vance door de luidspreker: 'We horen u luid en duidelijk, Houston.'

De landing, een paar minuten later, verliep perfect. Het spel was voorbij.

Applaus klonk op in de controlekamer.

'Mooi werk, mensen!' zei vluchtleider Carpenter. 'Debriefing om 1500 uur. Laten we allemaal een hapje gaan eten.' Grinnikend zette hij zijn koptelefoon af en keek nu pas naar Jack. 'Hé, jou heb ik hier lang niet gezien.'

‘Ik ben doktertje aan het spelen met gewone burgers.’

‘Ah, je bent uit op het grote geld.’

Jack lachte. ‘Ja, ik weet alleen niet wat ik met al dat geld moet doen.’ Hij keek om zich heen naar de vluchtdeskundigen die nu ontspannen voor hun computers zaten en flesjes frisdrank en meegebrachte broodjes te voorschijn haalden. ‘Ging de simulatie goed?’

‘Ik ben tevreden. We hebben alle problemen weten op te lossen.’

‘En de bemanning?’

‘Die is gereed.’ Carpenter keek hem veelbetekenend aan. ‘Inclusief Emma. Ze is in haar element, Jack, dus breng haar alsjeblieft niet uit haar evenwicht. Ze moet zich nu volledig hierop concentreren.’ Dit was meer dan een vriendelijk advies. Het was een waarschuwing: *hou je persoonlijke problemen binnenshuis. Ga niet liggen klooien met de stemming van mijn bemanning*.

Met een ingetogen, zelfs wat boetvaardig gevoel wachtte Jack buiten in de zinderende hitte tot Emma uit Gebouw 5 zou komen, waar de vluchtsimulators stonden. Ze kwam naar buiten met de rest van haar bemanning. Iemand had blijkbaar een grapje gemaakt, want ze lachten allemaal. Toen zag ze Jack en verstierf de lach op haar gezicht.

‘Ik wist niet dat je zou komen,’ zei ze.

Hij haalde zijn schouders op en zei schaapachtig: ‘Ik ook niet.’

‘De debriefing is over tien minuten,’ zei Vance.

‘Ik kom eraan,’ zei ze. ‘Gaan jullie maar vast.’ Ze wachtte tot de anderen waren weggelopen en keek toen weer naar Jack. ‘Ik moet echt met ze meegaan. Ik weet dat door deze vlucht alles ingewikkeld is geworden. Als je bent gekomen vanwege de papieren voor de scheiding, beloof ik je dat ik ze zal tekenen zodra ik terug ben.’

‘Nee, daar ben ik niet voor gekomen.’

‘Waarvoor dan wel?’

Hij aarzelde. ‘Eh. Humphrey. Hoe heet de dierenarts ook alweer? Voor het geval hij een haarbal inslikt of zoiets.’

Ze keek hem bevreemd aan. ‘Dokter Goldsmith. Dezelfde die we altijd gehad hebben.’

‘O ja. Dat is waar ook.’

Ze bleven zwijgend tegenover elkaar staan terwijl de zon op hun hoofd brandde. Zweet droop over zijn rug. Hij vond haar opeens zo klein. Zo onwerkelijk. Toch was dit een vrouw die uit een vliegtuig was gesprongen. Die hem bij een wedstrijd te paard met gemak kon verslaan. Die op de dansvloer onvermoeibaar rondwervelde. Dit was zijn mooie vrouw, die geen angst kende.

Ze keek om naar Gebouw 30, waar haar bemanning op haar stond te wachten. 'Ik moet gaan, Jack.'

'Hoe laat vertrekken jullie naar de Cape?'

'Morgenochtend om zes uur.'

'Komen al je neefjes en nichtjes naar de lancering kijken?'

'Natuurlijk.' Ze zweeg even. 'Maar jij niet. Of wel?'

De nachtmerrie over de *Challenger* zat nog vers in zijn geheugen, de onheilspellende zwarte rookslierten in de blauwe hemel. *Ik durf er niet naar te kijken*, dacht hij. *Ik durf de risico's niet onder ogen zien*. Hij schudde zijn hoofd.

Ze accepteerde zijn antwoord met een koel knikje en een blik die zei: ik kan net zo afstandelijk zijn als jij. Ze draaide zich om en wilde weglopen.

'Emma.' Hij legde zijn hand op haar arm en draaide haar zachtjes naar zich terug. 'Ik zal je missen.'

Ze zuchtte. 'O ja, Jack?'

'Ja, echt waar.'

'Weken gaan voorbij zonder zelfs maar een telefoontje. En nu zeg je dat je me zult missen.' Ze lachte.

De bittere klank van haar stem stak hem. Evenals de juistheid van haar woorden. De afgelopen maanden had hij haar inderdaad gemeden. Het had hem te veel pijn gedaan om bij haar in de buurt te zijn, omdat haar succes zijn eigen gevoel van falen alleen maar groter maakte.

Hij hoefde geen hoop te koesteren dat ze ooit weer bij elkaar zouden komen; dat zag hij nu, in de kilte van haar blik. Het enige wat hij nog kon doen, was zich beschaafd gedragen.

Hij keek van haar weg, omdat hij het opeens niet kon verdragen naar haar te kijken. 'Ik ben alleen gekomen om je een goede reis te wensen. En veel succes. Zwaai af en toe maar naar me, wanneer je over Houston vliegt. Ik zal naar je uitkijken.' Het ISS zou op een vallende ster lijken, helderder dan Venus, zoevend door het heelal.

'Dan moet je ook terugzwaaien.'

Ze glimlachten allebei. Ze gingen dus beschaafd uiteen. Hij stak zijn armen uit en ze liet zich kort omhelzen. Het ging onhandig, alsof ze vreemdelingen waren die dit voor het eerst deden. Hij voelde haar lichaam, zo warm en levend, tegen het zijne. Toen maakte ze zich van hem los en liep naar het gebouw waar de controlekamer was gehuisvest.

Ze keek nog een keer om en stak haar hand op. Omdat hij tegen de zon inkeek, zag hij haar door zijn half toegeknepen ogen alleen als een silhouet, haar haren wapperend in de warme wind. En hij wist dat hij nog nooit zoveel van haar had gehouden als op dat moment, toen ze bij hem wegliep.

19 juli
Cape Canaveral

Zelfs van een afstand benam het schouwspel Emma de adem. Op lanceerplatform 39B, te midden van de felle schijnwerpers, stak de spaceshuttle *Atlantis*, vastgeklonken aan de gigantische oranje brandstoftank en de twee raketmotoren, als een vuurtoren af tegen de zwarte hemel. Hoe vaak ze dit ook al had meegemaakt, die eerste blik op het in licht badende ruimteschip op het lanceerterrein, vulde haar altijd met ontzag.

De rest van de bemanning, die bij haar op het asfalt stond, was al even stil. Om hun slaapcyclus te wijzigen waren ze vannacht om twee uur opgestaan en uit hun kamers op de derde verdieping van het Controle en Vertrek Gebouw gekomen voor een nachtelijke aanblik van de kolos waarmee ze het heelal in zouden schieten. Emma hoorde de kreet van een nachtvogel en voelde de koele, verfrissende zeewind die de bedompte geur van de omringende moerassen wegnam.

'Als je zoiets ziet, voel je je wel klein, hè?' zei gezagvoerder Vance met zijn zachte Texaanse accent.

De anderen mompelden instemmend.

'Zo klein als een mier,' zei Chenoweth, het enige groentje van de bemanning. Dit was zijn eerste reis aan boord van de shuttle en hij was zo opgewonden dat hij als het ware een eigen krachtveld om zich heen had. 'Ik vergeet aldoor hoe groot hij is en dan kijk ik en denk ik, Jezus, al die stuwkracht. En ik ben de bofkont die mee mag.'

Ze lachten allemaal, maar op de zachte, gedempte manier van parochianen in een kerk.

'Ik had nooit gedacht dat een week zo langzaam voorbij kon gaan,' zei Chenoweth.

'Deze man heeft er genoeg van een maagd te zijn.'

'Zeg dat wel. Ik wil het doen. Het heelal in.' Chenoweth keek hongerig naar de hemel. Naar de sterren. 'Jullie kennen het geheim al en ik kan amper wachten tot ik het met jullie kan delen.'

Het geheim. Het geheim van de weinige uitverkorenen die een ruimtevlucht hadden gemaakt. Het was een geheim dat je met niemand kon delen; je moest het zelf meemaken, zelf zien, met je eigen ogen, het zwart van het heelal en het blauw van de aarde in de verte. Je moest tegen je stoel geperst worden door de kracht van de stuwmotoren. Astronauten die terugkwamen van een ruimtevlucht hadden vaak een wetende glimlach op hun gezicht, een blik die zei: ik heb iets meegemaakt dat weinig anderen ooit zullen meemaken.

Emma had zo'n glimlach op haar gezicht gehad toen ze twee jaar geleden uit de *Discovery* was gekomen. Op wankele benen was ze de zonneschijn in gelopen en had ze opgekeken naar de verrassend blauwe hemel. Gedurende haar acht dagen aan boord van het ruimteschip had ze 260 zonsopgangen en zonsondergangen meegemaakt, bossen in Brazilië zien branden en het oog van een orkaan boven Samoa zien wervelen – een wereldbol bekeken die hartverscheurend broos had geleken. Ze was er voor altijd door veranderd.

Over vijf dagen, noodsituaties daar gelaten, zou Chenoweth het geheim met hen delen.

'Het is goed dat mijn netvliezen wat licht zien,' zei Chenoweth. 'Mijn hersenen denken dat het nog steeds nacht is.'

'Het is ook nacht,' zei Emma.

'Voor ons is de nieuwe dag al aangebroken, mensen,' zei Vance. Hij was degene die zijn dagelijkse ritme het snelst had kunnen aanpassen aan het nieuwe slaap-waakschema. Nu liep hij het Operaties- en Controlegebouw in om midden in de nacht aan een nieuwe werkdag te beginnen.

De anderen volgden hem. Alleen Emma bleef nog een ogenblik naar het ruimteschip staan kijken. Gisteren waren ze naar het lanceerterrein gereden voor een laatste repetitie van de ontsnappingsprocedure. Van dichtbij, in het zonlicht, had het schip er flonkerend uitgezien en te groot om helemaal in je op te kunnen nemen. Je kon je slechts op één ding tegelijk concentreren. De neus. De vleugels. De zwarte platen, als reptielenschubben, op haar buik. In het daglicht was hij tastbaar geweest. Nu, in de schijnwerpers afstekend tegen de zwarte hemel, maakte hij een onaardse indruk.

In de drukte van de voorbereidingen had Emma zichzelf geen tijd gegund angst te voelen en iedere twijfel kordaat van zich afgezet. Ze was gereed voor de vlucht. Ze wilde het. Maar nu voelde ze toch een vleugje angst.

Ze keek op naar de hemel en zag de sterren verdwijnen achter een opkomend wolkendek. Er zat verandering in het weer. Met een huivering draaide ze zich om en liep het gebouw in. Naar het licht.

23 juli
Houston

Een aantal slangetjes staken in Debbie Hanings lichaam. In haar keel zat een luchtslang waardoor zuurstof in haar longen werd gepompt. Een neusmaagslang was door haar linkerneusgat via haar slokdarm tot in haar maag geduwd. Een katheter voerde urine af, en via twee infusieslangetjes in haar aders druppelde vocht in haar lichaam. In haar pols zat een hartcontroleslangetje, en haar bloeddruk werd constant in de gaten gehouden via de stippellijn die over de oscilloscoop danste. Jack keek naar de labels op de infusiezakjes boven het bed en zag dat Debbie een sterk antibioticum kreeg toegediend. Een slecht teken; het wilde zeggen dat ze een infectie had opgelopen, wat niet ongebruikelijk was wanneer een patiënt al twee weken in een coma lag. Iedere prik in de huid, ieder plastic slangetje was een open deur voor bacteriën en nu werd in Debbie's bloedsomloop een oorlog uitgevochten.

Jack zag dat alles in één oogopslag, maar zei niets tegen Debbie's moeder, die naast het bed zat en de hand van haar dochter vasthield. Debbie's gezichtsspieren waren geheel slap, haar onderkaak hing naar beneden, haar ogen waren slechts gedeeltelijk gesloten. Ze lag in een diepe coma en was zich nergens van bewust, zelfs niet van pijn.

Margaret keek op toen Jack de kleine kamer binnenkwam en knikte hem toe. ‘Ze heeft een slechte nacht gehad,’ zei ze. ‘Ze heeft koorts en ze weten niet wat daar de oorzaak van is.’

‘De antibiotica zullen daar iets aan doen.’

‘En daarna? We kunnen een ontsteking behandelen, maar wat gebeurt er daarna?’ Margaret haalde diep adem. ‘Ze zou dit niet willen. Al deze slangetjes. Al deze naalden. Ze zou willen dat we haar lieten gaan.’

‘Dit is niet de tijd om het op te geven. Haar EEG is nog steeds actief. Ze is niet hersendood.’

‘Waarom wordt ze dan niet wakker?’

‘Ze is jong. Ze heeft zoveel om voor te leven.’

‘Dit noem ik geen leven.’ Margaret staarde naar de hand van haar dochter, blauw en opgezet door alle infusienaalden. 'Toen haar vader op sterven lag, heeft Debbie tegen me gezegd dat ze zelf nooit zo wilde eindigen. Vastgebonden en gevoed via slangetjes. Daar moet ik aldoor aan denken. Aan wat ze toen heeft gezegd...' Margaret keek weer op. 'Wat zou u doen? Als het uw vrouw was?'

'Ik zou er niet over peinzen het op te geven.'

'Ook niet als ze je zelf had verteld dat ze nooit zo zou willen worden?'

Hij dacht daar even over na. Toen zei hij, met klem: 'Uiteindelijk zou de beslissing aan mij zijn. Ongeacht wat zij of iemand anders tegen me zou zeggen. Ik zou iemand van wie ik houd, nooit opgeven. Nooit. Niet zolang er nog een kans bestond dat ik haar zou kunnen redden.'

Zijn woorden boden Margaret geen troost. Hij had het recht niet haar overtuiging, haar instincten, aan te vechten, maar ze had hem om zijn mening gevraagd en zijn antwoord was regelrecht uit zijn hart gekomen, niet uit zijn hoofd.

Met een schuldig gevoel legde hij eventjes zijn hand op Margarets schouder en verliet de kamer. Hoogstwaarschijnlijk zou de natuur hen de beslissing uit handen nemen. Wie in een coma lag en een inwendige infectie kreeg, hing al op de rand van de dood.

Hij verliet de intensive care en stapte met een gedeprimeerd gevoel in de lift. Wat een ellendige manier om aan je vakantie te beginnen. Toen hij op de begane grond uitstapte, besloot hij allereerst bij de kruidenier op de hoek een kratje bier te halen. IJskoud bier en een middag om de zeilboot in gereedheid te brengen was precies wat hij nodig had. Het zou hem afleiden van Debbie Haning.

'Code Blauw, intensive care. Code Blauw, intensive care.'

Hij keek met een ruk op toen hij de melding door de luidsprekers hoorde. *Debbie*, dacht hij. Hij sprintte naar het trappenhuis.

Het kamertje stond al vol artsen en verpleegsters. Hij drong naar binnen en keek naar de monitor. Hartfibrillatie! Haar hart was een trillende massa spieren, niet in staat te pompen, niet in staat haar hersenen in leven te houden.

'Eén amp epinephrine gaat er nu in!' riep een verpleegster.

'Iedereen achteruit!'

Jack zag het lichaam opspringen toen de schijven hun elektrische lading loslieten. De trillende streep op de monitor piekte en zakte terug naar de basis. De fibrillatie hield aan.

Een verpleegster paste hartmassage toe. Haar korte blonde haar wipte bij iedere druk op Debbie's borst op. De neuroloog, dokter Salomon, keek op toen Jack naast hem bij het bed kwam staan.

'Krijgt ze al Amiodarone?' vroeg Jack.

'We zijn er net mee begonnen, maar het werkt niet.'

Jack keek weer naar de streep. Het trillen werd steeds zwakker.

'We hebben haar al vier keer een schok gegeven,' zei Salomon. 'Maar we krijgen geen hartslag.'

'Een epi in het hart?'

'Het enige wat we daarnaast nog over hebben zijn Avé Maria's, dus ga je gang.'

De hartverpleegster maakte een spuit met epinephrine klaar en bevestigde die aan een lange hartnaald. Toen Jack de spuit van haar overnam, wist hij al dat de strijd verloren was. Deze procedure zou niets uithalen. Maar hij dacht aan Bill Haning, die zat te wachten tot hij terug kon komen naar zijn vrouw. En hij dacht aan wat hij daarnet tegen Margaret had gezegd.

Ik zou iemand van wie ik houd niet opgeven. Nooit. Niet zolang er een kans bestond dat ik haar zou kunnen redden.

Hij keek neer op Debbie, en een onthutsend ogenblik schoot Emma's gezicht door zijn gedachten. Hij slikte en zei: 'Ophouden met massage.'

De verpleegster trok haar handen weg van het borstbeen.

Jack haalde snel een watje met betadine over de huid en zette de punt van de naald onder het zwaardvormig aanhangsel van het borstbeen. Zijn eigen hartslag nam toe toen hij de huid doorboorde. Hij duwde de naald de borstkas in terwijl hij zachtjes negatieve druk uitoefende.

Druppelend bloed vertelde hem dat hij in het hart zat.

Hij drukte de inhoud van de spuit in één keer door de naald het hart in. 'Doorgaan met massage,' zei hij en hij keek op naar de monitor. *Vooruit, Debbie. Blijf vechten, verdomme. Geef het niet op. Geef Bill niet op.*

Het was doodstil in de kamer. Iedereen keek naar de monitor. De lijn bleef recht, het hartspierweefsel stierf af, cel voor cel. Niemand hoefde iets te zeggen; de verslagenheid stond op ieders gezicht te lezen.

Ze is nog zo jong, dacht Jack. Zesendertig.

Precies even oud als Emma.

Dokter Salomon was degene die het besluit nam. 'Laten we maar stoppen,' zei hij zachtjes. 'De dood is ingetreden om elf uur vijftien.'

De verpleegster die de hartmassage had verricht, stapte met een plechtig gebaar weg van het lichaam. In het felle licht zag Debbie's torso eruit alsof het van plastic was. Een mannequin. Niet de vrolijke, levenslustige vrouw die Jack vijf jaar geleden had ontmoet op een NASA-feestje onder de sterrenhemel.

Margaret kwam het kamertje in. Een ogenblik bleef ze roerloos staan, alsof ze haar eigen dochter niet herkende. Dokter Salomon legde zijn hand op haar schouder en zei rustig: 'Het is erg snel gegaan. We konden niets meer voor haar doen.'

'Hij had erbij moeten zijn,' zei Margaret met een snik in haar stem.

'We hebben ons best gedaan om haar in leven te houden,' zei dokter Salomon. 'Het spijt me.'

'Ik heb medelijden met Bill,' zei Margaret. Ze pakte de hand van haar dochter en kuste die. 'Hij had erbij willen zijn. Nu zal hij het zichzelf nooit vergeven.'

Jack verliet het kamertje en zakte neer op een stoel bij de verpleegstersbalie. Margarets woorden echoden in zijn hoofd. *Hij had erbij moeten zijn. Hij zal het zichzelf nooit vergeven.*

Hij keek naar de telefoon. En wat doe ik nog steeds hier? vroeg hij zich af.

Hij pakte de Gele Gids, trok een telefoon naar zich toe en draaide een nummer.

'Lone Star Travel,' antwoordde een vrouw.

'Ik moet zo snel mogelijk naar Cape Canaveral.'

6

Cape Canaveral

Door het open raam van zijn huurauto inhaleerde Jack de vochtige lucht van Merritt Island. Hij rook de oerwoudgeuren van natte grond en vegetatie. De toegangsweg naar het Kennedy Space Center was een verrassend smalle weg die dwars door sinaasappelboomgaarden, krakkemikkige donutkarren en met onkruid overwoekerde schroothopen vol afgedankte raketonderdelen liep. Het begon al te schemeren en in de verte zag hij de achterlichten van honderden auto's die stapvoets voortkropen. Ook achter hem zat de weg vol en zo dadelijk zou hij vast komen te zitten in de conga-rij van toeristen die een parkeerplaats zochten waar ze morgenochtend vroeg de lancering konden zien.

Het had geen zin te proberen door deze massa heen te komen. Het had ook geen zin te proberen naar Port Canaveral te komen. De astronauten sliepen nu. Hij was te laat aangekomen om afscheid te kunnen nemen.

Hij maakte zich los uit de file, keerde en reed terug naar Highway A1A. De weg naar Cocoa Beach.

Sinds de dagen van Bill Shepherd en de originele Mercury 7, was Cocoa Beach een uitgaanscentrum voor de astronauten geweest, een ietwat verlopen boulevard met hotels, bars en T-shirtwinkels tussen de Banana River in het westen en de Atlantische Oceaan in het oosten. Jack kende de boulevard als zijn broekzak, van het Tokyo Steak House tot de Moon Shot Bar. Hij had gejogd op het strand waar John Glenn altijd hardliep. Nog maar twee jaar geleden had hij op Jetty Park gestaan en over de Banana River naar Lanceerplatform 39A gekeken. Naar zijn ruimteschip, de vogel die hem naar het heelal had moeten brengen. De herinneringen gingen nog steeds gepaard met pijn. Hij herinnerde zich hoe hij op een snikhete middag over het strand had gerend. De plotselinge, vlammende pijn in zijn zij, zo scherp dat hij op de grond was gevallen. En toen, in een waas van narcose, het sombere gezicht van de arts van het ruimtevaartcentrum die op de eerstehulpafdeling van het ziekenhuis op hem had neergekeken en hem het slechte nieuws had verteld. Een niersteen.

Hij was meteen van het rooster geschrapt.

Veel erger was dat zijn hele toekomst in het ruimtevaartprogramma op de helling was komen te staan. Nierstenen waren een van de weinige dingen waardoor een astronaut permanent geschrapt kon worden. Microzwaartekracht veroorzaakte fysiologische veranderingen in de lichaamssappen, wat resulteerde in uitdroging. Het veroorzaakte bovendien uitloging van calcium uit de botten. Tezamen brachten deze factoren het risico met zich mee van de vorming van nieuwe nierstenen wanneer de astronaut in de ruimte zat, en dat was een risico dat NASA niet wilde nemen. Hoewel Jack deel bleef uitmaken van het astronautenkorps, werd hij aan de grond gehouden. Hij had het nog een jaar volgehouden, hopend op een nieuwe vluchtopdracht, maar zijn naam kwam nooit op het rooster te staan. Ze hadden van hem een spookastronaut gemaakt, gedoemd om tot in het eeuwige door de gangen van het JSC te dwalen, wachtend op een opdracht.

Terug naar het heden. Terug naar Canaveral, geen astronaut meer maar een doodgewone burger op de A1A, hongerig en chagrijnig, zonder bed voor de nacht. De hotels in de wijde omtrek zaten allemaal vol en hij had genoeg van het rijden.

Hij draaide het parkeerterrein van het Hilton Hotel op en liep naar de bar.

Het hotel was aardig opgekalefaterd sinds hij hier voor het laatst was geweest. Nieuwe vloerbedekking, nieuwe barkrukken, hangende varens aan het plafond. Vroeger was het een nogal verlopen tent geweest, een versleten schakel in de Hiltonketen aan een afgelegen stuk strand. Op Cocoa Beach waren geen vier-sterrenhotels te vinden. Dit was nog de meest luxueuze van de rij.

Hij bestelde een whisky met water en keek naar de televisie boven de bar. Die stond afgestemd op de officiële NASA-zender dat de spaceshuttle Atlantis liet zien, fel verlicht door de schijnwerpers, te midden van spookachtig oprijzende dampen. Emma's bus naar het heelal. Hij staarde naar het scherm en dacht aan de kilometers bedrading in de romp, het ontelbare aantal schakelaars en boordcomputers, de schroeven en moeren en ringen. Miljoenen dingen die kapot konden gaan. Het was een wonder dát er zo weinig misging, dat de mens, hoe onvolmaakt hij ook was, een ruimteschip kon bouwen dat zo betrouwbaar was dat zeven mensen bereid waren zich erin vast te gorden. Laat deze lancering alstublieft perfect gaan, dacht hij. Een lancering waarbij iedereen zijn werk tot in de puntjes heeft gedaan en er geen enkele schroef los zit. Het moet perfect gaan, omdat mijn Emma aan boord zal zijn.

Een vrouw kwam op de barkruk naast hem zitten en zei: 'Ik vraag me af waar ze nu aan denken.'

Hij keek naar haar en onwillekeurig werd zijn blik een ogenblik naar een zichtbaar stukje dijbeen getrokken. Het was zo'n slanke, zonnige blondine met een perfect, onbeduidend gezicht dat je na een uur weer vergeten bent. 'Waar wie nu aan denkt?' vroeg hij.

'De astronauten. Ik vraag me af of ze denken: "O jee, waar ben ik aan begonnen?"'

Hij haalde zijn schouders op en nam een slokje whisky. 'Ze denken nu helemaal niets. Ze slapen.'

'Ik zou nooit in slaap kunnen komen.'

'Hun dagritme is helemaal aangepast. Ze zijn waarschijnlijk twee uur geleden naar bed gegaan.'

'Nee, ik bedoel, ik zou helemáál niet kunnen slapen. Ik zou de hele nacht wakker liggen en manieren verzinnen om eronderuit te komen.'

Hij lachte: 'Neem maar van mij aan, dat als je op een moment als dit wakker bent, je juist zit te popelen om aan boord te komen en het heelal in te schieten.'

Ze bekeek hem aandachtig. 'Hoort u erbij?'

'Ik heb in het astronautenkorps gezeten.'

'Nu niet meer?'

Hij hief zijn glas op naar zijn lippen, voelde de ijsblokjes tegen zijn tanden tikken. 'Ik heb ontslag genomen.' Hij zette het lege glas neer, stond op en zag de teleurstelling in de ogen van de vrouw. Hij stond zichzelf een ogenblik toe zich in te beelden hoe de rest van de avond zou verlopen als hij zou blijven en het gesprek voortzetten. Aangenaam gezelschap. De belofte van méér.

In plaats daarvan betaalde hij en liep het hotel uit.

Om middernacht zat hij op het strand van Jetty Park en keek hij over het water uit naar Lanceerplatform 39B. *Ik ben er*, dacht hij. *Je weet het niet, maar ik ben bij je.*

24 juli
Houston

'Boven de Golf van Mexico zit een gebied met hogeluchtdruk die de hemel boven Cape Canaveral vrij van wolken zal houden, dus is terugkeer naar de lanceringsbasis mogelijk. Op Edwards Air Force Base zijn wat wolken, maar die zullen voor het middaguur wegtrekken. De TAL-optie in Zaragoza, Spanje, is momenteel goedgekeurd. De TAL-optie in Moron, Spanje, is momenteel eveneens goedgekeurd. Op Ben Guerir, Marokko, worden harde wind en zandstormen verwacht, dus is dat momenteel geen beschikbare TAL-optie.'

Het eerste weerbericht van die dag, dat simultaan werd doorgegeven aan Cape Canaveral, bracht goed nieuws en vluchtleider Carpenter was tevreden. Zoals het er nu uitzag, kon de lancering doorgaan. De slechte landingscondities op het vliegveld Ben Guerir waren slechts een kleine zorg, omdat er twee andere vliegvelden aan de overkant van de Atlantische Oceaan beschikbaar waren. Het waren trouwens alleen maar back-ups voor de back-ups. Die vliegvelden zouden alleen nodig zijn als er tijdens de vlucht een ernstige storing mocht optreden.

Hij keek om zich heen naar de Lanceringsploeg om te zien of zich nieuwe problemen hadden voorgedaan. De nerveuze spanning in de controlekamer was voelbaar en stijgend, zoals altijd vlak voor een lancering, en zo hoorde het ook. De dag dat ze *niet* nerveus waren, was de dag waarop ze fouten zouden maken. Carpenter wilde dat zijn mensen tot het uiterste geconcentreerd waren, dat alle synapsen op scherp stonden – een niveau van waakzaamheid waarvoor op dit middernachtelijke uur een extra dosis adrenaline nodig was.

Carpenters zenuwen stonden net zo gespannen als die van de anderen, ondanks het feit dat de *countdown* precies volgens schema verliep. De inspectieploeg op Kennedy had alle controles afgerond. De vluchtdynamicaploeg had het tijdstip van de lancering tot op de seconde bevestigd. Intussen hield een wijdverbreide bezetting van duizenden mensen de countdownklok in de gaten.

Op Cape Canaveral, waar de spaceshuttle klaarstond voor de lancering, moest diezelfde spanning nu aan het stijgen zijn in de zaal van het Lancerings Controle Centrum, waar een parallelploeg voor de computers zat, zich voorbereidend op de *lift-off*. Zodra de raketmotoren waren ontbrand, zou de controlekamer van Houston het overnemen. Hoewel ze duizenden kilometers bij elkaar vandaan zaten, stonden de controlekamers van Houston en Canaveral zo nauw met elkaar in verbinding, dat ze net zo goed in aangrenzende zalen hadden kunnen zitten.

In Huntsville, Alabama, op het Marshall Space Flight Center, zaten researchploegen te wachten tot hun experimenten het heelal in werden gebracht. Honderdzestig mijl noord-noordoost van Cape Canaveral lagen marineschepen klaar om de raketmotoren op te vissen die van het ruimteschip gescheiden zouden worden zodra ze waren leeggebrand.

Op alternatieve landingsterreinen en volgstations over de hele wereld, van NORAD in Colorado tot het internationale vliegveld bij Banjul, Gambia, keken mannen en vrouwen naar de klok.

En op dit moment zijn zeven mensen zich aan het voorbereiden om hun leven in onze handen te leggen.

Carpenter kon de astronauten nu zien, op het gesloten televisiecircuit. Ze werden in hun oranje Lancerings- en Vliegpakken geholpen. De beelden kwamen live uit Florida, maar zonder geluid. Carpenter nam een ogenblik de tijd om hun gezicht te bestuderen. Hoewel ze geen van allen een spoor van angst toonden, wist hij dat ze daar wel iets van voelden, ondanks die stralende gezichten. De versnelde polsslag, de nerveuze kriebels. Ze kenden de risico's en móesten wel een beetje bang zijn. De beelden op het scherm waren voor het grondpersoneel een ontnuchterend geheugensteuntje dat zeven mensen erop rekenden dat ze hun werk perfect zouden doen.

Carpenter maakte zijn blik los van het televisiescherm en richtte zijn aandacht weer op zijn ploeg vluchtcontrollers die voor de zestien computers zaten. Hoewel hij ieders naam kende, sprak hij ze aan met hun taaknamen, gecondenseerd tot het steno van de NASA-taal. De begeleidingstechnicus had de bijnaam GUIDO (Guidance Officer). De capsule communicator werd CAPCOM genoemd. De stuwingsingenieur (Propulsion Systems Engineer) was PROP. De traceringstechnicus (Trajectory Officer) was TRAJ. Ruimtevaartarts (Flight Surgeon) was afgekort tot SURGEON. En Carpenter, de Flight Director, werd FLIGHT genoemd.

De countdown overschreed de T minus drie uur grens. De lancering verliep nog steeds volgens schema.

Carpenter stak zijn hand in zijn zak en rammelde even met zijn sleutelring waaraan een klaverblad hing. Voor geluk. Zelfs ingenieurs kunnen bijgelovig zijn.

Laat er alsjeblieft niets misgaan, dacht hij. *Niet tijdens mijn dienst.*

Cape Canaveral

De rit van het Operaties en Controle Gebouw naar Lanceerplatform 39B duurde vijftien minuten. Het was een eigenaardig stille rit, want geen van de bemanningsleden zei veel. Een halfuur geleden, toen ze in hun pakken waren geholpen, hadden ze grapjes gemaakt en gelachen op die gespannen manier die zich aan je opdringt wanneer je zenuwen bijna knappen van de opwinding. De spanning was langzaam en gestaag gestegen vanaf het moment dat ze om half drie wakker waren gemaakt voor het traditionele ontbijt van biefstuk en eieren. Tijdens het luisteren naar de weerberichten, het aantrekken van hun pakken, het rituele uitdelen van de kaarten voor de beste pokerhand, waren ze allemaal een beetje te luidruchtig en vrolijk geweest, alle motoren ronkend van zelfvertrouwen.

Nu waren ze stil.

Het busje stopte. Chenoweth, de nieuweling die naast Emma zat, mompelde: 'Wie had ooit kunnen denken dat luieruitslag een van de risico's van dit vak was.'

Ze schoot in de lach. Ze droegen allemaal een volwassenenluier onder hun dikke ruimtepakken; ze hadden nog drie lange uren te gaan tot de *lift-off*.

Geassisteerd door de lanceringstechnici stapte Emma uit het busje. Een ogenblik bleef ze staan om vol ontzag op te kijken naar de dertig flatverdiepingen hoge raket, glanzend in de schijnwerpers. De laatste keer dat ze hier was geweest, had ze alleen de zeewind en de vogels gehoord. Nu was het ruimteschip tot leven gekomen, grommend en dampend als een ontwakende draak, nu etherisch drijfgas in de brandstoftanks borrelde.

Ze stegen in de lift naar Niveau 195 en stapten op de rasterloopplank. Het was nog donker, maar de nacht werd verdreven door de schijnwerpers zodat ze amper sterren kon zien. Het zwart van het heelal wachtte hen.

In de steriele witte kamer hielpen technici in stofvrije 'konijnenpakken' de bemanningsleden één voor één door het luik het ruimteschip in. Eerst de gezagvoerder en de piloot. Emma, die op het tussendek kwam te zitten, was de laatste. Ze nam plaats in haar dik beklede stoel, klikte de veiligheidsgordels vast, controleerde of haar helm goed zat en stak haar duimen op.

Het luik zwaaide dicht en werd van buitenaf gesloten.

Emma hoorde haar eigen hartslag. Boven de lucht-tot-grond-controles en het geronk en gekreun van de ontwakende shuttle uit hoorde ze haar eigen hart als een gestage trom. Als midscheepspassagier had ze de komende twee uur weinig meer te doen dan stilzitten en nadenken; de pre-vluchtcontroles zouden worden uitgevoerd door de bemanning. Ze had geen raampje om door naar buiten te kijken. Het enige wat ze kon zien waren de laadruimten en de levensmiddelenkast.

Buiten zou het nu gauw licht worden en dan zouden pelikanen boven de branding van Playalinda Beach zeilen.

Ze haalde diep adem en berustte in het wachten.

Jack zat op het strand en keek naar de opkomende zon.

Hij was niet de enige in Jetty Park. Het publiek had zich al van vóór middernacht verzameld, een eindeloze rij koplampen die over de Bee Line Expressway waren gekropen. Sommigen hadden zich uit de rij losgemaakt en voor het Dierenpark Merritt Island gekozen, anderen waren doorgereden naar de Banana River en de stad Cape Canaveral. Vanaf beide punten had je een goed uitzicht. De mensen om hem heen waren in feeststemming en hadden badlakens en picknickmanden meegebracht. Hij hoorde gelach, harde muziek en het gejengel van slaperige kinderen. Te midden van die werveling van feestvierders, was hij een stille gedaante, een man alleen met zijn gedachten en angsten.

Toen de zon loskwam van de horizon, keek hij noordwaarts, naar het lanceerterrein. Ze zat nu aan boord van de *Atlantis*, veiligheidsriemen om, wachtend. Opgewonden en gelukkig en een beetje bang.

Hij hoorde een kind zeggen: ‘Dat is een enge man, mamma,’ en keek om naar het meisje. Ze keken elkaar een ogenblik aan, het kleine blonde prinsesje en de ongeschoren, verlopen uitziende man. De moeder griste het kind naar zich toe en liep snel naar een veiliger plek op het strand.

Jack schudde wrang zijn hoofd en keek weer naar het noorden. Naar Emma.

Houston

In de controlekamer was het bedrieglijk rustig geworden. Nog twintig minuten tot de lancering – tijd om definitief te bevestigen dat de lancering door kon gaan. De controllers achter in de zaal hadden hun inspecties uitgevoerd en nu was de voorste rij aan de beurt.

Op kalme toon werkte Carpenter de lijst af. Hij wilde een mondelinge bevestiging van ieder van de controllers.

'FIDO?' vroeg Carpenter.

'FIDO is een *GO*,' zei de vluchtdynamica-ingenieur.

'GUIDO?'

'GUIDO is een *GO*.'

'SURGEON?'

'SURGEON is een *GO*.'

'DPS?'

'Data Processing is een *GO*.'

Toen Carpenter ze ieder apart had gehad en van ieder een positief antwoord had gekregen, knikte hij kort tegen de zaal.

'Houston, is het een *GO*?' vroeg de lanceringsleider op Cape Canaveral.

'*Dit is Mission Control. Het is een GO*,' bevestigde Carpenter.

De traditionele boodschap aan de bemanningsleden werd door iedereen in het vluchtcentrum in Houston gehoord.

'*Atlantis*, het is een *GO*. Van ons allen hier op de Cape, goede reis en veel succes.'

'Controlekamer, dit is *Atlantis*,' hoorden ze gezagvoerder Vance antwoorden. 'Welbedankt dat jullie deze vogel gereed hebben gemaakt voor de vlucht.'

Cape Canaveral

Emma deed haar vizier dicht en op slot en zette de zuurstoftoevoer open. Nog twee minuten tot de *lift-off*. Opgesloten in haar pak viel er voor haar niets anders te doen dan de seconden tellen. Ze voelde het trillen van de raketmotoren die in lanceringspositie werden gedraaid.

T minus dertig seconden. De elektrische link met de controlekamers werd nu verbroken en de boordcomputers namen het over.

Haar hartslag versnelde zich, de adrenaline joeg door haar aderen.

Terwijl ze naar het aftellen luisterde, wist ze per seconde wat hen te wachten stond en volgde ze in gedachten de gebeurtenissen.

Om T minus acht seconden werden duizenden liters water onder het lanceerterrein uitgestort om het gedender van de motoren te dempen.

Om T minus vijf seconden zetten de boordcomputers de kleppen open om vloeibare zuurstof en waterstof toegang te geven tot de hoofdmotoren.

Ze voelde het ruimteschip schokken toen de drie hoofdmotoren ontbrandden en het schip aan de klemmen rukte waarmee het nog steeds vastzat aan het lanceerplatform.

Vier. Drie. Twee... Nu konden ze niet meer terug.

Ze hield haar adem in en klemde haar handen om de stoelleuningen toen de raketmotoren ontbrandden. De turbulentie was zo sterk dat al haar botten trilden, het gedender zo oorverdovend dat ze de communicatie in haar koptelefoon niet meer kon horen. Ze moest haar kaken op elkaar klemmen om te voorkomen dat haar tanden tegen elkaar zouden kletteren. Nu voelde ze de shuttle de geplande bocht boven de Atlantische Oceaan maken en werd haar lichaam neergedrukt in haar stoel door de acceleratie tot 3 G's. Haar ledematen waren zo zwaar dat ze ze amper kon bewegen, het trillen zo sterk dat het leek alsof het schip ieder moment uit elkaar zou springen. Ze zaten op Max Q, het hoogtepunt van de turbulentie, en gezagvoerder Vance kondigde aan dat hij de hoofdmotoren iets terugnam. Over minder dan een minuut zou hij ze weer op volle kracht zetten.

Terwijl de seconden wegtikten, de helm rond haar hoofd danste en de kracht van de *lift-off* als een wrede hand op haar borst drukte, voelde ze een nieuwe steek van angst. Dit was het punt in de lancering waarop de *Challenger* was ontploft.

Emma deed haar ogen dicht en dacht terug aan de simulatie met Hazel twee weken geleden. Ze naderden het punt waarop bij de nabootsing alles fout was gegaan. Waarop ze gedwongen waren geweest de lancering af te breken en Kittredge uiteindelijk de macht over het ruimteschip had verloren. Dit was het kritieke moment van de lancering en ze kon niets anders doen dan stil blijven liggen en hopen dat het ware leven vriendelijker was dan de simulatie.

Door de koptelefoon hoorde ze Vance zeggen: 'Controlekamer, dit is *Atlantis*. We geven weer gas.'

'Begrepen, *Atlantis*. U kunt gas geven.'

Jack keek angstig op naar de hemel toen de raket de lucht in ging. Hij hoorde het knetteren van de raketmotoren die fonteinen van vuur spuwden. Het spoor van uitlaatgassen klom hoger en hoger, getekend door de glanzende penpunt van het ruimteschip. Rondom hem barstte applaus los. Een perfecte lancering, dachten ze allemaal. Maar Jack wist hoeveel dingen er nog mis konden gaan.

Opeens bedacht hij paniekerig dat hij de seconden niet had geteld. Hoeveel tijd was verstreken? Waren ze Max Q al voorbij? Met zijn hand boven zijn ogen om ze tegen het licht van de ochtendzon te beschermen, zocht hij naar de *Atlantis*, maar zag alleen de rookpluim.

De mensen begonnen hun auto's al op te zoeken.

Hij bleef doodstil staan, in angstige afwachting. Hij zag geen gruwelijke explosie. Geen zwarte rook. Geen nachtmerrie.

De *Atlantis* was veilig aan de aarde ontsnapt en suisde nu door het heelal.

Hij voelde tranen over zijn wangen rollen en deed geen moeite ze weg te vegen. Hij liet ze stromen terwijl hij naar de hemel bleef kijken, naar het uiteenwaaiende spoor van rook dat het pad aangaf waarlangs zijn vrouw naar de hemel was opgestegen.

Het Station

7

25 juli
Beatty, Nevada

Sullivan Obie werd met een kreun wakker toen de telefoon begon te rinkelen. Zijn hoofd voelde aan alsof iemand er met bekkens op sloeg en zijn mond smaakte als een oude asbak. Hij tastte naar de telefoon en stootte de hoorn van de haak. De harde klap op de vloer deed hem ineenkrimpen van pijn. *Ach, krijg wat*, dacht hij en hij draaide zich om, zijn neus begravend in een bos verward haar.

Een vrouw?

Knipperend tegen het daglicht bevestigde hij dat er inderdaad een vrouw in zijn bed lag. Een blonde vrouw. Die snurkte. Hij deed zijn ogen dicht en wenste dat als hij nu in slaap viel, ze straks weg zou zijn wanneer hij weer wakker werd.

Maar hij kon niet meer slapen. Vanwege de stem die uit de gevallen hoorn kwam.

Hij viste in het rond naast zijn bed en vond de telefoon. 'Bridget?' zei hij. 'Wat is er?'

'Waarom ben je niet hier?' wilde Bridget weten.

'Omdat ik in bed lig.'

'Het is half elf! Hallo-o? De nieuwe investeerders? Jullie bespreking? Ik kan je nu al vertellen dat Casper alleen nog in dubio staat of hij je moet kruisigen of wurgen.'

De investeerders. Shit.

Sullivan schoot overeind en drukte zijn hand tegen zijn hoofd tot het duizelige gevoel wegtrok.

'Laat die meid liggen en maak dat je hier komt,' zei Bridget. 'Casper is al met ze naar de hangar.'

'Tien minuten,' zei hij. Hij hing op en stapte moeizaam uit bed. Het blondje verroerde zich niet. Hij had geen idee wie ze was, maar hij liet haar maar liggen, want erg veel viel er bij hem toch niet te gappen.

Hij had geen tijd om zich te douchen of te scheren. Hij slikte drie aspirientjes door met een kop magnetronkoffie en scheurde weg op zijn Harley.

Bridget stond bij de hangar op hem te wachten. Ze zag er echt uit als een Bridget: stevig, roodharig, met een bijpassend slecht humeur. Helaas beantwoordden sommige stereotypes helemaal aan zichzelf.

'Ze staan op het punt te vertrekken,' siste ze. 'Schiet op.'

'Wie zijn het ook alweer?'

'Meneer Lucas en meneer Rashad. Ze vertegenwoordigen een consortium van twaalf investeerders. Als je dit verknoeit, Sully, kunnen we de zaak opdoeken.' Ze zweeg en bekeek hem met afgrijzen. 'We kunnen de zaak waarschijnlijk evengoed opdoeken. Wat zie je eruit. Had je je niet even kunnen scheren?'

'Zal ik nog even teruggaan? Dan kan ik onderweg ook wel een smoking oppikken.'

'Toe nou maar.' Ze drukte hem een opgevouwen krant in de hand.

'Waarom geef je me een krant?'

'Daar heeft Casper om gevraagd. Ga nu maar gauw naar binnen en haal die lui over een cheque voor ons uit te schrijven. Een forse cheque.'

Met een zucht liep hij de hangar in. Na het schelle woestijnlicht was de relatieve duisternis een weldaad voor zijn ogen. Het duurde even tot hij de drie mannen had gevonden die bij de zwarte thermale schildplaten van het ruimteschip, *Apogee II*, stonden. De twee bezoekers, keurig in het pak, vielen erg uit de toon tussen alle vliegtuigwerktuigen en -onderdelen.

'Goedemorgen, heren!' riep hij. 'Het spijt me dat ik wat aan de late kant ben, maar ik zat vast in een conferentiegesprek. U weet zelf natuurlijk ook wel dat men daar soms gewoon geen punt aan kan draaien...' Hij zag Casper Mulhollands waarschuwende blik van 'ga niet te ver, klootzak' en slikte de rest in. 'Ik ben Sullivan Obie,' zei hij. 'De partner van meneer Mulholland.'

'Meneer Obie kent iedere schroef en moer van dit RLV, ons meermalig te gebruiken ruimteschip,' zei Casper. 'Hij is nog in de leer geweest bij de oude meester, Bob Truax, in Californië. Hij kan de werking van het RLV dan ook beter uitleggen dan ik. We noemen hem zelfs onze Obie-Wan.'

De bezoekers vertrokken geen spier. Het was geen goed teken wanneer de universele taal van Star Wars geen glimlach wist op te roepen.

Sullivan schudde handen, eerst met Lucas, toen met Rashad, breed lachend, ook al zonk alle hoop hem al in de schoenen en voelde hij opeens een sterke afkeer van deze goedgeklede mannen wier geld hij en Casper zo wanhopig hard nodig hadden. Apogee Engineering, hun baby, de droom die ze de afgelopen dertien jaar hadden gekoesterd, stond op het punt ten onder te gaan, en alleen een nieuwe smak geld, van een nieuwe groep investeerders, kon hen redden. Hij en Casper moesten vandaag praten als Brugman. Als het niet lukte, konden ze net zo goed hun gereedschap inpakken en het ruimteschip verkopen als kermisattractie.

Sullivan maakte een zwierig gebaar naar de *Apogee II*, die meer op een uit zijn krachten gegroeide brandkraan met ramen leek dan op een spaceshuttle.

'Ik weet dat ons schip er niet al te imposant uitziet,' zei hij, 'maar wat hier voor u staat is het meest rendabele en meest praktische meermalig te gebruiken ruimteschip dat er bestaat. Het heeft een uniek lanceersysteem. Na verticale lancering en een klim van twaalf kilometer, brengen de door druk gevoede raketten het schip tot een Mach-4 keerpunt met laagdynamische druk. De *Apogee II* is in zijn geheel geschikt voor hergebruik en weegt slechts acht punt vijf ton. Hij voldoet aan alle principes die naar onze mening de toekomst zijn van commerciële ruimtereizen. Kleiner. Sneller. Goedkoper.'

'Welke soort ontbrandingsmotor gebruikt u?' vroeg Rashad.

'Rybinsk RD-38 luchtademende motoren, geïmporteerd uit Rusland.'

'Waarom uit Rusland?'

'Omdat, meneer Rashad, tussen ons gezegd en gezwegen de Russen meer over ruimtevaart weten dan wie ook ter wereld. Ze hebben tientallen vloeibare-brandstofraketten ontwikkeld, gebruikmakend van nieuwe materialen die hoge druk kunnen weerstaan. Ons land, moet ik tot mijn spijt bekennen, heeft sinds de Apollo slechts één nieuwe vloeibare-brandstofmotor ontwikkeld. De ruimtevaart is een internationale industrie geworden. Wij kiezen altijd de beste componenten voor ons product – waar die componenten ook vandaan komen.'

'En hoe landt dit... *ding*?' vroeg meneer Lucas, weifelend naar de veredelde brandkraan kijkend.

'Dat is nu juist het mooie van de *Apogee II*. Zoals u hebt gezien, heeft ze geen vleugels. Ze heeft geen landingsbaan nodig. In plaats daarvan zakt ze recht naar beneden, gebruikmakend van parachutes om haar daling te vertragen en van airbags om de landing te verzachten. Ze kan overal landen, zelfs in zee. Nogmaals, we nemen onze pet af voor de Russen. We hebben veel ideeën geleend van de oude Soyuz-capsule, die tientallen jaren hun betrouwbare werkpaard is geweest.'

'Ik merk dat jullie nogal veel van de goeie, ouwe Ruski technologie houden,' zei Lucas.

Sullivan verstijfde. 'Ik hou van technologie die werkt. U kunt over de Russen zeggen wat u wilt, maar ze wisten in ieder geval wat ze deden.'

'Wat u hier dus hebt,' zei Lucas, 'is een soort kruising tussen de *Soyuz* en een spaceshuttle.'

'Een erg *kleine* spaceshuttle. We hebben dertien jaar in de ontwikkeling gestopt en slechts vijfenzestig miljoen dollar gespendeerd om zover te komen – dat is ongelooflijk goedkoop, wanneer je het vergelijkt met wat de shuttle kost. We geloven dat u een jaarlijkse winst van dertig procent op uw investering zult maken als we twaalfhonderd lanceringen per jaar rekenen. De kosten per vlucht zouden tachtigduizend dollar zijn, de prijs per kilogram een luttele driehonderd. Kleiner, sneller, goedkoper. Dat is onze leus.'

'Over hoe klein hebben we het, meneer Obie? Wat is uw vrachtcapaciteit?'

Sullivan aarzelde. Dit was het punt waarop ze hen zouden kunnen verliezen. 'We kunnen een vracht van driehonderd kilo vervoeren, plus een piloot.'

Er viel een lange stilte.

Toen zei meneer Rashad: 'Meer niet?'

'Dat is bijna zevenhonderd pond. Ruimte voor een heleboel researchexperimenten.'

'Ik weet hoeveel driehonderd kilo is. Het is niet veel.'

'Dat maken we goed door veelvuldige lanceringen. U kunt ons schip beschouwen als een vliegende taxi naar het heelal.'

'Het is zelfs zo – het is zelfs zo dat NASA belangstelling heeft!' mengde Casper zich nu met iets wanhopigs in zijn stem in het gesprek. 'Dit is precies het soort RLV's dat ze misschien gaan aankopen voor snelle transporten naar het ruimtestation.'

Lucas' wenkbrauwen schoten omhoog. 'NASA heeft belangstelling?'

'We hebben een vrij hechte relatie met NASA.'

Nee, Casper, dacht Sullivan. *Doe dit niet.*

'Laat ze de krant zien, Sully.'

'Wat?'

'De *Los Angeles Times*. Pagina twee.'

Sullivan keek naar de *L.A. Times* die Bridget hem in handen had geduwd. Hij sloeg de tweede pagina op en zag het artikel: 'NASA stuurt astronaut als plaatsvervanger.' Er stond een foto bij van de hoge pieten van het JSC tijdens een persconferentie. Hij herkende de huiselijke man met de flaporen en het slechte kapsel. Gordon Obie.

Casper griste hem de krant uit handen en liet het artikel aan hun bezoekers zien. 'Ziet u deze man, die naast Leroy Cornell staat? Dat is het hoofd van de afdeling Bemanningen. De broer van meneer Obie.'

De twee bezoekers, duidelijk onder de indruk, keken weer naar Sullivan.

'En, heren?' zei Casper. 'Wilt u zaken met ons doen?'

'We kunnen het u net zo goed ronduit vertellen,' zei Lucas. 'Meneer Rashad en ik hebben al gekeken naar wat andere ruimtevaartmaatschappijen aan het ontwikkelen zijn. We hebben de Kelly Astroliner, de Roton en de Kistler K-1 gezien. We zijn van alle ontwerpen onder de indruk, vooral van de K-1, maar we vonden dat we uw maatschappijtje in ieder geval een kans moesten geven.'

Uw maatschappijtje.

Krijg de klere, dacht Sullivan. Hij had er een gruwelijke hekel aan te moeten bedelen, op zijn knieën te moeten vallen voor dergelijke pompeuze figuren. Dit was een hopeloze zaak. Hij had pijn in zijn kop en rammelde van de honger. Deze twee pennenlikkers hadden zijn tijd lang genoeg staan verkwisten.

'Vertel ons eens waarom we juist op uw paard moeten wedden,' zei Lucas. 'Waarom zou de *Apogee* onze beste keus zijn?'

'Als ik heel eerlijk mag zijn, heren, geloof ik dat de *Apogee* helemaal niet uw beste keus is,' antwoordde Sullivan botweg. Waarna hij zich omdraaide en wegliep.

'Eh – neemt u me niet kwalijk,' zei Casper. Hij holde achter zijn partner aan. 'Sully!' fluisterde hij. 'Wat doe je nou?'

'Die kerels hebben geen belangstelling voor ons. Je hebt gehoord wat ze zeiden. Ze vinden de K-1 veel mooier. Ze willen grote raketten. Die bij hun pik passen.'

'Verknoei dit nou niet! Ga terug en praat met ze.'

'Waarom? Ze gaan heus geen cheque voor ons uitschrijven.'

'Als we hen kwijtraken, zijn we alles kwijt.'

'We *zijn* alles al kwijt.'

'Nee. Nee, je kunt ze dit verkopen. Je hoeft ze alleen maar de waarheid te vertellen. De dingen waar we in geloven. Omdat jij en ik weten dat wij het beste RLV hebben.'

Sullivan wreef in zijn ogen. De aspirine was uitgewerkt en zijn hoofd bonkte. Hij was het bedelen zat. Hij was ingenieur en piloot van beroep en zou met plezier de rest van zijn leven met zijn handen in de motorolie zitten. Maar dat zou niet gebeuren, niet zonder nieuwe investeerders. Niet zonder nieuw geld.

Hij draaide zich om en liep terug naar de bezoekers. Tot zijn verbazing bekeken die hem met een voorzichtig respect. Misschien omdat hij hen de waarheid had verteld.

'Oké,' zei Sullivan, gesterkt door het feit dat hij niets te verliezen had. Hij kon net zo goed eervol ten onder gaan. 'Dit is mijn voorstel. We kunnen alles wat we u verteld hebben bewijzen met een simpele demonstratie. Zijn de andere maatschappijen bereid om zomaar even een lancering te organiseren? Nee, dat zijn ze niet. Ze hebben tijd nodig om zich *voor te bereiden,*' schimpte hij. 'Maanden en maanden van voorbereidingen. *Wij* kunnen dit ding op ieder willekeurig moment de lucht in schieten. We hoeven hem alleen maar aan een startmotor te koppelen en hup, hij zit in de lage dampkring. We kunnen haar zelfs helemaal naar het ISS schieten. Geef ons dus maar een datum. *U* mag zeggen wanneer u een *lift-off* wilt en *wij* zullen zorgen dat het gebeurt.'

Casper trok wit weg. Zo wit als een spook. En geen vriendelijk spook. Sullivan had zojuist een zo groot risico genomen, dat ze hulpeloos in het luchtledige waren komen te hangen. De *Apogee II* was nog niet eens getest. Hij stond al veertien maanden in deze hangar stoffig te worden, terwijl Sully en hij naar geld hadden gezocht. En nu wilde Sully hem op de eerste de beste vlucht helemaal het heelal in jagen?

'Ik heb er zelfs zo veel vertrouwen in dat ze de test met succes zal doorstaan,' zei Sullivan, de inzet nog wat verhogend, 'dat ik hem zelf zal bemannen.'

Casper drukte zijn handen tegen zijn maag. 'Eh... bij wijze van spreken dan, heren. Ze kan heel goed onbemand een vlucht maken –'

'Maar dat is niet spannend,' ging Sullivan door. 'Nee, ik ga ermee de lucht in. Dat is voor iedereen veel interessanter. Wat vindt u ervan?'

Ik vind dat je niet goed bij je hoofd ben, vertelden Caspers ogen hem.

De twee zakenmannen wisselden een blik en een paar gefluisterde woorden. Toen zei Lucas: 'We zullen graag een demonstratie meemaken. Het zal even duren voordat we al onze partners bij elkaar kunnen krijgen, want ze moeten natuurlijk hun reisschema's afstemmen, maar laten we zeggen... over een maand. Kunt u dat voor elkaar krijgen?'

Ze wilden weten of hij blufte. Sullivan lachte. 'Een maand? Geen probleem.' Hij keek naar Casper, die zijn ogen dicht had gedaan alsof hij pijn leed.

'We nemen nog wel contact met u op,' zei Lucas en draaide zich om naar de deur.

'Nog een laatste vraag, als u het niet erg vindt,' zei meneer Rashad. Hij wees naar het ruimteschip. 'Ik heb gezien dat uw prototype *Apogee II* heet. Is er ook een *Apogee I*?'

Casper en Sullivan keken elkaar aan.

'Eh, ja,' zei Casper. 'Die is er geweest...'

'En wat is daarmee gebeurd?'

Casper kon geen woord meer uitbrengen.

Wat kan mij het schelen, dacht Sullivan. De waarheid schijnt op deze kerels de beste invloed te hebben; daar kon hij zich dus het beste aan blijven houden.

'Die is neergestort en in brand gevlogen,' zei hij. Waarna hij de hangar uitliep.

Neergestort en in brand gevlogen. Dat was de enige manier om te beschrijven wat er op die koude, heldere ochtend anderhalf jaar geleden was gebeurd. De ochtend dat ook zijn dromen waren neergestort en in brand gevlogen. Nu, aan zijn gehavende bureau in het kantoor, zijn kater wegwerkend met koffie, zag hij ieder pijnlijk detail van die dag weer voor zich. De bus vol NASA-ingenieurs die bij het lanceerterrein was aangekomen. Zijn broer Gordie, trots glimlachend. De feestelijke sfeer onder de tientallen employés van Apogee en de score investeerders die onder de luifel bijeen waren gekomen voor pre-lanceerkoffie en donuts.

De countdown. De lift-off. Iedereen had met de hand boven de ogen omhoog gekeken toen de *Apogee I* de hemel in was geschoten en steeds kleiner geworden tot ze alleen nog maar een glanzend puntje was.

Toen de lichtflits en het was voorbij.

Zijn broer Gordon had daarna niet veel gezegd, amper een paar woorden van condoleance. Maar zo was Gordon. Hun hele leven lang, iedere keer dat Sullivan de mist in was gegaan – en dat scheen maar al te vaak te gebeuren – had Gordon alleen maar bedroefd en teleurgesteld zijn hoofd geschud. Gordon was de oudste broer, de nuchtere, betrouwbare zoon die zich als ruimtegezagvoerder had onderscheiden.

Sullivan was zelfs nooit tot het astronautenkorps toegelaten. Ook hij was piloot en ruimtevaartingenieur, maar hij had nooit geluk. Wanneer hij in een cockpit stapte, ontstond er prompt ergens kortsluiting of brak er een kabel. Hij had vaak gedacht dat hij de woorden *Ik kan er niets aan doen* op zijn voorhoofd zou moeten laten tatoeëren, omdat het meestal echt niet zijn schuld was wanneer er iets misging. Maar Gordon begreep dat niet. Bij hem ging er nooit iets mis. Gordon vond het concept pech alleen maar een excuus om onbekwaamheid te verdoezelen.

'Waarom bel je hem niet?' vroeg Bridget.

Hij keek op. Ze stond voor zijn bureau, haar armen over elkaar als een misprijzende schooljuffrouw. 'Wie?' vroeg hij.

'Je broer. Vertel hem dat we het tweede prototype gaan lanceren. Vraag of hij wil komen kijken. Misschien brengt hij dan de rest van NASA weer mee.'

'Ik wil er niemand van NASA bij hebben.'

'Sully, als we indruk maken, zitten we gebakken.'

'Net als de vorige keer?'

'De vorige keer was domme pech. We hebben het probleem inmiddels opgelost.'

'Er doet zich nu vast wel weer een ander probleem voor.'

'Je gaat ons in het ongeluk storten, weet je dat?' Ze schoof de telefoon naar hem toe. 'Bel Gordon. Als we de dobbelstenen gaan laten rollen, kunnen we net zo goed de hele santenkraam inzetten.'

Hij keek naar de telefoon, dacht aan de *Apogee I*. Aan hoe een leven van dromen in een fractie van een seconde in rook kon opgaan.

'Sully?'

'Nee,' zei hij. 'Mijn broer heeft betere dingen te doen dan zich met verliezers in te laten.' En hij gooide de krant in de prullenbak.

26 juli
Aan boord van de Atlantis

'Hé, Watson,' riep gezagvoerder Vance naar het tussendek. 'Kom eens naar je nieuwe onderkomen kijken.'

Emma zweefde de ladder op en kwam achter Vances stoel uit op het vluchtdek. Toen ze door de ramen naar buiten keek, stokte haar adem in haar keel. Het was voor het eerst dat ze het ruimtestation van zo dichtbij zag. Tijdens haar eerste vlucht, tweeëneenhalf jaar geleden, hadden ze geen contact gemaakt met het ISS, maar het alleen van een afstand bekeken.

'Vind je het niet schitterend?' vroeg Vance.

'Het mooiste wat ik ooit heb gezien,' zei Emma zachtjes.

En dat was het ook. Met de brede zonnepanelen die uit de brede romp staken, zag het ISS eruit als een majestueus zeilschip dat door de hemel zeilde. Het was gebouwd door zestien landen en de onderdelen waren via vijfenveertig afzonderlijke shuttlelanceringen de ruimte in gebracht. Er was vijf jaar voor nodig geweest om het stukje bij beetje in elkaar te zetten, en dat allemaal in het heelal. Het was niet alleen een technisch wonder, maar nog meer een symbool van wat de mens kan bereiken wanneer hij zijn wapens neerlegt en zijn ogen hemelwaarts richt.

'Dat noem ik nog eens een luxueus onderkomen,' zei Vance. 'Een flat met aan alle kanten uitzicht.'

'We zitten precies op de R-bar,' meldde piloot DeWitt. 'Mooi werk.'

Vance stapte uit de gezagvoerdersstoel en nam zijn plaats bij het dakraam in om toezicht te houden op de aankoppelingsprocedure, want ze naderden de landingsmodule van het ISS. Dit was de moeilijkste fase van het ingewikkelde rendez-vous. De *Atlantis* was in een lagere omloopbaan het heelal in gebracht dan het ISS en had er twee dagen voor nodig gehad om het op hoge snelheid rondcirkelende ruimtestation in te halen. Ze benaderden het van beneden af en zouden gebruikmaken van hun RCS-motoren om de shuttle in de juiste positie te krijgen voor de aankoppeling. Emma hoorde de luchtstoot waarmee de motoren aansloegen en voelde de trillingen door het ruimteschip gaan.

'Kijk,' zei DeWitt, 'daar heb je het zonnepaneel dat vorige maand beschadigd is.' Hij wees naar het zonnepaneel, waar een gapend gat in zat. Een van de gevaren waar je in de ruimte onmogelijk aan kon ontsnappen was de voortdurende regen van meteorieten en door de mens gefabriceerde dingen die afval waren geworden. Het kleinste voorwerp kon een vernietigend projectiel zijn wanneer het met een snelheid van duizenden mijlen per uur op je afkwam.

Naarmate ze dichterbij kwamen en het station het hele raam vulde, voelde Emma zo'n overweldigende trots en ontzag dat ze tranen in haar ogen kreeg. *Thuis*, dacht ze. *Ik kom thuis*.

Het luik zwaaide open en een breed, bruin gezicht lachte hen toe vanaf het andere uiteinde van de sluis die de *Atlantis* verbond met het ISS. 'Ze hebben sinaasappels meegebracht!' riep Luther Ames naar zijn ISS-collega's. 'Ik kan ze hier helemaal ruiken!'

'Met de complimenten van NASA,' grapte gezagvoerder Vance. 'Uw boodschappen, dames en heren.' Met een nylonzak vol vers fruit zweefde Vance door het luik van de *Atlantis* het ruimtestation binnen.

De aankoppeling was perfect verlopen. Terwijl beide ruimteschepen met een snelheid van 17.500 mijl per uur rond de aarde vlogen, was Vance met een minimale acceleratie van vijf centimeter per seconde naar het ISS gekropen en had hij de *Atlantis* nauwkeurig tegenover de landingsmodule van het ISS in positie gebracht om haar stevig te kunnen aankoppelen.

Nu waren de luiken geopend en zweefden de bemanningsleden van de *Atlantis* één voor één het ruimtestation binnen om begroet te worden met een handdruk, een omhelzing en de verwelkomende glimlach van mensen die al een maandlang geen nieuwe gezichten hadden gezien. De node was te klein voor dertien mensen, dus verspreidden de twee bemanningen zich snel over de aangrenzende modulen.

Emma kwam als vijfde het station binnen. Ze gleed de sluis uit en inhaleerde een melange van geuren, de ietwat zure en vlezige geuren van mensen die te lang in een gesloten ruimte zaten. Luther Ames, een oude vriend uit haar astronautentraining, was de eerste die haar begroette.

'Dr. Watson, neem ik aan!' riep hij en hij omhelsde haar. 'Welkom aan boord. Hoe meer dames, hoe beter.'

'Luther, je weet best dat ik geen dame ben.'

Hij knipoogde. 'Dat zullen we maar onder ons houden.' Luther was altijd een uitbundig type geweest, een man die met zijn opgewekte humeur een kamer kon vullen. Iedereen mocht Luther, omdat

Luther iedereen mocht. Emma was blij hem aan boord te hebben.

Vooral toen ze zich omdraaide naar haar andere ISS-collega's. Ze gaf eerst Michael Griggs, de ISS-gezagvoerder, een hand en vond zijn begroeting beleefd maar bijna militair. Diana Estes, de Engelse die door het Europese Ruimteagentschap was gestuurd, toonde al even weinig warmte. Ze glimlachte, maar haar ogen waren eigenaardig ijsblauw. Koel en afstandelijk.

Vervolgens wendde Emma zich tot de Rus, Nicolai Rudenko, die het langst aan boord van het ruimtestation zat – bijna vijf maanden. Het was alsof het licht in de module alle kleur uit zijn gezicht haalde en het net zo grauw maakte als de grijze stoppels op zijn kin. Toen ze elkaar de hand drukten, keek hij haar slechts vluchtig in de ogen. Deze man, dacht ze, moet naar huis. Hij is gedeprimeerd. En doodmoe.

Kenichi Hirai, de astronaut van NASDA, zweefde nu naar haar toe om haar te begroeten. *Hij* glimlachte tenminste en had een ferme handdruk. Hij stamelde een begroeting en trok zich snel weer terug.

Toen was de module weer leeg. De rest van de bemanning had zich verspreid over andere delen van het ruimtestation en Emma was alleen achtergebleven met Bill Haning.

Debbie Haning was drie dagen geleden gestorven. De *Atlantis* zou Bill naar huis brengen, niet naar het ziekenhuisbed van zijn vrouw, maar naar haar begrafenis. Emma zweefde naar hem toe. 'Het spijt me,' zei ze zachtjes. 'Het spijt me zo.'

Hij knikte alleen en keek van haar weg. 'Het is vreemd,' zei hij. 'We hebben altijd gedacht, dat als er ooit iets zou gebeuren, het met mij zou zijn. Omdat ik de grote held van de familie ben. Degene die alle risico's neemt. Het is nooit bij ons opgekomen dat zij degene zou zijn die...' Hij haalde diep adem. Ze zag dat hij moeite had zijn tranen in te houden en wist dat dit geen geschikt ogenblik was voor meelevende woorden. Hij wist zijn emoties redelijk in bedwang te houden, maar zelfs een lichte aanraking was misschien voldoende om hem die beheersing te laten verliezen.

'Nou, Watson,' zei hij na een poosje. 'Aangezien je mijn werk overneemt, kan *ik* je het beste laten zien wat we hier zoal doen.'

Ze knikte. 'Zeg maar wanneer je er klaar voor bent, Bill.'

'Laten we meteen maar beginnen. Ik moet je een hoop vertellen, en zo veel tijd hebben we niet voordat ik vertrek.'

Hoewel Emma de lay-out van het ruimtestation kende, was haar eerste tocht door het interieur een duizelingwekkende ervaring. Vanwege het gebrek aan zwaartekracht was er in het heelal geen boven of onder, geen vloer of plafond. Iedere oppervlakte was een functionele werkplek en wanneer Emma zich te snel omdraaide, raakte ze meteen alle gevoel voor richting kwijt. Daarom, en vanwege de lichte onpasselijkheid die ze steeds voelde, begon ze zich langzamer te bewegen en hield ze haar ogen op een bepaald punt gericht wanneer ze zich omdraaide.

Ze wist dat het centrum van het ISS evenveel leefbare ruimte had als twee Boeing 747's, maar die ruimte was verdeeld over een dozijn modulen, ieder met de afmetingen van een autobus, die als speelgoedblokken waren samengevoegd met behulp van verbindingssluizen die 'noden' werden genoemd. De *Atlantis* was aangekoppeld aan Node II. Daaraan zaten ook de laboratoria van Europa, Japan en de Verenigde Staten. Het Amerikaanse lab diende tevens als doorgang naar de rest van het ruimtestation.

Bill zweefde voor haar uit het Amerikaanse lab uit naar het volgende knooppunt, Node I. Hier hielden ze even stil om door de observatiekoepel naar buiten te kijken. Onder hen draaide de aarde langzaam rond, met melkachtige wolkenpartijen boven de zeeën.

'Hier breng ik al mijn vrije tijd door,' zei Bill. 'Ik zit dan domweg uit het raam te kijken. Ik vind dat bijna iets heiligs. Ik noem deze plek ook de kerk van Moeder Aarde.' Hij maakte zijn blik los van het uitzicht en draaide zich om naar de andere luiken van de node. 'Hier recht tegenover is het EVA-luik,' zei hij. 'Het luik onder ons geeft toegang tot de woonmodule. Daar slaap jij ook. Het CRV zit aan het andere eind van de woonmodule gekoppeld, zodat er snel geëvacueerd kan worden.'

'Slapen er drie bemanningsleden in deze woonmodule?'

Hij knikte. 'De andere drie slapen in de Russische Dienstmodule. Die is achter dat luik daar. Laten we daar even kijken.'

Ze verlieten Node I en zwommen als vissen door een wirwar van sluizen naar de Russische helft van het station.

Dat was het oudste deel van het ISS, het deel dat het langste in de ruimte zat, en dat was het ook aan te zien. Toen ze door de Zarya gleden – de controleruimte – zag Emma vlekken op de muren en hier en daar een kras of een deuk. Wat tot nu toe alleen een reeks blauwdrukken voor haar was geweest, kreeg opeens vorm en detail. Het station was méér dan een aantal glanzende laboratoria; het was tevens het dagelijkse onderkomen van de astronauten, en de slijtage van voortdurende bewoning was overal zichtbaar.

Ze zweefden de Russische Dienstmodule binnen en meteen werd Emma geconfronteerd met een verwarrend zicht op Griggs en Vance die allebei ondersteboven hingen. *Of zit ik zelf ondersteboven?* dacht Emma, geamuseerd door deze omgekeerde wereld van gewichtloosheid. Net als de Amerikaanse woonmodule bevatte de Russische een keuken, toiletruimte en slaapbanken voor de drie bemanningsleden. Aan het eind zag ze nog een luik.

'Biedt dat toegang tot de oude *Soyuz*?' vroeg ze.

Bill knikte. 'We gebruiken die nu als opslagruimte. Erg veel meer kunnen we er niet mee doen.' De *Soyuz*-capsule die ooit als reddingsboot had gediend, was verouderd en de accu's waren lang geleden leeggelopen.

Luther Ames stak zijn hoofd door het luik van de Russische Dienstmodule. 'Showtime, jongens! Een groepsomhelzing in de conferentiezaal. NASA wil de belastingbetalers laten meegenieten van ons internationale liefdesfeest.'

Bill zuchtte vermoeid. 'We zijn net dieren in de dierentuin. Iedere dag moeten we lachen voor die verdomde camera's.'

Emma voegde zich als laatste bij de exodus naar de woonmodule. Tegen de tijd dat ze daar aankwam, hadden de andere twaalf zich er al verzameld. Het was een wirwar van armen en benen, omdat iedereen gewichtloos ronddreef en zijn best deed niet tegen de anderen op te botsen.

Terwijl Griggs pogingen deed iedereen in positie te brengen, bleef Emma nog heel eventjes hangen in Node I. Al zwevend draaide ze vanzelf om naar de koepel. Het uitzicht benam haar letterlijk de adem.

De aarde strekte zich in al zijn pracht onder haar uit, terwijl een rand van sterren de ronding van de horizon volgde. Ze gingen nu de nacht in en onder zich zag ze een bekende landkaart in zicht komen. Houston. Het was voor haar de eerste keer dat ze er 's nachts overheen vloog.

Ze ging dicht bij het raam hangen en drukte haar hand tegen het glas. *O Jack*, dacht ze. *Wat had ik graag dat je er nu bij was. Dat je dit kon zien.*

Toen wuifde ze. En ze wist absoluut zeker, dat ergens daar beneden Jack naar haar terugzwaaide.

8

30 juli

Persoonlijke e-mail voor: Dr. Emma Watson (ISS)

Van: Jack McCallum

Als een diamant in de hemel. Zo zagen jullie er hiervandaan uit. Gisteravond ben ik opgebleven om je te zien overvliegen. Ik heb naar je gezwaaid.

Vanochtend ben je op CNN afgeschilderd als De Vrouw Die Alles Kan. 'Astronaute stijgt op naar het heelal zonder zelfs maar een nagel te breken', of iets in die geest. Ze hebben Woody Ellis en Leroy Cornell geïnterviewd en die stonden te stralen als trotse vaders. Gefeliciteerd. Je bent de lieveling van het publiek.

Vance en zijn bemanning hebben een perfecte landing gemaakt. De bloedzuigers van de pers stortten zich meteen op die arme Bill toen hij in Houston aankwam. Ik heb hem op tv gezien – hij ziet er twintig jaar ouder uit. De rouwdienst voor Debbie is morgen. Ik ga ernaartoe.

En overmorgen ga ik zeilen.

Em, ik heb vandaag de scheidingspapieren gekregen en als ik heel eerlijk moet zijn, zit het me niet lekker. Maar aan de andere kant behoort zoiets je ook niet lekker te zitten, neem ik aan.

Hoe dan ook, de papieren liggen klaar om door ons getekend te worden. Misschien kunnen we, wanneer dat achter de rug is, weer vrienden worden. Zoals in het begin.

Jack.

P.S. Humphrey gedraagt zich allerbelabberdst. Ik krijg een nieuwe bank van je.

Persoonlijke e-mail aan: Jack McCallum

Van: Emma Watson

De lieveling van het publiek? Doe me een lol. Dit begint veel weg te krijgen van een koorddansersnummer, waarbij op aarde iedereen ademloos afwacht of ik zal vallen. En wanneer dat gebeurt, krijg je het hadden-ze-ook-maar-een-man-moeten-sturen en mag ik van het toneel verdwijnen. Goed waardeloos, dus.

Maar ik moet je zeggen dat ik het hier heerlijk vind. Als je het uitzicht toch eens kon zien! Wanneer ik neerkijk op de aardbol en zie hoe schitterend mooi die is, krijg ik sterke neigingen om iedereen daar beneden eens flink door elkaar te schudden. Ze zouden eens moeten zien hoe klein en kwetsbaar en eenzaam die aarde daar rondcirkelt, omgeven door al dat kille, zwarte niets. Dan zouden ze veel beter voor haar zorgen.

(Oh-oh, daar gaat ze weer, sentimenteel gezeur over moedertje Aarde. Hadden we ook maar een man moeten sturen.)

Ik kan je tot mijn genoegen melden dat ik vrijwel nooit meer misselijk word. Ik kan nu zonder een krimp te geven van module naar module zweven. Ik word alleen nog een beetje duizelig wanneer ik onverwachts door een raam een glimp opvang van de aarde. Dan raak ik mijn gevoel voor richting weer kwijt en duurt het even voordat ik doorheb wat boven en onder is. Ik doe mijn best om dagelijks te sporten, maar twee uur per dag is erg veel, vooral omdat ik zoveel te doen heb. Tientallen experimenten die behandeld moeten worden, duizenden e-mails, en iedere wetenschapper vindt dat zíjn project voorrang moet hebben. Op den duur zal ik wel in het ritme komen, maar vanochtend was ik zo moe dat ik dwars door Houstons réveille heen ben geslapen. (En Luther zei dat ze ons uit bed hebben geschald met Wagners Walküre!)

Wat de scheidingspapieren betreft, dat zit mij ook niet lekker. Maar we hebben in ieder geval zeven goede jaren gehad, Jack, en dat is meer dan veel andere echtparen kunnen zeggen. Ik weet dat je er graag een punt achter wilt zetten en ik beloof je dat ik de papieren zal tekenen zodra ik terug ben.

Blijf zwaaien.

Em

P.S. Humphrey heeft *mijn* meubels nooit vernield. Wat heb je het arme beest aangedaan?

Emma schakelde haar laptopcomputer uit en deed hem dicht. Het beantwoorden van persoonlijke e-mail was de laatste taak van de dag. Ze had uitgekeken naar post van thuis, maar wat Jack over de scheiding had gezegd, deed haar pijn. Hij wil dus vrij zijn, dacht ze. Hij is gereed om weer 'vrienden' te zijn.

Toen ze de rits van haar verankerde slaapzak dichttrok, was ze kwaad op hem, omdat hij het eind van hun huwelijk zo makkelijk had geaccepteerd. In het begin van de scheidingsprocedure, toen ieder gesprek in ruzie was uitgelopen, had ze zich op een eigenaardige manier gerustgesteld gevoeld door de hooglopende geschillen. Nu was er een eind gekomen aan de conflicten en had Jack het punt bereikt waarop hij de situatie rustig aanvaardde. Zonder pijn, zonder spijt.

En ik zit hier en mis je nog steeds en dat kan ik van mezelf niet uitstaan.

Kenichi stond in dubio of hij haar wakker moest maken. Hij stond voor het gordijn dat haar slaapplaats afschermde en vroeg zich af of hij haar nog een keer zou roepen. Het was slechts een klein probleem en hij wilde haar liever niet storen. Ze had er tijdens het avondeten zo moe uitgezien en was zelfs een paar keer in slaap gesukkeld met haar vork in haar hand. Zonder zwaartekracht zakt het lichaam niet ineen wanneer je je bewustzijn verliest en schiet je hoofd niet waarschuwend omhoog wanneer je zittend in slaap valt. Er waren gevallen bekend van astronauten die zo moe waren dat ze midden in een reparatie in slaap waren gevallen, hun werktuigen in hun hand geklemd.

Hij besloot haar te laten liggen en keerde in zijn eentje terug naar het Amerikaanse laboratorium.

Kenichi had aan vijf uur slaap per nacht genoeg en wanneer de anderen sliepen gleed hij vaak door het doolhof van het ruimtestation om te zien hoe het met zijn experimenten stond. Altijd inspecterend, onderzoekend. Hij vond dat het ruimtestation pas zijn glanzende persoonlijkheid terugkreeg wanneer de mensen sliepen. Dan werd het een autonoom wezen dat zoemde en klikte, terwijl de computers duizenden dingen tegelijk deden, en elektronische bevelen door het zenuwstelsel van bedradingen en circuits werden gestuurd. Terwijl Kenichi door de gangen en sluizen dreef, dacht hij aan alle mensenhanden die hadden gewerkt om deze constructie stukje bij beetje in elkaar te zetten. De elektriciens en metaalbewerkers, de kunststofdeskundigen, de glasfabrikanten. Dankzij hun arbeid cirkelde een boerenzoon uit een Japans bergdorp nu tweehonderdtwintig mijl boven de aarde.

Kenichi zat nu al een maand in het ruimtestation, maar verwonderde zich daar nog steeds over.

Hij wist dat zijn verblijf hier beperkt was. Hij kende de tol die van zijn lichaam werd geëist: het gestage wegsijpelen van calcium uit zijn botten, het verslappen van zijn spieren, de afnemende kracht van aderen en hart, bevrijd als ze waren van de zware taak tegen de zwaartekracht te moeten opboksen. Ieder moment aan boord van het ISS was kostbaar en hij wilde er geen minuut van verkwisten. Daarom zwierf hij, in de uren die bestemd waren om te slapen, door het station, keek door de ramen, bezocht de dieren in het lab.

En zo kwam het dat hij de dode muis had ontdekt.

Het beestje hing met stijve, bevroren pootjes en het roze bekje open in de kooi. Weer een mannetje. De afgelopen zestien dagen waren er al drie muizen doodgegaan. Dit was de vierde.

Hij controleerde of het leefklimaat in de muizenkooi correct was ingesteld, of er soms met de thermostaat was geknoeid en of de lucht wel twaalf keer per dag werd ververst. Waarom gingen ze dood? Zou hun water of voedsel besmet zijn? Een paar maanden geleden was het station een dozijn ratten kwijtgeraakt toen giftige chemicaliën in de watervoorraad van de dieren terecht waren gekomen.

De muis hing in een hoek van de kooi en de andere mannetjes zaten er zo ver mogelijk bij vandaan, dicht bij elkaar gekropen, alsof het lijk van hun celgenoot hen met walging vervulde. Ze wilden er uit alle macht bij vandaan blijven en klauwden met hun pootjes aan het raster. Aan de andere kant van het tussenschot zaten de vrouwtjes ook dicht bij elkaar. Op één na. Die hing in de lucht en draaide stuiptrekkend in het rond, haar pootjes spastisch schokkend.

Alweer eentje die ziek was.

Terwijl hij naar haar keek, hapte het muisje nog een laatste keer moeizaam naar adem en bleef toen slap hangen.

De andere vrouwtjes kropen nog dichter bij elkaar, een angstige opeenhoping van wriemelend wit bont. Hij moest de lijken weghalen voordat de besmetting – als het om een besmetting ging – ook de andere muizen aantastte.

Hij koppelde de muizenkooi aan de handschoenkast, trok plastic handschoenen aan en duwde zijn handen door de rubberen flappen. Hij stak zijn hand eerst in de mannetjesafdeling van de kooi, pakte het lijkje en stopte het in een plastic zak. Toen opende hij de kooi van de vrouwtjes en stak zijn hand uit naar de tweede dode muis. Toen hij het lijkje pakte, vloog er een flits wit bont langs zijn hand.

Een van de muizen was ontsnapt en in de handschoenkast terechtgekomen.

Hij plukte haar uit de lucht, maar liet haar meteen weer los toen hij de scherpe pijnprik voelde. Ze had hem dwars door de handschoen heen gebeten!

Snel trok hij zijn handen uit de kast, stroopte de handschoenen af en keek naar zijn vinger. Een druppel bloed welde op, zo onverwacht dat hij er misselijk van werd. Hij deed zijn ogen dicht en sprak zichzelf in stilte berispend toe. Het was niets bijzonders – een kleine beet. De rechtvaardige wraak van de muis voor alle naalden die hij in háár had gestoken. Hij deed zijn ogen weer open, maar het misselijke gevoel trok nog niet weg.

Ik kan beter nog een poosje gaan slapen, dacht hij.

Hij ving de spartelende muis en stopte haar in de kooi. Toen legde hij de twee plastic zakken met de muizenlijkjes in de koelkast. Morgen zou hij zich over het probleem buigen. Morgen, wanneer hij zich wat beter voelde.

31 juli

'Deze heb ik vandaag gevonden,' zei Kenichi. 'Het is de zesde die is doodgegaan.'

Emma keek fronsend naar de muizen in de dierenkooi. Ze zaten in aparte hokken, de mannetjes door een breed raster gescheiden van de vrouwtjes. Ze deelden dezelfde lucht, hetzelfde voedsel en water. In de kooi voor de mannetjes hing een dode muis roerloos in de lucht, zijn pootjes stijf gestrekt. De andere muizen zaten dicht bij elkaar in de uiterste hoek van de kooi en krabden aan het raster alsof ze in paniek probeerden te ontsnappen.

'Er zijn dus binnen zeventien dagen zes muizen doodgegaan?' zei Emma.

'Vijf mannetjes en één vrouwtje.'

Emma bekeek de levende muizen aandachtig om te zien of er tekenen van een ziekte vielen te bespeuren. De muizen zagen er allemaal alert uit, hadden heldere oogjes, en er kwam geen slijm uit hun neusjes.

'Laten we eerst de dode muis weghalen,' zei ze. 'En dan de rest onderzoeken.'

Via de handschoenkast stak ze haar hand in de kooi en pakte het lijkje. Het bevond zich al in rigor mortis, de pootjes stijf, de wervelkolom onbuigbaar. Het bekje hing open en het puntje van de tong kwam als een zacht, roze lapje naar buiten. Het was niet ongebruikelijk dat proefdieren in het heelal stierven. Bij een shuttlevlucht in 1998 was er onder de pasgeboren ratten een sterftecijfer van bijna honderd procent geweest. Microzwaartekracht was een buitenaards leefklimaat en niet alle diersoorten waren in staat zich aan te passen.

Voordat deze muizen de ruimte in waren gestuurd, waren ze nauwkeurig onderzocht op bacteriën, schimmels en virussen. Als het om een infectie ging, moesten ze die aan boord van het ISS hebben opgelopen.

Ze stopte de dode muis in een plastic zak, trok schone handschoenen aan en stak haar hand weer in de kooi om een van de levende muizen te pakken. Het beestje spartelde hevig tegen en liet geen enkel teken van een ziekte zien. Het enige ongebruikelijke aan hem was een gehavend oor, waar zijn kooigenoten aan hadden geknaagd. Ze draaide hem om om zijn buik te bekijken en slaakte een verbaasde kreet.

'Dit is een vrouwtje,' zei ze.

'Wat?'

'Er zat een vrouwtje bij de mannetjes.'

Kenichi boog zich naar de handschoenkast om de genitaliën van de muis van dichtbij te kijken. Het was duidelijk te zien dat het beestje een vrouwtje was. Hij kreeg een diepe kleur van gêne.

'Ze heeft me gisteravond gebeten,' legde hij uit. 'Ik heb haar te haastig teruggezet.'

Emma glimlachte meelevend tegen hem. 'Nou, in het ergste geval krijgen we eerdaags een onverwachte babyboom.'

Kenichi trok handschoenen aan en stak zijn handen in het tweede paar gaten van de handschoenkast. 'Ik heb een fout gemaakt,' zei hij. 'Ik zal het rechtzetten.'

Samen bekeken ze de rest van de muizen; alle mannetjes en vrouwtjes zaten netjes in hun eigen kooi. En ze maakten allemaal een gezonde indruk.

'Dit is erg vreemd,' zei Emma. 'Als er sprake is van een besmettelijke ziekte, zouden we tekenen van infectie moeten zien...'

'Watson?' zei een stem door de intercom van de module.

'In het lab, Griggs,' antwoordde ze.

'Er is een priority e-mail voor je binnengekomen van Experimenten.'

'Dank je, ik zal hem meteen bekijken.' Ze vergrendelde de dierenkooi en zei tegen Kenichi: 'Ik ga even kijken wat voor bericht er voor me is binnengekomen. Pak jij de dode muizen vast uit de koelkast, dan zullen we die zo dadelijk even bekijken.'

Hij knikte en duwde zich af in de richting van de koelkast.

Bij haar werkplek zette Emma de priority e-mail op het scherm.

Aan: Dr. Emma Watson.
Van: Helen Koenig, Hoofdonderzoeker
Betreft: Experiment CCU#23 (Archeon celkweek)
Boodschap: Staak dit experiment onmiddellijk. Laatste monster dat met de *Atlantis* is meegestuurd is besmet met een schimmelziekte. Alle archeonkweken *en* de containers waar ze in zitten, moeten aan boord in de verbrandingsoven worden vernietigd en de as uit het ruimtestation uitgestoten.

Emma las het bericht op het scherm een paar keer. Zo'n vreemd verzoek had ze nog nooit gekregen. Schimmelinfectie was niet gevaarlijk. De gekweekte monsters verbranden kwam haar voor als een nogal drastische maatregel. Ze was zo verdiept in het eigenaardige verzoek, dat ze niet op Kenichi lette, die een dode muis uit de koelkast had gehaald. Pas toen ze hem een ingehouden kreet hoorde slaan, keek ze om.

Eerst zag ze alleen zijn geschrokken gezicht, bedekt met klodders slijmerige ingewanden. Toen keek ze naar het plastic zakje dat was opengebarsten. Hij had het in afgrijzen losgelaten en nu hing het in de ruimte tussen hen in.

'Wat is *dat*?' vroeg ze.

Ongelovig antwoordde hij: 'De muis.'

Maar wat ze in het zakje zag, was geen muis. Het was een massa ontbindend vlees, een etterende puree van vlees en pels waar stinkende bolletjes uit lekten.

Biogevaar!

Ze schoot door de module heen naar het Alarmpaneel en drukte op de knop om de luchtverbinding met de andere modulen af te sluiten. Kenichi had het noodkastje al opengedaan en er twee gasmaskers uit gehaald. Hij gooide er haar een toe. Ze bond hem voor haar neus en mond. Ze hoefden geen woord te zeggen; ze wisten allebei wat ze moesten doen.

Snel deden ze de luiken aan beide zijden van de module dicht om het laboratorium af te sluiten van de rest van het ruimtestation. Toen pakte Emma een bioverzamelzak uit de kast en zweefde daarmee langzaam naar het midden in het lab hangende zakje vloeibaar geworden vlees. Door de oppervlaktespanning waren de bolletjes slijk samengeklonken tot één grote bal; als ze ervoor zorgde geen lucht te verplaatsen, kon ze die in zijn geheel in de zak krijgen zonder deeltjes ervan te verspreiden. Voorzichtig liet ze de zak van bovenaf over de zwevende smurrie zakken, bond hem snel dicht en verzegelde hem. Ze hoorde Kenichi een zucht van verlichting slaken. Het gevaar was geweken.

'Heeft het niet in de koelkast gelekt?' vroeg ze.

'Nee. Alleen toen ik hem eruit haalde. De zak was... hoe heet het... opgezwollen. Als een ballon.'

De inhoud had onder druk gestaan wegens vrijkomende ontbindingsgassen. Door de plastic verzamelzak heen kon ze de datum op het label zien. Dit is onmogelijk, dacht ze. In slechts vijf dagen tijd was het lijk in een zwarte puree van etterend vlees veranderd. Het zakje voelde koud aan, dus functioneerde de koelkast goed. Ondanks het feit dat de muis op een koele plek was bewaard, had iets de ontbinding in grote mate versneld. Vleesetende *streptococcus*? vroeg ze zich af. Een andere, al even vernietigende bacterie?

Ze keek naar Kenichi en dacht: *Hij heeft het in zijn ogen gekregen.*

'We moeten met jouw hoofdonderzoeker praten,' zei ze. 'Degene die deze muizen heeft gestuurd.'

In Californië was het pas vijf uur 's ochtends, maar dr. Michael Loomis, de Hoofdonderzoeker van het experiment 'Bevruchting en draagtijd van muizen in de ruimte' klonk wakker en bezorgd. Hij sprak met Emma vanuit het Ames Research Center. Hoewel ze hem niet kon zien, kon ze zich de man die bij de wat schrille stem hoorde, helemaal voorstellen: lang en energiek. Een man die vijf uur 's ochtends als een normaal onderdeel van de werkdag beschouwde.

'We houden deze dieren nu al een maand in de gaten,' zei Loomis. 'Het is een relatief stressloos experiment. We waren van plan om de mannetjes en vrouwtjes volgende week bij elkaar te zetten in de hoop dat ze met succes zouden paren. Dit onderzoek heeft belangrijke toepassingsmogelijkheden voor langdurige ruimtevluchten. Planetaire kolonisatie. U begrijpt dus wel dat deze sterfgevallen erg vervelend zijn.'

'We hebben monsters in incubatie,' zei Emma. 'De dode muizen vergaan veel sneller dan zou moeten. Afgaande op de conditie van de lijken, ben ik bang voor een *clostridia* of *streptococcus*-infectie.'

'Zulke gevaarlijke bacteriën in het ruimtestation? Dat zou een groot probleem zijn.'

'Precies. Vooral in een besloten leefklimaat als het onze. We zouden allemaal kwetsbaar zijn.'

'Kunt u een autopsie verrichten op de dode muizen?'

Emma aarzelde. 'We zijn hier niet berekend op infecties boven Niveau Twee. Als dit een gevaarlijke ziektekiem is, kan ik het risico niet nemen dat de andere dieren ook besmet worden. Of de mensen.'

Even bleef het stil. Toen zei Loomis: 'Daar kan ik inkomen. En ik ben het met u eens. U gaat zich dus op een veilige manier van de lijken ontdoen?'

'Ik ga onmiddellijk de regelingen treffen.'

1 augustus

Voor het eerst sinds hij op het ISS was aangekomen, kon Kenichi de slaap niet vatten. Hij was uren geleden in zijn slaapzak gekropen, maar lag nog steeds klaarwakker te piekeren over het mysterie van de dode muizen. Hoewel niemand ook maar één verwijtend woord had geuit, vond hij zelf dat hij verantwoordelijk was voor het mislukte experiment. Hij piekerde zich suf over wat er mis was gegaan. Had hij soms een besmette naald gebruikt toen hij bloedmonsters had genomen? Was een van de factoren van het leefklimaat van de dieren verkeerd ingesteld? Alle mogelijke fouten die hij kon hebben gemaakt, hielden hem klaarwakker.

Bovendien had hij pijn in zijn hoofd.

Het was die ochtend begonnen met een licht tintelend gevoel rond zijn oog. Naarmate de uren waren verstreken, was het tintelen overgegaan in pijn en nu deed de hele linkerhelft van zijn hoofd pijn. Niet ondraaglijk, maar zeurend.

Hij ritste de slaapzak open. Als hij de slaap toch niet kon vatten, kon hij net zo goed nog even naar de muizen gaan kijken.

Hij zweefde langs het gordijn van Nicolai's slaapplaats en gleed door de sluizen naar de Amerikaanse helft van het ruimtestation. Pas toen hij het lab binnenging, merkte hij dat hij niet de enige was die niet kon slapen.

In het aangrenzende NASDA-lab klonken zachte stemmen. Hij zweefde onhoorbaar naar Node II, keek door het open luik en zag

Diana Estes en Michael Griggs met hun armen en benen om elkaar heen geslagen en hun monden in een hongerige verkenningstocht aaneengeklonken. Hij trok zich snel terug, voordat ze hem zagen. Zijn gezicht brandde van gêne over waar hij getuige van was geweest. Wat nu? Moest hij hen hun privacy gunnen en teruggaan naar zijn slaapplaats? *Dit is niet juist*, dacht hij met plotselinge afkeer. Ik ben hier om te werken, om mijn taak te verrichten.

Hij zweefde naar de dierenkooi. Met opzet trok hij met veel lawaai laden open en dicht. Even later, zoals hij al had verwacht, kwamen Diana en Griggs te voorschijn, allebei een beetje blozend. Geen wonder, dacht hij, als je bedacht wat ze van plan waren geweest.

'We hadden een probleem met de centrifuge,' loog Diana. 'Maar dat is nu verholpen.'

Kenichi knikte alleen, zonder te laten merken dat hij wist wat ze gedaan hadden. Diana gedroeg zich even koel als altijd, en dat vond hij ronduit aanstootgevend. Griggs was tenminste zo fatsoenlijk er een tikje schuldig uit te zien.

Kenichi keek hen na toen ze uit het lab zweefden en door de luikopening verdwenen. Toen richtte hij zijn aandacht weer op het dierenverblijf. Hij keek in de kooi.

Daarin zweefde alweer een dode muis. Een vrouwtje.

2 augustus

Diana Estes stak kalmpjes haar arm uit, liet de rubberen band eromheen binden en maakte een paar maal een vuist om de ader in haar elleboogholte te laten zwellen. Ze gaf geen krimp en wendde haar ogen niet af toen de naald in haar huid werd gestoken; ze zat er zo koeltjes bij alsof er niet bij haar, maar bij een ander bloed werd afgetapt. Astronauten worden tijdens hun carrière vele malen geprikt, beklopt en bevoeld. Bij de selectietests moeten ze zich meerdere malen bloed laten aftappen, lichamelijke onderzoeken ondergaan en intieme vragen beantwoorden. Hun serumcompositie, ECG's en bloedlichaampjes worden voortdurend in kaart gebracht om door ruimtefysiologen te worden bestudeerd. Ze draven hijgend en zwetend op treadmills met elektrodes op hun borst geplakt, van al hun lichaamssappen worden kweekjes gemaakt, hun ontlasting wordt geanalyseerd en iedere centimeter van hun huid onderzocht. Astronauten zijn niet alleen hoog opgeleide wetenschapsmensen; ze zijn ook proefkonijnen. Ze zijn het equivalent van laboratoriumratten, en ook in de ruimte moeten ze zich onderwerpen aan vele, soms pijnlijke onderzoeken.

Vandaag was bloedprikdag. Omdat Emma de arts van het gezelschap was, was zij degene die de naalden en injectiespuiten hanteerde. Geen wonder dat haar collega's kreunden wanneer ze haar zagen aankomen.

Alleen Diana had kalmpjes haar arm uitgestoken voor de naald. Terwijl Emma het spuitje langzaam liet vollopen, voelde ze aan dat de andere vrouw haar bekwaamheid en techniek beoordeelde. Als prinses Diana de roos van Engeland was geweest, zo ging het grapje op het JSC, was Diana Estes de ijspegel van het Britse rijk. Een astronaute die haar kalmte nooit verloor, zelfs niet in een crisissituatie.

Vier jaar geleden had Diana aan boord van de *Atlantis* gezeten toen een hoofdmotor was uitgevallen. Op de geluidsbanden van de communicatie tussen het ruimteschip en de controlekamer was te horen dat de stemmen van de gezagvoerder en de piloot geschrokken waren gestegen toen ze de shuttle snel in gereedheid hadden gebracht om de lancering af te breken en aan de overkant van de Atlantische Oceaan te landen. Diana's stem had echter even kalm geklonken als altijd toen ze de checklist had voorgelezen, terwijl de *Atlantis* in een noodtempo op een onzekere landing in Noord-Afrika afschoot. Wat haar ijzige reputatie voor eens en voor altijd had beklonken waren de biotelemetrie-uitslagen. Toevallig waren tijdens die lancering bij alle bemanningsleden de bloeddruk en polsslag gemeten. Terwijl ieders hart in een razend tempo had gebonkt, was Diana's hartslag amper gestegen, 96 slagen per minuut. 'Dat komt omdat ze geen mens is,' had Jack gegrapt. 'Ze is een androïde. Het eerste model van NASA's nieuwe serie robotastronauten.'

Emma moest toegeven dat de vrouw inderdaad iets niet helemaal menselijks had.

Diana keek naar het prikplekje op haar arm, zag dat er geen bloed meer uitkwam en keerde nonchalant terug naar haar proteïnekristalgroei-experimenten. Ze was echt bijna zo perfect als een androïde, lang en slank, haar smetteloze huid na een maand in het heelal verbleekt tot een melkachtig wit. En dat samen met het geniale IQ dat ze volgens Jack had, die samen met haar had getraind voor de ruimtereis die hij niet had kunnen maken.

Diana had een doctoraat in materiaalwetenschap en had, voordat ze in het astronautenkorps was opgenomen, meer dan een dozijn verhandelingen gepubliceerd over zeolieten – kristallen die gebruikt werden in de petroleumraffinaderij. Nu had ze als wetenschapper de zorg over zowel het organische als niet-organische kristallenonderzoek. Op de aarde wordt kristalvorming beïnvloed door de zwaartekracht. In het heelal groeien kristallen verder uit, wat betere analyse van hun structuur mogelijk maakt. Aan boord van het ISS werden honderden menselijke proteïnen gekweekt, van angiotensienen tot choriogonadotrofine. Het was een belangrijke farmaceutische research die kon leiden tot de ontwikkeling van nieuwe geneesmiddelen.

Nadat ze klaar was met Diana verliet Emma het ESA-lab en zweefde naar de woonmodule, waar ze Mike Griggs aantrof. 'Jouw beurt,' zei ze.

Hij kreunde en stak met tegenzin zijn arm uit. ''t Is dat het ten behoeve van de wetenschap is.'

'Ik hoef deze keer maar één buisje,' zei Emma, de rubberband om zijn arm bindend.

'We lijken wel junks, met al die puncties.'

Ze tikte een paar keer op zijn huid om de ader te laten opkomen. Hij zwol op, als een blauw koord op zijn gespierde arm. Griggs deed bijna obsessief zijn best om in conditie te blijven – wat niet makkelijk was in het heelal. Het verblijf in de ruimte eist van het lichaam een hoge tol. De gezichten van de astronauten zwellen op wegens veranderingen in hun lichaamssappen. De spieren van hun dijen en kuiten verschrompelen tot ze 'kippenpoten' hebben, die wit en mager onder hun bermudashorts uitsteken. Ze moeten ongelooflijk veel werk verrichten en kunnen snel geïrriteerd raken. Dan had je ook nog de emotionele tol van het maandenlang opgesloten zitten met collega's die allemaal met stress te kampen hadden, zich niet al te vaak wasten en vuile kleren droegen.

Emma haalde een watje met alcohol over Griggs huid en stak de naald in de ader. Bloed stroomde in de spuit. Ze keek naar hem op en zag dat hij zijn hoofd had afgewend. 'Alles oké?'

'Ja, hoor, ik ben altijd blij wanneer een vampier behendig te werk gaat.'

Ze maakte de rubberband los en hoorde hem opgelucht ademhalen toen ze de naald uit zijn arm trok. 'Je mag gaan ontbijten. Ik heb van iedereen al een bloedmonster genomen, op Kenichi na.' Ze keek om zich heen. 'Weet je soms waar hij is?'

'Ik heb hem vanochtend nog niet gezien.'

'Ik hoop niet dat hij is gaan eten. Dat zou zijn hele glucoseniveau in de war brengen.'

Nicolai, die al die tijd in een hoekje had gehangen en zijn ontbijt at, zei: 'Hij slaapt nog.'

'Wat raar,' zei Griggs. 'Hij is anders altijd als eerste op.'

'Zijn slaap is niet zo goed,' zei Nicolai. 'Gisteravond, ik hoor hem overgeven. Ik vraag of hij hulp nodig heeft, en hij zegt nee.'

'Ik ga wel even bij hem kijken,' zei Emma.

Ze verliet de woonmodule en zweefde de lange gang door naar het RSM, waar Kenichi's slaapplaats was. Ze zag dat zijn gordijn nog dicht was.

'Kenichi?' riep ze. Er kwam geen antwoord. 'Kenichi?' Ze aarzelde een ogenblik, deed toen het gordijn open en zag zijn gezicht.

Zijn ogen waren bloedrood.

'O, mijn god,' zei ze.

De Ziekte

9

De ruimtevaartarts die de computer in de controlekamer van Mission Control bemande was dr. Todd Cutler, een arts met een zo jeugdig gezicht dat de astronauten hem de bijnaam 'Doogie Howser' hadden gegeven, naar de televisieserie over een tienerarts. In werkelijkheid was Cutler tweeëndertig en stond hij bekend om zijn kalmte en vakbekwaamheid. Hij was Emma's privé-arts wanneer ze in de ruimte zat. Eens per week, tijdens een privé-gesprek op een gesloten circuit, bracht ze hem op de hoogte van de meest intieme details over haar gezondheid. Ze had vertrouwen in Todds vakbewaamheid en was blij dat hij momenteel dienst had in de controlekamer van het ISS op Johnson.

'Hij heeft bloeduitstortingen in beide ogen,' zei ze. 'Ik schrok me lam toen ik het zag. Ik denk dat het komt omdat hij gisteravond zo vreselijk heeft moeten overgeven. Door de plotselinge drukveranderingen zijn er waarschijnlijk een paar bloedvaten in zijn ogen gesprongen.'

'Dat is een relatief klein probleem. De bloeduitstortingen trekken vanzelf wel weer weg,' zei Todd. 'Wat mankeert hij verder?'

'Hij heeft koorts, achtendertig zes. Zijn pols is één twintig, zijn bloeddruk honderd om zestig. Zijn hart en longen klinken normaal. Hij klaagt over hoofdpijn, maar ik heb geen neurologische veranderingen kunnen vinden. Waar ik me nog de meeste zorgen over maak, is dat hij geen darmactiviteiten heeft en dat zijn buik erg zacht is. Hij heeft het afgelopen uur een aantal malen overgegeven, maar zonder bloed.' Ze zweeg even. 'Todd, hij ziet er erg ziek uit. En ik heb je het slechtste nieuws nog niet eens gegeven. Ik heb daarnet zijn amylaseniveau onderzocht. Dat zit op zeshonderd.'

'Jezus. Denk je dat hij alvleesklierontsteking heeft?'

'Gezien de stijgende amylase is het heel goed mogelijk.' Amylase was een enzym dat door de alvleesklier werd geproduceerd. Het niveau ervan steeg over het algemeen meteen wanneer het orgaan ontstoken raakte. Maar een hoog amylaseniveau kon ook wijzen op andere acute ingewandziekten, zoals een darmperforatie of een ontsteking van de twaalfvingerige darm.

'Het niveau van zijn witte bloedlichaampjes is ook hoog,' zei Emma. 'Ik heb hem voor alle zekerheid wat bloed afgetapt voor onderzoek.'

'Hoe is het verder met hem? Iets de moeite van het vermelden waard?'

'Twee dingen. Om te beginnen heeft hij de laatste dagen wat emotionele stress ondervonden. Een van zijn experimenten is zo goed als mislukt en hij voelt zich daarvoor verantwoordelijk.'

'Wat nog meer?'

'Twee dagen geleden heeft hij de lichaamssappen van een dode muis in zijn oog gekregen.'

'Ga door.' Todds stem was erg vlak geworden.

'De muizen van zijn experimenten gaan één voor één dood en we weten niet waarom. De lijken ontbinden zich met een razende snelheid. Ik maakte me zorgen over pathogenische bacteriën, dus heb ik monsters van de lichaamssappen genomen voor een kweekje. Helaas zijn alle kweekjes verknoeid.'

'Hoe komt dat?'

'Ik denk dat het aan een schimmelbesmetting ligt. De glasplaatjes zijn allemaal groen geworden. We hebben geen bekende pathogenen kunnen identificeren. Ik heb de glasplaten weg moeten doen. Hetzelfde geldt voor een ander experiment, de celkweek van een zee-organisme. We hebben dat project moeten afbreken omdat er schimmel in de kweektube was gekomen.'

Schimmelgroei was helaas geen onbekend probleem in een afgesloten ruimte als het ISS, ondanks het feit dat de lucht voortdurend werd ververst. Aan boord van het oude *Mir*-station waren de ramen soms bedekt geweest met een donzig laagje schimmel. Wanneer de lucht in een ruimteschip eenmaal met schimmelorganismen is besmet, is het vrijwel onmogelijk ervan af te komen. Gelukkig waren ze over het algemeen ongevaarlijk voor de astronauten en de proefdieren.

'We weten dus niet of hij is blootgesteld aan pathogenen,' zei Todd.

'Nee. Op dit moment ziet het er meer uit als een alvleesklierontsteking dan een bacteriële infectie. Ik heb hem aan een infusie gelegd en denk dat het tijd is voor een neusmaagslang.' Ze wachtte even en voegde er toen met tegenzin aan toe: 'En we moeten een mogelijke evacuatie in overweging nemen.'

Het bleef lang stil. Dit was het scenario waar iedereen bang voor was, de beslissing die niemand wilde nemen. Het *Crew Return Vehicle*, dat aan het ISS geklonken zat wanneer er personeel aan boord was, had ruimte voor alle zes de astronauten, voor het geval evacuatie nodig was. Aangezien de Soyuz-capsule niet meer functioneerde, was het CRV de enige reddingsboot die ze hadden. Als die vertrok, moesten ze allemaal mee. Vanwege één ziek bemanningslid, zouden ze gedwongen zijn alle zes het ruimtestation te verlaten en honderden experimenten voortijdig te beëindigen. Het zou een lelijke streep door de rekening zijn.

Maar er was een alternatief. Ze konden op de eerstvolgende shuttle wachten en Kenichi dan evacueren. Dat hing af van de beslissing van de aanwezige arts. Kon hij zo lang wachten? Emma wist dat NASA van haar klinische beoordelingsvermogen afhankelijk was en de verantwoordelijkheid drukte zwaar op haar schouders.

'Is een shuttle-evacuatie een mogelijkheid?' vroeg ze.

Todd Cutler had begrip voor haar dilemma. 'De *Discovery* staat op het platform voor STS 161. De lancering is over vijftien dagen. Maar die vlucht is door het leger besteld. Ze moeten een satelliet ophalen voor reparatiewerkzaamheden. En de bemanning van 161 heeft niet getraind voor het aankoppelen aan het ISS.'

'Kan de ploeg van Kittredge soms hun plaats innemen? Mijn oude bemanning voor STS 162? Die zou over zeven weken hierheen komen en is al helemaal voorbereid.'

Emma keek opzij naar Mike Griggs, die in de buurt rondhing en meeluisterde naar het gesprek. Als commandant van het ISS was het op de eerste plaats zijn verantwoordelijkheid het station draaiende te houden en hij was er dan ook fel op tegen het in de steek te laten. Hij mengde zich in het gesprek.

'Cutler, dit is Griggs. Als mijn bemanning moet evacueren, gaan veel experimenten verloren. Dat betekent maanden werk voor niets. Een shuttleredding lijkt mij daarom het beste. Als Kenichi naar huis moet, moeten jullie hem maar komen halen. Laat de rest van ons hier om ons werk te doen.'

'Kan de evacuatie zo lang wachten?' vroeg Todd.

'Hoe snel kunnen jullie dat schip hierheen krijgen?'

'We moeten de logistiek bekijken. Zien of er lanceerkaders –'

'Geef me een tijdframe.'

Cutler zweeg even en zei toen: 'Vluchtleider Ellis is hier. Ga je gang, Vluchtleider.'

Wat was begonnen als een vertrouwelijk gesprek tussen twee artsen, stond nu open voor de vluchtleider. Ze hoorden Woody Ellis zeggen: 'We kunnen op z'n vroegst over zesendertig uur een shuttle sturen.'

In zesendertig uur kon er veel veranderen, dacht Emma. Een zweer kon openbarsten of gaan bloeden. Een alvleesklierontsteking kon een shocktoestand of het dichtklappen van de bloedsomloop veroorzaken.

Het kon ook nog zijn dat Kenichi alleen maar een ernstige darminfectie had opgelopen en gewoon weer beter werd.

'Dokter Watson is degene die de patiënt behandelt,' zei Ellis. 'We vertrouwen op haar oordeel. Wat is de medische situatie precies?'

Emma dacht na. 'Hij heeft op dit moment nog geen operatie nodig. Maar er kan van alles veranderen, en snel.'

'Je weet het dus niet zeker.'

'Nee.'

'Zodra je je beslissing neemt, hebben we nog vierentwintig uur nodig om te tanken.'

Een heel etmaal tussen de roep om hulp en de lancering, plus de tijd die zou verstrijken tot de aankoppeling. Zou ze Kenichi in leven kunnen houden als zijn toestand opeens verslechterde? De situatie begon steeds zenuwslopender te worden. Ze was arts, geen waarzegster. Ze had geen röntgenfoto's tot haar beschikking, geen operatiezaal. Als ze verkoos de evacuatie uit te stellen, bestond het gevaar dat Kenichi zou sterven. Als ze te snel om hulp vroeg, zouden miljoenen dollars verkwist worden aan een lancering waarvan achteraf zou blijken dat hij niet nodig was geweest.

Een verkeerd besluit zou het einde betekenen van haar carrière bij NASA.

Dit was het slappe koord waar ze het met Jack over had gehad. *Als ik de fout inga, krijgt de hele wereld dat te horen. Ze willen zien of ik inderdaad 'alles kan'.*

Ze keek naar de geprinte resultaten van Kenichi's bloedonderzoek. Er stond niets bij dat een druk op de alarmknop rechtvaardigde. Nog niet.

Ze zei: 'Vluchtleider, ik blijf hem een infusie toedienen en ga beginnen met de maagsuctie. Voorlopig zijn de bloedonderzoeken niet alarmerend. Ik wou alleen dat ik wist wat er in zijn buik gebeurt.'

'Naar jouw mening is een noodlancering van de shuttle dus nog niet vereist?'

Ze haalde diep adem. 'Nee. Nog niet.'

'We zullen ons in ieder geval gereedhouden om het vuur onder de *Discovery* aan te steken, zodra het nodig mocht zijn.'

'Dat stel ik op prijs. Zodra ik nieuwe gegevens heb, meld ik me weer.' Ze sloot de communicatie af en keek naar Griggs. 'Ik hoop dat ik de juiste beslissing heb genomen.'

'En ik hoop dat je hem beter kunt maken.'

Ze keerde terug naar Kenichi. Omdat hij de hele nacht in de gaten gehouden moest worden, had ze hem uit de woonmodule overgebracht naar het Amerikaanse laboratorium, zodat de rest van de bemanning ongestoord kon slapen. Hij lag in een verankerde slaapzak. Een infusiepomp liet in een gestaag tempo een zoutoplossing in zijn ader druppelen. Hij was wakker en je kon zien dat hij zich knap beroerd voelde.

Luther en Diana, die over hem hadden gewaakt, keken opgelucht toen Emma terugkwam. 'Hij heeft weer overgegeven,' zei Diana.

Emma stak haar voeten in vloerbanden en deed de stethoscoop in haar oren. Zachtjes legde ze het schijfje op Kenichi's buik. Nog steeds geen darmactiviteit. Omdat zijn spijsverteringssysteem niet werkte, waren zich vloeistoffen in zijn maag aan het ophopen. Die moesten afgevoerd worden.

'Kenichi,' zei ze. 'Ik ga een slangetje in je maag inbrengen. Dat zal helpen tegen de pijn en misschien hoef je dan ook niet meer over te geven.'

'Wat – voor slangetje?'

'Een neusmaagslangetje.' Ze deed de ALSP-kist open. Die bevatte een grote verscheidenheid aan medicijnen en medische apparatuur, bijna evenveel als in een moderne ambulance. In de la met het etiket 'Luchtwegen' zaten diverse slangetjes, zuigapparaten, vloeistofopvangzakjes en een laryngoscoop. Ze scheurde het zakje met de neusmaagslang open. Het was een lange, dunne, opgerolde slang van soepel plastic met een geperforeerd uiteinde.

Kenichi's bloedrode ogen werden groot.

'Ik zal het zo voorzichtig mogelijk doen,' zei ze. 'Je kunt zelf helpen door een slokje water door te slikken wanneer ik het zeg. Ik doe dit uiteinde in je neusgat en duw het dan naar je keel. Als je op dat moment wat water doorslikt, glijdt het slangetje vanzelf naar je maag. Het enige vervelende is het begin van de procedure, wanneer ik het slangetje inbreng. Zodra het op zijn plek zit, voel je er vrijwel niets van.'

'Hoe lang moet het blijven zitten?'

'Minstens een dag. Tot je darmen weer gaan werken.' Ze voegde er op zachte toon aan toe: 'Het is echt noodzakelijk, Kenichi.'

Hij zuchtte en knikte toen.

Emma keek naar Luther, die in stijgend afgrijzen had geluisterd naar haar uitleg. 'Hij moet zo dadelijk wat water drinken. Kun je dat even gaan halen?' Toen keek ze naar Diana, die bij hen in de buurt zweefde. Zoals gewoonlijk zag Diana er onverstoorbaar uit, alsof de crisissituatie haar helemaal niet aanging. 'Ik heb suctieapparatuur nodig.'

Diana stak onaangedaan haar hand in de ALSP-kist en haalde er een suctieapparaat en een vloeistofverzamelzak uit.

Emma rolde het slangetje uit en doopte het uiteinde in een potje gelei om de doorgang door de neusholte te vergemakkelijken. Toen gaf ze Kenichi het zakje water dat Luther had gehaald.

Ze gaf Kenichi's arm een geruststellend kneepje. Hoewel de angst uit zijn ogen straalde, knikte hij instemmend.

Het geperforeerde uiteinde van het slangetje glom van de gelei. Ze stak het in zijn rechterneusgat en duwde het slangetje langzaam door de neusholte. Hij kokhalsde, kreeg tranen in zijn ogen en begon te rochelen toen het slangetje door het achterste deel van zijn keel gleed. Ze bleef duwen. Kenichi wrong zich nu in alle bochten, vechtend tegen het overweldigende instinct haar weg te duwen en de slang uit zijn neus te trekken.

'Nu moet je wat water doorslikken,' zei ze met klem.

Hij haalde hijgend adem en bracht met trillende hand het rietje naar zijn lippen.

'Slikken, Kenichi,' zei ze.

Wanneer een hoeveelheid water door de keel in de slokdarm glijdt, sluit het strotklepje automatisch de luchtpijp af, om te voorkomen dat er vocht in de longen komt. Dat hielp tevens om het neusmaagslangetje naar de juiste doorgang te krijgen. Zodra ze zag dat hij begon te slikken, duwde ze snel het slangetje verder naar beneden door de slokdarm, tot hij naar haar mening diep genoeg zat om de maag te hebben bereikt.

'Dat was het,' zei ze, het slangetje met een pleister aan zijn neus bevestigend. 'Je hebt je heel goed gehouden.'

'De suctie is gereed,' zei Diana.

Emma verbond het slangetje aan de zuiger. Ze hoorden wat gegorgel en zagen toen vocht door het slangetje stromen. Het vloeide uit Kenichi's maag in de verzamelzak. Het was zo groen als gal; geen bloed, zag Emma opgelucht. Misschien was deze behandeling voldoende – wat rust voor de darmen, maagsuctie en het toedienen van vocht via een infusie. Als hij inderdaad een alvleesklierontsteking had, zou deze behandeling toereikend zijn tot de shuttle kwam.

'Mijn hoofd – doet pijn,' zei Kenichi. Hij deed zijn ogen dicht.

'Ik zal je iets tegen de pijn geven,' zei Emma.

'Wat denk je? Is de crisis afgewend?' Het was Griggs die het vroeg. Hij had de procedure vanaf de ingang van het lab gadegeslagen, maar bleef zelfs nu het slangetje op zijn plaats zat, ver bij de patiënt vandaan, alsof het zien van een zieke hem met walging vervulde. Hij keek ook nu niet naar de patiënt, maar hield zijn blik gericht op Emma.

'Dat is nog afwachten,' zei ze.

'Wat kan ik aan Houston melden?'

'Ik heb het slangetje nog maar net ingebracht. Het is nog te vroeg om er iets over te kunnen zeggen.'

'Naar ze willen snel een antwoord.'

'Ja, maar ik *weet* het niet!' zei ze nijdig. Toen, haar ergernis onderdrukkend, zei ze op rustiger toon: 'Kunnen we dit in de woonmodule bespreken?' Ze liet Luther over de zieke waken en gleed door het open luik.

In de woonmodule kregen ze gezelschap van Nicolai. Ze namen rond de keukentafel plaats alsof ze gingen eten. In plaats van eten legden ze hun frustraties over de onduidelijke situatie op tafel.

'Jij bent de dokter,' zei Griggs. 'Kun je geen beslissing nemen?'

'Ik ben nog bezig zijn conditie te stabiliseren,' zei Emma. 'Ik weet nog steeds niet wat hem mankeert. Wie weet knapt hij zo dadelijk op. Maar voor hetzelfde geld gaat hij opeens achteruit.'

'En jij kunt daar niets over zeggen.'

'Zonder röntgenfoto's en zonder operatiezaal kan ik niet zien wat er in zijn binnenste gebeurt. Ik kan niet voorspellen hoe hij er morgen aan toe zal zijn.'

'Daar zitten we dan mooi mee.'

'Volgens mij kunnen we hem het beste naar huis sturen. Zeg maar tegen Houston dat ze de shuttle zo snel mogelijk in gereedheid moeten brengen.'

'Geen CRV-evacuatie?' vroeg Nicolai.

‘Een normale shuttlevlucht is beter wanneer er een zieke vervoerd moet worden,’ zei Emma. Een vlucht met het CRV was zwaar en het hing van de weersomstandigheden af of ze zouden kunnen landen op een plek waar goede medische hulp beschikbaar was.

‘CRV? Vergeet het maar,’ zei Griggs botweg. ‘We gaan dit station niet ontruimen.’

Nicolai zei: ‘Maar stel dat hij in levensgevaar komt te verkeren...’

‘Emma zal hem doodgewoon in leven moeten houden tot de *Discovery* er is. Jezus, man, het ISS is praktisch een vliegende ambulance. Het lijkt me sterk dat het niet mogelijk is hem in leven te houden.’

‘En als het niet lukt?’ hield Nicolai vol. ‘Het leven van een collega is meer waard dan deze experimenten.’

‘Het CRV is onze allerlaatste toevlucht,’ zei Griggs. ‘Als we daarin stappen, geven we werk van maanden op.’

‘Hoor eens, Griggs,’ zei Emma. ‘Ik wil het station net zomin verlaten als jij. Ik heb hard gevochten om hier te komen en ben niet van plan vroegtijdig naar huis te gaan, maar of mijn patiënt al dan niet geëvacueerd moet worden, is *mijn* beslissing.’

‘Pardon,’ zei Diana, door het luik zwevend. ‘Emma, ik heb hier de uitslagen van Kenichi’s laatste bloedonderzoek. Kijk eens.’ Ze gaf Emma een computerprintout.

Emma staarde naar de uitslagen: *Creatine kinase: 20.6 (normaal 0 – 3.08)*

Het ging bij deze patiënt om meer dan een alvleesklierontsteking, meer dan gewone darmklachten. Een hoog CK hield in dat er schade was toegebracht aan zijn spieren of zijn hart.

Braken is soms een symptoom van een hartaanval.

Ze keek Griggs aan. ‘Ik heb een beslissing genomen,’ zei ze. ‘Geef aan Houston door dat ze onmiddellijk de shuttle moeten sturen. Kenichi moet naar huis.’

3 augustus

Jacks gebruinde armen glansden van het zweet toen hij de fok strak trok. Met een keurige woesj kwam het zeil bol te staan. De *Sanneke* helde naar bakboord en schoot opeens een stuk sneller door het modderige water van Galveston Bay. Hij had de Golf van Mexico achter zich gelaten, was rond het middaguur Point Bolivar voorbij gezeild – vlak voor de veerboot naar Galveston Island langs – en voer nu parallel aan de raffinaderijen op de kust van Texas City noordwaarts naar Clear Lake. Naar huis.

Na zeven dagen op zee had hij een bruine, ruige kop gekregen. Hij had aan niemand verteld wat zijn plannen waren. Hij had een voorraadje voedsel aan boord genomen en was gewoon het zeegat uitgevaren, weg van het land, naar nachten zo donker dat zijn ogen bijna verblind waren door de sterren. Languit op het dek dat door de golfslag van de oceaan zachtjes deinde, had hij urenlang naar de nachtelijke hemel liggen kijken. Onder de koepel van sterren die zich zo ver uitstrekte als hij kon zien, had hij zich bijna kunnen voorstellen dat hij door het heelal zoefde, dat iedere deining van de golven hem naar een nieuwe, diepere laag van een onbekende melkweg bracht. Behalve aan de sterren en de zee had hij helemaal nergens aan gedacht. Tot een meteoor met een schitterende staart door de hemel was geschoten en hij opeens aan Emma had moeten denken. Hij slaagde er niet in barrières op te werpen die hoog genoeg waren om haar buiten te houden. Ze was er altijd, ergens aan de rand van zijn bewustzijn, klaar om in zijn gedachten binnen te dringen wanneer hij het helemaal niet verwachtte. Het helemaal niet wilde. Hij was als bevroren blijven liggen, zijn ogen vastgeklonken aan het vervagende pad dat de meteoor had getrokken, en alhoewel er niets was veranderd, de richting van de wind noch het rijzen en dalen van de zee, had hij zich opeens heel erg alleen gevoeld.

Het was nog donker geweest toen hij de zeilen had gehesen en op huis aan was gegaan.

Maar nu hij op de motor door het kanaal naar Clear Lake voer, langs de silhouetten van de huizen die tegen de ondergaande zon stonden afgetekend, had hij spijt van zijn besluit zo snel terug te keren. Op zee had aldoor een frisse wind gewaaid; hier hing de hitte roerloos in de lucht en was de vochtigheid verstikkend.

Hij meerde de boot af op zijn eigen plek en stapte op de steiger, zijn benen wat wankel van al die dagen op zee. Allereerst, dacht hij, een koude douche. De boot maakte hij vanavond wel schoon, wanneer het wat koeler was. En wat Humphrey aanging – nog een extra dag in het dierenpensioen zou die bal bont geen kwaad doen. Met zijn rugzak over zijn schouder liep hij de steiger af. Toen hij langs de kleine kruidenierswinkel van het haventje kwam, werd zijn blik getrokken naar het rek met kranten. Hij liet zijn rugzak met een klap op de grond vallen toen hij de brede kop op de voorpagina van de *Houston Chronicle* zag:

'Countdown voor noodlancering shuttle begonnen; *Lift-off* morgen.'

Wat is er gebeurd? dacht hij. *Wat is er misgegaan?*

Met trillende handen haalde hij twee kwartjes uit zijn zak, stopte ze in het sleufje en pakte een krant onder de glasplaat vandaan. Bij het artikel stonden twee foto's. De ene was van Kenichi Hirai, de NASDA-astronaut uit Japan. De andere was van Emma.

Hij greep zijn rugzak en sprintte weg om een telefooncel te zoeken.

Drie ruimtevaartartsen namen deel aan de bespreking – voor Jack een teken dat de crisis van puur medische aard was. Toen hij binnenkwam, keken sommigen van de aanwezigen verrast op. Hij zag de onuitgesproken vraag in de ogen van Woody Ellis, de algemeen directeur van het ruimtevaartcentrum: *Wat doet Jack McCallum terug op het honk?*

Todd Cutler gaf het antwoord. 'Jack heeft indertijd meegewerkt aan het opstellen van het protocol voor medische crisissituaties voor de allereerste bemanning van het ISS. Het leek me verstandig hem erbij te halen.'

Ellis zei, slecht op zijn gemak: 'Het persoonlijke aspect maakt dit wel ingewikkeld.' Met het persoonlijke aspect bedoelde hij *Emma.*

'We beschouwen ieder bemanningslid als familie,' zei Todd. 'In zeker opzicht is alles dus persoonlijk.'

Jack ging naast Todd zitten. Rond de tafel zaten de onderdirecteur van het NSTS, het hoofd van de afdeling Bemanningen, de drie ruimtevaartartsen en een aantal programma-managers. Verder was Gretchen Liu erbij, NASA's pr-vrouw. Op de lanceringen na besteedde de pers vrijwel nooit aandacht aan de werkzaamheden van NASA. Vandaag zaten journalisten van alle persbureaus opeengepakt in de kleine perskamer in NASA's pr-gebouw, wachtend tot Gretchen zou verschijnen. Wat een verschil, dacht Jack. Het volk is bloeddorstig. Het wil explosies, tragedies, crisissituaties. Voor het wonder van een reis die zonder mankementen verloopt, heeft niemand belangstelling.

Todd schoof een stapeltje paperassen naar hem toe, met bovenop een briefje: *Hirai's bloedonderzoeken en lichamelijke conditie van de afgelopen 24 uur. Welkom terug.*

Jack bekeek de medische rapporten en luisterde onderhand naar de discussie. Hij liep een hele dag achter en had tijd nodig om alle informatie in zich op te nemen. Astronaut Kenichi Hirai was ernstig ziek en de uitslagen van zijn bloedonderzoeken waren voor iedereen een raadsel. *Discovery* stond klaar om morgenochtend om zes uur gelanceerd te worden met Kittredges bemanning en een ruimtevaartarts. De countdown verliep volgens schema.

'Zijn jullie aanbevelingen nog steeds hetzelfde?' vroeg de onderdirecteur van het NSTS aan de artsen. 'Denken jullie nog steeds dat Hirai kan wachten op evacuatie per shuttle?'

Todd Cutler gaf antwoord. 'We zijn nog steeds van mening dat evacuatie per shuttle de veiligste manier is. Wat dat betreft zijn onze aanbevelingen nog steeds van kracht. Het ISS is op medisch gebied erg goed uitgerust; ze hebben alle medicijnen en apparatuur die nodig is voor het geval de patiënt een hartstilstand mocht krijgen.'

'Jij bent dus nog steeds van mening dat hij een hartaanval heeft gehad?'

Todd keek naar zijn collega-artsen. 'Eerlijk gezegd,' gaf hij toe, 'zijn we daar niet helemaal zeker van. Er zijn dingen die wijzen op een infarct van het hartspierweefsel – met andere woorden, een hartaanval. In het bijzonder het stijgende niveau van hartenzymen in zijn bloed.'

'Maar waarom weten jullie dat nog steeds niet zeker?'

'De ECG laat alleen niet-specifieke veranderingen zien – een paar T-golf-inversies. Dat is geen klassiek patroon voor een hartstilstand. Bovendien is Hirai uitgebreid onderzocht op hartproblemen voordat hij in het astronautenkorps is opgenomen. Hij had geen risicofactors. Dat zijn de redenen waarom we niet met zekerheid kunnen zeggen wat er aan de hand is. Maar we moeten ervan uitgaan dat hij een hartaanval heeft gehad. Daarom is een shuttle-evacuatie de beste keus. Een landing met de shuttle is rustiger en beter beheersbaar. Veel minder stressvol voor de patiënt dan thuis te moeten komen in het CRV. En in het ISS kunnen ze een eventuele hartritmestoornis wel aan.'

Jack keek op van de labrapporten die hij had zitten lezen. 'Zonder de noodzakelijke laboratoriumapparatuur kan het station dit CK-niveau niet fractioneren. Hoe weten we dan dat dit enzym inderdaad uit het hart komt?'

Iedereen keek naar hem.

'Wat bedoel je met fractioneren?' vroeg Woody Ellis.

'Creatine kinase is een enzym dat de spiercellen helpt opgeslagen energie te gebruiken. Het zit in zowel gegroefde spieren als hartspieren. Wanneer hartcellen schade lijden, bijvoorbeeld vanwege een hartaanval, stijgt het CK-niveau in het bloed. Daarom gaan we ervan uit dat hij een hartaanval heeft gehad. Maar stel dat dat niet zo is?'

'Wat kan het dan nog meer zijn?'

'Een vorm van spierschade. Een trauma, bijvoorbeeld, of stuiptrekkingen. Een ontsteking. Zelfs een eenvoudige injectie in de spier kan een stijging van het CK-niveau veroorzaken. Je moet de CK fractioneren om er zeker van te kunnen zijn of de stijging te maken heeft met de hartspier. In het ruimtestation kunnen ze dat niet doen.'

'Het kan dus zijn dat hij helemaal geen hartaanval heeft gehad.'

'Inderdaad. En er is nog iets dat ik niet begrijp. Na acute spierschade zou zijn CK weer gezakt moeten zijn naar het normale niveau. Maar kijk eens naar het patroon.' Jack sloeg de pagina's om en las de cijfers hardop voor. 'In de laatste vierentwintig uur is het niveau blijven stijgen. Dat duidt op aanhoudende toebrenging van schade.'

'En dat geldt voor deze hele puzzel,' zei Todd. 'De uitslagen zijn allemaal zo eigenaardig en beantwoorden niet aan de bekende patronen. Leverenzymen, afwijkingen in de werking van de nieren, bezinking, witte bloedlichaampjes. Sommige schieten omhoog, terwijl andere juist zinken. Het is net alsof er steeds een ander orgaan wordt aangevallen.'

Jack keek hem aan. 'Aangevallen?'

'Bij wijze van spreken, Jack. Ik weet niet waar we mee te maken hebben. Ik weet alleen dat het niet aan laboratoriumfouten ligt. We hebben de andere bemanningsleden ook laten onderzoeken en hun uitslagen zijn volkomen normaal.'

'Maar is hij echt zo ziek dat evacuatie nodig is?' De vraag werd gesteld door de programmaleider van de shuttle. Hij was helemaal niet blij met de situatie. Het was de bedoeling geweest dat de *Discovery* de geheime CAPRICORN spionagesatelliet zou ophalen voor reparaties. Nu had die missie plaats moeten maken voor deze crisis. 'Washington vindt het niet leuk dat de reparatie van de satelliet moet worden uitgesteld. U hebt deze vlucht voor uzelf opgeëist zodat de *Discovery* als vliegende ambulance kan dienen. Ik vraag of dat echt noodzakelijk is. Kan Hirai niet in het ruimtestation herstellen?'

'Daar kunnen we niets over zeggen. We weten niet wat hem mankeert,' zei Todd.

'Maar er zit daar toch een arts? Kan *die* dat dan niet bepalen?'

Jack verstijfde. Dit was een aanval op Emma. 'Ze heeft geen röntgenogen,' zei hij.

'Maar ze heeft verder vrijwel alles tot haar beschikking wat je maar kunt bedenken. Hoe noemde u het station ook alweer, dokter Cutler? "Een goed uitgeruste eerstehulpkamer"?'

'Astronaut Hirai moet zo snel mogelijk naar huis terug worden gebracht,' zei Todd. 'Daar blijven we bij. Als u de opinie van onze artsen in twijfel wilt trekken, moet u dat zelf weten. Het enige wat ik erover kan zeggen, is dat ik nooit de mening van een ingenieur over propulsiesystemen in twijfel zou trekken.'

Daarmee maakte hij effectief een eind aan de discussie.

De onderdirecteur van het NSTS vroeg: 'Zijn er verder nog problemen?'

'Het weer,' zei de weerman van NASA. 'Ik wil alleen even melden dat zich een depressie aan het ontwikkelen is ten westen van Guadeloupe. Het centrum ervan trekt heel langzaam westwaarts. Het zal geen invloed hebben op de lancering, maar afhankelijk van het pad dat het kiest, kan het de komende week problemen opleveren voor Kennedy.'

'Bedankt.' De onderdirecteur keek de gezichten langs en zag verder geen vragen. 'Dan staat de lancering vast voor morgenochtend vijf uur. Tot dan.'

10

Punta Arena, Mexico

De Zee van Cortez glimmerde als bladzilver in het stervende licht. Aan haar tafel op het terras van het café Las Tres Virgenes zag Helen Koenig vissersboten terugvaren naar Punta Colorado. Dit was het uur van de dag waar ze het meeste van hield, de avondbries koel op haar iets verbrande huid, haar spieren aangenaam moe van het zwemmen. Een kelner kwam aanlopen met de margarita die ze had besteld en zette het glas voor haar neer.

'Gracias, señor,' zei ze zachtjes.

Een ogenblik kruisten hun blikken elkaar. Ze zag een kalme, waardige man met vermoeide ogen en zilvergrijze slapen en voelde een steek van onbehagen. Yankee-schuld, dacht ze, toen ze hem nakeek tot aan de bar. Dat gevoel kreeg ze iedere keer wanneer ze naar Baja ging. Ze nipte van haar glas en keek weer naar de zee, terwijl de blèrende trompetten van een mariachi-band ergens op het strand tot haar doordrong.

Het was een fijne dag geweest, die ze bijna geheel in het water had doorgebracht. 's Ochtends was ze met twee zuurstofflessen naar de diepte gedoken en 's middags had ze een ondiepe duik gemaakt. En daarnet had ze nog een poosje in het gouden licht van de namiddagzon gezwommen. De zee was haar rustpunt, haar toevluchtsoord. Dat was altijd al zo geweest. In tegenstelling tot de liefde van een man was de zee een vast gegeven en werd ze er nooit door teleurgesteld. De zee was er altijd, om haar te omhelzen, te sussen; wanneer ze het moeilijk had, zocht ze steevast troost in haar wachtende armen.

Daarom was ze naar Baja gegaan. Om in het warme water te zwemmen en alleen te zijn op een plek waar niemand haar iets kon doen. Zelfs Palmer Gabriel niet.

Haar lippen voelden stroef aan van de margarita. Ze dronk het laatste restje uit haar glas en bestelde er nog een. De sterkedrank gaf haar nu al het gevoel dat ze zweefde. Maar dat maakte niets uit; ze was vrij. Het project was afgelopen, stopgezet. De kweekjes vernietigd. Palmer was woedend op haar, maar ze wist dat ze juist had gehandeld. Ze had op safe gespeeld. Morgen zou ze eerst lekker uitslapen en dan warme chocolademelk en huevos rancheros als ontbijt nemen. En daarna kon ze zich weer in het warme water laten glijden, in de armen van haar zeegroene minnaar.

De lach van een vrouw trok haar aandacht. Ze keek naar de bar, waar een man en een vrouw zaten te flirten. De vrouw was slank en gebruind, de man had spieren als stalen koorden. Een vakantieflirt in de maak. Ze zouden waarschijnlijk samen dineren en hand in hand een wandeling maken over het strand. Daarna een kus, een omhelzing en alle met hormonen doorzeefde rituelen van het paren. Helen bekeek het stel met de interesse van een wetenschapper en de afgunst van een vrouw. Ze wist dat dergelijke rituelen niet voor haar waren weggelegd. Ze was negenenveertig en dat was haar aan te zien. Ze had een dikke taille, te veel grijs in haar haar, en een gezicht dat niets opmerkelijks had, afgezien van de intelligentie in haar ogen. Ze was niet het soort vrouw dat de aandacht trok van gebronsde adonissen.

Ze dronk het restantje van haar tweede margarita. Het zweverige gevoel verspreidde zich nu door haar hele lichaam. Het was tijd dat ze iets at. Ze opende het menu. *Restaurante de las Tres Virgenes* stond er bovenaan. De Drie Maagden. Een geschikte plaats voor haar om te eten. Ze kon net zo goed een maagd zijn.

De kelner kwam aanlopen om haar bestelling op te nemen. Ze keek naar hem op en had net de gegrilde Dorado besteld toen haar blik naar de televisie boven de bar werd gestrokken. Naar de beelden van de spaceshuttle op het lanceerplatform.

'Wat is er aan de hand?' vroeg ze, naar de televisie wijzend.

De kelner haalde zijn schouders op.

'Kunt u het geluid iets harder zetten?' riep ze naar de barman. 'Ik wil het nieuws graag horen!'

Hij draaide aan de volumeknop. De uitzending rolde de bar in. In het Engels. Het was een Amerikaanse zender. Helen liep naar de bar en staarde naar het beeldscherm.

'... evacuatie van astronaut Kenichi Hirai. NASA heeft geen verdere informatie vrijgegeven, maar berichten doen vermoeden dat de artsen van het ruimtevaartcentrum in het duister tasten omtrent de aard van zijn ziekte. Naar aanleiding van de uitslagen van het bloedonderzoek dat vandaag is gedaan, leek het hen echter verstandig een reddingsploeg te sturen. De *Discovery* zal morgenochtend om vijf uur gelanceerd worden.'

'Señora?' zei de kelner.

Helen draaide zich om en zag dat hij met zijn blocnote in zijn hand bij haar was komen staan. 'Wilt u nog iets drinken?'

'Nee. Nee, ik moet weg.'

'Maar uw diner –'

'Dat moet ik schrappen. Neemt u me niet kwalijk.' Ze maakte haar tas open, gaf hem vijftien dollar en liep haastig het restaurant uit.

Op haar hotelkamer probeerde ze Palmer Gabriel in San Diego te bereiken. Pas na zes pogingen kreeg ze de internationale telefooncentrale aan de lijn, en toen de verbinding met San Diego eindelijk tot stand was gekomen, kreeg ze alleen maar Palmers voicemail.

'Een van de astronauten in het ISS is ziek,' zei ze. 'Palmer, dit is waar ik al die tijd bang voor ben geweest. Waar ik jullie voor heb gewaarschuwd. Als het bevestigd wordt, moeten we snel optreden. Voordat...' Ze zweeg en keek naar de klok. Dit heeft geen zin, dacht ze en ze hing op. Ik moet naar huis, naar San Diego. Ik ben de enige die weet wat hieraan gedaan moet worden. Ze hebben me nodig.

Ze pakte snel haar koffer in, betaalde de rekening en nam een taxi naar het twintig kilometer verderop gelegen vliegveldje van Buena Vista. Een klein vliegtuig zou haar daarvandaan naar La Paz brengen, waar ze een lijnvlucht naar San Diego kon nemen.

Het was een ruige rit over de hobbelige, kronkelige weg en stof vloog door de open ramen naar binnen. Maar het deel van de reis waar ze het meest voor huiverde, was de komende vlucht. Kleine vliegtuigen joegen haar doodsangst aan. Als ze niet zo'n haast had gehad om thuis te komen, zou ze de lange rit over het schiereiland Baja liever in haar eigen auto hebben gemaakt. Nu was die achtergebleven op het parkeerterrein van het hotel. Met het zweet in haar handen omklemde ze de handgreep van het portier terwijl ze zich allerlei vliegtuigrampen begon in te beelden.

Toen zag ze de nachtelijke hemel, wolkeloos en fluweelzwart, en dacht ze aan de mensen in het ruimtestation. En aan de risico's die andere, moediger mensen namen. Het was een kwestie van perspectief. Een korte vlucht in een klein vliegtuig was niets vergeleken bij de gevaren waaraan astronauten zich blootstelden.

Wees toch niet zo'n bangerd, vermaande ze zichzelf. Die mensen verkeren misschien in levensgevaar. En jij bent de enige die weet wat er gedaan moet worden.

Opeens was het gehots voorbij. Ze zaten godzijdank weer op een goed geasfalteerde weg en waren bijna in Buena Vista.

De chauffeur, die had begrepen dat ze haast had, gaf prompt plankgas. Stofdeeltjes striemden door het open raam in haar gezicht. Ze tastte naar de hendel van het raam en voelde op hetzelfde moment dat de taxi naar links zwenkte om een auto in te halen. Ze keek op en zag tot haar afgrijzen dat ze in een bocht zaten.

'Señor! Mas despacio!' zei ze. *Niet zo snel.*

Ze lagen nek aan nek met de andere auto. De taxi won langzaam terrein, maar de bestuurder van de andere auto weigerde zijn voorsprong op te geven. De weg maakte een bocht naar links en verdween uit het gezicht.

'Haal hem niet in!' zei ze. 'Alstublieft –' Haar ogen flitsten naar voren en staarden naar de verblindende koplampen van een tegenligger.

Ze hief haar handen op om haar gezicht te beschermen en het felle licht niet te hoeven zien. Maar ze kon het krijsen van de banden niet buitensluiten, net zomin als het krijsen van haar eigen stem toen de koplampen recht op hen af kwamen.

3 augustus

Vanaf zijn plaats achter de glazen wand van de drukbezette bezoekerstribune had Jack goed zicht op de controlekamer, waar iedere computer bemand was, iedere controller keurig gekleed vanwege de televisiecamera's. Hoewel de mannen en vrouwen daar beneden volkomen geconcentreerd waren op hun werk, konden ze nooit echt vergeten dat er naar hen werd gekeken, dat de toeschouwers hen in de gaten hielden en dat ieder gebaar, ieder nerveus hoofdschudden door die wand van glas te zien was. Nog maar een jaar geleden had Jack de artsencomputer bemand tijdens een shuttlelancering en de ogen van de vreemdelingen gevoeld, als een onduidelijke en onaangename warmte in zijn nek. Hij wist dat de mensen in de zaal nu precies zo'n gevoel hadden.

De sfeer in de controlekamer leek ijzig kalm, net zo kalm als de stemmen die door de luidsprekers kwamen. Dit was het imago dat

NASA in stand wilde houden, van beroepsmensen die hun taak perfect uitvoerden. Wat het publiek zelden te zien kreeg, waren de crisissituaties in de kamers achter de controlekamer, de op het nippertje voorkomen rampen, de chaotische toestanden wanneer er iets misging en overal verwarring heerste.

Vandaag niet, dacht hij. Carpenter staat aan het roer. *Alles zal goed gaan*.

Vluchtleider Randy Carpenter hield toezicht op het lanceringsteam. Hij had in zijn lange carrière al allerlei soorten crisissituaties meegemaakt en was van mening dat tragedies bij ruimtevluchten over het algemeen niet het resultaat waren van één bepaalde storing, maar van een reeks kleine problemen die zich opstapelden en uiteindelijk in een ramp uitliepen. Daarom hield hij alle details met argusogen in de gaten en was ieder probleem voor hem een potentiële crisis. Zijn ploeg keek naar hem op – letterlijk, omdat Carpenter een reus van een kerel was, twee meter lang en bijna honderdvijftig kilo zwaar.

Jack zag dat Gretchen Liu, de pr-vrouw, die uiterst links in de tweede rij zat, zich met een overtuigende glimlach omdraaide naar de tribune. Ook zij had vanwege de televisiecamera's haar mooiste outfit aangetrokken, een marineblauw pakje met een grijs zijden sjaaltje. De lancering had de aandacht van de hele wereld getrokken en hoewel de meeste journalisten bij het lanceerterrein op Cape Canaveral waren, zaten er hier achter het glas ook nog aardig wat.

De laatste tien minuten tot de countdown waren verstreken. Door de luidsprekers klonk de melding dat de weersomstandigheden goed waren en toen begon het laatste deel van de countdown. Jack leunde naar voren en voelde hoe zijn lichaam zich spande toen de commando's voor de *lift-off* elkaar in snel tempo opvolgden. De oude lanceringskoorts had hem weer in zijn greep. Een jaar geleden, toen hij het ruimtevaartprogramma de rug had toegekeerd, had hij gedacht dat hij dit alles achter zich had gelaten. Maar nu werd hij weer meegesleurd door de opwinding. De droom. Hij stelde zich voor hoe de astronauten in hun stoel plaatsnamen en de gordels omdeden, hoe ze het ruimteschip voelden trillen toen de druk in de tanks met vloeibare zuurstof en waterstof werd opgevoerd. Hij dacht aan hun claustrofobie toen ze het vizier van hun helm dichtdeden. Het gesis van de zuurstof. Het versnellen van hun hartslag.

'We hebben SRB-ontsteking,' zei de vluchtleider in de controlekamer van het KSC. 'En *lift-off*! We hebben *lift-off*! De controle wordt nu overgegeven aan het JSC in Houston...'

Op het centrale beeldscherm maakte de shuttle een bocht oostwaarts langs de uitgestippelde lanceringsroute. Jack was nog steeds gespannen en zijn hart klopte als een razende. Op de beeldschermen van de bezoekerstribune was de shuttle te zien. De communicatie tussen CAPCOM en gezagvoerder Kittredge was te horen via de luidsprekers. De *Discovery* was al gedraaid en klom nu naar de bovenste lagen van de atmosfeer, waar de blauwe hemel zou overgaan in het zwart van het heelal.

'Het ziet er goed uit,' zei Gretchen via het mediakanaal. In haar stem was het triomfantelijke gevoel te horen dat het een perfecte lancering was geweest. Tot nu toe ging alles inderdaad perfect. Tot en met Max Q, het afstoten van de stuwraketten en het afsluiten van de hoofdmotor.

Vluchtleider Carpenter stond roerloos in de controlekamer, zijn ogen gericht op het centrale scherm.

'*Discovery*, u bent gereed voor ET-afstoting,' zei CAPCOM.

'Begrepen, Houston,' zei Kittredge. 'Afstoting volbracht.'

Toen Carpenters massieve hoofd met een ruk omhoog ging, wist Jack dat er iets was veranderd. In de controlekamer bracht een schok van activiteiten alle vluchtcontrollers tegelijk in actie. Een paar van hen wierpen een zijdelingse blik op Carpenter, wiens afhangende schouders opeens recht werden getrokken. Gretchen hield haar hand tegen haar koptelefoon gedrukt terwijl ze aandachtig luisterde naar haar communicatiekanaal.

Er is iets mis, dacht jack.

Op de bezoekerstribune stond het communicatiekanaal tussen het ruimteschip en de controlekamer nog open.

'*Discovery*,' zei CAPCOM. 'Volgens MMACS zijn de verbindingsdeuren niet dichtgegaan. Kunt u dat bevestigen?'

'Begrepen en we bevestigen. De deuren gaan niet dicht.'

'Dan kunt u beter overgaan op handbediening.'

Er viel een geladen stilte. Toen hoorden ze Kittredge zeggen: 'Alles in orde, Houston. De deuren zijn dicht.'

Pas toen Jack met kracht zijn adem uitstootte, besefte hij dat hij die al die tijd had ingehouden. Het was het enige mankement geweest. De rest, dacht hij, was perfect gegaan. Maar het effect van de plotselinge stoot adrenaline was groot en het zweet stond hem in de handen. Dit had hen allen eraan herinnerd hoeveel dingen er mis konden gaan, en hij slaagde er niet in een nieuw gevoel van onbehagen van zich af te zetten.

Hij staarde naar de controlekamer en vroeg zich af of Randy Carpenter, de beste van de besten, ook zo'n onrustig gevoel had.

4 augustus

Het was alsof de klok in Jacks hersenen zich uit zichzelf had aangepast en zijn slaap- en waakcyclus had omgedraaid, want hij was 's nachts om één uur opeens klaarwakker. Hij bleef even in bed liggen, met wijd open ogen, terwijl de verlichte cijfertjes van de klok op het nachtkastje naar hem terugkeken. Net als de *Discovery*, dacht hij, doe ik mijn best bij het ISS te komen. Bij Emma. Zijn lichaam synchroniseerde zich helemaal met het hare. Over een uur zou ze wakker worden en aan haar werkdag beginnen. Hij was al wakker, hun ritmen liepen bijna parallel.

Hij deed geen moeite om weer in slaap te komen, maar stond op en kleedde zich aan.

Om half twee 's nachts gonsde Mission Control van de activiteiten. Hij wierp een blik in de controlekamer, waar de vluchtcontrollers zaten. Tot nu toe waren er aan boord van de *Discovery* geen storingen opgetreden.

Hij liep de gang door naar de SVOR, de aparte controlekamer voor het ISS. Die was veel kleiner dan de hoofdcontrolekamer en had aparte computers en apart personeel. Jack liep rechtstreeks naar de artsenafdeling en nam plaats naast Roy Bloomfeld, de dienstdoende arts. Bloomfeld keek met een verrast gezicht op.

'Hallo, Jack. Ben je definitief terug?'

'Ik kan niet wegblijven.'

'Nou, het kan je niet om het geld te doen zijn, dus moet het de spanning van het werk zijn.' Hij leunde geeuwend achterover. 'Hoewel we vannacht weinig spanningen hebben.'

'Is de patiënt stabiel?'

'Al twaalf uur lang.' Bloomfeld knikte naar de biotelemetrie op zijn computerscherm. Het ECG en de bloeddrukmetingen van Kenichi Hirai gleden over het scherm. 'Het ritme is zo regelmatig als een klok.'

'Geen nieuwe ontwikkelingen?'

'Het laatste rapport over zijn conditie is van vier uur geleden. Zijn hoofdpijn is toegenomen en hij heeft nog steeds koorts. Antibiotica schijnt niets uit te halen. We krabben ons allemaal op het hoofd.'

'Heeft Emma enig idee wat het kan zijn?'

'Emma is waarschijnlijk zo moe dat ze geen pap kan zeggen. Ik heb gezegd dat wij de monitor in de gaten zullen houden en haar naar bed gestuurd. En tot nu toe heb ik me alleen maar zitten vervelen.' Bloomfeld geeuwde weer. 'Zeg, ik moet even naar de wc. Kun jij het scherm voor me in de gaten houden?'

'Natuurlijk.'

Bloomfeld liep de zaal uit en Jack zette de koptelefoon op. Het was een prettig, bekend gevoel om weer voor een computerscherm te zitten, de gedempte gesprekken van de andere controllers te horen, naar het centrale scherm te kijken, waar de omwentelingen van het ruimtestation een dunne lijn over de kaart trokken. Ook al was dit geen plek in de shuttle zelf, het was er heel dichtbij. *Ik zal de sterren nooit kunnen aanraken, maar ik kan ertoe bijdragen dat anderen dat wel kunnen doen.* Hij schrok er zelf van dat hij deze bittere ommekeer in zijn leven eindelijk had aanvaard. Dat hij op de rand van zijn oude droom kon blijven staan en het uitzicht van veraf bewonderen.

Hij concentreerde zich weer op Kenichi Hirai's ECG. Hij leunde naar voren. De hartlijn ging een paar keer snel op en neer en werd toen een rechte lijn boven in het scherm.

Jack ontspande zich weer. Dit was niets bijzonders; hij herkende het fenomeen als een elektrische anomalie – waarschijnlijk een los ECG-plakkertje. De lijn van de bloeddruk bleef netjes over het scherm lopen, zonder enige verandering. Misschien had de patiënt zich bewogen en per ongeluk een plakkertje losgetrokken. Misschien had Emma hem van de monitor gehaald, zodat hij naar de wc kon. Nu verdween ook de lijn van de bloeddruk – nog een teken dat Kenichi van de monitors was afgehaald. Jack bleef naar het scherm kijken, in de verwachting dat de lijntjes snel weer zouden terugkomen.

Toen dat niet gebeurde, zei hij in de microfoon: 'CAPCOM, dit is Surgeon. Ik zie vermoedelijk losse plakkertjes in de ECG van de patiënt.'

'Losse plakkertjes?'

'Het ziet eruit alsof hij van de monitor is afgehaald. Er is geen hartlijn meer zichtbaar. Kunt u Emma even oproepen om dat te bevestigen?'

'Begrepen, Surgeon. Ik neem meteen contact op.'

Een zacht gepiep haalde Emma uit een droomloze slaap. Toen ze wakker werd, voelde ze de koude kus van vocht op haar gezicht. Het was niet haar bedoeling geweest in slaap te vallen. Hoewel Kenichi's ECG in de controlekamer van Houston via de biotelemetrie voortdurend in de gaten werd gehouden en men haar meteen zou waarschuwen als er verandering mocht optreden in zijn toestand, had ze tijdens de voorgeschreven slaapperiode wakker willen blijven. Maar de afgelopen twee dagen had ze alleen maar af en toe een dutje gedaan en was ze zelfs daarin gestoord door de andere bemanningsleden die vragen hadden over de toestand van haar patiënt, en uiteindelijk hadden pure uitputting en de ultieme ontspanning van de gewichtloosheid het van haar gewonnen. Het laatste wat ze zich herinnerde was dat ze Kenichi's hartslag over het scherm had zien glijden als een hypnotiserende krabbel, die was vervaagd tot een waas van groen. En toen was alles zwart geworden.

De koude waterdruppel die aan haar wang kleefde, dwong haar haar ogen open te doen. Ze zag een bolletje vocht naar zich toe zweven, zachtjes draaiend met een regenboog van weerspiegelingen. Het duurde een paar seconden voor ze voldoende bij haar positieven was om te beseffen waar ze naar keek en nog een paar seconden voor ze de tientallen andere bolletjes zag die als zilveren kerstballen om haar heen dansten.

Gekraak, toen een stem in haar koptelefoon. 'Watson, dit is CAPCOM. Sorry dat we je wakker moeten maken, maar we hebben een bevestiging nodig over de ECG van de patiënt.'

Schor van vermoeidheid antwoordde Emma: 'Ik ben wakker, CAPCOM. Althans... dat geloof ik wel.'

'De biotelemetrie laat een storing zien in de ECG van de patiënt. Surgeon vermoedt dat er een plakkertje is losgeraakt.'

Ze had gezweefd, in het niets gehangen terwijl ze sliep, en moest zich eerst oriënteren. Ze draaide zich om naar waar haar patiënt moest zijn.

Zijn slaapzak was leeg. De infusieslang hing roerloos in de lucht en uit de katheter drupten glinsterende bolletjes saline. Losse elektrodedraden waren tot een kluwen gedraaid.

Ze zette snel de infusiepomp af en keek om zich heen. 'CAPCOM, hij is er niet. Hij heeft de module verlaten! *Stand by.*' Ze zette zich tegen de wand af en schoot Node II in, die toegang gaf tot de laboratoriums van NASDA en ESA. Ze zag in één oogopslag dat hij daar niet was.

'Heb je hem gevonden?' vroeg CAPCOM.

'Nee. Ik ben nog aan het zoeken.'

Was hij in de war geraakt en zomaar ergens naartoe gezweefd? Ze schoot het Amerikaanse laboratorium weer uit en dook de node in. Een druppel spatte tegen haar gezicht. Ze veegde hem weg en schrok toen ze zag dat haar vinger besmeurd was met bloed.

'CAPCOM, hij is door Node I gegaan en bloedt uit de punctie van de infusienaald.'

'Sluit de luchttoevoer tussen de modules af.'

'Begrepen.' Ze gleed door de opening van de woonmodule. Het licht was daar gedempt en in het schemerdonker zag ze Griggs en Luther in hun slaapzakken, allebei in diepe slaap. Maar geen Kenichi.

Geen paniek, dacht ze toen ze de intermodulaire luchtstroom afsloot. *Waar kan hij gebleven zijn?*

Terug naar zijn eigen slaapplaats, in het Russische deel van het ISS?

Zonder Griggs of Luther wakker te maken, verliet ze de woonmodule en gleed snel door de verbindingsnodes en modules, terwijl ze links en rechts naar haar voortvluchtige patiënt zocht. 'CAPCOM, ik heb hem nog steeds niet gevonden. Ik ben de Zarya gepasseerd en ben op weg naar de RSM.'

Ze glipte de Russische dienstmodule binnen, waar Kenichi normaal gesproken sliep. In het schemerdonker zag ze Diana en Nicolai slapen, drijvend alsof ze verdronken waren, hun armen vrij van de verankerde slaapzakken. Kenichi's slaapplaats was onbezet.

Haar onrust begon om te slaan in angst.

Ze schudde aan Nicolai's arm. Het duurde even voordat hij wakker was en toen hij zijn ogen eenmaal open had, begreep hij eerst niet wat ze tegen hem zei.

'Ik kan Kenichi nergens vinden,' herhaalde ze. 'We moeten alle modules doorzoeken.'

'Watson,' zei CAPCOM in haar koptelefoon. 'De technische afdeling maakt melding van wisselende storingen in de luchtsluis van Node I. Wil je daar even een kijkje nemen?'

'Wat voor storingen?'

'Wisselende meldingen laten zien dat het luik tussen de materieelsluis en de bemanningssluis niet goed dicht zit.'

Kenichi. Hij zit in de luchtsluis.

Met Nicolai achter zich aan, zeilde ze als een vogel door het station en dook Node I in. Toen ze angstig door het open luik in de luchtsluis keek, zag ze iets wat er op het eerste gezicht uitzag als drie lichamen. Twee daarvan waren echter alleen maar ruimtepakken, de harde torso's die aan de wanden bevestigd waren zodat de astronauten er makkelijk in konden komen.

Midden in de kamer, zijn lichaam achterover gekromd in een zware stuiptrekking, hing Kenichi.

'Help me hem hier weg te halen!' zei Emma. Ze zweefde om Kenichi heen, zette haar voeten tegen het buitenluik en gaf Kenichi een zet in de richting van Nicolai, die hem de luchtsluis in trok. Samen sleepten ze hem mee naar de labmodule, waar de behandeltafel stond.

'CAPCOM, we hebben de patiënt gevonden,' zei Emma. 'Hij heeft stuiptrekkingen. Verbind me snel door met Surgeon!'

'*Stand by*, Watson. Ga je gang, Surgeon.'

Tot haar grote verbazing hoorde Emma een bekende stem in haar koptelefoon. 'Hi, Em. Ik hoor dat je met een probleem zit.'

'*Jack*? Wat doe jij –'

'Hoe is het met je patiënt?'

Nog helemaal overdonderd concentreerde ze zich weer op Kenichi. Terwijl ze de infusieslang en de ECG-draden weer bevestigde, vroeg ze zich af wat Jack op Mission Control deed. Het was een jaar geleden dat hij een computer in de controlekamer had bemand. Nu kwam zijn stem opeens door haar koptelefoon en vroeg hij kalmpjes, als terloops, hoe Kenichi het maakte.

'Heeft hij nog steeds stuiptrekkingen?'

'Nee. Nee, hij maakt nu gerichte bewegingen – hij verzet zich tegen ons.'

'Hart en bloeddruk?'

'Zijn hartslag is snel – één twintig, één dertig. Hij ademt op eigen kracht.'

'Dat is een goed teken.'

'We zijn bezig de ECG aan te brengen.' Ze keek naar de monitor en zag de hartlijn over het scherm snellen. 'Sinustach 124. Af en toe een extra samentrekking.'

'Ik zie het op de biotelemetrie.'

'Ik ga zijn bloeddruk opmeten...' Ze pompte de armband op en luisterde naar de armhartslag terwijl de druk langzaam afnam. 'Vijfennegentig om zestig. Niet erg –'

De klap kwam als een volkomen verrassing. Ze slaakte een kreet van pijn toen Kenichi's hand uitschoot en haar precies op haar mond raakte. Het kwam zo hard aan dat ze dwars door de module tegen de wand werd geslingerd.

'Emma!' zei Jack. '*Emma*?'

Een beetje versuft betastte ze haar dikke lip.

'Je bloedt!' zei Nicolai.

In haar koptelefoon vroeg Jack angstig: 'Wat gebeurt er?'

'Het gaat alweer,' mompelde ze. En ze herhaalde geïrriteerd: 'Niets aan de hand, Jack. Maak je maar niet druk.'

Maar haar hoofd suisde van de klap. Terwijl Nicolai Kenichi in de slaapzak vastsnoerde, bleef ze op een afstand van haar patiënt zweven en wachtte ze tot de duizeligheid zou wegtrekken. In het begin drong niet tot haar door wat Nicolai zei.

Toen zag ze de ongelovige blik in zijn ogen. 'Moet je zijn buik zien,' fluisterde Nicolai. '*Kijk eens*!'

Emma kwam naar voren. 'Jezus, wat is dát?' fluisterde ze.

'Praat tegen me, Emma,' zei Jack. 'Wat is er aan de hand?'

Ze staarde naar Kenichi's buik. Het was net alsof de huid bubbelde en borrelde. 'Er beweegt iets – onder zijn huid –'

'*Wat* beweegt zich?'

'Het zijn net spiertrekkingen, maar het glijdt over zijn hele buik...'

'Kan het peristaltiek zijn?'

'Nee. Nee, het beweegt zich naar *boven*. Het volgt niet de loop van de darmen.' Ze zweeg. Het gewriemel was plotseling opgehouden en nu zag Kenichi's buik er weer glad en normaal uit.

Spiertrekkingen, dacht ze. Het onbeheersbare verkrampen van spierweefsel. Dat was de meest logische verklaring, afgezien van één detail: spiertrekkingen verliepen niet in de vorm van golfjes.

Opeens sperde Kenichi zijn ogen open en staarde hij Emma aan. Het hartalarm begon te piepen. Emma keek om naar het scherm en zag de ECG over het scherm zigzaggen.

'Hartstoornis!' zei Jack.

'Ik zie het, ik zie het!' Ze drukte op de knop van de defibrillator en legde haar vingers in Kenichi's hals.

Ze voelde de halsslagader. Een zwakke, nauwelijks voelbare hartslag.

Zijn ogen hadden zich in hun kassen gedraaid en alleen het bloedrode oogwit was nog zichtbaar. Hij ademde nog steeds.

Ze zette de schijven op zijn borst, bracht ze in positie en drukte op de knoppen. Een elektrische lading van honderd joules schoot door zijn lichaam.

Al zijn spieren trokken heftig samen. Zijn benen schopten tegen het bed. Als hij niet vastgebonden had gezeten, zou hij dwars door de module zijn gevlogen.

'Geen hartslag!' zei Emma.

Diana zweefde de module in. 'Wat kan ik doen?' vroeg ze.

'Maak de lidocaïne gereed!' zei Emma kortaf. 'In rechterla van de kist!'

'Ik heb het.'

'Hij ademt niet meer!' zei Nicolai.

Emma greep de zuurstoftas en zei: 'Nicolai, hou me vast!'

Hij bracht zichzelf in positie, met zijn voeten tegen de wand en zijn rug tegen die van Emma om haar op haar plaats te houden terwijl ze Kenichi een zuurstofmasker ombond. Op aarde is cardiopulmonale resuscitatie al moeilijk genoeg; op een plek waar geen zwaartekracht bestaat, is het een nachtmerrie van ingewikkelde acrobatiek, met rondzwevende instrumenten, slangetjes die in elkaar draaien, injectiespuiten met belangrijke geneesmiddelen die wegdrijven. Wanneer je met beide handen op de borst van de patiënt drukt, loop je het risico zelf door de kamer te vliegen. Hoewel de bemanning op dit scenario had geoefend, konden de nagebootste situaties nooit de chaos reproduceren die heerste wanneer een aantal mensen binnen een beperkte ruimte een strijd moesten leveren tegen de klok van een stervend hart.

Met het masker op Kenichi's mond en neus kneep ze in de zuurstofzak om lucht in zijn longen te pompen. De ECG-lijn bleef wilde bewegingen maken op het scherm.

'Eén amp lidocaïne gaat nu in de infusieslang,' zei Diana.

'Nicolai, geef hem nog een schok!' zei Emma.

Na een korte aarzeling pakte hij de schijven, zette ze op Kenichi's borst en drukte op de knoppen. Ditmaal werd er tweehonderd joules door Kenichi's hart gejaagd.

Emma keek naar de monitor. 'Zijn hart reageert niet! Nicolai, begin met hartmassage. Ik ga hem een luchtslang inbrengen.'

Nicolai liet de schijven los. Ze dreven weg aan het uiteinde van de elektrische kabels. Hij zette zijn voeten tegen de wand van de module en wilde zijn handen net op Kenichi's borstbeen zetten, toen hij ze met een ruk terugtrok.

Emma keek naar hem. 'Wat is er?'

'Zijn borst. Kijk eens naar zijn borst!'

Ze staarden.

De huid van Kenichi's borst borrelde, wriemelde. Op de contactpunten waar de schijven hun elektrische lading hadden losgelaten, hadden zich twee dikke cirkels gevormd die zich uitspreidden als de rimpels van stilstaand water waar een steen in was gegooid.

'Asystolie!' zei Jack in haar koptelefoon.

Nicolai staarde roerloos naar Kenichi's borst.

Het was Emma die zich in positie manoeuvreerde, haar rug tegen die van Nicolai.

Asystolie. Hartstilstand. Zonder hartmassage ging hij dood.

Ze voelde niets bewegen, niets ongebruikelijks. Alleen huid, gespannen over de magere omtrekken van het borstbeen. *Spiertrekkingen*, dacht ze. *Dat moest het zijn. Een andere verklaring was er niet.* Zich schrap zettend begon ze aan de hartmassage, liet haar handen het werk van Kenichi's hart doen, bloed in zijn organen pompen.

'Diana, één amp epinephrine per infusie!' beval ze.

Diana injecteerde het geneesmiddel in de infusieslang.

Ze keken allemaal naar de monitor, hopend, biddend dat er een bliepje op het scherm zou verschijnen.

11

‘Er moet een lijkschouwing verricht worden,’ zei Todd Cutler.

Gordon Obie, hoofd van de afdeling Bemanningen, keek geërgerd in zijn richting. Sommigen van de anderen in de vergaderzaal schudden hun hoofd, omdat Cutler alleen maar hardop had gezegd wat voor iedereen duidelijk was. Natuurlijk zou er een lijkschouwing verricht worden.

Zo’n vijftien mensen namen deel aan de spoedvergadering. De lijkschouwing was allerminst hun grootste probleem. Obie had veel dringender dingen aan zijn hoofd. Hij was van nature een man van weinig woorden en vond het bijzonder onaangenaam dat hij nu steeds een microfoon onder zijn neus geduwd kreeg wanneer hij zich in het openbaar vertoonde. Het folterende proces van het zoeken naar de schuldigen was begonnen.

Obie moest een deel van de verantwoordelijkheid voor de tragedie op zijn eigen schouders nemen, omdat hij de keuze van ieder lid van de bemanning had goedgekeurd. Wanneer een bemanning faalde, wilde dat zeggen dat hijzelf ook had gefaald. En dat hij Emma Watson had gekozen, begon er steeds meer uit te zien als een grote fout.

Dat was in ieder geval de tendens die hij in deze kamer bespeurde. Emma Watson was de enige arts aan boord van het ISS en had moeten inzien dat Hirai stervende was. Als Hirai onmiddellijk met het CRV was geëvacueerd, zou zijn leven misschien gespaard zijn. Nu was er een ruimteschip gelanceerd, maar de reddingsmissie, die de staat miljoenen kostte, was veranderd in een bijzondere dure vlucht die alleen diende om een lijk op te halen. Washington had een zondebok nodig, en de buitenlandse pers stelde al een politiek opruiende vraag: zou men een *Amerikaanse* astronaut ook hebben laten sterven?

Vandaar dat de manier waarop de pr-afdeling deze crisis zou behandelen, het belangrijkste agendapunt van de vergadering was.

Gretchen Liu zei: 'Senator Parish heeft een verklaring afgelegd.'

Ken Blankenship, de algemeen directeur van JSC, kreunde. 'Ik durf het bijna niet te vragen.'

'CNN in Atlanta heeft ons de tekst gefaxt. Ik citeer: "Hoeveel miljoenen dollars aan belastinggeld zijn er niet gestoken in de ontwikkeling van de zogenaamde ruimtereddingsboot, het *Crew Return Vehicle*? Toch heeft NASA verkozen er geen gebruik van te maken. In het ISS zat een doodzieke man, wiens leven misschien gered had kunnen worden. Nu is die dappere astronaut dood. Het is zo klaar als een klontje dat hier afgrijselijke fouten zijn gemaakt. Eén sterfgeval in de ruimte is één sterfgeval te veel. Een congressioneel onderzoek is in dit geval meer dan gewenst."' Gretchen keek met een grimmig gezicht op. 'Onze favoriete senator heeft gesproken.'

'Ik vraag me af hoeveel mensen zich herinneren hoe hij zijn best heeft gedaan de ontwikkeling van het CRV tegen te gaan,' zei Blankenship. 'Daar zou ik hem nu graag mee om de oren slaan.'

'Dat kun je beter niet doen,' zei Leroy Cornell. Als hoofd van de administratie van NASA nam hij automatisch alle politieke consequenties in overweging. Hij was NASA's contactpersoon met het Congres en het Witte Huis en hield er altijd rekening mee hoe bepaalde gebeurtenissen in Washington zouden worden opgevat. 'Als we een tegenaanval tegen de senator inzetten, is het eind zoek.'

'Hij valt óns toch ook aan?'

'Ja, maar dat is niets nieuws en dat weet iedereen.'

'Het volk niet,' zei Gretchen. 'Met dit soort stunten haalt hij de voorpagina's.'

'Daar gaat het juist om. De senator wil de voorpagina's halen,' zei Cornell. 'Als we terugvechten, geven we het mediabeest juist extra munitie. Parish is nooit een vriend van ons geweest. Hij heeft zich verzet tegen alle budgetvergrotingen waar we ooit om gevraagd hebben. Hij wil geen ruimteschepen maar oorlogsschepen, en hij zal nooit van gedachten veranderen.' Cornell haalde diep adem en keek de tafel langs. 'Dus kunnen we beter zijn kritiek eens goed bekijken en ons afvragen of die niet gerechtvaardigd is.'

Er viel een stilte.

'Het is duidelijk dat er fouten zijn gemaakt,' zei Blankenship. 'Vergissingen van medische aard. Waarom wisten we niet hoe ziek de man was?'

Obie zag de twee ruimtevaartartsen een blik wisselen. Iedereen concentreerde zich nu op het werk van het medische team. En op Emma Watson.

Omdat Emma er niet bij was en zich dus niet kon verdedigen, zou Obie voor haar in de bres moeten springen.

Todd Cutler was hem voor. 'Watson bevindt zich daarginds in een nadelige positie. Dat zou voor iedere andere arts in haar plaats gelden,' zei hij. 'Ze heeft geen röntgenapparaat en geen operatiekamer. Het punt is, dat we geen van allen weten waarom Hirai is gestorven. Daarom is de lijkschouwing zo belangrijk. We moeten onderzoeken wat er mis is gegaan. En of microzwaartekracht een belangrijke factor is geweest.'

'Over de lijkschouwing zijn we het allemaal eens,' zei Blankenship. 'Die zal worden verricht.'

'De reden waarom ik dit zeg...' Cutler liet zijn stem dalen. '... is dat ik me afvraag hoe we het lijk in goede staat hierheen kunnen krijgen.'

Weer viel er een stilte. Obie zag mensen hun ogen neerslaan toen de betekenis van die woorden tot hen doordrong.

'Hij doelt op het ontbreken van een koelinrichting in het ruimtestation,' zei Obie. 'Althans, voor iets met de afmetingen van een menselijk lichaam. In een drukcabine.'

De vluchtleider van het ISS, Woody Ellis, zei: 'De shuttle komt over zeventien uur bij het ISS aan. Hoezeer kan de conditie van het lijk in die tijd achteruitgaan?'

'Aan boord van de shuttle zijn ook geen mogelijkheden voor een koelinrichting,' merkte Cutler op. 'De man is zeven uur geleden gestorven. Als je daarbij de tijd tot het rendez-vous optelt, plus die voor het overbrengen van het lijk en andere bagage, en de terugtocht van de shuttle, kom je op zeker drie dagen waarin het lijk zich op kamertemperatuur bevindt. *Als* alles precies volgens schema verloopt. Wat, zoals we allemaal weten, nooit zeker is.'

Drie dagen. Obie dacht aan wat er in drie dagen met een lijk kon gebeuren. Hij dacht eraan hoe de restanten van een kipmaaltijd al stonken wanneer ze slechts één nacht in de vuilnisbak hadden gelegen...

'Dat houdt dan zeker ook in dat de *Discovery* de terugreis niet kan vertragen?' zei Ellis. 'We hadden gehoopt dat er tijd zou zijn voor andere dingen. Eén dag zou al voldoende zijn. Er zijn op het ISS veel experimenten gereed om teruggestuurd te worden. Wetenschappers hier op aarde zitten daar met smart op te wachten.'

'Een lijkschouwing heeft weinig zin als het lijk half vergaan is,' zei Cutler.

'Bestaat er geen manier om het in goede conditie te houden? Kunnen we het niet balsemen?'

'Niet zonder de chemie ervan aan te tasten. We moeten een niet-gebalsemd lijk hebben. En wel zo spoedig mogelijk.'

Ellis zuchtte. 'We zullen een compromis moeten zoeken. Een manier om toch nog enig werk te verrichten zolang ze aangekoppeld zitten.'

Gretchen zei: 'Wat de pr aangaat, zal het geen goede indruk maken wanneer iedereen doodleuk met zijn werk doorgaat terwijl er op het tussendek een lijk ligt. Bovendien vraag ik me af of er geen ... eh... gevaar voor gezondheid bestaat. En hoe zit het met de... geur?'

'Het lijk zit in een zak van dik plastic,' zei Cutler. 'Ze kunnen het uit het zicht leggen achter het gordijn van de slaapbank.'

Het onderwerp was zo luguber aan het worden dat de meeste aanwezigen wit wegtrokken. Ze hadden geen moeite met de politieke consequenties en problemen met de media. Ze konden volkomen kalm praten over vijandige senatoren en mechanische storingen. Maar dode astronauten, stank en ontbindend vlees waren dingen waarop ze zich geen van allen wilden concentreren.

Leroy Cornell was degene die uiteindelijk de stilte verbrak. 'Ik begrijp waarom het belangrijk is het lijk zo snel mogelijk hierheen te krijgen voor de lijkschouwing, dokter Cutler. Ik heb ook begrip voor de pr-kant. Voor het ogenschijnlijke gebrek aan... fijngevoeligheid als we gewoon doorgaan met ons werk. Maar er zijn nu eenmaal dingen die gedaan moeten worden, ondanks dit sterfgeval.' Hij keek de tafel rond. 'Is dat niet ons voornaamste doel? Is dat niet een van onze sterke punten als organisatie? Dat we altijd proberen ons werk zo goed mogelijk te doen, ongeacht wat er misgaat? Ongeacht hoe moeilijk we het hebben?'

Dat was het moment waarop Obie de sfeer in de vergaderzaal voelde veranderen. Tot dan toe waren ze gebukt gegaan onder de rouwsluier van de tragedie en de druk van de media. Hij had alleen maar sombere, verslagen gezichten gezien, mensen die in de verdediging waren gedrukt. Nu was de sluier opgelicht. Hij keek Cornell aan en voelde iets van zijn minachting voor de man wegvallen. Obie koesterde van nature een wantrouwen tegen gladde sprekers als Cornell. Hij vond de administrateurs van NASA een noodzakelijk kwaad en tolereerde hen alleen zolang ze zich niet met de operationele beslissingen bemoeiden.

Cornell hád die denkbeeldige lijn wel eens overschreden, maar vandaag had hij hen allemaal een dienst bewezen door een stap achteruit te doen en het totaalbeeld te overzien. Iedereen was met zijn of haar eigen wensen naar deze vergadering gekomen. Cutler wilde een vers lijk voor zijn lijkschouwing. Gretchen Liu wilde de juiste invalshoek voor de media. De vluchtleiding van de shuttle wilde de *Discovery* zo lang mogelijk in het heelal houden.

Cornell had hen allen eraan herinnerd dat ze verder moesten kijken dan dit sterfgeval, verder dan hun eigen wensen. Dat ze zich moesten concentreren op wat het beste was voor het ruimtevaartprogramma.

Obie knikte, bijna onmerkbaar, maar de anderen zagen het. De Sfinx had zijn mening te kennen gegeven.

'Iedere succesvolle lancering is een godsgave,' zei hij. 'Laten we deze niet verkwisten.'

5 augustus
Dood

Emma's sportschoenen kletsten ritmisch op de tredmolen. Iedere keer dat de zolen de draaiende band raakten en de klap haar botten en gewrichten en spieren deed trillen, was als een zelfopgelegde straf.

Dood.

Ik heb hem dood laten gaan. Ik heb fouten gemaakt en nu is hij dood.

Ik had moeten beseffen hoe ziek hij was. Ik had moeten aandringen op een CRV-evacuatie. Maar ik heb het uitgesteld, omdat ik dacht dat ik het wel aankon. Dat ik hem in leven kon houden.

Al haar spieren deden pijn en zweet parelde op haar voorhoofd, maar ze bleef zichzelf straffen, woedend om haar falen. Ze had de tredmolen drie dagen niet gebruikt, omdat ze het zo druk had gehad met Kenichi. Nu haalde ze die tijd in. Ze had de enkelbanden omgedaan, de machine aangezet en was gaan rennen.

Op aarde vond ze hardlopen fijn. Ze was niet erg snel, maar had uithoudingsvermogen ontwikkeld en geleerd zich over te geven aan de hypnotische trance die lange-afstandslopers ervoeren wanneer de kilometers onder hun voeten weggleden en het branden van de zwoegende spieren langzaam overging in euforie. Dag in dag uit had ze gewerkt aan het opbouwen van dat uithoudingsvermogen, zichzelf hardnekkig gedwongen steeds langer, steeds verder te rennen, altijd langer en verder dan de vorige keer, zonder zichzelf ooit enig respijt te gunnen. Zo was ze als kind al geweest, kleiner dan haar leeftijdgenoten, maar vasthoudender. Ze was fel en koppig, vooral wat haarzelf aanging.

Ik heb fouten gemaakt. En nu is mijn patiënt dood.

Zweet doorweekte haar T-shirt, een grote vochtplek spreidde zich uit tussen haar borsten. Haar kuiten en dijen waren het brandende stadium al te boven. De spieren trilden, stonden op het punt het af te leggen tegen de voortdurende tegendruk van de enkelbanden.

Een hand kwam naar voren en drukte op de knop van de tredmolen. De lopende band kwam abrupt tot stilstand. Ze keek op en zag Luther.

'Dit lijkt me meer dan genoeg, Watson,' zei hij rustig.

'Mij niet.'

'Je bent al meer dan drie uur bezig.'

'Ik ben nog maar net begonnen,' zei ze grimmig. Ze zette het apparaat weer aan en opnieuw bonkten haar schoenen op de lopende band.

Luther keek een ogenblik toe, zwevend op ooghoogte, zodat ze zijn blik onmogelijk kon ontwijken. Ze vond het vreselijk om bekeken te worden en had op dat moment zelfs een hekel aan *hem*, omdat ze het idee had dat hij dwars door haar heen kon kijken en haar pijn en zelfverachting kon zien.

'Zou het niet sneller gaan als je gewoon met je kop tegen de muur sloeg?' vroeg hij.

'Wel sneller. Maar niet pijnlijk genoeg.'

'O, ik snap het. Een straf moet pijn doen, anders telt het niet.'

'Precies.'

'Zou het iets uitmaken als ik zei dat dit je reinste onzin is? Want dat is het. Het is een verkwisting van energie. Kenichi is gestorven omdat hij ziek was.'

'Daar had ik iets aan moeten doen.'

'Maar je hebt hem niet kunnen redden en dus vind jij jezelf nu de stomste astronaut die NASA ooit heeft gehad.'

'Klopt.'

'Nee, Emma, om te beginnen is dat niet waar. En bovendien is *mij* die titel allang toebedeeld.'

'Ik wist niet dat het een competitie was.'

Weer zette hij het apparaat af en stopte de lopende band abrupt. Hij keek haar recht in de ogen, kwaad en even fel als zij.

'Weet je nog wat er met *mij* is gebeurd? Op de *Columbia*?'

Ze zei niets; dat was niet nodig. Iedereen op NASA wist ervan. Het was vier jaar geleden gebeurd, tijdens een ruimtevlucht om een communicatiesatelliet te repareren. Luther was verantwoordelijk geweest voor het opnieuw in baan brengen van de satelliet nadat de reparatiewerkzaamheden waren voltooid. De bemanning had de satelliet uit de houders van het reparatiedok losgemaakt en zien wegdrijven. De raketmotoren waren precies op tijd ontbrand en hadden de satelliet in de juiste baan gebracht.

Maar daarna had hij niet op de signalen gereageerd. Hij was onbruikbaar, een bonk schroot van een paar miljoen die nutteloos zijn rondjes rond de aarde draaide. Wie was verantwoordelijk voor die ramp?

Bijna meteen had Luther Ames de schuld gekregen. In zijn haast de satelliet in de juiste baan te brengen, had hij vergeten belangrijke softwarecodes in te tikken – althans, dat beweerde de firma die de satelliet had gebouwd. Luther hield vol dat hij de codes wél had ingetikt en dat men hem wilde laten opdraaien voor fouten van de ontwerper. Hoewel het publiek heel weinig over de twist had gehoord, was binnen NASA iedereen ervan op de hoogte. Luthers vluchtopdrachten waren opgedroogd. Hij was veroordeeld tot de status van spook-astronaut. Hij zat nog wel in het korps, maar was onzichtbaar geworden voor degenen die de shuttlebemanningen samenstelden.

Wat de zaak nog ingewikkelder maakte, was het feit dat Luther een neger was.

Drie jaar lang had hij zijn woede verkropt en was zijn weerzin steeds meer toegenomen. Alleen dankzij de steun van goede vrienden onder de andere astronauten – vooral Emma – was hij niet uit het korps gestapt. Hij wist dat hij geen fout had gemaakt, maar weinigen bij NASA geloofden hem. Hij wist ook dat er achter zijn rug om van alles werd gefluisterd en dat hij degene was die door rassenhaters als voorbeeld werd gebruikt dat minderheidsgroepen niet goed genoeg waren. Ondanks dat zijn wanhoop steeds groter was geworden, had hij gevochten om zijn waardigheid te behouden.

En toen was de waarheid aan het licht gekomen. De satelliet had een mankement gehad. Luther Ames was officieel van alle blaam gezuiverd. Binnen een week had Gordon Obie hem een vluchtopdracht aangeboden: een verblijf van vier maanden aan boord van het ISS.

Maar Luther was de vlek op zijn reputatie blijven voelen. En voelde die nog steeds. Hij wist donders goed wat er nu allemaal door Emma heen ging.

Hij bracht zijn gezicht vlak bij het hare en dwong haar hem aan te kijken. 'Je bent niet perfect. We zijn allemaal maar mensen.' Hij zweeg even en zei toen droog: 'Misschien met uitzondering van Diana Estes.'

Daar moest ze onwillekeurig om lachen.

'Je straf zit erop. Tijd om vooruit te kijken, Watson.'

Haar ademhaling was weer normaal geworden, maar haar hart bleef bonken omdat ze nog steeds kwaad op zichzelf was. Maar Luther had gelijk; ze moest vooruit kijken. Het was tijd om de consequenties van haar vergissingen te aanvaarden. Ze moest nog een eindrapport naar Houston sturen. Een medische samenvatting – ziektebeeld, diagnose. Doodsoorzaak.

Fout van de arts.

'De *Discovery* legt over twee uur aan,' zei Luther. 'Ga dus maar gauw aan het werk.'

Na nog een korte aarzeling knikte ze en maakte de enkelbanden los. Tijd om aan het werk te gaan; de lijkwagen was in aantocht.

7 augustus

Het aan een lus hangende lijk, hermetisch opgesloten in de plastic lijkzak, draaide traag in de rondte. Te midden van de afgedankte apparatuur en de reserveblikken met lithium verschilde Kenichi's stoffelijk overschot weinig van de vele overtollige dingen die in de oude *Soyuz*-capsule waren opgeslagen. *Soyuz* deed al meer dan een jaar geen dienst meer en de bemanningen van het ruimtestation gebruikten de capsule als opslagplaats. Het leek erg oneerbiedig dat ze Kenichi daar hadden weggestopt, maar zijn dood had hen allen diep geraakt en het zou te veel van hen gevergd zijn geweest als ze in de modulen waar ze werkten en sliepen voortdurend de lijkzak hadden moeten zien.

Emma wendde zich tot gezagvoerder Kittredge en medisch officier O'Leary van de *Discovery*-shuttle. 'Ik heb het stoffelijk overschot meteen nadat de dood was ingetreden in de plastic lijkzak gedaan en die verzegeld,' zei ze. 'Sindsdien is er niemand aan geweest.' Ze zweeg en keek naar het lijk. Het plastic was zwart en bevatte zakjes die de vorm van het lijk minder opvallend maakten.

'Zitten de slangetjes er nog in?' vroeg O'Leary.

'Ja. Twee infusies, de luchtpijpslang en de neusmaagslang.' Ze had alles laten zitten, omdat ze wist dat de pathologen die de lijkschouwing gingen uitvoeren, alles precies zouden wilden hebben zoals het op het tijdstip van zijn dood was geweest. 'Jullie hebben alle bloedonderzoeken en andere monsters die we van hem genomen hebben.'

Kittredge knikte kort. 'Zullen we dan maar?'

Emma maakte de lus los en stak haar hand uit naar het lijk. Het voelde stijf aan, gezwollen, alsof de weefsels nu al anaërobe ontbinding ondergingen. Ze weigerde eraan te denken hoe Kenichi er onder de dikke laag donker plastic moest uitzien.

Het was een zwijgende processie, even somber als een lijkstoet, waarbij de rouwenden als geesten achter het lijk aan door de tunnels tussen de modulen zweefden. Kittredge en O'Leary gingen voorop en stuurden het lijk voorzichtig door de openstaande luiken. Ze werden gevolgd door Jill Hewitt en Andy Mercer. Niemand zei iets. Toen de spaceshuttle anderhalve dag geleden had aangekoppeld, waren Kittredge en zijn bemanning met glimlachjes en omhelzingen ontvangen, toen ze met verse appels, citroenen en de felbegeerde zondagse editie van de *New York Times* aan boord waren gekomen. Het was Emma's oude ploeg, de mensen met wie ze een jaar lang had getraind en het weerzien was als een bitterzoete familiereünie geweest. Nu was de reünie voorbij en begeleidden ze het laatste voorwerp dat aan boord van de *Discovery* gebracht moest worden, op diens naargeestige weg naar de aankoppelingssluis.

Kittredge en O'Leary lieten het lijk door het trapgat naar het tussendek van de *Discovery* zakken. Daar, waar de bemanning van de shuttle sliep en de maaltijden gebruikte, moest het tot de landing blijven liggen. O'Leary trok het met zich mee naar een van de horizontale slaapbanken. Voordat ze waren opgestegen was de bank omgevormd tot een bed voor de patiënt. Nu zou het als tijdelijke doodskist voor diens lijk dienen.

'Hij past er niet in,' zei O'Leary. 'Ik denk dat het lijk te zeer gezwollen is. Heeft het blootgestaan aan warmte?' Hij keek Emma aan.

'Nee. De temperatuur in *Soyuz* was constant.'

'Wacht even,' zei Jill. 'De zak is achter de luchtkoker blijven hangen.' Ze stak haar hand uit en maakte het plastic los. 'Probeer het nu nog eens.'

Nu paste het lijk op de bank. O'Leary zette het schot omhoog, zodat niemand hoefde te zien wat er in het bed lag.

Daarop volgde een plechtige afscheidsceremonie tussen de twee bemanningen. Kittredge omhelsde Emma en fluisterde: 'Bij de volgende missie, Watson, ben jij mijn eerste keuze.' Toen ze elkaar loslieten, huilde ze.

De ceremonie eindigde met de traditionele handdruk tussen de twee gezagvoerders, Kittredge en Griggs. Voordat het luik dichtging, ving Emma nog een laatste glimp op van de bemanning – *haar* bemanning – die naar hen zwaaide. Hoewel de *Discovery* nog twaalf uur aan het ISS vast zou blijven zitten terwijl de bemanning uitrustte en zich voorbereidde op de terugvlucht, werd met het sluiten van het luik ieder menselijk contact tussen hen beëindigd. Ze waren weer twee afzonderlijke ruimteschepen geworden, tijdelijk aan elkaar gekoppeld, als libelles die in een paringsdans door het heelal schoten.

Pilote Jill Hewitt kon de slaap niet vatten.

Slapeloosheid was voor haar iets nieuws. Zelfs op de avond voor een lancering had ze er nooit moeite mee gehad in een diepe slaap weg te zinken, vol vertrouwen dat het geluk dat haar hele leven aan haar kant had gestaan, haar ook door de komende dag heen zou loodsen. Ze ging er prat op dat ze nooit behoefte had aan slaappillen. Pillen waren voor zenuwachtige types die zich voortdurend druk maakten over denkbeeldige rampen. Pillen waren voor neuroten en geobsedeerden. Als marinepilote had Jill vaak in levensgevaar verkeerd. Ze had missies gevlogen boven Irak, een aangeschoten vliegtuig op een vliegdekschip neergezet, en zich boven een stormachtige zee met behulp van haar schietstoel moeten redden. Ze vond dat ze de dood al zo vaak te slim af was geweest, dat hij het vast had opgegeven en verslagen naar huis was gegaan. Daarom sliep ze altijd als een roos.

Maar nu kon ze de slaap niet vatten. En dat kwam door het lijk.

Niemand wilde er dicht bij in de buurt zitten. Hoewel het schot dichtzat en het lijk niet te zien was, voelden ze de aanwezigheid ervan voortdurend. De dood deelde hun leefruimte, wierp zijn schaduw over hun avondmaaltijd, smoorde hun gebruikelijke grapjes. De dood was het ongewenste vijfde bemanningslid.

Alsof ze eraan wilden ontsnappen hadden Kittredge, O'Leary en Mercer hun slaapplaatsen verruild voor een plek op het bovendek. Alleen Jill was middendeks gebleven, alsof ze de mannen wilde bewijzen dat *zij* niet kinderachtig was; dat *zij*, een vrouw, zich niet door een lijk van de wijs liet brengen.

Maar nu het licht gedempt was, wilde de slaap niet komen. Ze moest aldoor denken aan wat er achter dat schot lag. Ze moest denken aan Kenichi Hirai, zoals hij was geweest toen hij nog leefde.

Ze herinnerde zich hem heel duidelijk als een bleke man met een zachte stem en zwart haar dat zo prikkelig was als staaldraad. Tijdens een gewichtloosheidstraining was ze een keer tegen zijn hoofd gebotst en had ze verrast gevoeld hoe borstelig zijn haar was. Ze vroeg zich af hoe hij er nu uitzag. Ze was opeens ziekelijk nieuwsgierig hoe zijn gezicht was geworden, welke veranderingen de dood erin had aangebracht. Het was dezelfde nieuwsgierigheid die haar als kind ertoe had aangezet met takjes in dierenlijken te porren die ze in het bos had gevonden.

Ze besloot verder bij het lijk vandaan te gaan liggen.

Ze bracht haar slaapzak naar de bakboordzijde en bond hem vast achter de ladder naar het bovendek. Verder kon ze op dit dek niet bij het lijk vandaan komen. Ze ritste zich weer in de slaapzak. Morgen had ze iedere reflex, iedere hersencel nodig om bij het binnentreden in de dampkring en de landing op aarde optimaal te functioneren. Met pure wilskracht dwong ze zichzelf weg te zakken in een steeds dieper wordende trance.

Ze sliep toen de lichtgevende vloeistof uit de plastic zak met Kenichi Hirai's lijk begon te sijpelen.

Het begon met een paar glinsterende druppeltjes die door een miniem scheurtje in het plastic naar buiten kwamen. Het scheurtje was veroorzaakt toen de zak achter de luchtkoker was blijven hangen. Urenlang was de druk in de zak toegenomen en het plastic langzaam opgebold naarmate de inhoud opzwol. Nu werd de scheur groter en kwam een glinsterend lint naar buiten. Via de ventilatiegaatjes van de bedbank werd het lint opgedeeld in blauwgroene bolletjes die met gewichtloze overgave ronddansten tot ze tegen elkaar botsten en grotere bollen werden die in de schemerig verlichte cabine rondzweefden. De glanzende vloeistof bleef uit de zak stromen. De bolletjes verspreidden zich, deinend op de zachte luchtstromingen in het ruimteschip. Ze zweefden door de cabine naar de roerloze gedaante van Jill Hewitt, die zich in haar slaap volkomen onbewust was van het iriserende rouwkleed dat haar omwikkelde, van de nevel die ze met iedere rustige ademhaling naar binnen kreeg, en van de glanzende bolletjes die als condens op haar gezicht neerstreken. Slechts één keer bewoog ze zich, om een kriebeling op haar wang weg te vegen, toen een opalescente druppel naar haar oog gleed.

Meegevoerd door de luchtstromingen zweefden de dansende bolletjes door het open luik naar het bovendek en verspreidden zich traag door het schemerige ruimte, waar de drie mannen roerloos in de lucht hingen, diep verzonken in de zo ontspannende gewichtloze slaap.

12

8 augustus

De onheilspellende werveling had dagen geleden boven het oostelijke deel van de Caribische Zee al vorm aangenomen. Het was begonnen als een uitloper van een lagedrukgebied, een losse opeenstapeling van wolken gevormd door de waterdamp die opsteeg uit de zonovergoten equatoriale zee. Toen die wolken tegen koelere lucht uit het noorden opbotsten, waren ze begonnen cirkeltjes te draaien rond een kalm oog van droge lucht. Nu was het een duidelijke spiraal geworden die bij ieder nieuw beeld dat door de GOES-weersatelliet werd doorgeseind, groter leek te zijn geworden. De meteorologische dienst van het NOAA had de wolkenmassa vanaf het prille begin in de gaten gehouden en haar doelloos zien rondzwalken ten oosten van Cuba. Nu kwamen nieuwe gegevens binnen, met metingen van de temperatuur, windkracht en richting. Deze gegevens onderstreepten wat de meteorologen nu op hun computerschermen zagen.

Het was een orkaan. En hij bewoog zich in noordwestelijke richting, naar het puntje van Florida.

Dit was het soort nieuws dat vluchtleider Randy Carpenter altijd vreesde. Mechanische problemen konden ze verhelpen. Meervoudige computerstoringen konden ze omzeilen. Maar tegen de kracht van moedertje natuur konden ze niets beginnen. Het belangrijkste agendapunt op de bespreking van het Mission Management Team was vanochtend dan ook een beslissing over het *GO* of *NO GO* betreffende het terugkeren van de shuttle, die zich volgens de planning over zes uur van het ISS moest losmaken en een omloopbaan kiezen. Door het weerbericht was alles veranderd.

'De Ruimtevaart-Meteorologieafdeling van NOAA meldt dat een orkaan zich in noord-noordwestelijke richting beweegt en recht op de Florida Keys afkomt,' zei de weerman. 'Radars op Patrick Air

Force Base en NexRad Doppler van de Nationale Meteorologische Dienst in Melbourne maken melding van wervelwinden van vijfenzestig knopen, met toenemende regen. De Rawinsonde en Jimsphere ballon hebben dat bevestigd. Verder laat het Field Mill-netwerk rond Canaveral toenemende onweersactiviteiten zien. Deze situatie zal de komende achtenveertig uur en misschien zelfs langer voortduren.'

'Met andere woorden,' zei Carpenter. 'We kunnen niet op Kennedy landen.'

'Nee, Kennedy moet geschrapt worden. Zeker de komende drie tot vier dagen.'

Carpenter zuchtte. 'Daar was ik al bang voor. Hoe zit het met Edwards?'

Edwards Air Force Base, genesteld in een dal ten oosten van de bergen van Sierra Nevada in Californië, was niet hun favoriete keuze. Een landing op Edwards betekende vertraging in het opnieuw klaarmaken van de shuttle, omdat die eerst, vastgeklonken aan een 747, naar Kennedy teruggebracht moest worden.

'Helaas,' zei de weerman, 'hebben we ook problemen met Edwards.'

Carpenter kreeg een onaangenaam gevoel in zijn maag. Een voorgevoel dat dit het begin was van een reeks bijzonder onaangename gebeurtenissen. Als hoofd van de afdeling Ruimtevluchten had hij zichzelf de taak opgelegd iedere storing die ooit was opgetreden persoonlijk te analyseren om te zien wat er mis was gegaan. Met het voordeel van wijsheid achteraf slaagde hij er meestal in, door in omgekeerde volgorde alle verkeerde maar in goeder trouw genomen beslissingen na te lopen, de oorzaak van het probleem te vinden. Soms lag die bij de fabriek, waar een technicus niet goed had opgelet en een paneel verkeerd had aangesloten. Zo waren ook de problemen met de grote, kostbare Hubble Telescooplens met iets heel kleins begonnen.

Nu kon hij het gevoel niet van zich afzetten dat hij zich later, terugdenkend aan deze bespreking, zou afvragen: *Wat heb ik verkeerd gedaan? Wat had ik kunnen doen om een ramp te voorkomen?*

'Wat zijn de weersomstandigheden op Edwards?' vroeg hij.

'Op dit moment zitten ze met een wolkendek op zevenduizend voet.'

'Dat betekent automatisch een *NO GO*.'

'Ik weet het. En dat noemen ze het zonnige Californië. De mogelijkheid bestaat echter dat het binnen vierentwintig tot zesendertig uur zal opklaren. Als we geduldig zijn, krijgen we daar misschien toch nog redelijke landingscondities. Zo niet, dan moeten we uitwijken naar New Mexico. Ik heb al contact gehad met White Sands en daar ziet alles er goed uit. Wolkeloze hemel, windsnelheid tussen vijf en tien knopen, en geen ongunstige weersvooruitzichten.'

'We hebben dus keus uit twee,' zei Carpenter. 'Wachten tot het in Edwards opklaart of uitwijken naar White Sands.' Hij keek de zaal rond om te zien hoe de rest van het team erover dacht.

Een van de vluchtmanagers zei: 'De *Discovery* zit voorlopig goed. We kunnen hem aan het ISS gekoppeld laten tot de storm voorbij is. Ik zie niet in waarom het nodig is hem op een minder optimale plek te laten landen.'

Minder optimaal was zachtjes uitgedrukt. White Sands was weinig meer dan een eenzame landingsbaan voorzien van markeringslampen.

'Behalve dat we het lijk zo snel mogelijk hierheen moeten krijgen,' zei Todd Cutler. 'Als we willen dat een lijkschouwing nog zin heeft.'

'Daar zijn we ons allemaal van bewust. Maar weeg het even af tegen de nadelen. White Sands heeft grote beperkingen. Medische hulp is nauwelijks beschikbaar als er problemen mochten zijn bij de landing. Alles bij elkaar genomen vind ik dat we beter kunnen wachten tot we op Kennedy kunnen landen. Ook logistiek is dat verreweg het beste, omdat de *Discovery* dan snel klaargemaakt kan worden voor de volgende vlucht. De komende dagen kan de bemanning het ISS best als hotel gebruiken.'

Sommigen van de andere vluchtmanagers knikten. Ze waren allemaal voor de meest behoudende aanpak. De bemanning zat veilig; de spoed waarmee ze Hirai's lijk naar huis wilden halen, moest het afleggen tegen de problemen die een landing op White Sands met zich kon meebrengen. Carpenter dacht aan alle manieren waarop er aan zijn beslissing getornd kon worden als, God verhoede, een landing op White Sands in een ramp zou uitlopen. Hij dacht aan de vragen die hij zelf zou stellen, als hij de beslissingen van een andere vluchtleider onder de loep zou nemen. *Waarom hebt u niet gewacht tot de weersomstandigheden beter waren? Waarom hebt u ze zo snel naar huis gehaald?*

De juiste beslissing was die waarmee zo weinig mogelijk risico's werden genomen en evengoed het doel van de missie werd bereikt.

Hij besloot voor de gulden middenweg te kiezen.

‘Drie dagen is te lang,’ zei hij. ‘We schrappen Kennedy en nemen Edwards. Hopelijk klaart het weer daar morgen op.’ Hij keek naar de weerman. ‘Zorg dat die wolken verdwijnen.’

‘Geen probleem. Ik doe wel even een omgekeerde regendans.’

Carpenter keek naar de klok aan de muur. ‘De bemanning wordt over vier uur gewekt. Dan zullen we ze vertellen, dat ze nog niet naar huis kunnen komen.’

9 augustus

Jill Hewitt werd happend naar adem wakker. Haar eerste bewuste gedachte was dat ze aan het verdrinken was, dat ze bij iedere ademhaling water binnen kreeg.

Ze deed haar ogen open en raakte bijna in paniek toen ze zag dat ze omgeven was door iets dat eruitzag als een school kwallen. Ze hoestte, probeerde diep adem te halen, en hoestte weer. De met kracht uitgestoten lucht deed alle kwallen wegtuimelen.

Ze kroop haastig uit haar slaapzak en draaide aan de lichtknop. Verbluft staarde ze naar de glinsterende cabine.

‘Bob!’ riep ze. ‘We hebben een lekkage!’

Ze hoorde O’Leary op het bovendek zeggen: ‘Jezus, wat is dát?’

‘Maskers voor!’ beval Kittredge. ‘Tot we weten of het giftig is.’

Jill deed een kastje open, haalde de Anti-Besmettingstassen eruit en gooide Kittredge, O’Leary en Mercer, die door het trapgat naar beneden gleden, gasmaskers en beschermende brillen toe. Niemand had tijd gehad om zich aan te kleden; net als Jill hadden de mannen alleen ondergoed aan en waren ze nog niet echt wakker.

Met de maskers voor staarden ze naar de blauwgroene bolletjes die om hen heen zweefden.

Mercer plukte er eentje uit de lucht. ‘Eigenaardig,’ zei hij, het tussen zijn vingers wrijvend. ‘Het voelt dik aan. Als gelei.’

Nu pakte O’Leary, de medische officier, er ook een en hield het voor zijn bril om het goed te bekijken. ‘Het is niet eens vloeibaar.’

‘Het ziet er anders wel vloeibaar uit,’ zei Jill. ‘En het gedraagt zich ook als een vloeistof.’

‘Maar het is dikker. Geleiachtig. Bijna...’

Ze schrokken allemaal toen opeens harde muziek de cabine in schalde. Het was de fluwelen stem van Elvis Presley die ‘Blue Suede Shoes’ zong. De wekker van Mission Control.

'Goeiemorgen, *Discovery*,' zei de opgewekte stem van CAPCOM. 'Tijd om uit de veren te komen, mensen!'

Kittredge zei: 'CAPCOM, we zijn al wakker. We zitten hier met een, eh, nogal eigenaardige situatie.'

'Wat dan?'

'Er is iets in de cabine gelekt. We proberen het te identificeren. Het is een dikke substantie. Melkachtig blauwgroen van kleur. Het hangt in de lucht als opalen bolletjes. En het heeft zich al over alle dekken verspreid.'

'Hebben jullie je maskers voor?'

'Ja.'

'Weten jullie waar het spul vandaan komt?'

'Geen idee.'

'We nemen onmiddellijk contact op met ECLSS. Misschien weten ze daar wat het kan zijn.'

'Wat het ook is, het schijnt niet giftig te zijn. We hebben allemaal liggen slapen terwijl dat spul in de lucht hing en we voelen ons geen van allen ziek.' Kittredge keek naar zijn bemanning. Ze schudden allemaal hun hoofd.

'Heeft het een geur?' vroeg CAPCOM. 'ECLSS wil weten of het afkomstig kan zijn van het rioleersysteem.'

Opeens voelde Jill zich onpasselijk. Was het spul dat ze hadden ingeademd en waar ze middenin zaten, uit het chemische toilet gelekt?

'Eh... dan zal een van ons er even aan moeten ruiken,' zei Kittredge. Hij keek naar zijn collega's, die zwijgend terugstaarden. 'Niet allemaal tegelijk, jongens,' mompelde hij en deed zijn masker af. Voorzichtig rook hij aan het bolletje dat hij tussen zijn vingers had samengeknepen. 'Ik denk niet dat het iets met de riolering te maken heeft. Het ruikt ook niet chemisch. Er zit volgens mij in ieder geval geen petroleum in.'

'Waar ruikt het dan naar?' vroeg CAPCOM.

'Het ruikt een beetje... visachtig. Als het slijm van een forel. Zou het afkomstig kunnen zijn uit de keuken?'

'Misschien is het uit een van de experimentenkisten gelekt. Jullie hebben er nogal wat aan boord genomen uit het ISS. Zitten daar aquariumpakketjes bij?'

'Het doet me inderdaad een beetje denken aan kikkerdril,' zei Kittredge. Hij keek de cabine rond naar de glinsterende bobbels die aan de wanden plakten. 'Het begint zich nu aan de wanden te hechten.

We zullen er een aardige klus aan hebben om al die troep op te ruimen. Dat zal ongetwijfeld vertraging opleveren voor de terugvlucht.'

'Eh, *Discovery*, ik vind het heel vervelend dat ik het moet zeggen,' zei CAPCOM, 'maar jullie terugvlucht loopt evengoed al vertraging op. Jullie zullen nog even geduld moeten hebben.'

'Waarom?'

'Vanwege slecht weer. Op Kennedy hebben ze momenteel windstoten van veertig knopen met onweersbuien in de omgeving. Er is een orkaan in aantocht. Die heeft in de Dominicaanse Republiek al flink wat schade aangericht en is nu op weg naar de Keys.'

'Hoe zit het met Edwards?'

'Daar hangt momenteel een wolkendek op een hoogte van zevenduizend voet. De verwachting is dat die binnen twee dagen zal wegtrekken. Tenzij jullie dus op White Sands willen landen, ziet het ernaar uit dat we op een vertraging van minstens zesendertig uur moeten rekenen. Misschien geven we jullie zelfs toestemming het luik weer te openen en een poosje in het ISS te bivakkeren.'

Kittredge keek naar de zwevende bolletjes. 'Dat kan voorlopig niet, CAPCOM. We zouden het hele station besmetten met dit spul. We moeten eerst grote schoonmaak houden.'

'Begrepen. Surgeon zit op *stand by* en wil graag een bevestiging dat de bemanning geen ziekteverschijnselen heeft. Kun je dat bevestigen?'

'De lekkage schijnt onschuldig te zijn. Niemand heeft ziekteverschijnselen.' Hij sloeg tegen een kluit bolletjes. Ze spatten uiteen als parels. 'Die bolletjes zijn best mooi om te zien. Maar omdat ik geen idee heb wat ze onze elektronische apparatuur kunnen aandoen, gaan we maar gauw beginnen met schoonmaken.'

'Zodra de weersomstandigheden hier veranderen, krijgen jullie een seintje. Veel plezier met het dweilen.'

'Mooi meegenomen, hè?' lachte Kittredge. 'Een gratis schoonmaakdienst. We zullen zelfs de ramen lappen.' Hij trok het masker van zijn hoofd. 'Ik geloof dat we nu de maskers wel weer af kunnen doen.'

Jill nam haar masker en bril af en gleed ermee naar het kastje. Ze had de spullen er net ingestopt toen ze zag dat Mercer met een eigenaardige uitdrukking op zijn gezicht naar haar keek.

'Wat is er?' vroeg ze.

'Je oog – wat is er met je oog?'

'Hoezo?'

'Kijk zelf maar.'

Ze zweefde naar de toiletruimte. Haar eerste blik in de spiegel bezorgde haar een hevige schok. Het wit van een van haar ogen was bloedrood. Niet bloeddoorlopen, maar volkomen rood.

'Jezus,' mompelde ze, geschrokken van haar eigen spiegelbeeld. *Ik ben piloot. Ik heb mijn ogen nodig. En nu ziet één daarvan eruit als een zak bloed.*

O'Leary pakte haar bij de schouders, draaide haar om en bekeek haar oog. 'Het is niets om je zorgen over te maken,' zei hij. 'Alleen maar een bloeduitstorting.'

'*Alleen maar*?'

'Een bloeduitstorting in het wit van je oog. Het lijkt erger dan het is. Het trekt vanzelf wel weer weg en je zicht zal er niet door worden aangetast.'

'Hoe kom ik aan zoiets?'

'Het kan het resultaat zijn van een plotselinge verandering in de druk binnen de schedel. Soms is een hoestbui of hevig braken voldoende om een bloedvat te laten springen.'

Ze slaakte opgelucht een zucht. 'Dat zal het zijn. Ik werd hoestend wakker vanwege die zwevende kauwgomballen.'

'Zie je nu wel? Maak je dus maar geen zorgen.' Hij gaf haar een klopje op haar schouder. 'Vijftig dollar, alsjeblieft. Volgende patiënt!'

Gerustgesteld keek Jill weer in de spiegel. Het is alleen maar een bloeduitstorting, dacht ze. Niets om je zorgen over te maken. Maar ze vond haar spiegelbeeld evengoed afschrikwekkend. Eén normaal oog en één kwaadaardig uitziend, bloedrood oog. Als iets buitenaards. Iets duivels.

10 augustus

'Het zijn wel erg plakkerige logés,' zei Luther. 'Ook al doe je de deur dicht en op slot, ze weigeren te vertrekken.'

Iedereen in de keuken lachte, zelfs Emma. De afgelopen dagen was de humor aan boord van het ISS ver te zoeken geweest en het was fijn weer wat grapjes te horen. Sinds ze Kenichi's lijk naar de *Discovery* hadden overgebracht, was iedereen in een betere stemming geraakt. Zijn in plastic verpakte lichaam had hen voortdurend aan de dood herinnerd en Emma was blij dat ze nu niet meer werd geconfronteerd met het bewijs van haar falen. Eindelijk kon ze zich weer op haar werk concentreren.

Ze kon zelfs lachen om Luthers opmerking, hoewel het onderwerp van zijn grapje – het feit dat het ruimteschip nog steeds niet was vertrokken – op zich niet grappig was. Het bracht hun hele werkschema in de war. Ze hadden gedacht dat de *Discovery* gisterochtend vroeg zou vertrekken. Nu waren ze een volle dag verder en zaten ze nog steeds aan elkaar vast. En dat zou zeker nog twaalf uur zo blijven. De onzekerheid over het tijdstip van vertrek bracht ook onzekerheid in het werkschema van het ISS. Bij het loskoppelen kwam veel meer kijken dan een eenvoudige druk op de knop. Het was als een ingewikkelde dans van twee reusachtige voorwerpen die met een snelheid van 17.500 mijl per uur door het heelal vlogen. De samenwerking van beide bemanningen was dan ook absoluut noodzakelijk. Tijdens het loskoppelen moest de controle-software van het ruimtestation tijdelijk omgeschakeld worden om de nauwluisterende handelingen te kunnen uitvoeren, en de bemanning van het ruimtestation zette veel van de researchactiviteiten in die periode dan ook op non-actief. Ze moesten zich allemaal concentreren op het vertrek van het ruimteschip.

Op het voorkomen van een ramp.

Nu was het vertrek van de *Discovery* vanwege een wolkendek boven een luchtmachtbasis in Californië uitgesteld, waardoor het werkschema van het ruimteschip helemaal in de war kwam. Maar dat hoorde nu eenmaal bij ruimtereizen; het enige voorspelbare was het onvoorspelbare.

Emma schrok op toen een bolletje druivensap langs haar hoofd zweefde. Nog meer onvoorspelbaarheid, dacht ze lachend, toen Luther beschaamd met een rietje achter het bolletje aanging. Je liet je aandacht een ogenblik verslappen en daar dreef een belangrijk stuk gereedschap of een slok druivensap van je weg. Zonder zwaartekracht konden losse voorwerpen overal en nergens terechtkomen.

En dat was precies waarmee de bemanning van de *Discovery* nu te kampen had. 'Het spul zat ook al aan de DAP-knoppen,' hoorde ze Kittredge via de intercom zeggen. De gezagvoerder van de *Discovery* sprak met Griggs via het communicatienet tussen de twee ruimteschepen. 'We zijn bezig de tuimelschakelaars schoon te maken, maar het is net dik slijm wanneer het opdroogt. Ik hoop dat er niets in de computers is gekomen.'

‘Weet je al waar het vandaan is gekomen?’ vroeg Griggs.

‘We hebben een kleine barst ontdekt in de paddenvistank. Maar zo te zien is daar niets uit gelekt – zeker niet zo’n grote hoeveelheid als in de cabine rondzweefde.’

‘Waar kan het dan vandaan zijn gekomen?’

‘We zijn momenteel bezig de keuken en de toiletruimte te onderzoeken. We hebben het zo druk gehad met schoonmaken, dat we nog geen gelegenheid hebben gehad echt goed naar de bron te zoeken. Ik weet ook nog steeds niet wat het is. Het doet me een beetje denken aan kikkerdril. Ronde, groene bolletjes van een kleverige aard. Je zou mijn bemanning eens moeten zien – alsof ze aan *Ghostbusters* meedoen. Ze zitten helemaal onder het slijm. En dan heeft Hewitt ook nog dat rode oog. We worden bijna bang van onszelf.’

Rode oog? Emma keek Griggs aan. ‘Wat is er met Hewitts oog?’ vroeg ze. ‘Daar heb ik niets over gehoord.’

Griggs gaf de vraag door aan de *Discovery*.

‘Het is alleen maar een gesprongen adertje,’ antwoordde Kittredge. ‘Volgens O’Leary is het niets bijzonders.’

‘Mag ik even met Kittredge praten?’ vroeg Emma.

‘Ga je gang.’

‘Bob, met Emma,’ zei ze. ‘Hoe is Jill aan die bloeduitstorting gekomen?’

‘Ze is gisteren hoestend wakker geworden. We denken dat het daardoor komt.’

‘Heeft ze buikpijn of hoofdpijn?’

‘Ze klaagde daarstraks over hoofdpijn. En we hebben allemaal spierpijn, maar we hebben dan ook als waanzinnigen gewerkt.’

‘Is ze misselijk? Moet ze overgeven?’

‘Nee, alleen Mercer heeft wat last van zijn maag. Waarom vraag je dat?’

‘Kenichi had een bloeduitstorting in beide ogen.’

‘Maar dat is niets bijzonders,’ zei Kittredge. ‘Volgens O’Leary tenminste.’

‘Ik maak me zorgen om het *geheel* van symptomen,’ zei Emma. ‘Kenichi’s ziekte begon met braken, bloeduitstortingen in beide ogen, buikpijn en hoofdpijn.’

‘Als je denkt dat het om een besmettelijke ziekte gaat, waarom ben je dan zelf niet ziek? Jij hebt hem al die tijd verzorgd.’

Goede vraag. Waar ze geen antwoord op had.

‘Over welke ziekte hebben we het?’ vroeg Kittredge.

‘Dat weet ik niet. Ik weet alleen dat Kenichi vanaf de eerste dag niet meer kon functioneren. Jullie moeten zo snel mogelijk afkoppelen en naar huis gaan. Voordat iemand aan boord van de *Discovery* ziek wordt.’

‘Dat kan niet. Boven Edwards is het nog steeds bewolkt.’

‘Dan gaan jullie maar naar White Sands.’

‘Dat is momenteel niet zo’n beste keuze. Ze hebben een probleem met eén van hun TACAN’s. We zitten hier voorlopig toch goed? We wachten gewoon tot het boven Edwards opklaart. De verwachting is dat dat binnen vierentwintig uur zal gebeuren.’

Emma keek naar Griggs. ‘Ik wil met Houston praten.’

‘Die zullen heus niet voor White Sands kiezen omdat Hewitt een rood oog heeft.’

‘Het gaat misschien om méér dan een gewone bloeduitstorting.’

‘Hoe kunnen zij nu besmet zijn geraakt met Kenichi’s ziekte? Ze zijn helemaal niet aan hem blootgesteld.’

Het lijk, dacht ze. *Het lijk is aan boord van de spaceshuttle*.

‘Bob,’ zei ze. ‘Dit is Emma. Ik had graag dat je de lijkzak ging bekijken.’

‘Wat?’

‘Ga even kijken of er soms een scheur in het plastic van Kenichi’s lijkzak zit.’

‘Je hebt hem zelf hermetisch afgesloten.’

‘Ja, maar weet je zeker dat dat nog steeds zo is?’

‘Vooruit dan maar,’ zei hij met een zucht. ‘Ik geef toe dat we er niet meer naar hebben gekeken sinds we hem aan boord hebben gebracht. Daar hadden we geen van allen zin in. We hebben het schot juist dicht gelaten, zodat we hem niet hoefden te zien.’

‘Hoe ziet de zak eruit?’

‘Wacht even, ik moet eerst het schot openmaken. Het lijkt wel of het een beetje kleeft...’ Er viel een stilte. Toen zei hij zachtjes: ‘Jezus.’

‘Bob?’

‘Dat spul komt uit de zak!’

‘Wat is het? Bloed, serum?’

‘Er zit een scheur in het plastic. Ik zie het spul eruit komen!’

Wat voor spul?

Ze hoorde andere stemmen op de achtergrond. Luide kreunen van walging en het geluid van iemand die kokhalsde.

‘Maak de scheur dicht. *Verzegel de zak*!’ zei Emma. Maar ze kreeg geen antwoord.

Jill Hewitt zei: ‘Zijn lichaam voelt aan als pap. Alsof hij... *wegsmelt*. We kunnen beter kijken wat er aan de hand is.’

‘Nee!’ riep Emma. ‘*Discovery*, maak de zak niet open!’

Tot haar opluchting zei Kittredge nu: ‘Begrepen, Watson. O’Leary, maak de zak dicht. Zorg dat er niet meer van dat... spul naar buiten kan komen.’

‘Misschien kunnen we het lijk beter uitstoten,’ zei Jill.

‘Nee,’ antwoordde Kittredge. ‘Ze willen het hebben voor een lijkschouwing.’

‘Wat voor soort vloeistof is het?’ vroeg Emma. ‘Bob, geef antwoord!’

Er viel een stilte. Toen zei hij: ‘Ik weet het niet. Maar laten we hopen dat het niet besmettelijk is, want we zijn er allemaal aan blootgesteld.’

Veertien kilo vet en pels. Dat was Humphrey, die zich als een zwaarlijvige pasja op Jacks borst had neergevlijd. Hij probeert me te vermoorden, dacht Jack, in Humphrey’s arrogante groene ogen kijkend. Lig ik rustig op de bank te slapen en krijg ik opeens geen lucht omdat mijn ribbenkast wordt geplet door een ton aan kattenvlees.

Spinnend zette Humphrey zijn klauw in Jacks borst.

Jack slaakte een kreet en duwde de kat van zich af. Met een luide bons kwam Humphrey op zijn vier poten op de grond terecht.

‘Ga maar een muis vangen,’ mompelde Jack en draaide zich op zijn zij om weer te gaan slapen, maar dat kon hij wel vergeten. Humphrey begon nu om eten te mekkeren. Alweer. Geeuwend kwam Jack overeind en stommelde naar de keuken. Zodra hij het kastje openmaakte waar het kattenvoer stond, begon Humphrey nog harder te mauwen. Jack vulde zijn bak met Little Friskies en keek vol walging toe toen zijn Nemesis op de brokken begon te kauwen. Het was pas drie uur ’s middags en Jack had lang niet voldoende geslapen. Hij had de hele nacht voor de computer in de controlekamer van het ruimtevaartcentrum gezeten. Eenmaal thuis had hij zich op de bank geïnstalleerd om de ECLSS-subsystemen van het ruimtestation door te nemen. Hij zat weer in de running en dat deed hem ontzettend veel goed. Hij vond het zelfs niet erg om zich door de saaie MOD-handleiding heen te worstelen. Maar de vermoeidheid was hem uiteindelijk de baas geworden en rond het middaguur was hij in slaap gevallen, omringd door stapels handleidingen.

Humphrey's bakje was al halfleeg. Niet te geloven.

Toen Jack zich omdraaide om naar de huiskamer terug te keren, ging de telefoon.

Het was Todd Cutler. 'We hebben een team van artsen nodig om op White Sands de *Discovery* op te wachten,' zei hij. 'Het vliegtuig vertrekt over een halfuur van Ellington.'

'Waarom White Sands? Ik dacht dat de *Discovery* zou wachten tot het boven Edwards was opgeklaard.'

'Ze zitten met een medisch probleem. Ze beginnen over een uur aan de afkoppeling. Bereid je voor op infectiegevaar.'

'Wat voor infectie?'

'Dat weten we nog niet. Maar we spelen op zeker. Ga je mee?'

'Ja, natuurlijk,' zei Jack zonder aarzelen.

'Dan mag je wel opschieten, anders haal je het vliegtuig niet.'

'Wacht even. Wie is de patiënt? Wie is er ziek?'

'Ze zijn allemaal ziek,' zei Cutler. 'De hele bemanning.'

13

Voorbereidingen voor infectiegevaar. Vroegtijdige terugkeer. Wat zou er aan de hand zijn?

Er stond een harde wind die het stof deed opwaaien toen Jack over de landingsbaan naar de wachtende jet sprintte. Met toegeknepen ogen tegen het rondvliegende gruis holde hij de trap op en dook het vliegtuig in. Het was een Gulfstream IV, met plaats voor vijftien passagiers, onderdeel van een vloot sterke, betrouwbare werkpaarden die NASA gebruikte om personeel naar haar over het hele land verspreide operationele centra te pendelen. Er zaten al twaalf mensen aan boord, onder wie een aantal verpleegsters en artsen van de Ruimtevaartkliniek. Sommigen staken hun hand op naar Jack.

'We vertrekken zo, meneer,' zei de copiloot. 'Dus als u meteen maar wilt gaan zitten?'

Jack ging voor in het toestel bij het raampje zitten en klikte zijn veiligheidsgordel dicht.

Roy Bloomfeld was de laatste die aan boord kwam, zijn rode haar recht overeind vanwege de wind. Zodra Bloomfeld was gaan zitten, trok de copiloot de deur dicht.

'Gaat Todd niet mee?' vroeg Jack.

'Hij bemant de computer voor de landing. Wij zijn de frontsoldaten.'

Het vliegtuig taxiede al over de landingsbaan. Ze hadden geen tijd te verliezen, want het was anderhalf uur vliegen naar White Sands.

'Weet jij wat er aan de hand is?' vroeg Jack. 'Want ik weet van niks.'

'Ik heb een kort verslag gekregen. Je weet van de lekkage die ze gisteren in de *Discovery* hadden? Waarvan ze in het begin niet wisten wat het was? Het blijkt een vloeistof te zijn die uit de lijkzak lekte.'

‘Die zak was hermetisch afgesloten. Hoe kan die zijn gaan lekken?’

‘Een scheur in het plastic. De bemanning zegt dat de zak eruitzag alsof de inhoud onder druk stond. Er schijnt sprake te zijn van een vorm van versnelde ontbinding.’

‘Kittredge zei dat de vloeistof groen van kleur was en vaag naar vis rook. Dat klinkt niet als een vloeistof uit een ontbindend lijk.’

‘Daarom snappen we er ook geen van allen iets van. De zak is opnieuw verzegeld. We zullen moeten wachten tot ze geland zijn om te kunnen onderzoeken wat er precies aan de hand is. Dit is de eerste keer dat we te maken hebben met een menselijk lijk in microzwaartekracht. Misschien verloopt het ontbindingsproces daardoor anders. Misschien sterven de anaërobe bacteria af en stinkt het daarom niet.’

‘Hoe ziek is de bemanning?’

‘Hewitt en Kittredge klagen over zware hoofdpijn. Mercer kotst zich binnenstebuiten en O’Leary heeft buikpijn. We zijn er niet zeker van in hoeverre dat laatste van psychologische aard is. Het geeft ongetwijfeld een emotionele reactie wanneer blijkt dat je een ontbindende collega hebt ingeademd.’

Psychologische factoren maakten de zaak inderdaad nog moeilijker. Bij gevallen van voedselvergiftiging is een groot percentage van de slachtoffers vaak niet ziek, maar de macht van de suggestie is zo groot dat die mensen even heftig braken als de echte slachtoffers.

‘Ze hebben het afkoppelen weer moeten uitstellen, omdat ze op White Sands ook met problemen kampen. Eén van hun TACAN’s zond foutieve signalen uit. Ze hebben een paar uur nodig om dat te verhelpen.’

De TACAN, het tactische luchtnavigatiesysteem, bestond uit een reeks zenders waarmee het ruimteschip op de hoogte werd gehouden van de navigatiekoers. Een foutief TACAN-sein bracht het gevaar met zich mee dat de shuttle de landingsbaan miste.

‘Nu is besloten dat ze niet langer kunnen wachten,’ zei Bloomfeld. ‘Het afgelopen uur is de gezondheid van de bemanning erg verslechterd. Zowel Kittredge als Hewitt hebben bloeduitstortingen in hun ogen.’

Het vliegtuig steeg op. Het gebulder van de motoren vulde hun oren en de grond zakte weg.

Jack riep boven het lawaai uit: ‘Hoe zit het met het ISS? Zijn daar ook zieken?’

‘Nee. Ze hebben het luik tussen de schepen dichtgehouden om de lekkage in te dammen.’

‘Die is dus beperkt gebleven tot de *Discovery*?’

‘Voor zover we weten.’

Dan is met Emma alles in orde, dacht hij, een diepe zucht slakend. *Emma is veilig*. Maar als er via Hirai’s lijk een besmettelijke ziekte aan boord van de *Discovery* was gebracht, waarom was de bemanning van het ruimtestation er dan niet mee besmet?

‘Hoe laat moet de shuttle landen?’ vroeg hij.

‘Ze zijn op dit moment aan het loskoppelen. Over vijfenveertig minuten komen ze door de dampkring en dan zullen ze rond 17.00 uur landen.’

Dat gaf de grondbemanning niet veel tijd om zich voor te bereiden. Jack staarde uit het raam toen ze door het wolkendek heen braken naar de gouden gloed van de zon. Alles zit ons tegen, dacht hij. Een noodlanding. Een mankement aan de TACAN. Een zieke bemanning.

En dat moet allemaal eindigen op een eenzame landingsbaan ver van de bewoonde wereld.

Jill Hewitt had pijn in haar hoofd en haar ogen brandden zo dat ze de checklist voor het loskoppelen nauwelijks kon lezen. Het afgelopen uur was de pijn in iedere spier van haar lichaam geslopen en nu had ze het gevoel dat er scherpgetande pijlen in haar rug en dijen werden gestoken. Het wit van allebei haar ogen was nu bloedrood. Hetzelfde gold voor Kittredge. Zijn ogen zagen eruit als zakjes bloed. Glanzend en vuurrood. Ook hij leed pijn; ze zag het aan de manier waarop hij zich bewoog, het langzame, overwogen draaien van zijn hoofd. Ze leden allebei erg veel pijn, maar durfden geen van beiden een spuit verdoving te nemen. Voor het loskoppelen en de landing moesten ze optimaal geconcentreerd zijn. Ze konden het zich niet veroorloven hun aandacht ook maar in de minste of geringste mate te laten verslappen.

Breng ons naar huis. *Breng ons naar huis*. Dat was de mantra die in Jills hoofd speelde terwijl ze haar best deed haar taken uit te voeren, zweet haar hemd doordrenkte en de pijn aan haar concentratievermogen vrat.

In een noodtempo werkten ze de checklist voor het vertrek af. Toen stak ze de kabel van het IBM Thinkpad in de computer op het achterdek, zette de computer aan en riep het RPOP-programma op.

'Ik krijg geen gegevens door,' zei ze.

'Wat?'

'Misschien heeft dat spul de computer verstopt. Ik zal het op het tussendek proberen.' Ze trok de kabel eruit. Ieder botje van haar gezicht gilde van de pijn toen ze behoedzaam naar het tussendek afdaalde, het Thinkpad in haar hand. Haar ogen brandden zo dat het leek alsof ze ieder moment uit de kassen konden springen. Op het tussendek zag ze dat Mercer zijn ruimtepak al aanhad en in zijn stoel gegord zat, klaar voor de terugkeer in de dampkring. Hij was bewusteloos – waarschijnlijk vanwege de medicijnen. O'Leary, die ook vastgegord zat, was nog wakker maar keek wazig. Jill zweefde naar de computerwand en verbond het Thinkpad met de computer.

Weer geen gegevens.

'Shit. *Shit.*'

Zich met de grootste moeite concentrerend op wat ze deed, zweefde ze terug naar het bovendek.

'Niet gelukt?' vroeg Kittredge.

'Ik zal de bronkabel vervangen en het hier nog een keer proberen.' Haar hoofd bonkte zo dat ze er tranen van in haar ogen kreeg. Met opeengeklemde kaken pakte ze een nieuwe kabel en verbond de computers. Zette ze aan. Via Windows ging ze naar RPOP.

Het RPOP-logo verscheen op het scherm.

Zweet brak uit op haar bovenlip toen ze de vluchttijd intikte. Dagen, uren, minuten, seconden. Haar vingers gehoorzaamden niet zoals het hoorde. Ze gedroegen zich traag, log. Ze moest steeds correcties aanbrengen. Eindelijk kon ze voor Prox Ops kiezen en klikte ze het OK.

'RPOP werkt,' zei ze opgelucht. 'We kunnen gegevens verwerken.'

Kittredge zei: 'CAPCOM, kunnen we afkoppelen?'

'*Stand by, Discovery.*'

Het wachten was een marteling. Jill keek naar haar hand en zag dat haar vingers trilden en de spieren van haar onderarm zich samentrokken alsof er kronkelende wormen onder haar huid zaten. Alsof levende wezentjes door haar vlees kropen. Ze deed haar best haar hand stil te houden, maar haar vingers bewogen zich met spastische schokjes. *Breng ons gauw naar huis. Zolang we dit schip nog aan de grond kunnen krijgen.*

'*Discovery*,' zei CAPCOM. 'U mag loskoppelen.'

'Begrepen. Digitale automatische piloot ingeschakeld. We zijn gereed voor loskoppeling.' Kittredge keek Jill met een opgelucht gezicht aan. 'Naar huis!' zei hij, terwijl hij de stuurknuppels greep.

Vluchtleider Randy Carpenter stond als een Colossus in de zaal, zijn blik gericht op het centrale scherm, terwijl zijn ingenieursbrein de visuele gegevens en de gesprekken via de communicatiekanalen allemaal tegelijk koeltjes registreerde. Zoals altijd dacht Carpenter een paar stappen vooruit. De overdruk was al uit de aankoppelingssluis weggenomen. De haken waarmee het ruimteschip aan het ISS zat, zouden terugwijken, en de voorgeladen springveren in het koppelingssysteem zouden de twee ruimtevoertuigen zachtjes bij elkaar wegduwen. Pas wanneer ze zestig centimeter bij elkaar vandaan waren, konden de RCS-motoren van het ruimteschip gestart worden om de *Discovery* bij het ISS vandaan te sturen. In iedere fase van deze ingewikkelde operatie kon er iets misgaan, maar Carpenter had voor ieder denkbaar mankement een reserveplan. Als de koppelhaken niet terugweken, zouden ze pyrotechnische kogels afvuren om ze eraf te schieten. Als ook dat niet lukte, zouden twee bemanningsleden van het ISS een ruimtewandeling maken om de haken met de hand los te maken. Voor ieder reserveplan bestond nóg een reserveplan, een oplossing voor ieder denkbaar mankement.

Dat wil zeggen, voor ieder mankement dat te voorspellen was. Waar Carpenter bang voor was, was de storing waar niemand aan had gedacht. En nu stelde hij zichzelf de vraag die hij zich aan het begin van een nieuwe fase van een ruimtevlucht stelde: *Waar hebben we niet aan gedacht?*

'Het ODS is met succes losgekoppeld,' hoorde hij Kittredge zeggen. 'De haken zijn teruggeweken. We zijn los van het ISS.'

De vluchtcontroller naast Carpenter priemde triomfantelijk zijn vuist in de lucht.

Carpenter dacht alweer vooruit, aan de landing. Het weer op White Sands was goed, met een windkracht van vijftien knopen. De TACAN zou gerepareerd zijn voordat de shuttle zou arriveren. De grondbemanningen kwamen op dit moment op het landingsterrein bijeen. Er waren geen nieuwe mankementen in zicht, maar hij had het vermoeden dat er nog heel wat problemen op hen lagen te wachten.

Terwijl dat alles door hem heen ging, bleef zijn gezicht volkomen uitdrukkingloos. De vluchtcontrollers in de zaal konden onmogelijk weten dat angst, zo bitter als gal, zich in zijn keel had genesteld.

Aan boord van het ISS zaten Emma en haar collega's ook te kijken en te wachten. Alle researchactiviteiten waren tijdelijk stopgezet. Ze waren in de koepel van Node I bijeengekomen om het grote ruimteschip te zien ontkoppelen. Griggs volgde het proces op een IBM Thinkpad en zag dezelfde display van draadfiguren die in Houstons Mission Control op het scherm kwam.

Door de ramen van de koepel zag Emma hoe de *Discovery* zich een paar centimeter van het moederschip verwijderde. Ze slaakte een zucht van verlichting. Het ruimteschip was losgekoppeld en kon eindelijk naar huis gaan.

Medisch officier O'Leary zweefde in een narcoseroes. Hij had vijftig milligram Demerol in zijn eigen arm gespoten, genoeg om de ergste pijn te stillen, terwijl hij nog wel in staat was geweest Mercer in zijn stoel te zetten en vast te binden, en de cabine in gereedheid te brengen voor de terugkeer in de dampkring. Maar zelfs die kleine narcotische dosis tastte zijn denkvermogen aanzienlijk aan.

Hij zat in zijn stoel op het tussendek, klaar voor de terugvlucht. Hij zag de cabine soms scherp, soms wazig, alsof hij onder water zat. Het licht deed pijn aan zijn ogen, dus deed hij ze maar dicht. Hij meende dat hij Jill Hewitt daarnet langs had zien komen met het Thinkpad; nu zag hij haar niet meer, maar hij hoorde haar gespannen stem in zijn koptelefoon, samen met die van Kittredge en CAPCOM. Ze waren losgekoppeld.

Dwars door de nevel in zijn hoofd heen kreeg hij een gevoel van onmacht, van schaamte, omdat hij hier als een invalide in zijn stoel vastgebonden zat, terwijl zijn collega's op het bovendek zich inspanden om hen naar huis te brengen. Zijn eergevoel dwong hem tegen de welkome duisternis van de slaap te vechten en terug te keren naar het felle licht van het tussendek. Hij tastte naar de gesp van zijn ruimtepak en toen de gordels lossprongen, zweefde hij uit zijn stoel. Het tussendek begon rondom hem te bewegen en hij moest zijn ogen sluiten om de golf van misselijkheid tegen te houden. *Geef er niet aan toe*, dacht hij. *Dwing jezelf. Jij bent degene die nooit misselijk wordt*. Maar hij kon het niet opbrengen zijn ogen open te doen en de golvende bewegingen van de cabine te moeten zien.

Tot hij het geluid hoorde. Het was een knerpend geluid, zo dicht bij hem dat hij dacht dat het Mercer was, die zich in zijn slaap bewoog. O'Leary draaide zich om naar het geluid. En zag dat hij niet naar Mercer keek, maar naar de lijkzak van Kenichi Hirai.

De zak bobbelde. Zwol op.

Het ligt aan mijn ogen, dacht hij. Mijn ogen bedriegen me.

Hij knipperde met zijn ogen en keek weer. De zak stond strak gespannen en boven de buik had zich een ballonvormige uitstulping gevormd. Het was alweer uren geleden dat ze de scheur hadden gedicht; blijkbaar was de druk daar binnen weer gegroeid.

In zijn wazige toestand zweefde hij naar de slaapbank. Hij legde zijn hand op de gezwollen lijkzak.

En trok hem in afgrijzen snel terug. Want tijdens dat korte contact had hij de zak voelen zwellen, zakken en weer zwellen.

Het lijk bewoog.

Zweet parelde op haar bovenlip toen Jill Hewitt door het dakraam de *Discovery* zag loskomen van het ISS. Langzaam werd de afstand tussen de twee ruimteschepen groter. Ze keek naar de gegevens die over haar computerscherm rolden. Dertig centimeter afstand. Zestig centimeter. *We gaan naar huis*. Een flits van pijn schoot door haar hoofd, zo scherp dat ze bijna het bewustzijn verloor. Ze vocht terug, hield zich met de hardnekkigheid van een buldog aan haar bewustzijn vast.

'ODS is vrij,' zei ze met opeengeklemde kaken.

Kittredge antwoordde met: 'We gaan over op RCS handbediening.'

Met de stuurknuppels van het *reaction control system* moest Kittredge het schip nu zachtjes wegsturen van het ISS tot ze op een afstand van drieduizend voet onder het ruimtestation waren gekomen, waar hun afzonderlijke omloopbanen er automatisch voor zouden zorgen dat ze verder bij elkaar vandaan werden geduwd.

Jill hoorde de *woesj* toen de raketmotoren aansloegen en voelde het schip schudden toen Kittredge de stuurknuppels langzaam bewoog. Zijn handen trilden en zijn gezicht stond strak van de inspanning om ze onder controle te houden. Nu bestuurde niet de computer, maar hijzelf het ruimteschip en een plotselinge beweging van de stuurknuppel zou hen in een verkeerde baan brengen.

Anderhalve meter afstand. Drie meter afstand. Ze waren het kritieke stadium voorbij en dreven steeds verder weg van het ruimtestation.

Jill begon zich te ontspannen.

Toen hoorde ze een kreet op het tussendek. Een kreet van afgrijzen en ongeloof. *O'Leary*.

Ze draaide zich om en op hetzelfde moment spoot een wanstaltige fontein van menselijke brokstukken door het trapgat.

Kittredge, die het dichtst bij het gat zat, werd als eerste geraakt en viel voorover tegen de draaibare stuurknuppel. Jill sloeg achterover. Haar koptelefoon vloog van haar hoofd en haar lichaam werd bekogeld met stinkende stukjes darmen, huid en plukjes zwart haar dat nog aan de schedel vastzat. *Kenichi's haar*. Ze hoorde een nieuwe *woesj* van de raketmotoren en opeens leek het ruimteschip om haar heen te draaien. De wolk van rottende menselijke brokstukken had zich over het hele bovendek verspreid en wervelde daar als een angstaanjagende melkweg: stukjes plastic en ontplofte organen, en die eigenaardige groenige bolletjes. Een trosvormige massa van die bolletjes zweefde langs haar heen en spatte uiteen tegen de wand van de cabine.

Wanneer een gewone druppel in de microzwaartekracht in aanraking komt met een platte oppervlakte, trilt hij eventjes en blijft dan hangen. Deze bolletjes bleven in beweging.

Ongelovig keek Jill toe hoe het trillen groter werd en een rimpeling over de oppervlakte van de massa trok. En toen zag ze, diep binnen in de geleiachtige massa, een kern van iets zwarts, iets dat zich bewoog. Iets dat kronkelde als een nest muggenlarven.

En nu zag ze vanuit haar ooghoek iets anders, iets nog veel angstaanjagenders. Ze staarde ongelovig door het raam naar het ruimtestation dat razendsnel op hen afkwam. Het was al zo dichtbij dat ze de pegels op de spanten van de zonnepanelen kon zien.

In paniek zette ze zich tegen de wand af en dook dwars door de walgelijke wolk van uiteengespat vlees heen, haar handen in wanhoop uitgestrekt naar de stuurknuppels.

'*Discovery*!' schreeuwde Griggs in zijn microfoon. 'Jullie komen recht op ons af!'

Hij kreeg geen antwoord.

'*Ramkoers, Discovery! Jullie liggen op een ramkoers!*'

Emma keek in afgrijzen toe hoe het noodlot op hen af suisde. Door de ramen van de koepelmodule zag ze de *Discovery* vooruit schieten en naar stuurboord hellen. Ze zag de driehoekige vleugel van het ruimteschip met zo'n grote snelheid op hen af komen dat ze wist dat die de alumimiumromp van het ruimtestation zonder meer zou openrijten. Ze zag niet alleen de onvermijdelijke botsing, maar ook haar eigen dood aankomen.

Opeens schoot de pluim van een gestarte motor uit het RCS in de neus van het ruimteschip. De *Discovery* dook naar beneden en maakte een scherpe draai. De driehoekige stuurboordvleugel zwiepte naar boven, maar niet snel genoeg om het hoofdspant met de zonnepanelen van het ISS te kunnen ontwijken. Emma voelde haar hartslag bevriezen. Hoorde Luther fluisteren: 'Here Jezus.'

'CRV!' schreeuwde Griggs in paniek. 'Iedereen naar het CRV!'

Armen en benen vlogen door de lucht en voeten trappelden toen de bemanning in ijltempo de node verliet. Nicolai en Luther waren als eersten het luik door naar de woonmodule. Emma had net een handgreep van het luik vastgegrepen toen haar oren zich vulden met het krijsen van scheurend metaal, het kreunen van aluminium dat door de aanvaring van de twee reusachtige ruimtevoertuigen werd vervormd en verdraaid.

Het hele ruimtestation schokte hevig en bleef toen natrillen. Emma ving een desoriënterende blik op van wanden die schuin wegzakten, Grigg's Thinkpad dat in het luchtledige ronddraaide, en Diana's angstige gezicht, nat van het zweet.

Het licht flakkerde en ging uit. In de duisternis flitste een rood waarschuwingslampje aan en uit, aan en uit.

Een sirene begon te loeien.

14

Het hoofd van de afdeling Ruimtevluchten, Randy Carpenter, keek naar het centrale scherm en zag de dood aankomen.

Op het moment van de botsing voelde hij de klap alsof iemand een vuist in zijn maag ramde. Hij hief zelfs zijn hand op en drukte hem tegen zijn maag.

Een paar seconden lang bleef het volkomen stil in de controlekamer. Met verblufte gezichten staarde iedereen naar de grote wand voor in de zaal. Op het centrale beeldscherm was de wereldkaart te zien met de uitgestippelde route van het ruimteschip. Rechts daarvan hing het nu bevroren RPOP-scherm waarop de *Discovery* en het ISS afgebeeld waren als draadfiguren. Het ruimteschip zat als een in elkaar getrapt stuk speelgoed tegen het silhouet van het ISS aangeplakt. Carpenter voelde zijn longen uitzetten en besefte dat hij, in zijn afgrijzen, vergeten had adem te halen.

Chaos brak uit in de controlekamer.

'*FLIGHT*, we hebben geen stemcontact,' hoorde hij CAPCOM zeggen. 'De *Discovery* reageert niet.'

'*FLIGHT*, we krijgen nog steeds gegevens van de navigatiecomputer –'

'*FLIGHT*, we zien geen daling van de cabinedruk in de *Discovery*. Geen indicatie van zuurstoflek –'

'En het ISS?' vroeg Carpenter fel. 'Hebben we daar contact mee?'

'Nog niet. SVO is ermee bezig. De luchtdruk in het ISS daalt –'

'Hoe ver?'

'Hij zit nu op 710... 690. Jezus, hij daalt erg snel!'

Een gat in de wand van het ruimtestation! dacht Carpenter. Maar dat was niet zijn probleem; dat was een taak voor *Special Vehicle Operations*, dat een paar deuren verderop zat.

De stem van de ingenieur van de afdeling Stuwkrachtsystemen klonk nu helder door de luidsprekers. 'FLIGHT, ik heb RCS-ontbranding, F2U, F3U en F1U. Er zit iemand aan de stuurknuppels van de *Discovery*.'

Carpenters hoofd ging met een ruk omhoog. Het RPOP-scherm was nog steeds bevroren; er verschenen geen nieuwe beelden. Maar de melding van Stuwkracht vertelde hem dat de motoren van de *Discovery* waren ontbrand. Dat kon geen toeval zijn; de bemanning probeerde het ruimteschip bij het ISS vandaan te krijgen. Tot het radiocontact hersteld was, konden ze echter niets bevestigd krijgen over de toestand van de bemanning. Ook niet of ze nog leefden.

Het was het allerafgrijselijkste scenario dat je je kon indenken, het scenario dat hij het meeste vreesde. Een dode bemanning in een rondcirkelend ruimteschip. Hoewel Houston de meeste van de manoeuvres van de spaceshuttle vanaf de grond kon regelen, konden ze hem niet terugbrengen zonder hulp van de bemanning. Er was minstens één functionerend bemanningslid nodig om op de knoppen van het besturingssysteem van het schip te drukken voor de intreding in de dampkring. Er was een mensenhand vereist om de luchtgegevenssonde te bedienen en het landingsgestel neer te laten voor de *touchdown*. Als er niemand op de pilotenstoel zat om deze dingen te doen, zou de *Discovery* in het heelal moeten blijven, een spookschip dat stilletjes rond de aarde cirkelde, na verloop van tijd uit elkaar zou vallen en uiteindelijk in een bal van vuur op aarde zou neerstorten. Het was dit rampenscenario dat door Carpenters hoofd schoot terwijl de seconden wegtikten en de paniek in de controlekamer langzaam toenam. Hij kon het zich niet veroorloven gedachten te wijden aan het ruimtestation, waarvan de bemanning op dit moment misschien vocht tegen de pijnlijke dood door decompressie. Hij moest zich blijven concentreren op de *Discovery*. Op zijn bemanning van wie het met iedere seconde die verstreek, minder zeker werd dat ze de ramp hadden overleefd.

Toen hoorden ze een stem. Zwak en haperend.

'Controle, dit is *Discovery*. Houston. Houston...'

'Het is Hewitt!' zei CAPCOM. 'Ga je gang, *Discovery*!'

'... noodtoestand... konden aanvaring niet vermijden. Structurele schade aan shuttle lijkt minimaal...'

'*Discovery*, we hebben beelden nodig van het ISS.'

'Kan KU-antenne niet gebruiken... gesloten circuit doet het niet...'

'Weet je hoeveel schade ze hebben opgelopen?'

'Door de botsing is het hoofdspant afgebroken. En ik geloof dat we een gat in hun wand hebben gemaakt...'

Carpenter voelde zich onpasselijk worden. Ze hadden nog steeds niets gehoord van de bemanning van het ISS. Geen bevestiging dat ze de botsing hadden overleefd.

'Hoe is jouw bemanning eraan toe?' vroeg CAPCOM.

'Kittredge reageert bijna nergens op. Hij is met zijn hoofd tegen de computerwand geslagen. De bemanning op het tussendek... daar weet ik niets van...'

'En jijzelf, Hewitt?'

'Ik probeer... o god, mijn hoofd...' Ze hoorden een zachte snik. Toen zei ze: 'Het leeft.'

'Herhaal dat laatste, alsjeblieft.'

'Het spul dat om me heen zweeft – dat uit de lijkzak is gekomen. Het beweegt zich om me heen. Het zit *in* me. Ik zie het bewegen onder mijn huid en het *leeft*.'

Een huivering gleed langs Carpenters ruggengraat. Hallucinaties. Een hoofdwond. Ze zouden haar verliezen en daarmee hun enige kans om het ruimteschip heelhuids naar beneden te halen.

'FLIGHT, we naderen het ontbrandingsmoment,' waarschuwde een van de vluchtcontrollers. 'Daar mogen we niet aan voorbijgaan.'

'Laat ze zich voorbereiden op intrede in de dampkring,' beval Carpenter.

'*Discovery*,' zei CAPCOM. 'Breng de hulpmotoren in gereedheid.'

Ze kregen geen antwoord.

'*Discovery?*' herhaalde CAPCOM. 'Je mag het ontbrandingsmoment niet voorbijschieten!'

Terwijl de seconden zich aaneenregen tot minuten, voelde Carpenter hoe al zijn spieren zich spanden; zijn zenuwen waren als knetterende elektriciteitsdraden. Hij slaakte een zucht van verlichting toen Hewitt weer antwoord gaf.

'De bemanning op het tussendek zit in landingspositie. Ze zijn allebei bewusteloos. Ik heb ze ingegord. Maar ik kan Kittredge niet in zijn ruimtepak krijgen...'

'Dan maar geen ruimtepak!' zei Carpenter. 'Je mag je doel niet voorbijschieten. Zorg dat je het schip naar huis krijgt!'

'*Discovery*, breng de hulpmotoren in gereedheid. Zet Kittredge maar in de stuurboordstoel, dan kunnen we beginnen met de procedure.'

Een sidderende zucht van pijn kwam door de luidsprekers. Toen fluisterde Hewitt: 'Mijn hoofd... ik kan me nauwelijks concentreren...'

'Begrepen, Hewitt.' CAPCOM's stem kreeg een zachtere klank. Bijna sussend. 'Jill, we weten dat jij nu op de plaats van de gezagvoerder zit. We weten ook dat je pijn lijdt. Maar we kunnen je helemaal naar huis praten, tot en met de landing. Het enige wat je hoeft te doen, is wakker blijven.'

Een snik van pijn ontsnapte haar. 'Hulpmotoren gereed,' fluisterde ze. 'Geladen tot POS 3-0-2. Zeg maar wanneer, Houston.'

'Begin met de intredeprocedure,' zei Carpenter.

CAPCOM gaf het bericht door. 'Begin met de intredeprocedure, *Discovery*.' En hij voegde er zachtjes aan toe: 'We krijgen je wel naar huis, hoor.'

In de angstaanjagende duisternis zette Emma zich schrap voor de verschrikkingen van de decompressie. Ze wist precies wat haar te wachten stond. Hoe ze zou sterven. Eerst het gebulder waarmee de lucht uit de romp werd gezogen. Dan het knappen van haar trommelvliezen. De snel toenemende pijn wanneer haar longen zover werden uitgezet dat haar longblaasjes explodeerden. Wanneer de luchtdruk plotseling daalt tot een vacuüm, zakt ook het kookpunt van vloeistoffen en komt het gelijk te staan met het vriespunt. Het ene ogenblik kookt het bloed. Het volgende ogenblik bevriest het in de aderen.

De rode knipperlichtjes en de sirene bevestigden haar grootste angst. Het was een Klasse I Noodsituatie. De sirene loeide zo hard dat ze moesten schreeuwen om elkaar te kunnen verstaan. In haar paniek botste Emma tegen Luther, die haar vastgreep voordat ze in een nieuwe richting afketste.

'Nicolai zit al in het CRV. Nu jij en Diana!' riep hij.

'Wacht! Waar is Griggs?' zei Diana.

'Schiet *op*! Ga naar het CRV!'

Emma draaide zich om. In het psychedelische schijnsel van de rode knipperlichtjes zag ze niemand anders in de woonmodule. Griggs was niet achter hen aangekomen. Er hing een eigenaardige, lichte nevel in de duisternis, maar ze werden niet met orkaankracht naar het gat in de romp gezogen.

En ze voelde geen pijn, besefte ze opeens. Ze had haar oren voelen knappen, maar had geen pijn in haar borst, geen symptomen van explosieve decompressie.

We kunnen het ruimtestation nog redden. We hebben tijd om het gat te isoleren. Ze maakte als een zwemmer een koprol, zette zich af tegen de wand en vloog terug naar de node.

'Hé! Wat doe je nou, Watson!' riep Luther.

'We mogen het schip niet in de steek laten!'

Ze schoot zo snel vooruit dat ze hard met haar elleboog tegen de rand van het luik stootte. Nu voelde ze wel pijn, niet vanwege decompressie, maar vanwege haar eigen stommiteit. Ze negeerde het kloppen in haar elleboog en zette zich weer af, de node in.

Ze zag Griggs nergens, maar zijn Thinkpad zweefde aan het eind van de kabel in de node. Op het scherm flitste de waarschuwing 'Decompressie' aan en uit. De luchtdruk zat op 650 en daalde nog steeds. Ze hadden slechts een paar minuten de tijd voordat hun hersens zouden ophouden met functioneren.

Griggs was natuurlijk op zoek naar het gat, dacht ze. Hij wil de beschadigde module afsluiten.

Ze dook het Amerikaanse laboratorium in, door de steeds dikker wordende witte nevel. Was het eigenlijk wel een nevel of kon ze vanwege hypoxie niet scherp meer zien? Was het een waarschuwing dat ze het bewustzijn begon te verliezen? Ze zwom verder door de duisternis, gedesoriënteerd door de waarschuwingslampjes die overal knipperden. Ze knalde tegen het luik aan. Haar coördinatie was helemaal van slag en haar bewegingen werden steeds logger. Ze gleed Node 2 in.

Daar vond ze Griggs. Hij was bezig een wirwar van kabels tussen de NASDA-module en de Europese module los te trekken.

'Het gat zit in NASDA!' riep hij boven de sirene uit. 'Als we deze kabels losmaken en het luik dichtdoen, kunnen we de module isoleren.'

Ze dook naar voren en begon hem te helpen de bedrading los te trekken, maar opeens stuitte ze op een kabel die niet los wilde. 'Wat zullen we nou krijgen?' zei ze. De kabels die door de luikopeningen tussen de modules liepen, waren zodanig ontworpen dat ze in geval van nood met gemak losgetrokken konden worden. Deze liep echter door – wat een grove overtreding van de veiligheidsvoorschriften was. 'Deze loopt door!' riep ze.

'Geef me even een mes, dan snij ik hem door!'

Ze draaide zich om en dook het Amerikaanse lab weer in. *Een mes. Waar haal ik een mes vandaan?* In het licht van de rode lampjes zag ze de medicijnkast. *Een scalpel.* Ze trok de kast open, grabbelde in een la tussen de instrumenten en zweefde snel terug naar Node 2.

Griggs pakte de scalpel van haar aan en begon de kabel door te snijden.

'Waar kunnen we jullie mee helpen?' hoorden ze Luther schreeuwen.

Emma draaide zich om en zag hem samen met Nicolai en Diana met bezorgde gezichten bij de ingang van het lab hangen.

'Het gat zit in NASDA!' zei ze. 'We gaan de module afsluiten!'

Opeens spatten vonken als vuurwerk in het rond. Griggs slaakte een kreet en deinsde achteruit. 'Verdomme! Er staat stroom op!'

'We móeten hem doorsnijden!' zei Emma.

'En gefrituurd worden? Vergeet het maar!'

'Hoe moeten we het luik dan dicht krijgen?'

Luther zei: 'Kom terug. Kom naar het lab! We sluiten de hele node af. Dan is deze kant van het station tenminste geïsoleerd.'

Griggs keek naar de vonken spattende kabel. Hij wilde Node 2 niet afsluiten, omdat hij dan zowel de NASDA- als de Europese module kwijt was; want wanneer daar eenmaal alle lucht uit was ontsnapt, zouden ze niet meer toegankelijk zijn. Het hield ook in dat hij de koppeling naar de shuttle moest opgeven, want die zat aan Node 2.

'De luchtdruk daalt nog steeds!' riep Diana. Ze keek op een luchtdrukmeter. 'We zitten op 625 millimeter! Kom toch terug, dan kunnen we de node afsluiten!'

Emma hoorde zichzelf al sneller en hijgend ademen. Hypoxie. Ze zouden allemaal het bewustzijn verliezen als ze niet snel iets deden.

Ze trok aan Griggs arm. 'We moeten teruggaan! Dat is de enige manier om het station te redden!'

Hij knikte geluidloos en gleed langzaam achter haar aan het Amerikaanse lab in.

Luther probeerde het luik te sluiten, maar kon er geen beweging in krijgen. Nu ze buiten de node zaten, moesten ze het luik dichttrekken in plaats van dichtduwen. En ze vochten niet alleen tegen de stroom ontsnappende lucht maar ook tegen de dalende luchtdruk.

'We zullen deze module ook op moeten geven!' riep Luther. 'Ons terugtrekken in Node 1 en daar het luik sluiten!'

'Nee!' riep Griggs. 'Ik geef deze module niet op!'

'Griggs, we hebben geen keus. Ik kan het luik niet dicht krijgen!'

'Laat mij het dan doen!' Griggs greep het handvat en spande al zijn spieren, maar het luik kwam niet meer dan een paar centimeter naar voren. Uitgeput liet hij het handvat los.

'Je zult ons allemaal nog vermoorden om deze stomme module te redden!' riep Luther.

Het was Nicolai die opeens de oplossing uitschreeuwde: '*Mir!* Voedt het lek! Voedt het lek!' Hij schoot het laboratorium uit in de richting van de Russische afdeling van het ruimtestation.

Mir. Ze begrepen meteen wat hij bedoelde. 1997. De botsing tussen Progress en de Spektr-module van Mir. Er was een gat in de romp gekomen en kostbare lucht was uit Mir het heelal in gelekt. De Russen, die een voorsprong van jaren hadden wat bemande ruimtestations betrof, hadden meteen geweten wat ze moesten doen: het lek voeden. Zuurstof in de module spuiten om de luchtdruk te laten stijgen. Daarmee wonnen ze niet alleen wat tijd, maar de luchtdruk zou hopelijk zo ver stijgen dat ze het luik dicht konden trekken.

Nicolai kwam terug met twee zuurstofcilinders. Haastig draaide hij de kraantjes helemaal open. Boven de loeiende sirenes uit hoorden ze de lucht uit de cilinders ontsnappen. Nicolai gooide beide cilinders in Node 2. *Zo werd het lek gevoed*. Ze lieten de luchtdruk aan de andere kant van het luik stijgen.

Maar ze spoten ook zuurstof in een module met een half kapotgesneden kabel waar stroom op stond, dacht Emma, zich de vonken herinnerend. Dat kon een explosie veroorzaken.

'Nu!' schreeuwde Nicolai. 'Trek het luik dicht!'

Luther en Griggs grepen samen het handvat en trokken. Ze zouden nooit te weten komen of het door hun gezamenlijke wanhoop kwam of dat de zuurstofcilinders erin geslaagd waren de luchtdruk aan de andere kant van het luik voldoende te laten stijgen, maar het luik draaide in ieder geval langzaam dicht.

Griggs vergrendelde het.

Een ogenblik hingen hij en Luther slapjes in de lucht, te uitgeput om iets te kunnen zeggen. Toen draaide Griggs zich om, zijn gezicht nat van het zweet.

'En laten we nu dat verrekte lawaai eens afzetten,' zei hij.

Het Thinkpad hing nog steeds in Node 1. Griggs keek naar het oplichtende scherm en tikte snel een paar codes in. Tot ieders opluchting zweeg de sirene. Ook de rode knipperlichten gingen uit, waarna ze alleen nog het gelige licht hadden van de waarschuwingspanelen. Maar ze konden in ieder geval met elkaar praten zonder te hoeven schreeuwen.

'De luchtdruk is 690 en stijgende,' zei hij. Hij lachte opgelucht. 'Zo te zien zijn we gered.'

'Waarom zitten we dan nog steeds in een Klasse 3 Noodsituatie?' vroeg Emma, naar het gele licht op het scherm wijzend. Klasse 3 kon drie dingen betekenen: hun back-up computer was uitgevallen, één van hun bewegingscontrolekompassen deed het niet, of ze waren hun radiocontact via de S-band met Mission Control kwijt.

Griggs drukte weer op een paar toetsen. 'Het is de S-band. Die zijn we kwijt. De *Discovery* heeft blijkbaar ons P-1-paneel geraakt en de zender onklaar gemaakt. Zo te zien hebben ze ook de zonnepanelen aan bakboordzijde geraakt. We zijn een fotovoltaïsche module kwijtgraakt. Daarom hebben we zo weinig stroom.'

'Houston zit zich natuurlijk op te vreten van de zenuwen,' zei Emma. 'En nu kunnen ze niet eens contact met ons opnemen. Hoe zit het met de *Discovery*? Wat is er van hen geworden?'

Diana, die al aan het seinen was, zei: '*Discovery* geeft geen antwoord. Misschien zitten ze buiten UHF-bereik.'

Of waren ze allemaal dood en konden ze daarom geen antwoord geven.

'Kunnen we voor licht zorgen?' vroeg Luther. 'Door stroomcircuits te verbinden?'

Griggs tikte weer op zijn toetsenbord. Het mooie van het ISS was de flexibiliteit. Ieder van de stroomcircuits was ontworpen om een bepaald deel van het ruimtestation van stroom te voorzien, maar de circuits konden zo nodig verlegd worden. Ze waren één fotovoltaïsche module kwijt, maar hadden er nog drie over.

Griggs zei: 'Ik weet dat het een cliché is, maar ik zeg het toch. "Er zij licht."' Hij drukte op een toets en de lichten in de module begonnen te gloeien, al was het zwakjes. Het was echter genoeg om te kunnen zien wat ze deden. 'Ik heb de stroom zodanig omgelegd dat alles wat we niet nodig hebben, geen stroom krijgt.' Hij haalde diep adem en keek Nicolai aan. 'We moeten contact zien te krijgen met Houston. Dat is jouw afdeling, Nicolai.'

De Rus begreep meteen wat hem te doen stond. Moskou's Mission Control had een apart communicatiekanaal met het ruimtestation. Als het goed was, had de botsing geen invloed gehad op de Russische afdeling van het ISS.

Nicolai knikte kort. 'Laten we hopen dat Moskou de elektriciteitsrekening heeft betaald.'

ITEM 3-7-EXEC
ITEM 3-8-EXEC
OPS 3-0-4 PRO

Jill Hewitt kon bijna geen adem meer halen van de pijn, en iedere druk op de knoppen van het controlepaneel ging gepaard met een zacht gejammer. Haar hoofd voelde aan als een overrijpe meloen die op barsten stond. Haar gezichtsveld was zo vernauwd, dat het was alsof ze door een lange, donkere tunnel keek en de knoppen buiten haar bereik zaten. Ze moest zich iedere keer tot het uiterste concentreren voordat ze een schakelaar kon omdraaien of op een van de knoppen drukken waar haar vinger bijna niet bij kon komen. Ze probeerde uit alle macht de hoogtemeter af te lezen, maar alles vloeide in elkaar en de cijfertjes dansten wild op en neer. *Ik kan het niet zien. Ik weet het allemaal niet meer...*

'*Discovery*, je zit op de juiste hoogte voor intrede in de dampkring,' zei CAPCOM. 'Bodyflap op AUTO.'

Jill keek met toegeknepen ogen naar het paneel en stak haar hand uit naar de schakelaar, maar die was zo ver weg...

'*Discovery*?'

Haar trillende vinger maakte contact. Ze zette de schakelaar op AUTO. 'Bevestigd,' fluisterde ze en liet haar schouders zakken. Nu werd het schip bestuurd door de computers. Ze durfde de stuurknuppels niet ter hand te nemen. Ze wist niet eens hoe lang ze nog bij bewustzijn kon blijven. De donkere tunnels werden steeds langer en smaller en aten al het licht op. Ze hoorde het geluid van suizende lucht langs het schip en voelde hoe haar lichaam in de stoel werd gedrukt.

CAPCOM zweeg. Ze zat in de communicatie-black-out. Het ruimteschip schoot met zo'n grote snelheid door de dampkring dat de ionen uit de luchtmoleculen werden weggeslagen. De elektromagnetische storm belemmerde het radiocontact, sneed iedere vorm van communicatie af. De komende twaalf minuten was ze alleen met het schip en de bulderende lucht.

Ze was nog nooit van haar leven zo eenzaam geweest.

Ze voelde dat de automatische piloot het schip een trage bocht liet maken om vaart te minderen. Ze stelde zich de gloed van de hitte op de ramen van de cockpit voor, kon de warmte voelen, als de zon op haar gezicht.

Ze deed haar ogen open. En zag alleen duisternis.

Waar was het licht? dacht ze. Waar was de gloed op de ramen?

Ze knipperde keer op keer met haar ogen. Wreef in haar ogen, alsof ze die wilde dwingen iets te zien, haar netvlies wilde forceren het licht op te nemen. Ze tastte naar het controlepaneel. Als ze de juiste schakelaars niet zou omzetten, als ze de luchtgegevenssonde niet inschakelde en het landingsgestel niet liet zakken, kon Houston het schip niet laten landen. Dan konden ze haar niet levend naar huis halen. Haar vingers voelden de verwarrende rijen schakelaars en knoppen. Ze slaakte een holle kreet van wanhoop.

Ze was blind.

15

De lucht van het op 4093 voet boven zeeniveau gelegen militaire proefterrein White Sands is droog en ijl. De landingsbaan ligt op een oude, opgedroogde zeebedding in een brede woestijnvallei tussen de bergen van Sacramento en Guadaloupe in het oosten, en die van San Andres in het westen. De dichtstbijzijnde stad is Alamagordo, in New Mexico. Het is een dor en droog terrein waar alleen de allersterkste woestijnplanten kunnen leven.

White Sands heeft jarenlang dienst gedaan als trainingsbasis voor gevechtspiloten. Daarvóór is het voor andere dingen gebruikt. Tijdends de Tweede Wereldoorlog was het een kamp voor Duitse krijgsgevangenen. Het is ook de uitvalsbasis geweest van Trinity Site, waar de Verenigde Staten hun eerste atoombom hebben laten ontploffen, die niet ver daarvandaan, in Los Alamos, was gebouwd. Door de jaren heen zijn er op het met prikkeldraad omgeven terrein in de eenzame woestijnvallei steeds meer gebouwen neergezet, maar zelfs de bewoners van het nabijgelegen Alamagordo weten niet waar die voor dienen.

Door zijn verrekijker zag Jack het vliegveld onder een zinderende hittesluier liggen. Landingsbaan 16/34 lag een tikje schuin ten opzichte van de noord/zuidlijn. Hij was vijfduizend meter lang en honderd meter breed – groot genoeg voor de zwaarste jets, zelfs in deze ijle lucht die een lange baan voor het opstijgen en behoorlijke uitrijmogelijkheden bij het landen noodzakelijk maakte.

Even ten westen van het punt waar de shuttle moest landen, wachtten Jack en het medische team samen met een klein konvooi voertuigen van NASA en de United Space Alliance op de komst van de *Discovery*. Ze hadden brancards, zuurstofflessen, defibrillatoren en eerstehulptassen – evenveel materieel als in een moderne ambulance, en meer. Als het schip op Kennedy was geland, zou er meer dan 150 man grondbemanning hebben klaargestaan. Hier in de woestijn waren ze met amper veertig man, onder wie slechts acht artsen en verpleegsters. Een deel van de grondbemanning droeg speciale drukbestendige pakken die hen beschermden tegen brandstoflekken. Zij zouden als eersten aan boord gaan, zodat hun atmosferische sensors meteen eventueel gevaar voor explosies konden waarnemen, voordat de artsen en verpleegsters het toestel zouden naderen.

Opeens hoorde Jack in de verte een geronk. Hij liet de verrekijker zakken en keek naar het oosten. Er kwamen helikopters aan, en het waren er zoveel dat leek alsof er een nijdige zwerm wespen in aantocht was.

'Wat zullen we nou krijgen?' zei Bloomfeld, die de helikopters ook had gezien. Nu keken de anderen op en veel van hen mompelden verbaasd iets.

'Misschien is het back-up,' zei Jack.

De konvooileider, die een oortelefoontje in had, schudde zijn hoofd. 'Mission Control zegt dat ze niet bij ons horen.'

'Dit luchtruim dient vrijgehouden te worden,' zei Bloomfeld.

'We proberen contact te krijgen met de helikopters, maar ze geven geen antwoord.'

Het gedender was sterk toegenomen en Jack voelde het nu in zijn hele lichaam, een indringend gedreun in zijn borstbeen. De helikopters maakten inbreuk op het luchtruim van het ruimteschip. Over vijftien minuten zou de *Discovery* uit de hemel komen vallen en die helikopters in zijn baan vinden. Jack hoorde de konvooileider haastig met het ruimtevaartcentrum overleggen en voelde een paniekstemming door de grondploeg trekken.

'Ze zijn gestopt,' zei Bloomfeld.

Jack zette de verrekijker weer aan zijn ogen. Hij telde ongeveer een dozijn helikopters. Ze waren inderdaad gestopt en daalden nu als een zwerm aasgieren naar de grond, pal ten oosten van het punt waar het ruimteschip moest landen.

'Wat zou er aan de hand zijn?' vroeg Bloomfeld.

Nog twee minuten communicatie-black-out. En nog vijftien minuten tot de landing.

Randy Carpenter was weer iets optimistischer gestemd. Hij wist dat ze de *Discovery* veilig en wel aan de grond konden zetten. Tenzij er een catastrofale computerstoring optrad, konden ze het schip vanaf de grond besturen. De rest hing af van Hewitt. Ze moest bij bewustzijn blijven, moest in staat zijn op het juiste moment twee schakelaars om te zetten. Twee kleine, maar o zo belangrijke taken. Bij hun laatste radiocontact, tien minuten geleden, had Hewitt nog wakker geklonken, al leed ze erg veel pijn. Ze was een goede pilote, een vrouw met een ijzeren ruggengraat, gestaald door de discipline van de marine. Het enige wat ze van haar verlangden, was dat ze wakker bleef.

'FLIGHT, we hebben goed nieuws van NASCOM,' zei Ground Control. 'Mission Control Moskou heeft via de Regul-S-band radiocontact met het ISS.'

Regul was het Russische S-band communicatiesysteem aan boord van het ISS. Het was volkomen gescheiden en onafhankelijk van het Amerikaanse systeem en de communicatie verliep via Russische grondstations en hun LUCH-satelliet. 'Het contact was kort, want ze zaten op het staartje van de LUCH-satellietomloop,' zei Ground Control. 'Maar de bemanning leeft nog en is ongedeerd.'

Het vlammetje van Carpenters optimisme wakkerde nog iets aan en hij balde zijn mollige vingers tot een triomfantelijke vuist. 'Meldingen over schade?'

'Er zit een gat in de NASDA-module. Ze hebben Node 2 en alles wat daarvóór zit, moeten afsluiten. Ze zijn ook minstens twee zonnepanelen en een aantal spantsegmenten kwijtgeraakt. Maar niemand is gewond.'

'FLIGHT, we naderen het einde van de black-out,' zei CAPCOM.

Carpenter had zijn aandacht meteen weer bij de *Discovery*. Hij was blij met het nieuws over het ISS, maar zijn verantwoordelijkheden golden in de eerste plaats de spaceshuttle.

'*Discovery*, hoort u ons?' zei CAPCOM. '*Discovery*?'

Minuten verstreken. Te veel minuten. Opeens zat Carpenter weer op de rand van paniek.

GUIDANCE zei: 'Tweede S-bocht voltooid. Alle instrumenten werken.'

Waarom gaf Hewitt dan geen antwoord?

'*Discovery*,' herhaalde CAPCOM, nu op dringende toon. 'Hoort u ons?'

'We beginnen aan de derde S-bocht,' zei GUIDANCE.

We zijn haar kwijt, dacht Carpenter.

Toen hoorden ze haar stem. Zacht en onvast. 'Dit is *Discovery*.'

CAPCOM's zucht van verlichting klonk door alle luidsprekers.

'Welkom thuis, *Discovery*! Fijn je weer te horen! Het is tijd om de luchtgegevenssonde te activeren.'

'Ik... ik kan de schakelaar niet vinden.'

'De luchtgegevenssonde,' herhaalde CAPCOM.

'Dat weet ik! *Maar ik kan het paneel niet zien!*'

Carpenter voelde zich alsof zijn bloed in zijn aderen stolde. *Lieve god, ze is blind. En ze zit niet in haar eigen stoel maar in die van de gezagvoerder.*

'*Jill*, je moet nú de schakelaar omzetten!' zei CAPCOM. 'Paneel C-drie –'

'Ik weet welk paneel het is!' riep ze uit. Daarop volgde een stilte. Toen het geluid van haar adem in een zucht van pijn.

'De sonde is geactiveerd,' zei MMACS. 'Het is haar gelukt. Ze heeft de schakelaar gevonden!'

Carpenter stond zichzelf toe weer adem te halen. Weer hoop te koesteren.

'Vierde S-bocht,' zei GUIDANCE. 'We zitten nu op TAEM.'

'Hoe gaat het, *Discovery*?' zei CAPCOM.

Nog één minuut en dertig seconden tot de *touchdown*. De *Discovery* vloog met een snelheid van 600 mijl per uur op een hoogte van 8000 voet, maar daalde snel. De piloten noemden de shuttle ook wel een 'vliegende baksteen' – zwaar, zonder motoren, binnenglijdend op de driehoekige vleugels. Ze kregen geen herkansing, konden een landing niet voortijdig afbreken om het opnieuw te proberen. Ze zouden landen, op welke manier dan ook.

'*Discovery*?' zei CAPCOM.

Jack zag de shuttle glinsteren in de lucht, zag de rookslierten uit de RCS-motoren. Het ruimteschip zeilde als een grote zilveren schijf door de laatste bocht naar de landingsbaan.

'Kom op. Het gaat goed!' riep Bloomfeld.

De grondbemanning deelde in zijn enthousiasme. Iedere shuttlelanding was een feestelijke gebeurtenis, een zo ontroerende triomf dat iedereen op de grond er tranen van in zijn ogen kreeg. Nu keken ze met bonkend hart op naar de hemel, naar dat brok zilver, hun baby, die op de landingsbaan af zeilde.

'God, wat is het toch een mooi schip!'

Cowboykreten klonken op.

'Niet te geloven! Hij ligt precies op koers!'

De konvooileider die via zijn oortelefoontje in contact stond met

Houston, hief met een ruk zijn hoofd op en bleef stokstijf staan. 'O *shit*!' zei hij. 'Het landingsgestel staat niet uit!'

Jack keek met een ruk om naar de naderende shuttle. Die hing nu amper honderd voet boven de grond en had een snelheid van 300 mijl per uur. Jack zag geen wielen.

Een doodse stilte viel over de groep. Hun triomf was abrupt veranderd in ongeloof. In afgrijzen.

Laat de wielen zakken! Vooruit! Laat ze zakken! wilde Jack schreeuwen.

Het ruimteschip zat nu op 75 voet boven de landingsbaan. Tien seconden tot *touchdown*.

Alleen de bemanning kon het landingsgestel laten zakken. Er was geen computer die de schakelaar kon omzetten, die de taak kon uitvoeren die was bestemd voor een mensenhand. Er was geen computer die hen kon redden.

Vijftig voet en een snelheid van 200 mijl per uur.

Jack wilde de afloop niet zien, maar keek toch. Hij was niet in staat het schip de rug toe te keren. Hij zag het staartstuk als eerste neerkomen. Een regen van vonken en uiteenspattende hitteschilden sprong op. Hij hoorde kreten en snikken van de mensen om hem heen toen de neus van de *Discovery* tegen de grond sloeg. Het ruimteschip gleed zijwaarts over de landingsbaan, een spoor van brokstukken achterlatend. Een van de deltavleugels brak af en scheerde als een zeis door de lucht. Met een oorverdovend gekrijs gleed de shuttle zijwaarts door.

De andere vleugel brak nu ook af en vloog door de lucht.

De *Discovery* gleed van het asfalt af en kwam in het woestijnzand terecht. Een tornado van stof wolkte op, zodat het schip een paar seconden lang geheel aan het gezicht was onttrokken. De kreten van zijn collega's galmden in Jacks oren, maar hij kon zelf geen woord uitbrengen. Noch kon hij zich bewegen; hij was zo volkomen verdoofd door de schok dat hij het gevoel had dat hij uit zijn lichaam was getreden en als een soort geest boven zichzelf hing, in een nachtmerrieachtige dimensie.

Toen trok het stof op en zag hij de shuttle als een gewonde vogel in een angstaanjagend landschap van brokstukken liggen.

Meteen kwam het konvooi in beweging. Jack en Bloomfeld sprongen op een medische hulpwagen die dwars door de woestijn naar de plek reed waar het ruimteschip tot stilstand was gekomen. Boven het geronk van de motoren uit hoorde Jack een ander geluid, ratelend en onheilspellend.

De helikopters waren ook op weg naar de shuttle.

Toen hun auto abrupt tot stilstand kwam, grepen Jack en Bloomfeld ieder een EHBO-tas en sprongen eruit, een wolk van stof opwerpend. Ze waren nog zo'n honderd meter van de *Discovery* verwijderd. De helikopters waren in een kring rond het ruimteschip geland, waardoor voor het hele konvooi de doorgang werd versperd.

Jack rende in de richting van de *Discovery*, al half gebukt om onder de nog draaiende wieken te duiken, maar werd tegengehouden voordat hij de cirkel van helikopters had bereikt.

'Wat moet dat voorstellen?' riep Bloomfeld tegen de soldaten in uniform die uit de helikopters waren gesprongen en zich als een gewapende barrière opstelden tegenover het NASA-personeel.

'Halt!' riep een van de soldaten.

De konvooileider kwam naar voren. 'Mijn mensen moeten zo snel mogelijk naar de shuttle!'

'Uw mensen moeten niks!'

'U hebt hier geen gezag! Dit is een NASA-aangelegenheid!'

'Kom niet dichterbij!'

De soldaten namen allemaal gelijktijdig hun geweren in de aanslag en richtten ze op de ongewapende grondbemanning. Het NASA-personeel deinsde achteruit en staarde ongelovig naar de geweren. Naar de duidelijke dreiging van een bloedbad.

Jack keek over de hoofden van de soldaten naar de *Discovery* en zag dat er rond de deur snel een witte plastic tent werd opgesteld, die de deur volledig afsloot van de buitenlucht. Een dozijn mannen in feloranje overalls en helmen sprong uit twee van de helikopters. Ze liepen snel naar het ruimteschip.

'Dat zijn Racal-pakken, biologische ruimtepakken,' zei Bloomfeld.

De deur van het ruimteschip was nu volledig aan het oog onttrokken door de plastic tent. Ze konden niet zien dat de deur werd geopend. Ze konden niet zien dat de mannen in de overalls op het tussendek het schip binnengingen.

Dat is *onze* bemanning, dacht Jack. *Onze* mensen die daar misschien op sterven liggen. En we kunnen niet bij ze komen. We hebben hier artsen en verpleegsters en wagens vol medische apparatuur, maar vanwege die lui kunnen we ons werk niet doen.

Hij liep naar voren en bleef staan tegenover de officier die de leiding scheen te hebben. 'Mijn team en ik gaan naar de shuttle,' zei hij.

De officier keek hem smalend aan. 'Vergeet het maar.'

'We zijn employés van NASA. We zijn als artsen verantwoordelijk voor de gezondheid en het welzijn van de bemanning. U kunt ons neerschieten als u wilt, maar dan zult u al mijn collega's moeten neerschieten, want die zullen er getuige van zijn. Ik denk niet dat u bereid bent dat te doen.'

Het geweer kwam omhoog tot de loop op Jacks borst was gericht. Zijn keel was droog en zijn hart bonkte tegen zijn ribben, maar hij stapte langs de officier heen, dook onder de wieken van de helikopter door en bleef lopen. Hij keek niet eens om toen de officier beval: 'Staan blijven of ik schiet!'

Hij liep door, zijn blik gericht op de opbollende tent. Hij zag dat de mannen in de ruimtepakken zich omdraaiden en verbaasd naar hem keken. Hij zag hoe de wind een wolkje stof deed opwaaien en dwars over zijn pad joeg. Hij was bijna bij de tent toen hij Bloomfeld hoorde roepen: 'Jack, kijk uit!'

Op hetzelfde moment kreeg hij een harde klap tegen zijn achterhoofd. Hij viel voorover en bleef op zijn knieën liggen. Pijn explodeerde als lichtflitsen in zijn hoofd. Meteen kreeg hij zo'n harde trap in zijn zij, dat hij tegen de grond smakte en zand proefde, als hete as in zijn gezicht. Hij rolde op zijn rug, en zag een soldaat boven hem uit torenen, zijn geweer opgeheven om hem nog een klap te geven.

'Zo is het genoeg,' zei een eigenaardig gedempte stem. 'Laat hem met rust.'

De soldaat deed een stap achteruit. Nu kwam een ander gezicht in beeld. Het keek door het plastic vizier van de Racal-helm naar Jack.

'Wie bent u?' vroeg de man.

'Dr. Jack McCallum,' wist hij fluisterend uit te brengen. Hij ging zitten, maar merkte dat hij alles wazig zag en dreigde het bewustzijn te verliezen. Hij drukte zijn handen tegen zijn hoofd en dwong zichzelf bij zijn positieven te blijven, te vechten tegen de duisternis die dreigde hem te verzwelgen. 'De mensen in dat ruimteschip zijn *mijn* patiënten,' zei hij. 'Ik wil naar ze toe.'

'Dat is niet mogelijk.'

'Ze hebben medische verzorging nodig...'

'Ze zijn dood, dokter McCallum. Allemaal.'

Jack bevroor. Langzaam hief hij zijn hoofd op en keek de man door het plastic aan. Hij zag niets in diens ogen, niets dat de tragedie van vier verloren levens reflecteerde.

'Het spijt me van uw astronauten,' zei de man. Hij draaide zich om en liep weg.

Jack krabbelde moeizaam overeind. Hoewel hij op zijn benen stond te zwaaien, wist hij zich overeind te houden. 'Wie bent u?' vroeg hij.

De man bleef staan en draaide zich weer om. 'Dr. Isaac Roman, USAMRIID,' zei hij. 'Het ruimteschip is verboden terrein. Het leger neemt het over.'

USAMRIID. Dr. Roman had het als één woord uitgesproken, maar Jack wist waar de letters voor stonden. Het *U.S. Army Medical Research Institute of Infectious Diseases*. Het medische researchinstituut voor besmettelijke ziekten van het Amerikaanse leger. Wat deed het leger hier? Wanneer was dit in een militaire operatie veranderd?

Met zijn ogen toegeknepen tegen het rondvliegende stof, en nog duizelig van de klap, probeerde Jack de verbijsterende informatie te verwerken. Hij stond er voor zijn gevoel een eeuwigheid, terwijl een surreële reeks beelden langs hem heen trok. Mannen in Racal-pakken die met grote stappen naar het ruimteschip beenden. De soldaat die met uitdrukkingloze ogen naar hem bleef staan kijken. De isoleringstent die in de wind opbolde als een levend, ademend organisme. De rij soldaten, die de grondbemanning nog steeds op een afstand hield. Hij keek naar de shuttle en zag de mannen in de ruimtepakken met de eerste brancard uit de tent komen. Het stoffelijk overschot zat in een verzegelde lijkzak. Het plastic zat vol met felrode biogevaar-stempels, als bloemen die over het lijk waren uitgestrooid.

Bij het zien van de brancard kwam Jack los uit zijn verdoving. 'Waar brengt u de lijken naartoe?' vroeg hij.

Dr. Roman draaide zich niet eens naar hem om, en gebaarde tegen de mannen dat ze de brancard naar een van de wachtende helikopters moesten brengen. Jack wilde doorlopen naar het ruimteschip, maar weer versperde de soldaat hem de weg, de kolf van zijn geweer opgeheven om hem nog een klap te geven.

'Hé!' riep iemand van de grondbemanning. 'Als je hem nog een keer slaat, hebben we dertig getuigen!'

De soldaat draaide zich om en keek naar de nijdige grondbemanning van NASA en de United Space Alliance, die naar voren kwam, hun stemmen hees van woede.

'Denk je soms dat we in nazi-Duitsland zijn?'

‘ – dat jullie onschuldige burgers zomaar in elkaar kunnen slaan?’

‘Wie zijn jullie eigenlijk?’

De nerveuze soldaten sloten snel de rangen toen ze de grondbemanning luid schreeuwend en wolken stof opwaaiend op zich af zagen komen.

Een geweerschot knalde. Een doodse stilte viel over de menigte.

Er zit hier iets helemaal verkeerd, dacht Jack. *Er gebeurt iets waar wij geen weet van hebben.* Deze soldaten zijn bereid te schieten. Te doden.

De konvooileider had dat blijkbaar ook door, want hij riep in paniek: ‘Ik sta in rechtstreekse verbinding met Houston! Op dit moment kunnen honderd mannen en vrouwen op Mission Control horen wat hier wordt gezegd!’

De soldaten lieten langzaam hun geweer zakken en keken naar hun meerdere. Een lange stilte volgde, alleen verbroken door de wind en gepingel van het zand dat tegen de helikopters striemde.

Dr. Roman kwam naar Jack toe. ‘U begrijpt gewoon niet met wat voor situatie we hier te maken hebben,’ zei hij.

‘Leg het dan uit.’

‘Er dreigt een ernstig biologisch gevaar. De Veiligheidsraad van het Witte Huis heeft de Biologische Bestrijdingsdienst van het leger ingezet – een dienst die in het leven is geroepen door een congressionele wet, dr. McCallum. We zijn hier op last van het Witte Huis.’

‘Over welk biologische gevaar hebben we het?’

Roman aarzelde. Hij wierp een blik op de grondbemanning van NASA, die achter de rij soldaten een gespannen groep vormde.

‘Om welk organisme gaat het?’ vroeg Jack.

Nu keek Roman hem door zijn plastic vizier aan. ‘Die informatie is geheim.’

‘Wij zijn het medische team dat is belast met de zorg voor de bemanning. Waarom heeft niemand ons dit verteld?’

‘NASA beseft niet wat het tegenover zich heeft.’

‘En hoe komt het dat u dat wel weet?’ Op die indringende vraag kreeg hij geen antwoord.

Een tweede brancard kwam uit de tent. Wiens lichaam zou dat zijn? vroeg Jack zich af. Hij zag de gezichten van de vier bemanningsleden opeens heel duidelijk voor zich. Hij kon niet bevatten dat ze dood waren. Hij kon zich niet voorstellen dat die sterke, gezonde mensen veranderd waren in gebroken botten en uiteengereten organen.

‘Waar brengt u de lijken naartoe?’ vroeg hij.

‘Een Niveau 4 legerbasis, waar de lijkschouwing verricht zal worden.’

‘Wie gaat de lijkschouwing doen?’

‘Ik.’

‘Ik vind dat ik daar, als begeleidend arts van de bemanning, bij aanwezig moet zijn.’

‘Waarom? Bent u patholoog?’

‘Nee.’

‘Dan zie ik niet in hoe u iets zou kunnen bijdragen.’

‘Bij hoeveel verongelukte piloten hebt u een lijkschouwing verricht?’ beet Jack hem toe. ‘Naar hoeveel luchtvaartongelukken hebt u een onderzoek ingesteld? Ruimtetrauma is mijn specialiteit. Daar heb ik ervaring in. U kunt mij juist heel goed gebruiken.’

‘Ik vind van niet,’ zei Roman, en hij liep weg.

Ziedend van woede keerde Jack terug naar de grondbemanning van NASA en zei tegen Bloomfeld: ‘Het leger heeft de zaak overgenomen,’ zei hij. ‘Ze nemen de lijken mee.’

‘Op wiens gezag?’

‘Hij zegt dat het bevel rechtstreeks van het Witte Huis is gekomen. Ze hebben de Biologische Bestrijdingsdienst ingezet.’

‘Dat is een anti-terreureenheid,’ zei Bloomfeld. ‘Daar heb ik over gehoord. Hij is opgericht om bioterrorisme te bestrijden.’

Ze keken de helikopter na die met twee van de lijken aan boord was opgestegen. Wat zou hier achter zitten? vroeg Jack zich af. Wat houden ze voor ons verborgen?

Hij wendde zich tot de konvooileider. ‘Kunt u me doorverbinden met het JSC?’

‘Iemand in het bijzonder?’

Jack dacht even na wie van de mensen die hoog genoeg in de NASA-bureaucratie zat om deze zaak op topniveau te kunnen behandelen, hij het meeste vertrouwde.

‘Gordon Obie,’ zei hij. ‘Het hoofd van de afdeling Bemanningen.’

De Lijkschouwing

16

Gordon Obie was gereed om een bloederige strijd te leveren toen hij de video-vergaderzaal inliep, al hadden de mensen rond de tafel er geen idee van hoe woedend hij was. En dat was ook geen wonder: zoals altijd stond Obie's gezicht volkomen neutraal en zei hij geen woord toen hij aan de tafel plaatsnam, naast Gretchen Liu van pr, die rode gezwollen ogen had. Iedereen zag er volkomen overdonderd uit. Ze hadden niet eens gemerkt dat Gordon was binnengekomen.

Rond de tafel zaten de hoofdadministrateur van NASA, Leroy Cornell, de algemeen directeur van het JSC, Ken Blankenship, en nog zes topmensen van NASA. Ze keken allemaal met sombere gezichten naar de twee videoschermen. Op het ene scherm was ene kolonel Lawrence Harrison te zien van het USAMRIID op de legerbasis Fort Detrick in Maryland. Op het andere scherm een donkerharige man in burger die met een ernstig gezicht in de camera keek. Onder in het beeld stond 'Jared Profitt, Veiligheidsraad, Witte Huis'. Hij zag er niet uit als een hooggeplaatste ambtenaar. Met zijn melancholieke ogen en zijn magere, bijna ascetische gezicht zou je hem eerder voor een middeleeuwse monnik aanzien, die per abuis terecht was gekomen in een moderne wereld van kostuums en stropdassen.

Blankenship was aan het woord en hij sprak rechtstreeks tot kolonel Harrison. 'Uw soldaten hebben niet alleen mijn mensen ervan weerhouden hun werk te doen, maar hen met geweren bedreigd. Een van onze artsen is mishandeld – tegen de grond geslagen met een geweerkolf. We hebben ruim veertig getuigen –'

'Dr. McCallum was door ons veiligheidskordon heen gebroken. Hij weigerde te blijven staan toen hem dat was bevolen,' antwoordde kolonel Harrison. 'Het gebied was tot verboden terrein verklaard en het was onze taak het te beschermen.'

‘Is het leger tegenwoordig bereid ongewapende burgers aan te vallen en zelfs neer te schieten?’

‘Ken, laten we proberen dit vanuit het oogpunt van USAMRIID te bekijken,’ zei Cornell, een kalmerende hand op Blankenships arm leggend. De hand van de diplomaat, dacht Gordon met walging. Cornell mocht dan NASA’s woordvoerder op het Witte Huis zijn en goed van pas komen wanneer ze van het Congres meer geld los wilden krijgen, maar velen bij NASA hadden hem nooit echt vertrouwd. Ze kónden geen vertrouwen hebben in een man die meer als een politicus dacht dan als een ingenieur. ‘Het beschermen van een ontoegankelijk verklaard terrein is een gerechtvaardigde reden om geweld te gebruiken,’ zei Cornell. ‘En dr. McCallum wás door het kordon heen gebroken.’

‘Het had rampzalige gevolgen kunnen hebben,’ zei Harrison vanaf het scherm. ‘Volgens onze inlichtingendienst bestaat de mogelijkheid dat het Marburg-virus met opzet naar het ruimtestation is gebracht. Het Marburg-virus is een neefje van het Ebola-virus.’

‘Hoe zou dat dan aan boord zijn gebracht?’ vroeg Blankenship. ‘De protocols van alle experimenten worden nauwkeurig door ons bekeken. Alle proefdieren moeten volkomen gezond zijn. Experimenten die biologische risico’s kunnen opleveren, sturen we niet het heelal in.’

‘U misschien niet. Maar u accepteert experimenten van wetenschappers uit de hele wereld. U kunt de protocollen wel doornemen, maar u kunt niet iedere bacterie- en weefselkweek onderzoeken die vlak voor de lancering wordt aangevoerd. Om het biologische materiaal in leven te houden, worden de experimenten rechtstreeks aan boord van de shuttle gebracht. Stel dat er eentje besmet was? Denk er eens over na hoe makkelijk een onschuldig kweekje vervangen kan worden door een gevaarlijk organisme als Marburg.’

‘Wilt u beweren dat er een opzettelijke poging is gedaan het ruimtestation te saboteren?’ zei Blankenship. ‘Dat we met bioterrorisme te maken hebben?’

‘Dat wil ik inderdaad beweren. Staat u me toe te beschrijven wat er met je gebeurt wanneer je besmet wordt met dit virus? Eerst gaan al je spieren pijn doen en krijg je koorts. De pijn is zo hevig, zo indringend dat je het niet eens kunt verdragen dat iemand je aanraakt. Een injectie in de spier doet je gillen van de pijn. Daarna worden je ogen rood. Je krijgt pijn in je buik en begint te braken, eindeloos te braken. Je geeft bloed op. In het begin ziet dat er zwart uit, vanwege de spijsverteringsprocessen, maar na verloop van tijd wordt het helderrood, alsof het rechtstreeks uit je aderen wordt gepompt. Je lever zwelt op en barst open. Je nieren houden op met functioneren. Je interne organen worden vernietigd en veranderen in een stinkende, zwarte massa. Dan valt je bloeddruk weg en ben je dood.' Harrison zweeg even. 'Dat is waar we mee te maken hebben, heren.'

'Dat is je reinste gelul!' stootte Gordon Obie uit.

Zijn collega's staarden hem in opperste verbazing aan. De Sfinx had gesproken. De weinige keren dat Obie tijdens een vergadering iets had gezegd, had hij dat volkomen monotoon gedaan en hadden zijn woorden alleen gegevens en informatie overgebracht, maar nooit enige emotie uitgedrukt. Deze uitbarsting overrompelde hen dan ook volkomen.

'Mag ik vragen wie er heeft gesproken?' vroeg kolonel Harrison.

'Gordon Obie, hoofd van de afdeling Bemanningen.'

'Ah. De grote baas van de astronauten.'

'Zo kun je het ook zeggen.'

'En waarom is dit *gelul*?'

'Omdat het volgens mij helemaal niet om het Marburg-virus gaat. Ik weet niet wat het wél is, maar ik weet dat u ons niet de waarheid vertelt.'

Het gezicht van kolonel Harrison bevroor tot een strak masker. Hij zei niets.

Het was Jared Profitt die het woord nam. Zijn stem klonk precies zoals Gordon had verwacht: zacht en ijl. Hij was geen bullebak, zoals Harrison, maar een man die er de voorkeur aan gaf een beroep te doen op het intellect en het gezonde verstand. 'Ik heb begrip voor uw frustratie, meneer Obie,' zei hij. 'Er zijn veel dingen die we u om veiligheidsredenen niet mogen vertellen. Maar het Marburg-virus is iets waarmee we niet achteloos mogen omspringen.'

'Als u al weet dat het om het Marburg-virus gaat, waarom mogen onze artsen de lijkschouwingen dan niet bijwonen? Bent u bang dat we achter de waarheid zullen komen?'

'Gordon,' zei Cornell zachtjes. 'Zullen we dit niet liever onder vier ogen bespreken?'

Gordon negeerde hem en zei tegen het scherm: 'Over welke ziekte hebben we het? Een besmetting? Een gif? Misschien iets dat via een experiment van het leger aan boord is gebracht?'

Even bleef het stil. Toen bulderde Harrison: 'Dat is nu weer typische NASA-paranoia! U geeft het leger maar al te graag de schuld wanneer er iets misgaat.'

'Waarom mag onze arts de lijkschouwing niet bijwonen?'

'Hebben we het over dr. McCallum?' vroeg Profitt.

'Ja. McCallum heeft luchtvaarttrauma en pathologie gestudeerd. Hij is ruimtevaartarts en een voormalig lid van het astronautenkorps. Het feit dat u weigert hem of een van onze andere artsen de lijkschouwing te laten bijwonen, werpt bij ons de vraag op wat u voor NASA verborgen wilt houden.'

Kolonel Harrison keek opzij, alsof hij in de kamer waar hij zat naar iemand zocht. Toen hij weer in de camera keek, was zijn gezicht rood aangelopen van woede. 'Dat is absurd. U hebt zelf de shuttle laten verongelukken! U kon hem niet laten landen, waardoor uw eigen bemanning is omgekomen en nu wilt u daar het *leger* de schuld van geven?'

'De astronauten en wij zijn hier diep door getroffen,' zei Gordon. 'Maar we *moeten* weten wat er met onze bemanning is gebeurd. Daarom eisen we dat een van onze artsen de lijken te zien krijgt.'

Leroy Cornell kwam weer tussenbeide. 'Gordon, je kunt niet van die onredelijke eisen stellen,' zei hij zachtjes. 'Ze weten heus wel wat ze doen.'

'Ik weet ook wat ik doe.'

'Ik moet je echt vragen een stapje terug te doen.'

Gordon keek Cornell in de ogen. Cornell was NASA's vertegenwoordiger bij het Witte Huis, NASA's stem in het Congres. Wie tegen hem inging, kon zijn carrière min of meer vaarwel zeggen.

Toch ging Obie lijnrecht tegen hem in. 'Ik spreek uit naam van de astronauten,' zei hij. 'Uit naam van mijn mensen.' Hij keek weer naar het videoscherm en liet zijn blik rusten op het ondoorgrondelijke gezicht van kolonel Harrison. 'We zullen er niet voor terugschrikken onze vragen aan de pers door te spelen. Over een dergelijke stap – het bekendmaken van vertrouwelijke NASA-informatie – denken wij beslist niet licht. Het astronautenkorps is altijd discreet geweest. Maar als we ertoe gedwongen worden, zullen we een openbaar onderzoek eisen.'

Gretchen Liu's mond zakte open. 'Gordon,' fluisterde ze. 'Wat doe je nu?'

'Wat ik doen moet.'

De stilte rond de tafel rekte zich tot een volle minuut.

Toen zei Ken Blankenship tot ieders verbazing: 'Ik schaar me aan de kant van de astronauten.'

'Ik ook,' zei een andere stem.

'Ik ook.'

'En ik.'

Gordon liet zijn blik langs zijn collega's glijden. De meesten van hen waren ingenieurs en vluchtmanagers die vrijwel nooit in de krant kwamen en vaak juist overhoop lagen met de astronauten, die ze vliegeniers met veel te grote ego's vonden. Alleen de astronauten werden in het zonnetje gezet, maar deze mannen en vrouwen, die het onzichtbare, roemloze werk deden waardoor ruimtevluchten een feit waren geworden, vormden het hart en de ziel van NASA. En nu schaarden ze zich unaniem achter Gordon.

Leroy Cornell keek volkomen verslagen, de leider die door zijn eigen mensen in de steek was gelaten. Hij was een trotse man en de klap die hij had gekregen, was bijzonder vernederend. Hij schraapte zijn keel en trok langzaam zijn schouders recht. Toen wendde hij zich tot het videoscherm met kolonel Harrison. 'Ik heb geen andere keus dan me eveneens achter mijn astronauten te scharen,' zei hij. 'Ik sta erop dat een van onze ruimtevaartartsen aanwezig mag zijn bij de lijkschouwingen.'

Kolonel Harrison zei niets. Het was Jared Profitt die de knoop doorhakte. Jared Profitt was dus de man die de ware macht in handen had. Hij draaide zich om en overlegde met iemand die buiten beeld bleef. Toen keek hij weer in de camera en knikte.

Beide schermen werden zwart. De vergadering was voorbij.

'Nou, jullie hebben het leger mooi te kijk gezet,' zei Gretchen. 'Hebben jullie gezien hoe nijdig Harrison keek?'

Nee, dacht Gordon, terugdenkend aan de uitdrukking op kolonel Harrisons gezicht vlak voordat hij van het scherm was verdwenen. *Het was geen woede die ik op zijn gezicht heb gezien. Het was angst.*

De lijken waren niet naar het hoofdkwartier van USAMRIID in Fort Detrick, Maryland, gebracht, zoals Jack had gedacht, maar naar een op nog geen honderd kilometer afstand van White Sands gelegen raamloos betonnen gebouw dat er op het eerste gezicht precies zo uitzag als de tientallen andere anonieme overheidsgebouwen in de droge woestijnvallei. Toch had dit gebouw iets wat het van de andere onderscheidde: een reeks ventilatiepijpen die uit het dak staken. En prikkeldraad op de omheining. Toen Jack bij het militaire checkpoint stopte, hoorde hij het zoemen van de hoogspanningskabels.

Geflankeerd door een gewapende escorte reed hij door naar de hoofdingang – die de enige ingang van het gebouw was, zag hij nu. Op de deur prijkte het onaangenaam bekend symbool: de felrode bloem die waarschuwde voor biologische gevaren. Wat doet dit gebouw hier midden in de woestijn? vroeg hij zich af. Hij liet zijn ogen langs de verlaten horizon glijden en kreeg meteen antwoord op zijn vraag. Het gebouw stond hier *omdat* ze midden in de woestijn zaten.

Zijn escorte ging met hem mee naar binnen en bracht hem door een reeks kale gangen naar het hart van het gebouw. Hij zag mannen en vrouwen in legeruniformen en in laboratoriumjassen. Er kwam geen daglicht binnen en alle gezichten zagen er in het kunstlicht blauwig en ziekelijk uit.

Jacks begeleider bleef staan bij een deur waarop stond: 'Kleedkamers heren.'

'U gaat hier naar binnen,' kreeg hij te horen. 'U moet de geschreven instructies nauwkeurig opvolgen en dan via de andere deur doorlopen. Daar wordt op u gewacht.'

Jack liep de kamer in. Hij zag kastjes, een kar met groene chirurgenpakken in verschillende maten, een plank met papieren chirurgenkapjes, een wasbak en een spiegel. Aan de muur hing een lijst met instructies, die begon met: *Trek AL uw eigen kleding uit, inclusief uw ondergoed.*

Hij kleedde zich uit, legde zijn kleren in een van de kastjes en trok een chirurgenpak aan. Toen duwde hij de deur open, waarop alweer het universele biogevaarsymbool zat. Hij kwam uit in een ultraviolet verlichte kamer. Hij bleef staan en vroeg zich af wat hij moest doen.

Een stem zei door een intercom: 'Naast u is een plank met sokken. Trek een paar sokken aan en loop door naar de volgende kamer.'

Hij deed wat hem was opgedragen.

In de volgende kamer werd hij opgewacht door een vrouw in een chirurgenpak. Met een nors gezicht beval ze hem steriele handschoenen aan te trekken. Toen hij dat had gedaan trok ze met nijdige gebaren repen kleefband van een rol en plakte zijn mouwen en broekspijpen dicht. Het leger had zich noodgedwongen in Jacks bezoek geschikt en besloten hem allesbehalve hartelijk te verwelkomen. De vrouw zette een koptelefoon op Jacks hoofd en gaf hem een 'Snoopy'-pet, een soort badmuts, die de koptelefoon op zijn plek zou houden.

'Nu het pak,' snauwde ze.

Ze bedoelde het ruimtepak. Het was blauw van kleur en de handschoenen zaten er al aan vast. Toen zijn vijandige assistente de helm over zijn hoofd deed, voelde Jack een steek van angst. Dat onaangename mens zou best sabotage kunnen plegen, door ervoor te zorgen dat zijn pak niet volledig luchtdicht tegen besmettingsgevaar was afgesloten.

Ze plakte het zegel op zijn borst dicht en schroefde een muurslang aan zijn pak. Hij voelde lucht in het pak stromen. Het was te laat om zich zorgen te maken over wat er mis kon gaan. Hij stond op het punt de verboden zaal te betreden.

De vrouw maakte de slang weer los en wees naar de volgende deur.

Hij stapte de luchtsluis in. De deur viel met een klap achter hem dicht. Een man in een ruimtepak stond op hem te wachten. Hij zei niets, maar wenkte Jack met zich mee naar de deur aan het eind van de sluis.

Een lange gang leidde naar de autopsiezaal.

In het midden stond een roestvrijstalen tafel met daarop een lijk, nog verzegeld in de plastic lijkzak. Twee mannen in ruimtepakken stonden aan weerskanten van de tafel. Een van de mannen was dr. Roman. Hij keek om en zag Jack.

'U mag nergens aankomen en u nergens mee bemoeien. U bent hier alleen als toeschouwer, dokter McCallum, dus loop ons niet in de weg.'

Aardig welkom.

De man die Jack had opgewacht, schroefde een muurslang aan Jacks pak en weer stroomde er sissend lucht zijn helm binnen. Als hij de koptelefoon niet had gehad, zou hij niet hebben kunnen verstaan wat de andere mannen zeiden.

Dr. Roman en zijn twee assistenten maakten de lijkzak open.

Jack voelde zijn adem stokken en kreeg een brok in zijn keel. Het was Jill Hewitt. Ze had haar helm niet op, maar was nog gekleed in het oranje ruimtepak, waar haar naam op geborduurd was. Maar ook zonder die identificatie zou hij geweten hebben dat zij het was, vanwege het zijdeachtige, kastanjebruine haar, dat ze altijd in een speelse coupe rond haar gezicht liet knippen, en waar de laatste tijd wat grijs in was gekomen. Vreemd genoeg was haar gezicht vrijwel onbeschadigd. Haar ogen waren halfopen en van beide was het oogwit vuurrood.

Roman en zijn collega's ritsten het ruimtepak open en ontkleedden het lijk. De stof van het pak was hittebestendig, te sterk om open te kunnen knippen, dus moesten ze het van haar afstropen. Ze werkten efficiënt en hun commentaar was zakelijk en verstoken van emoties. Toen ze de kleding hadden verwijderd, lag Jill erbij als een gebroken pop. Haar handen waren verminkt door veelvoudige breuken, verpulverd tot hoopjes versplinterd bot. Ook haar benen waren op diverse plaatsen gebroken en de scheenbenen lagen er onder een scheve hoek bij. De punten van twee gebroken ribben staken door de borst naar buiten en de riemen van haar veiligheidsgordels hadden dieppaarse kneuzingen achtergelaten.

Jack merkte dat hij te snel ademhaalde en probeerde zijn stijgende afgrijzen met kracht te onderdrukken. Hij had veel autopsies bijgewoond, lijken gezien die er nog veel erger aan toe waren: piloten die zo verbrand waren dat ze op verkoolde twijgen leken, hun schedels opengespleten door de druk van de kokende hersenen; hij had iemand gezien bij wie het gezicht was afgehakt door de draaiende staartwieken van een helikopter. Hij had de wervelkolom van een marinepiloot gezien die in tweeën was gebroken en achterwaarts dubbelgeklapt toen de man dwars door een gesloten vliegtuigkoepel naar buiten was geschoten.

Dit was echter nog veel erger, omdat hij het slachotffer persoonlijk had gekend. Hij zag Jill weer voor zich zoals ze was geweest: een vrolijke, levenslustige vrouw. Bovendien was zijn afgrijzen gemengd met woede, omdat de drie mannen zo kil en afstandelijk met het blootgelegde lichaam omsprongen. Voor hen was ze niet meer dan een brok vlees. Ze trokken zich niets aan van haar verwondingen, haar grotesk vervormde ledematen. De doodsoorzaak was voor hen slechts bijzaak. Ze hadden veel meer belangstelling voor de microbiologische lifter die zich in haar lichaam verscholen hield.

Roman begon aan de Y-incisie. In zijn ene hand had hij de scalpel; zijn andere hand werd beschermd door een handschoen van plaatgaas. De ene snee liep diagonaal van de rechterschouder dwars door de borst naar het zwaardvormige aanhangsel van het borstbeen. De tweede snee begon bij de linkerschouder en kwam bij hetzelfde punt uit. Daarvandaan liep de incisie in een rechte lijn over de buik, rond de navel, tot aan het schaambeen. Vervolgens sneden ze dwars door de ribben heen en maakten het borstbeen los. De ribbenkast werd opgetild om de borstholte bloot te leggen.

Het was meteen duidelijk waaraan Jill was gestorven.

Wanneer een vliegtuig neerstort, een auto tegen een muur botst of een wanhopige minnaar van de tiende etage van een flatgebouw springt, gelden dezelfde effecten van vaartvermindering. Een menselijk lichaam dat zich met hoge snelheid voortbeweegt, wordt abrupt tot stilstand gebracht. De klap op zich kan ribben verbrijzelen en botsplinters in belangrijke organen laten doordringen. Ruggenwervels breken, het ruggenmerg wordt uit elkaar gerukt, schedels smakken tegen dashboards of instrumentenpanelen. Maar zelfs wanneer een piloot ingegord is en zijn helm draagt, en wanneer geen enkel deel van zijn lichaam in contact komt met het interieur van de cockpit, kan het effect van de vaartvermindering fataal zijn, omdat zijn torso weliswaar op zijn plek werd gehouden, maar zijn inwendige organen niet. Het hart, de longen en de slagaders zijn slechts via weefselbanden aan de borstkas verbonden. Wanneer de torso abrupt tot stilstand komt, zwaait het hart naar voren als de klepel van een klok, en dat gebeurt met zo'n kracht dat het weefsel aan flarden wordt gerukt en de aorta scheurt. Bloed explodeert in de middelste borstholte en de longholte.

Jill Hewitts borstholte was een meer van bloed.

Roman zoog het weg en keek fronsend naar het hart en de longen. 'Ik zie niet waar de bloeding heeft gezeten,' zei hij.

'Laten we de hele zaak eruithalen,' zei zijn assistent. 'Dan kunnen we het beter zien.'

'De scheur zit waarschijnlijk in de stijgende aorta,' zei Jack. 'In vijfenzestig procent van de gevallen zit hij vlak boven de hartklep.'

Roman keek geïrriteerd naar hem op. Tot nu toe was hij erin geslaagd Jack te negeren en zijn commentaar stuitte hem duidelijk tegen de borst. Zonder iets te zeggen bracht hij zijn scalpel in positie om de aders door te snijden.

'Ik zou eerst het hart nader bekijken,' zei Jack. 'Voordat u het eruit haalt.'

'Hoe en waaruit ze heeft gebloed is voor mij van minder belang,' antwoordde Roman.

Het kan ze niets schelen hoe ze is gestorven, dacht Jack. Ze willen alleen maar weten welk organisme er in haar binnenste zit en zich daar vermenigvuldigt.

Roman sneed de luchtpijp, slokdarm en slagaderen door en tilde het hart en de longen gezamenlijk uit de borstkas. De longen waren bedekt met bloeduitstortingen. Vanwege het ongeluk of de ziekte? Jack wist het niet. Roman bekeek nu de buikorganen. De dunne darm zat net als de longen vol bloeduitstortingen. Hij verwijderde hem en legde het glanzende orgaan in een bakje. Hij verwijderde de maag, alvleesklier en lever. Alles zou in plakken gesneden en microscopisch onderzocht worden. Van alle organen zou wat weefsel gekweekt worden om te zien of ze bacteria en virussen bevatten.

Bijna alle interne organen waren nu uit het lichaam verwijderd. Van Jill Hewitt, marinepiloot, triatlete, liefhebber van J&B whisky, poker en films met Jim Carrey, was alleen nog maar een hol omhulsel over.

Roman rechtte zijn rug en keek enigszins opgelucht. Tot nu toe had de lijkschouwing niets bijzonders aan het licht gebracht. Als er bewijzen waren van het Marburg-virus, had Jack die niet kunnen ontdekken.

Roman liep om de tafel heen naar het hoofd.

Dit was het deel waar Jack het meeste tegenop had gezien. Hij moest zichzelf dwingen te blijven kijken toen Roman de hoofdhuid van oor tot oor dwars over de schedel opensneed, de scalp naar voren trok en de flap over het gezicht vouwde, zodat het kastanjebruine haar over de kin kwam te liggen. Met een beitel spleten ze de schedel. Bij een Niveau 4 autopsie mocht geen zaag gebruikt worden vanwege het rondvliegende stof. Ze namen de bovenkant van de schedel weg.

Een vuistgrote massa geklonterd bloed plopte naar buiten op de roestvrijstalen tafel.

'Een grote bloedprop,' zei Romans assistent. 'Veroorzaakt door de klap?'

'Dat denk ik niet,' zei Roman. 'Je hebt de aorta gezien – de dood moet vrijwel onmiddellijk zijn ingetreden. Ik denk niet dat haar hart lang genoeg heeft gepompt om zo'n hevige schedelbloeding te kunnen veroorzaken.' Behoedzaam stak hij zijn gehandschoende vinger in de schedel en tastte de oppervlakte van de hersens af.

Een geleiachtige massa gleed naar buiten en kwam met een klets op de tafel terecht.

Roman deinsde geschrokken achteruit.

'Jezus, wat is *dat*?' vroeg zijn assistent.

Roman gaf geen antwoord. Hij staarde alleen maar naar de klomp weefsel. Hij was bedekt met een blauwgroen vlies. Onder het glinsterende vlies leek de massa een onregelmatige vorm te hebben, een bonk vormeloos vlees. Hij stond op het punt het vlies open te snijden, toen hij stopte en een snelle blik op Jack wierp. 'Het is een of andere tumor,' zei hij. 'Of een cyste. Dat kan de verklaring zijn voor de hoofdpijn waarover ze klaagde.'

'Nee,' zei Jack. 'Haar hoofdpijn was plotseling en snel opgekomen, binnen een paar uur. Een tumor doet er maanden over om te groeien.'

'Hoe weet u of ze geen symptomen had die ze maandenlang verborgen heeft gehouden?' wierp Roman tegen. 'Om niet van het rooster geschrapt te worden?'

Jack moest toegeven dat die mogelijkheid bestond. Astronauten waren zo tuk op ruimtevluchten, dat ze in staat waren symptomen te verbergen die een opdracht in gevaar konden brengen.

Roman keek naar een van zijn assistenten, die aan de andere kant van de tafel stond. De man knikte, liet de klont in een container glijden en liep daarmee de kamer uit.

'Gaat u het niet opensnijden?' vroeg Jack.

'We moeten het eerst stabiliseren en kleuren. Als ik er nu in ga snijden, kan de cellulaire opbouw verminkt worden.'

'U weet niet of het een tumor is.'

'Wat kan het anders zijn?'

Daar had Jack geen antwoord op. Hij had nog nooit zoiets gezien.

Roman ging door met zijn onderzoek van Jill Hewitts schedelholte. De klont, wat die ook mocht zijn, had duidelijk druk uitgeoefend op haar hersenen en de structuur ervan verminkt. Hoe lang had hij er gezeten? Maanden? Jaren? Hoe was het mogelijk dat Jill normaal had kunnen functioneren en een zo gecompliceerd vliegtuig als de spaceshuttle had kunnen besturen? Dat alles ging door Jacks hoofd terwijl hij toekeek hoe Roman de rest van de hersenen verwijderde en in een roestvrijstalen bak legde.

'De bloeding was bijna door het tentorium heen gebroken,' zei Roman.

Geen wonder dat Jill blind was geworden. Geen wonder dat ze het landingsgestel niet had laten zakken. Ze was al bewusteloos geweest en haar hersenen hadden op het punt gestaan als tandpasta uit haar schedel te worden geperst.

Jills lichaam – of wat ervan over was – werd in een nieuwe lijkzak gedaan, die werd verzegeld en samen met de speciale containers met haar organen de zaal uit gereden.

Een nieuw lijk werd binnengebracht. Het was dat van Andy Mercer.

Met een schone scalpel en schone handschoenen over de handschoenen van zijn ruimtepak maakte Roman de Y-incisie. Hij werkte sneller, alsof Jill alleen maar ter opwarming had gediend en hij nu pas goed op gang kwam.

Mercer had geklaagd over buikpijn en braken, herinnerde Jack zich toen hij Romans scalpel door huid en onderhuids vetweefsel zag glijden. Mercer had niet geklaagd over hoofdpijn, zoals Jill, maar hij had koorts gehad en een beetje bloed opgehoest. Zouden zijn longen sporen tonen van het Marburg-virus?

Weer sneed Roman vanaf de schouders links en rechts diagonaal tot onder het borstbeen en maakte een ondiepe snee over de buik naar het schaambeen. Weer sneed hij de ribben door en bevrijdde het driehoekige schild dat over het hart lag. Hij lichte de ribbenkast op.

Opeens deinsde hij naar adem happend achteruit. De scalpel viel kletterend op de tafel. Zijn assistent stond er als bevroren bij.

In Mercers borstkas lag een klomp blauwgroene cysten, identiek aan de cyste in Jill Hewitts hersenen. Ze zaten rond zijn hart gegroepeerd, als transparante eitjes.

Roman stond er als verlamd bij, zijn ogen gefixeerd op de geopende torso. Toen gleed zijn blik naar het glinsterende buikvlies. Het stond strakgespannen, was gevuld met bloed en puilde door de snee naar buiten.

Roman deed behoedzaam een stap naar voren en staarde naar het uitpuilende buikvlies. Toen hij de snee in de buikwand had gemaakt, had zijn scalpel de oppervlakte van het vlies geraakt. Nu lekte er een met bloed gemengde vloeistof uit. Het begon met een paar druppels, maar terwijl ze ernaar stonden te kijken, veranderde dat in een gestage stroom. Opeens barstte het vlies open en gutste het bloed naar buiten, samen met een slijmerige golf blauwgroene cysten.

Roman slaakte een kreet van afgrijzen toen de cysten te midden van bloedspatten en slijmklonters op de grond vielen.

Een van de bolletjes glibberde over de betonnen vloer en kwam tegen Jacks rubberlaars tot stilstand. Hij bukte zich om het met zijn handschoen aan te raken, maar werd met een ruk achteruit getrokken door Romans assistenten.

'Haal hem hier weg!' beval Roman.

De twee mannen trokken Jack mee naar de deur, maar hij verzette zich en duwde de hand die op zijn schouder lag, met kracht van zich af. De man verloor zijn evenwicht, botste tegen een tafeltje met chirurgische instrumenten en viel op de grond, midden tussen de cysten en het bloed.

De andere man schroefde snel Jacks luchtslang los van diens ruimtepak en liet hem het uiteinde zien. 'Ik adviseer u met ons mee te gaan, dr. McCallum,' zei hij. 'Zolang u nog lucht hebt.'

'Mijn pak! O god, er zit een scheur in mijn pak!' riep de man die tegen het instrumententafeltje was gebotst. Hij staarde in afgrijzen naar de vijf centimeter lange scheur in de mouw van zijn ruimtepak – de mouw die besmeurd was met Mercers lichaamssappen.

'Het is nat. Ik kan het voelen. De binnenmouw is nat –'

'*Ontsmetten*!' blafte Roman. '*Snel*!'

De man schroefde de luchtslang van zijn pak en holde in paniek de zaal uit. Jack liep snel achter hem aan naar de deur van de luchtsluis. Ze stapten allebei onder de ontsmettingsdouche. Een harde waterstraal spoot uit de douchekoppen en kletterde als regen op hun schouders. Toen kwam het ontsmettingsmiddel, een stortvloed van groene vloeistof die lawaaierig over hun plastic helmen stroomde.

Toen het eindelijk ophield, gingen ze de volgende deur door en trokken hun pakken uit. De man stroopte meteen het al natte chirurgenpak van zich af en hield zijn arm onder de kraan om de lichaamssappen die door de mouw heen waren gedrongen, weg te spoelen.

'Is uw huid gaaf?' vroeg Jack. 'Hebt u geen krassen of stroopnagels of zoiets?'

'De kat van mijn dochter heeft me gisteravond gekrabd.'

Jack keek naar de arm van de man en zag de striemen, drie met korstjes bedekte strepen aan de binnenkant van zijn onderarm. De arm waarvan de mouw was gescheurd. Hij keek de man in de ogen en zag angst.

'Wat gaat er nu gebeuren?' vroeg Jack.

'Ik moet in quarantaine. Shit...'

'Ik weet al dat het niet om het Marburg-virus gaat,' zei Jack.

De man haalde diep adem. 'Ja, dat weet ik ook.'

'Maar wat is het dan wél? Vertel me toch waar we tegenover staan,' zei Jack.

De man klemde zijn handen om de rand van de wasbak en staarde naar het water dat gorgelend in de afvoerpijp verdween. Zachtjes zei hij: 'We weten het niet.'

17

Sullivan Obie reed op zijn Harley over Mars.

Op dit middernachtelijke uur, nu de vollemaan op zijn hoofd scheen en de pokdalige woestijn zich voor hem uitstrekte, kon hij zich makkelijk inbeelden dat het de wind van Mars was die door zijn haar woei en het rode stof van Mars dat door de wielen werd opgegooid. Het was een oude droom, uit zijn jeugdjaren, uit de tijd dat de vroegrijpe broertjes Obie zelfgemaakte raketten afvuurden, van karton maanwagens bouwden en in ruimtepakken van aluminiumfolie rondliepen. Uit de tijd dat hij en Gordie hadden geweten, doodgewoon gewéten, dat hun toekomst in het heelal lag.

En dit is er van al die mooie dromen uiteindelijk terechtgekomen, dacht hij. Met een pens vol tequila scheurde hij door de woestijn. Hij zou nooit op Mars komen. Zelfs niet op de maan. De kans was groot dat hij niet eens van dat verdomde lanceerterrein los zou komen maar ter plekke uit elkaar zou spatten. Een snelle, spectaculaire dood. Het kon hem geen zak schelen; beter dan op je vijfenzeventigste aan kanker te sterven.

Hij kwam schuivend tot stilstand, zand in het rond sproeiend, en keek over de maanverlichte duinen naar de *Apogee II*, een flonkerende, zilveren streep, de neus gericht op de sterren. Ze hadden hem gisteren naar het lanceerplatform gebracht. De twaalf employés van Apogee hadden enthousiast getoeterd en op de daken van hun auto's getimmerd toen ze in een trage, triomfantelijke processie achter de trailer aan waren gereden die het gevaarte door de woestijn had vervoerd. Toen hij eindelijk rechtop had gestaan en ze er knipperend in de felle zon naar hadden opgekeken, was er opeens een stilte gevallen. Ze wisten allemaal dat dit hun laatste kans was. Over drie weken, bij de lancering, nam de *Apogee II* al hun hoop en dromen met zich mee.

Samen met mijn armzalige karkas, dacht Sullivan.

Een huivering schoot door hem heen toen hij besefte dat hij misschien naar zijn eigen doodskist keek.

Hij liet de motor brullen en stoof terug naar de weg, door de duinen scheurend en over geulen vliegend. Hij reed roekeloos, zijn gevoel van overmacht aangewakkerd door de tequila en de plotselinge, onwrikbare zekerheid dat hij al dood was. Dat hij over drie weken in een raket naar het oneindige geschoten zou worden. Tot dan kon niets hem raken of deren.

De op handen zijnde dood maakte hem onoverwinnelijk.

Hij vloog over het kale landschap uit zijn jongensdromen. Ik zit in de maanwagen en rij op topsnelheid door de Zee van Rust. Bestijg met grommende motor een maanheuvel. Vlieg de lucht in voor een zachte landing...

Hij voelde de grond wegzakken. Voelde zich door de lucht zeilen, de grommende Harley tussen zijn knieën, het glanzende maanlicht in zijn ogen. Hij vloog steeds verder. Hoe ver? Hoe hoog?

De grond raakte hem met zo'n klap dat hij de macht over het stuur verloor en op zijn zij terechtkwam met de Harley boven op zich. Een ogenblik lag hij daar, volkomen verbluft, vastgeklemd tussen zijn motor en een platte rots. Dit is verdomd klote, dacht hij.

Toen sloeg de pijn toe. Diep en indringend, alsof zijn heupen tot splinters werden gemalen.

Hij slaakte een kreet en liet zijn hoofd achterover vallen, met zijn gezicht naar de hemel. De maan scheen spottend op hem neer.

'Zijn bekken is op drie plaatsen gebroken,' zei Bridget. 'De artsen hebben hem gisteravond opgelapt. Ze zeggen dat hij minstens zes weken het bed moet houden.'

Casper Mulholland kon zijn dromen bijna letterlijk uit elkaar horen klappen, als ballonnen. 'Zes... *weken*?'

'En daarna gaat hij nog zeker drie tot vier maanden in de revalidatie.'

'Vier *maanden*?'

'Jezus, Casper, zeg eens iets origineels.'

'Dit is het einde.' Hij sloeg met de palm van zijn hand tegen zijn voorhoofd, alsof hij zichzelf strafte dat hij het had gewaagd te dromen over iets wat ze nooit waar konden maken. Het was de oude Apogee-vloek, die hen vlak voor de finish beentje lichtte. Die hun raket had laten ontploffen. Die hun eerste kantoor had laten afbranden. En die nu hun enige piloot aan een ziekenhuisbed had gekluisterd. Hij ijsbeerde door de wachtkamer en dacht: het zal ons ook nooit een keertje meezitten. We hebben al ons geld, onze reputatie en dertien jaar van ons leven in dit project geïnvesteerd en dit is de manier waarop God ons duidelijk maakt dat we het moeten opgeven. De boel inpakken voordat er een échte ramp gebeurt.

'Hij was dronken,' zei Bridget.

Casper bleef staan en draaide zich naar haar om. Ze stond met haar armen stijf over elkaar geslagen, haar rode haar het vurige aureool van een wraakengel.

'Dat zei de dokter,' zei ze. 'Een alcoholpercentage van nul komma negentien. Ladderzat. Dit is geen kwestie van pech. Onze Sully heeft de boel weer eens verneukt. Mijn enige troost is dat hij de komende zes weken plat moet liggen met een slang in zijn lul.'

Zonder een woord te zeggen liep Casper de wachtkamer uit en de gang door naar Sullivans kamer. 'Klootzak,' zei hij.

Sully keek naar hem op met ogen die glazig waren van de morfine. 'Bedankt voor je medeleven.'

'Je verdient geen medeleven. Je moest zo nodig drie weken voor de lancering in de woestijn Chuck Yeager-stuntjes gaan uithalen. Jammer dat je het niet meteen goed hebt gedaan. Dat je niet op die stomme kop van je terecht bent gekomen! Ik denk niet dat we het verschil gemerkt zouden hebben!'

Sully deed zijn ogen dicht. 'Het spijt me.'

'Het spijt je altijd.'

'Ik weet dat ik een stommiteit heb uitgehaald...'

'Je hebt ze een bemande vlucht beloofd. Dat was niet *mijn* idee, dat heb *jij* verzonnen. Nu rekenen ze daarop. Ze kijken er opgewonden naar uit. Wanneer was de laatste keer dat onze investeerders opgewonden naar onze prestaties hebben uitgekeken? Hiermee hadden we onze grote slag kunnen slaan. Als jij de kurk op de fles had laten zitten.'

'Ik was bang.'

Sully zei het zo zachtjes, dat Casper niet zeker wist of hij het goed had gehoord. 'Wat?' zei hij.

'Ik was bang voor de lancering. Ik had een... voorgevoel.'

Een voorgevoel. Casper liet zich langzaam op de stoel naast het bed neerzakken. Zijn woede smolt weg als sneeuw voor de zon. Angst is niet iets waar een man snel voor uitkomt. Het feit dat Sully, die zijn hele leven met gevaar had geflirt, nu bekende bang te zijn, bracht hem erg van zijn stuk.

En wekte uiteindelijk medelijden in hem op.

'Je hebt mij niet nodig voor de lancering,' zei Sully.

'Ze verwachten dat er een piloot in die cockpit zal klimmen.'

'Zet voor mijn part een aap op mijn stoel. Weten ze veel. Dat schip heeft geen piloot nodig, commandant. Je kunt de hele vlucht vanaf de grond besturen.'

Casper zuchtte. Ze hadden geen keus; het zou een onbemande vlucht moeten worden. Ze hadden een goed excuus om Sully niet de ruimte in te schieten, maar zouden de investeerders dit accepteren, of denken dat Apogee het niet aandurfde? Dat het niet voldoende vertrouwen in zichzelf had om een mensenleven te riskeren?

'Ik zag het opeens niet meer zitten,' zei Sully zachtjes. 'Daarom heb ik de fles gepakt, en toen kon ik niet ophouden...'

Casper kon zich goed in de angst van zijn partner inleven. Net zo goed als hij wist dat de ene nederlaag onherroepelijk tot een andere leidde en tot nóg een andere... tot nederlagen uiteindelijk de enige zekerheid in je leven waren. Geen wonder dat Sully bang was; hij had het vertrouwen in hun droom, in Apogee, verloren.

Misschien gold dat voor hen allemaal.

Casper zei: 'De lancering kan evengoed doorgaan. Ook zonder aap in de cockpit.'

'Ja. Je kunt Bridget de ruimte inschieten.'

'Maar wie moet dan de telefoon beantwoorden?'

'De aap.'

Ze lachten. Ze waren als twee oude soldaten die probeerden opgewekt te doen op de vooravond van de ondergang.

'We gaan er dus mee door?' vroeg Sully. 'Met de lancering?'

'Waarom hebben we anders een raket gebouwd?'

'Mooi.' Sully haalde diep adem en op zijn gezicht verscheen weer een glimp van zijn oude bravoure. 'Maar dan moeten we het ook goed doen. Een persbericht naar alle kranten. Een grote tent met hapjes en drankjes. Champagne. Nodig mijn broer en zijn NASA-vriendjes ook maar uit. Als de *Apogee II* bij de lancering uit elkaar mocht spatten, gaan we in ieder geval stijlvol ten onder.'

'En stijl hebben we altijd gehad. In overvloed.'

Ze grinnikten.

Casper stond op. 'Zorg dat je gauw beter wordt, Sully,' zei hij. 'We hebben je nodig voor de *Apogee III*.'

Bridget zat nog in de wachtkamer. 'Wat gaat er nu gebeuren?' vroeg ze.

'De lancering gaat gewoon door.'

'Onbemand?'

Hij knikte. 'We besturen de vlucht vanuit de controlekamer.'

Tot zijn verbazing slaakte ze een zucht van verlichting. 'Halleluja!'

'Wat doe je blij. Onze piloot kijkt tegen wéken ziekenhuis aan.'

'Precies.' Ze zwaaide haar tas over haar schouder en liep naar de deur. 'Dat wil zeggen dat hij er niet bij kan zijn om de boel in het honderd te gooien.'

11 augustus

Nicolai Rudenko zweefde in de luchtsluis en keek naar Luther die bezig was zijn heupen in het onderste deel van het ruimtepak te wringen. Voor de kleine Nicolai was Luther een exotische reus met die brede schouders en boomstammen van benen. En zijn huid! Nicolai was na de vele maanden aan boord van het ISS wasbleek geworden, maar Luther bleef glanzend donkerbruin, een opvallend contrast met de witte gezichten in hun kleurloze wereld. Nicolai zat al in zijn pak en zweefde naast Luther, gereed om zijn partner te helpen het bovenste deel van het EVA-pak aan te trekken. Ze zeiden weinig tegen elkaar; ze waren geen van beiden in de stemming om te praten.

Ze hadden samen een vrijwel zwijgzame nacht doorgebracht in de luchtsluis om hun lichamen te laten wennen aan de lagere atmosferische druk van 10.2 pond per vierkante inch – tweederde van de druk in het ruimtestation. De druk in hun ruimtepakken zou nog lager zijn, 4.3. Hoger kon niet, omdat de mouwen en pijpen dan zo dik en stijf zouden worden dat ze hun armen en benen niet konden buigen. Een te snelle overgang van een onder normale druk staande cabine naar de lagere druk van het ruimtepak was te vergelijken met het te snel omhoog komen uit de diepte van de oceaan. Voor astronauten was dat net zo funest als voor duikers, want dan vormen zich stikstofbelletjes in het bloed, die de aderen blokkeren, zodat er geen zuurstof bij de hersenen en het ruggenmerg kan komen. Het gevolg kan permanente verlamming en zelfs een hartaanval zijn. Net als diepzeeduikers moeten astronauten daarom hun lichaam de tijd geven zich aan de nieuwe luchtdruk aan te passen. Op de avond voor een ruimtewandeling wast de EVA-bemanning zijn longen met honderd procent zuurstof en gaat dan 'kamperen' in de luchtsluis. Vele uren zitten ze daar, samen alleen in een klein hok vol apparatuur. Geen plek voor mensen die aan claustrofobie lijden.

Met zijn armen boven zijn hoofd gestrekt wrong Luther zich nu in de stijve torso van het pak dat aan de wand hing. Het was een uitputtende bezigheid, te vergelijken met een kruiptocht door een smalle tunnel. Eindelijk kwam zijn hoofd uit het halsgat en kon Nicolai hem helpen de tailleband te sluiten waardoor de twee helften van het pak hermetisch aan elkaar werden geklonken.

Vervolgens zetten ze hun helm op. Toen Nicolai zijn hoofd boog om zijn helm aan de torso te bevestigen, zag hij iets glinsteren op de nekrand van het pak. Zeker een drupje speeksel, dacht hij. Hij draaide de helm hermetisch dicht. Tot slot trokken ze hun handschoenen aan. Nu ze in de ruimtepakken zaten, konden ze het luik van de luchtsluis openen, de aangrenzende bemanningssluis binnengaan en het luik achter zich weer vergrendelen. Ze zaten nu in een nog kleinere kamer, amper groot genoeg voor de twee mannen en hun grote zuurstoftanks.

Nu moesten ze nog dertig minuten 'voor-ademen'. Terwijl ze pure zuurstof inademden en hun bloed van de laatste restjes stikstof ontdeden, zweefde Nicolai met zijn ogen dicht in de sluis en bereidde zich in gedachten voor op de ruimtewandeling. Als ze de tweede cardanusring niet loskregen, als ze de zonnepanelen niet naar de zon konden draaien, kreeg het station geen stroom meer. Dan kwamen ze lam te liggen. Het lot van het ruimtestation zou bepaald worden door wat Nicolai en Luther in de komende zes uren gedaan konden krijgen.

Hoewel deze verantwoordelijkheid zwaar op zijn vermoeide schouders drukte, kon Nicolai nauwelijks wachten tot het luik openging en hij uit de sluis naar buiten kon glijden. Een ruimtewandeling was als een wedergeboorte. Als een baby kwam je uit de kleine, ronde opening, en je navelstreng zweefde in het luchtledige terwijl je het onmetelijke heelal in zwom. Als de situatie niet zo zorgwekkend was geweest, zou hij er opgewonden naar hebben uitgekeken, met een bijna duizelig gevoel gewacht hebben op de wonderbaarlijke vrijheid van zweven in een universum zonder muren, waarin de prachtige blauwe aarde langzaam in de rondte draaide.

De beelden die hij nu zag, terwijl hij met gesloten ogen wachtte tot de dertig minuten voorbij zouden zijn, waren niet van ruimtewandelingen. Hij zag de gezichten van de doden. Hij beeldde zich in hoe de *Discovery* was neergestort. Hij zag de bemanning, vastgesnoerd in hun stoelen, hun lichamen schuddend alsof ze poppen waren. Hij hoorde hun ruggengraat knappen, hun hart exploderen. Hoewel Mission Control hen geen details over de ramp had gegeven, zag hij in zijn verbeelding afgrijselijke dingen die zijn hart deden bonken en zijn mond kurkdroog maakten.

'Jullie dertig minuten zijn om, jongens,' zei Emma's stem in hun koptelefoontjes. 'Tijd voor Depress.'

Met klamme handen van het zweet deed Nicolai zijn ogen open en zag dat Luther de luchtdrukpomp aanzette. Langzaam werd de lucht uit de sluis gezogen en daalde de luchtdruk. Als hun ruimtepakken niet luchtdicht waren, zouden ze dat nu merken.

'Alles in orde?' vroeg Luther. Hij controleerde de musketonhaken van hun navelstrengen.

'Alles oké.'

Luther liet de druk helemaal dalen. Toen liet hij de hendel los en maakte het luik open.

Het laatste restantje lucht vloog sissend naar buiten.

Ze wachtten een ogenblik, zich vastgrijpend aan de rand van het luik en staarden vol ontzag naar buiten. Toen zwom Nicolai als eerste door het gat, het zwart van het heelal in.

'Ze komen naar buiten,' zei Emma. Ze keek naar het televisiescherm van het gesloten circuit en zag de twee mannen uit de sluis komen, de navelstrengen achter zich aan. Ze haalden gereedschap uit de voorraadkist naast het luik. Toen gingen ze, zich van de ene naar de andere handgreep voortbewegend, op weg naar het hoofdspant. Toen ze langs de camera onder het spant kwamen, zwaaide Luther.

'Kijken jullie naar de uitzending?' hoorden ze hem via de UHF-zender zeggen.

'We zien jullie op de vaste camera heel duidelijk,' zei Griggs, 'maar de EMU-camera's zenden geen beelden uit.'

'Die van Nicolai ook niet?'

'Nee, geen van beide. We zullen proberen uit te zoeken waar het probleem zit.'

'Goed, wij gaan onderhand het spant op om de schade te bekijken.'

De twee mannen verdwenen uit het gezichtsveld van de eerste camera. Een ogenblik waren ze niet te zien. Toen zei Griggs: 'Daar heb je ze.' Hij wees naar een ander scherm, waar de mannen in de ruimtepakken nu in de richting van de tweede camera gleden, hand over hand langs de romp van het ruimtestation glijdend. Weer verdwenen ze uit het zicht. Ze zaten nu in de blinde hoek van de beschadigde camera en waren niet meer te zien.

'Zijn jullie er al, jongens?' vroeg Emma.

'We zijn er – bijna,' zei Luther, een beetje amechtig. *Langzaamaan*, dacht ze. *Doe het rustig aan*.

Een schijnbaar eindeloos lange tijd zond de EVA-bemanning alleen stilte uit. Emma voelde dat haar hart sneller ging kloppen en haar angst toenam. Het verminkte ruimtestation snakte naar stroom. Er mocht niets mis gaan met deze reparaties. *Was Jack er maar bij*, dacht ze. Jack was een handige knutselaar die de motor van een boot in een handomdraai kon ombouwen en van schroot kortegolfradio's in elkaar wist te zetten. In het heelal was een man met twee rechterhanden vaak van onschatbare waarde.

'Luther?' zei Griggs.

Hij kreeg geen antwoord.

'Nicolai? Luther? Geef antwoord, alsjeblieft.'

'Shit,' hoorden ze Luther zeggen.

'Wat is er? Wat zie je?' vroeg Griggs.

'Ik ben bij het beschadigde deel aangekomen en het is een puinhoop, man. De P6 van het hoofdspant is verdraaid. De *Discovery* heeft de 2B-rij er helemaal afgescheurd en het uiteinde omhoog gebogen. Daarna zijn ze blijkbaar gedraaid en hebben ze de S-bandantennes meegenomen.'

'Denk je dat je er iets aan kunt repareren?'

'De S-band is geen probleem. We hebben reserveantennes. Maar de zonnepanelen aan bakboord kunnen we wel vergeten. Aan die kant moet een heel nieuwe bedekking komen.'

'Oké.' Griggs wreef vermoeid over zijn gezicht. 'Oké, we hebben dus nog maar één fotovoltaïsche module. Dat is geen ramp. Maar de P4-rij moet beslist gedraaid worden, anders zijn we de sigaar.'

Er viel een stilte toen Luther en Nicolai teruggleden langs het hoofdspant. Opeens kwamen ze weer in beeld; Emma zag ze langsdrijven in hun dikke pakken met de omvangrijke rugzakken, als diepzeeduikers die zich door het water bewogen. Ze stopten bij de P4-panelen. Een van hen gleed langs de wand om het mechanisme te bekijken waarmee de gigantische zonnepanelen aan het spant waren bevestigd.

'De cardanusbeugel is verbogen,' zei Nicolai. 'Hij kan niet draaien.'

'Kun je hem los krijgen?' vroeg Griggs.

Ze luisterden naar een rad gesprek tussen Luther en Nicolai. Toen zei Luther: 'Hoe mooi moet de reparatie eruitzien?'

'Dat kan me niet schelen. Als we niet snel stroom krijgen, zijn we de pineut, jongens.'

'Dan zullen we het maar met de bodyshop-aanpak proberen.'

Emma keek naar Griggs. 'Bedoelt hij wat ik denk dat hij bedoelt?'

Het was Luther die antwoord gaf op haar vraag. 'We zullen een hamer pakken en het kreng er eens goed van langs geven.'

Hij leefde nog.

Dr. Isaac Roman keek door de ruit naar zijn onfortuinlijke collega, die op een ziekenhuisbed televisie zat te kijken. Tekenfilmpjes, notabene. De patiënt staarde bijna wanhopig ingespannen naar het scherm. Hij keek niet eens op toen de in een ruimtepak geklede verpleegster binnenkwam om het blad met zijn lunch, dat hij niet had aangeraakt, weg te halen.

Roman drukte op de knop van de intercom. 'Hoe voel je je vandaag, Nathan?'

Dokter Nathan Helsinger draaide geschrokken zijn hoofd naar het raam en zag nu pas dat Roman aan de andere kant van het glas stond. 'Ik voel me best. Ik ben volkomen gezond.'

'Je hebt helemaal geen symptomen?'

'Nee, ik voel me uitstekend.'

Roman bekeek hem. De man zag er inderdaad volkomen gezond uit, al was hij erg bleek en keek hij gespannen. Bang.

'Wanneer mag ik uit de quarantaine?' vroeg Helsinger.

'Je zit hier pas dertig uur.'

'De astronauten kregen na achttien uur al symptomen.'

'Dat was in microzwaartekracht. We weten niet wat we hier kunnen verwachten en we mogen geen risico's nemen. Dat weet je.'

Abrupt draaide Helsinger zijn hoofd weer naar de televisie, maar Roman had de tranen in zijn ogen gezien. 'Mijn dochter is vandaag jarig.'

'We hebben haar uit jouw naam een cadeautje gestuurd. Je vrouw is verteld dat je niet kunt komen. Dat je plotseling naar Kenia moest.'

Helsinger stootte een bittere lach uit. 'Jullie laten niets aan het toeval over, hè? En als ik doodga? Wat gaan jullie haar dan vertellen?'

'Dat het in Kenia is gebeurd.'

'In Kenia. Ach, wat maakt het ook uit.' Hij zuchtte. 'Wat hebben jullie voor haar gekocht?'

'Voor je dochter? Ik geloof een dokter-Barbie.'

'Precies wat ze graag wilde hebben. Hoe wisten jullie dat?'

Romans mobiele telefoon ging. 'Ik spreek je straks nog wel,' zei hij en hij wendde zich van het raam af om het gesprek aan te nemen.

'Dr. Roman, u spreekt met Carlos. We hebben een deel van de DNA-uitslagen binnen. U kunt beter even komen kijken.'

'Ik kom eraan.'

Dr. Carlos Mixtal zat voor zijn computer in het laboratorium. Gegevens rolden in een eindeloze stroom over het scherm:

GTGATTAAAGTGGTTAAAGTTGCTCATGTTCAATTAT-
GCAGTTGTTGCGGTTGCTTAGTGTGTTTAGCAGACACA-
TATGAAAAGCTTTTAGATGTTTTGAATTCAATTGAGTTG-
GTTTATTGTCAAACTTTAGCAGATGCAAGAGAAAT-
TCCTGAATGCGATATTGCTTTAGTTGAAGCGCTCTGT

De gegevens bestonden uit slechts vier letters, G, T, A en C. Het was een nucleonreeks en ieder van de letters vertegenwoordigde de bouwstenen waaruit DNA bestond, de genetische blauwdruk van alle levende organismen.

Carlos keek om toen hij Romans voetstappen hoorde. De uitdrukking op zijn gezicht was onmiskenbaar. Carlos was bang. *Net als Helsinger*, dacht Roman. *Iedereen is bang*.

Roman ging naast hem zitten. 'Is dit het?' vroeg hij, op het scherm wijzend.

'Dit is afkomstig van het organisme waarmee Kenichi Hirai besmet was. We hebben het uit de... stoffelijke resten gehaald die we van de wanden van de *Discovery* hebben geschraapt.'

Stoffelijke resten was de juiste term voor wat er was overgebleven van Hirai's lichaam. Klonten weefsel aan de wanden van het ruimteschip. 'Het meeste van het DNA hebben we nog niet kunnen identificeren. We hebben geen idee wat het is. Maar de reeks hier op het scherm is wel bekend. Het is het gen van het co-enzym F420.'

'En dat is?'

'Een enzym dat thuishoort in de archeonreeks.'

Roman leunde achterover. Hij voelde zich licht onpasselijk. 'Het is dus waar,' mompelde hij.

'Ja. Het organisme heeft een archeon-DNA.' Carlos zweeg even en zei toen: 'Helaas heb ik slecht nieuws.'

'Slecht nieuws? Is dit dan nog niet erg genoeg?'

Carlos tikte wat toetsen in en de nucleonreeks rolde door naar een ander segment. 'Dit is een andere gen-massa die we hebben gevonden. Ik dacht eerst dat er sprake was van een vergissing, maar ik heb het inmiddels bevestigd gekregen. Het is afkomstig van de *rana pipiens*. De noordelijke luipaardkikker.'

'*Wat*?'

'God mag weten hoe het aan het gen van een kikker is gekomen. Maar het ergste komt nog.' Carlos draaide de gegevens door naar een ander segment van het genoom. 'Dit is nóg een deel dat we geïdentificeerd hebben,' zei hij.

Roman voelde een huivering langs zijn ruggengraat lopen. 'En wat zijn dit voor genen?'

'Dit DNA is van de *mus musulis*. De muis.'

Roman staarde hem aan. 'Dat kan niet waar zijn.'

'Het is definitief bevestigd. Deze levensvorm heeft op de een of andere manier het DNA van minstens twee dieren in zijn genoom opgenomen. Het voegt er nieuwe enzymcapaciteiten aan toe. Het verandert. Het ontwikkelt zich.'

Tot wat? dacht Roman.

'Er is nog meer.' Weer drukte Carlos wat toetsen in en liet een nieuwe reeks nucleongegevens over het scherm rollen. 'Ook deze massa is niet van archeonische origine.'

'Wat is het dan? Het DNA van een ander soort muis?'

'Nee. Hierin zit het DNA van de mens.'

Een nieuwe huivering schoot als een pijl omhoog langs Romans rug. De haartjes in zijn nek kwamen overeind. Als verdoofd tastte hij naar de telefoon.

'Verbind me door met het Witte Huis,' zei hij. 'Ik moet Jared Profitt spreken.'

Er werd meteen opgenomen. 'Profitt.'

'We hebben het DNA geanalyseerd,' zei Roman.

'En?'

'Het is nog erger dan we dachten.'

18

Nicolai rustte even uit. Zijn armen trilden van vermoeidheid. Na zoveel maanden in de ruimte was zijn lichaam zwak geworden en niet meer gewend aan dingen die lichamelijke inspanning vereisten. In microzwaartekracht hoef je nooit iets op te tillen en had je je spieren nergens voor nodig. Luther en hij hadden vijf uur nonstop gewerkt. Ze hadden de S-band antennes gerepareerd en de cardanusring uit elkaar gehaald en opnieuw gemonteerd. Nu was hij doodmoe. De extra inspanning die vereist was om in het dikke ruimtepak zijn armen te buigen, maakte van de simpelste klusjes een zware opgave.

Werken in zo'n pak was op zich een helse taak. Om het menselijke lichaam te beschermen tegen de extreme temperaturen van rond de -125 graden, en om voldoende luchtdruk te behouden tegen het vacuüm van het heelal, is het ruimtepak opgebouwd uit vele lagen met aluminiumoxyde vermengd Mylar-isolatiemateriaal, onscheurbaar nylon, een ortho-plastic buitenlaag en drukveilige luchtlagen. Onder het pak draagt de astronaut onderkleding met waterkoelingsbuisjes. Verder heeft hij een rugzak met water, zuurstof, een reddings-jetpack en een radiozender. Het ruimtepak is in wezen een persoonlijk ruimtevoertuig, dik en log, waardoor je je moeilijk kunt bewegen en een simpele handeling als het extra aandraaien van een schroef kracht en concentratievermogen vereist.

Nicolai was volkomen uitgeput van het werk. Zijn handen lagen half verkrampt in de dikke handschoenen en hij transpireerde.

Bovendien had hij honger.

Hij nam een slokje water uit het rietje in zijn helm en slaakte een diepe zucht. Het water smaakte vreemd, bijna visachtig, maar daar lette hij verder niet op. In microzwaartekracht smaakte alles vreemd. Hij nam nog een slok en voelde iets nats op zijn wang. Hij kon niet in zijn helm komen om het weg te vegen, dus negeerde hij het en keek naar beneden, naar de aarde. De aanblik van de planeet die in al zijn adembenemende glorie onder hem hing, maakte hem een beetje duizelig, een beetje onpasselijk. Hij deed zijn ogen dicht en wachtte tot het wegtrok. Het was een soort wagenziekte, meer niet; een bekend verschijnsel wanneer je opeens de aarde zag. Toen het onpasselijke gevoel wegtrok, werd hij zich van iets anders bewust: de waterdruppel kriebelde over zijn wang naar boven. Hij draaide zijn gezicht heen en weer om de druppel van zich af te schudden, maar die bleef over zijn huid kruipen.

Maar ik zit in microzwaartekracht, waar er geen boven en beneden is. Water behoort niet te kruipen.

Hij schudde zijn hoofd wat feller en tikte met zijn dikke handschoen tegen zijn helm.

Nog steeds voelde hij de druppel over zijn gezicht bewegen, een natte streep achterlatend op zijn wang. De druppel gleed in de richting van zijn oor en zat nu vlak bij de rand van zijn communicatiecap. Daar zou hij wel opgezogen worden door de stof, zodat hij niet verder kon kruipen...

Opeens verstijfde hij. De nattigheid was onder de rand van de cap door gegleden en kriebelde nu vlak bij zijn oor. Het was geen druppel water, maar iets dat zich zelfstandig bewoog. *Iets levends.*

Hij schudde zijn hoofd woest heen en weer om het van zich af te krijgen. Hij sloeg op zijn helm. Maar hij voelde het nog steeds bewegen, onder zijn cap.

Hij ving duizelingwekkende glimpen op van de aarde, van het zwarte heelal, en weer van de aarde, toen hij zich als in een wilde dans heen en weer gooide.

De nattigheid glibberde zijn oor binnen.

'Nicolai? Nicolai, geef antwoord!' zei Emma, die hem op de monitor kon zien. Hij draaide zich om en om en beukte met zijn dikke handschoenen op zijn helm. 'Luther, het lijkt wel alsof hij stuiptrekkingen heeft!'

Luther kwam in beeld toen hij snel naar zijn EVA-partner zwom. Nicolai trappelde met zijn benen en schudde wild zijn hoofd. Emma hoorde hen via de UHF. Luther vroeg gespannen: 'Wat is er, wat is er?'

'Mijn oor – het zit in mijn oor –'

'Heb je pijn? Doet je oor pijn? Kijk me aan!'

Nicolai beukte weer op zijn helm. 'Het gaat er steeds dieper in!' schreeuwde hij. 'Haal het eruit! Haal het eruit!'

'Wat is er met hem?' riep Emma.

'Ik weet het niet. Jezus, hij is helemaal in paniek –'

'Hij zit erg dicht bij de gereedschapsstang. Haal hem daar weg voordat hij zijn pak beschadigt!'

Op de monitor zag ze hoe Luther zijn partner bij de arm greep. 'Kom, Nicolai! We gaan terug naar de luchtsluis.'

Opeens greep Nicolai zijn helm vast, alsof hij hem van zijn hoofd wilde rukken.

'Nee! *Niet doen!*' schreeuwde Luther. Hij greep beide armen van zijn partner vast in een wanhopige poging hem in bedwang te krijgen. Nicolai verzette zich hevig en in de worsteling wikkelden de navelstrengen zich steeds meer om beide mannen heen.

Griggs en Diana waren naast Emma verschenen en nu keken ze met hun drieën in afgrijzen naar het drama dat zich buiten het ruimtestation voltrok.

'Luther, de gereedschapsstang!' zei Griggs. 'Pas op voor jullie pakken!'

Op hetzelfde moment maakte Nicolai weer een woeste beweging om uit Luthers greep los te komen en bonkte met zijn helm tegen de gereedschapsstang. Iets wat eruitzag als witte mist slierde uit zijn vizier.

'Luther!' riep Emma. 'Zijn helm! Zijn helm!'

Luther staarde naar Nicolai's vizier. 'Jezus, er zit een barst in!' riep hij. 'Ik zie de lucht naar buiten komen! Hij verliest luchtdruk!'

'Zet zijn zuurstoffles open en breng hem zo snel mogelijk naar binnen!'

Luther reikte om Nicolai heen en zette de schakelaar van de zuurstoffles om. Hopelijk zou de extra zuurstof het pak lang genoeg onder druk houden om Nicolai levend en wel naar binnen te krijgen. Luther begon de nog steeds tegenspartelende Nicolai met zich mee te trekken naar de luchtsluis.

'Schiet op,' fluisterde Griggs. 'Schiet alsjeblieft op.'

Kostbare minuten verstreken tot Luther zijn partner naar de bemanningssluis had gesleept en het luik dichtgedaan. Ze waren verplicht te wachten tot de luchtdruk voldoende was gestegen, maar Griggs sloeg de luchtsluiscontrole over en pompte de luchtdruk meteen op naar één atmosfeer.

Zodra het luik openzwaaide, dook Emma de luchtsluis in.

Luther had Nicolai's helm al afgenomen en tilde gejaagd de bovenste helft van het ruimtepak van hem af. Samen bevrijdden ze de tegenspartelende Nicolai uit de rest van het EVA-pak en toen namen Emma en Griggs hem mee het station door naar de Russische Dienstmodule waar ze normale stroom en dus licht hadden. Nicolai gilde het uit en klauwde aan de linkerkant van zijn communicatiecap. Zijn ogen waren zo gezwollen dat ze helemaal dicht zaten en de oogleden zagen eruit als kleine ballonnetjes. Emma legde haar hand op zijn wangen en voelde crepitus – lucht in de onderhuidse weefsels vanwege de decompressie. Een spoor van speeksel glinsterde op zijn wang.

'Rustig aan, Nicolai!' zei Emma. 'Alles komt in orde, hoor je me? Alles komt in orde!'

Hij gilde, rukte de cap van zijn hoofd en smeet hem door de cabine.

'Help me hem op de tafel te leggen!' zei Emma.

Met vereende krachten slaagden ze erin hem op de onderzoektafel te leggen, zijn onderkleding uit te trekken en hem vast te binden. Nu kon hij zich niet meer bewegen, maar toen Emma naar zijn hart en longen luisterde en zijn buik betastte, bleef hij jammeren en zijn hoofd heen en weer draaien.

'Er is iets met zijn oor,' zei Luther. Hij had zijn ruimtepak uitgedaan en staarde met grote ogen naar de getergde Nicolai. 'Hij zei dat er iets in zijn oor zat.'

Emma bekeek Nicolai wat nauwkeuriger en zag het spoor van speeksel dat vanaf zijn kin over zijn linkerwang liep. Naar zijn oor. Op de oorschelp zat een druppeltje vocht.

Ze deed de op batterijen werkende otoscoop aan en stak de tuit in Nicolai's oor.

Het eerste wat ze zag was bloed. Een helderrode druppel, glinsterend in het licht van de otoscoop. Toen keek ze naar het trommelvlies.

Daar zat een gat in. In plaats van het dofglanzende trommelvlies zag ze een zwart gat. *Barotrauma* was haar eerste gedachte. Had de plotselinge decompressie zijn trommelvlies laten knappen? Ze keek in zijn andere oor, maar daar mankeerde niets aan.

Ze zette de otoscoop uit en keek Luther onzeker aan. 'Wat is daarbuiten precies gebeurd?'

'Ik weet het niet. We waren allebei even aan het uitrusten voordat we het gereedschap naar binnen zouden brengen. Er was helemaal niets aan de hand tot hij plotseling in paniek raakte.'

'Ik wil zijn helm zien.'

Ze verliet de Russische Dienstmodule en keerde terug naar de luchtsluis. Ze deed het luik open, keek naar binnen, en zag dat Luther de twee ruimtepakken weer aan de muur had gehangen.

'Waar zoek je naar, Watson?' vroeg Griggs, die achter haar aan was gekomen.

'Ik wil zien hoe groot de barst was. Hoe snel de decompressie is gegaan.'

Ze ging naar het kleinste van de twee ruimtepakken, waar *Rudenko* op stond, en pakte de helm. Toen ze de binnenkant bekeek, zag ze een vochtplekje op het gebarsten vizier. Ze haalde een wattenstokje uit een van haar zakken en zette de punt op het vochtplekje. Het vocht was dik en geleiachtig. Blauwgroen.

Een huivering trok langs haar ruggengraat.

Kenichi heeft hier gezeten, herinnerde ze zich opeens. *Op de avond dat hij is gestorven, hebben we hem in deze sluis gevonden. Hij heeft hem besmet*.

Ze duwde zich in paniek achteruit en botste bij het luik tegen Griggs. 'Achteruit!' riep ze. 'Snel!'

'Wat is er?'

'Biologisch besmettingsgevaar! Doe het luik dicht! Snel!'

Ze werkten zich zo snel als ze konden de sluis uit naar de node, gooiden samen het luik dicht en vergrendelden het. Ze keken elkaar geschrokken aan.

'Denk je dat er iets naar buiten is gelekt?' vroeg Griggs.

Emma keek om zich heen, zocht de node af om te zien of ze vreemde druppels in de lucht zag hangen. In eerste instantie zag ze niets. Toen ving ze vanuit haar ooghoek een dansende beweging op, een onheilspellend glanzend vlekje.

Ze draaide haar hoofd ernaartoe, maar het was al verdwenen.

Jack zat voor de SURGEON-computer in de SVO-zaal en voelde de spanning in zijn binnenste met iedere minuut die de klok aan de muur wegtikte, stijgen. De stemmen in zijn koptelefoon spraken op dringende toon, snel en in staccato. Situatierapporten vlogen heen en weer tussen de controllers en Woody Ellis, de vluchtleider van het ISS. De SVO-zaal leek qua lay-out veel op de controlekamer van Mission Control en bevond zich ook in hetzelfde gebouw, maar was kleiner, meer gespecialiseerd, en bemand door een ploeg die zich uitsluitend bezighield met de werkzaamheden in het ruimtestation. De afgelopen zesendertig uur, sinds de *Discovery* in botsing was gekomen met het ISS, was deze zaal het decor geweest van onafgebroken stijgende bezorgdheid, afgewisseld met perioden van paniek. Er waren zo veel mensen tegelijk aan het werk en er waren al zo veel uren van aanhoudende stress verstreken, dat de zaal naar een crisis róók – de gecombineerde geur van zweet en koud geworden koffie.

Nicolai Rudenko leed aan decompressieverschijnselen en moest geëvacueerd worden. Aangezien er slechts één reddingsboot was – het Crew Return Vehicle – kwam de hele bemanning naar huis. Het zou een goed voorbereide evacuatie worden. Zonder fouten. Zonder paniek. NASA had de evacuaties vaak gesimuleerd, maar nog nooit te maken gehad met een echte. Niet met vijf levende mensen aan boord van het CRV.

Niet met de vrouw van wie ik hou.

Jack transpireerde en was bijna misselijk van angst.

Hij keek aldoor van de klok naar zijn horloge. Ze hadden moeten wachten tot het ISS het optimale punt in zijn omloopbaan had bereikt om de ruimteschepen te scheiden. De bedoeling was het CRV via de kortst mogelijke weg op een vliegveld te krijgen waar medisch personeel beschikbaar was. De bemanning zou hulp nodig hebben. Na weken in de ruimte waren ze zo slap als pasgeboren poesjes en konden hun benen hen niet dragen.

Het tijdstip van vertrek naderde. Ze hadden er vijfentwintig minuten voor nodig om weg te komen bij het ISS en via GPS in de juiste baan gebracht te worden, en nog eens vijftien minuten om het schip in gereedheid te brengen voor de terugkeer in de dampkring. Een uur later zouden ze landen.

Over minder dan twee uur zou Emma terug zijn op de aarde. *Op welke manier dan ook.* De gedachte drong zich aan hem op voordat hij er iets tegen kon doen. Voordat hij zich ervan kon weerhouden terug te denken aan de afschuwelijke aanblik van Jill Hewitts gebroken lichaam op de tafel van de lijkschouwer.

Hij balde zijn handen tot vuisten en concentreerde zich weer op Nicolai Rudenko's biotelemetrie. Nicolai's hart klopte snel maar regelmatig; zijn bloeddruk was normaal. *Schiet op. Haal ze snel naar huis.*

Hij hoorde Griggs aan boord van het CRV zeggen: 'CAPCOM, mijn bemanning bevindt zich aan boord van het CRV en het luik zit dicht. Het is een beetje krap hier, maar we zijn gereed.'

'*Stand by* voor het opstarten,' zei CAPCOM.

'*Standing by.*'

'Hoe maakt de patiënt het?'

Jacks hart miste een slag toen hij Emma's stem door zijn koptelefoon hoorde. 'Hij is stabiel, maar erg in de war. De crepitus heeft zich uitgespreid naar zijn nek en bovenlichaam en dat bezorgt hem nogal wat pijn. Ik heb hem nog een dosis morfine gegeven.'

Door de plotselinge decompressie waren er luchtbelletjes in Rudenko's zachte weefsel gekomen. Dat kon op zich geen kwaad, maar was erg pijnlijk. Waar Jack zich meer zorgen over maakte, was de mogelijkheid dat er ook luchtbelletjes in zijn zenuwstelsel zaten. Zou dat de reden zijn waarom Nicolai in de war was?

Woody Ellis zei: 'Ze kunnen beginnen met opstarten. Laat ze de zegels van de druk- en zuurstofcomputers verwijderen.'

'ISS,' zei CAPCOM, 'u hebt toestemming de –'

'Stop!' riep een stem.

Jack keek verrast naar vluchtleider Ellis. Ellis keek al even ontdaan. Hij draaide zich om naar Ken Blankenship, de directeur van JSC, die de zaal in was gekomen, vergezeld door een donkerharige man in een burgerkostuum en een zestal luchtmachtofficieren.

'Het spijt me, Woody,' zei Blankenship. 'Dit is niet mijn beslissing.'

'Waar heb je het over?' vroeg Ellis.

'De evacuatie gaat niet door.'

'Maar een van onze astronauten is ernstig ziek. Het CRV is gereed –'

'Hij mag niet naar huis komen.'

'Wie zegt dat?'

De donkerharige man stapte naar voren. Hij zei, op een bijna verontschuldigende toon: '*Ik* heb die beslissing genomen. Ik ben Jared Profitt van de Veiligheidsraad van het Witte Huis. Ik verzoek u uw bemanning opdracht te geven de luiken weer te openen en het CRV te verlaten.'

'We zitten met een noodsituatie,' zei Ellis. 'Mijn bemanning komt naar huis!'

Een van de controllers mengde zich in het gesprek. 'FLIGHT, als we ze veilig willen laten landen, moeten we nú van start gaan.'

Ellis knikte tegen CAPCOM. 'Ze hebben toestemming om op te starten voor de loskoppeling.'

Voordat CAPCOM iets kon zeggen, werd zijn koptelefoon van zijn hoofd gerukt en hijzelf uit zijn stoel gesleurd en opzij geduwd. Een marineofficier nam zijn plaats in voor de computer.

'Hé!' riep Ellis. 'Hé!'

Alle vluchtcontrollers bleven stokstijf zitten toen de andere luchtmachtofficieren zich door de zaal verspreidden. Er werden geen wapens getrokken, maar het dreigement was duidelijk.

'ISS, u mag niet opstarten,' ze de nieuwe CAPCOM. 'De evacuatie is afgelast. Doe de luiken open en verlaat het CRV.'

Griggs antwoordde verbluft: 'Ik geloof dat ik dat niet goed heb begrepen, Houston.'

'De evacuatie is afgelast. Verlaat het CRV. We hebben problemen met de TOPO- en GNC-computers. FLIGHT heeft besloten dat de evacuatie het beste uitgesteld kan worden.'

'Voor hoelang?'

'Voor een onbestemde tijd.'

Jack vloog overeind en wilde de koptelefoon van het hoofd van de CAPCOM rukken.

Jared Profitt versperde hem de weg. 'U begrijpt de aard van de situatie niet, meneer.'

'Mijn vrouw zit in het ISS. We halen haar naar huis.'

'Ze kunnen niet naar huis komen. De kans is groot dat ze allemaal besmet zijn.'

'Waarmee?'

Profitt gaf geen antwoord.

Woedend vloog Jack op hem af, maar hij werd achteruit gesleurd door twee luchtmachtofficieren.

'Waar*mee*?' schreeuwde Jack.

'Met een nieuw organisme,' zei Profitt. 'Een chimaera.'

Jack keek naar Blankenships geschrokken gezicht. Hij keek naar de luchtmachtofficieren die klaarstonden om de computers te bemannen. Toen zag hij nóg een bekend gezicht: Leroy Cornell, die zojuist de zaal in was gekomen. Cornell was lijkbleek en keek verbijsterd. Toen begreep Jack dat de beslissing op het allerhoogste niveau was genomen. Dat hij noch Blankenship of Woody Ellis er iets tegen kon beginnen.

NASA had geen gezag meer over het ISS.

De Chimaera

19

13 augustus

Ze kwamen bij Jack thuis bijeen. Jack had voor de zekerheid alle gordijnen dichtgedaan. Ze durfden niet op het JSC te vergaderen, omdat ze daar beslist ontdekt zouden worden. Ze waren allemaal zo overdonderd door de plotselinge overname van NASA, dat ze geen idee hadden wat ze moesten doen. Voor deze crisissituatie hadden ze geen handleidingen, geen rampenplan. Jack had slechts een handjevol mensen uitgenodigd, allemaal topmensen van NASA: Todd Cutler, Gordon Obie, vluchtleiders Woody Ellis en Randy Carpenter, en Liz Gianni van de afdeling Experimenten.

Toen er werd gebeld, steeg de spanning meteen.

'Dat zal hem zijn,' zei Jack. Hij deed de deur open.

Dr. Eli Petrovitch van NASA's afdeling Biowetenschappen kwam binnen met een laptopkoffertje onder zijn arm. Petrovitch was een magere, frêle man die al twee jaar tegen een lymfkliergezwel vocht. Het meeste van zijn haar was uitgevallen; er waren alleen nog een paar armetierige witte plukjes over. Zijn huid zag eruit als vergeeld perkament en stond strak gespannen over de hoekige botten van zijn gezicht. Maar in zijn ogen lag een gloed, opgewekt door de onverzadigbare nieuwsgierigheid die alle wetenschappers ter wereld eigen is.

'Hebt u het?' vroeg Jack.

Petrovitch knikte en klopte op het koffertje. De grijns op zijn skeletachtige gezicht deed spookachtig aan. 'USAMRIID heeft besloten een deel van haar gegevens aan ons bekend te maken.'

'Niet alles?'

'Nee. Een groot deel van het genoom blijft geheim. We hebben alleen brokstukken van de nucleonreeks gekregen, met grote hiaten. Ze laten ons dit alleen maar zien om duidelijk te maken hoe ernstig de situatie is.' Hij liep met de laptop naar de eetkamertafel en deed hem open. Terwijl iedereen eromheen kwam staan, zette Petrovitch de computer aan en deed er een floppy in.

Gegevens rolden over het scherm, rijen schijnbaar willekeurige letters die met een duizelingwekkende snelheid over het scherm vlogen. Het was geen tekst; de letters lieten geen woorden zien maar een code. Dezelfde vier letters, A, T, G en C, bleven maar over het scherm rollen, in een steeds veranderende volgorde. Ze vertegenwoordigden de adenosine, thymidine, guanosine en cytosine van de nucleon. De bouwstenen van het DNA. De lettercode was het genoom, de chemische blauwdruk van een levend organisme.

'Dit,' zei Petrovitch, 'is hun chimaera. Het organisme dat Kenichi Hirai heeft gedood.'

'Wat is die *sjimera* toch, waar jullie het over hebben?' vroeg Randy Carpenter. 'Kunnen jullie dat even aan ons, de domme ingenieurs, uitleggen?'

'Natuurlijk,' zei Petrovitch. 'Maar u hoeft zich echt niet dom te voelen. Het is een term die buiten de moleculaire biologie vrijwel nooit wordt gebezigd. Het woord stamt uit het oude Grieks. Chimaera was een mythologisch beest dat onoverwinnelijk heette te zijn. Een vuurspuwend wezen met de kop van een leeuw, het lichaam van een geit en de staart van een slang. Het is uiteindelijk verslagen door een held genaamd Bellerophontes. Het was geen eerlijk gevecht, want Bellerophontes speelde vals. Hij had Pegasus, het gevleugelde paard, geleend en kon daarom van bovenaf pijlen afschieten op Chimaera.'

'De mythologie is erg interessant,' zei Carpenter ongeduldig, 'maar wat heeft die hiermee te maken?'

'De Griekse Chimaera was een bizar wezen dat uit drie verschillende dieren bestond. Een leeuw, een geit en een slang, gecombineerd tot één monster. En dat is waar we mee te maken hebben in dit chromosoom. Een wezen even bizar als het monster dat door Bellerophontes is verslagen. Een *biologische* chimaera met een DNA die van minstens drie verschillende diersoorten afkomstig is.'

'Zijn die soorten te identificeren?'

Petrovitch knikte. 'Door de jaren heen hebben wetenschappers over de hele wereld een bibliotheek van gencodes van allerlei diersoorten samengesteld, van virussen tot olifanten. Het verzamelen van die gegevens is moeilijk en bijzonder tijdrovend. Zo heeft het tientallen jaren geduurd voordat het menselijke genoom was geanalyseerd. Er zijn nog vele soorten die nog steeds onbekend zijn. Ook grote delen van dit chimaeragenoom kunnen niet geïdentificeerd worden, omdat we ze hebben niet in onze bibliotheek hebben. Maar deze hier hebben we wél geïdentificeerd.' Hij klikte op het icoon voor 'Gevonden soorten'.

Op het scherm verscheen:

Mus musculis (gewone muis)
Rana pipiens (noordelijke luipaardkikker)
Homo sapiens

'Dit organisme is deels muis, deels reptiel. En deels mens.' Hij zweeg even. 'In zekere zin,' zei hij, 'zijn we zelf de vijand.'

Er viel een stilte.

'Welke van onze genen zitten in het chromosoom?' vroeg Jack zachtjes. 'Welk deel van chimaera is menselijk?'

'Een interessante vraag,' zei Petrovitch, goedkeurend knikkend. 'Die een interessant antwoord verdient. U en dokter Cutler zullen de betekenis van deze lijst meteen begrijpen.' Hij drukte wat toetsen in.

Op het scherm verscheen:

Amylase
Lipase
Phospholipase A
Trypsine
Chymotrypsine
Elastase
Enterokinase

'Mijn god,' fluisterde Todd Cutler. 'Dit zijn allemaal spijsverteringsenzymen.'

Het organisme is voorbestemd om het lichaam waarin het terechtkomt, te verslinden, dacht Jack. Het gebruikt deze enzymen om ons van binnenuit op te vreten, onze spieren, organen en bindweefsels te veranderen in een stinkende soep.

'Jill Hewitt zei dat Hirai's lichaam was vergaan,' zei Randy Carpenter. 'Ik dacht dat ze hallucineerde.'

Opeens zei Jack: 'Dit moet een biotechnisch ontwikkeld organisme zijn! Iemand heeft het in een laboratorium gefabriceerd. Een bacterie of een virus genomen en daar genen van diersoorten aan toegevoegd om er een zo effectief mogelijke moordmachine van te maken.'

'Maar *welke* bacterie? *Welk* virus?' zei Petrovitch. 'Dat is hier de grote vraag. Met zo weinig onderdelen van het genoom om te onderzoeken, kunnen we er niet achterkomen met welke levensvorm het begonnen is. USAMRIID weigert ons het belangrijkste deel van het chromosoom te laten zien. Het deel dat deze moordenaar identificeert.' Hij keek naar Jack. 'U bent de enige onder ons die de pathologische bevindingen bij de lijkschouwing heeft gezien.'

'Ik heb er alleen maar een glimp van opgevangen. Ze hebben me zo snel de zaal uitgewerkt dat ik er nauwelijks iets van kon zien. Ik had de indruk dat het een soort cysten waren. Zo groot als parels, ingebed in een blauwgroen vlies. Bij Mercer zaten ze in de borstkas en buik. Bij Hewitt in de hersenen. Ik had nog nooit eerder zoiets gezien.'

'Kunnen het hydatidecysten zijn geweest?'

Jack schudde zijn hoofd. 'Cysten die door vochtblaasjes worden gevormd, hebben een lange groeitijd. Niet dagen, maar jaren. Volgens mij was dit geen parasiet.'

'Misschien waren het helemaal geen cysten,' zei Todd. 'Misschien was het een spore. Schimmelballen. *Aspergillus* of *cryptococcus*.'

Liz Gianni mengde zich in het geprek: 'De bemanning had melding gemaakt van een schimmelinfectie. Een van de experimenten moest vernietigd worden wegens te snelle groei.'

'Welk experiment was dat?' vroeg Todd.

'Dat weet ik niet uit mijn hoofd, maar dat kan ik opzoeken. Ik weet alleen nog dat het een van de celkweekjes was.'

'Een eenvoudige schimmelbesmetting kan geen verklaring zijn voor de sterfgevallen,' zei Petrovitch. 'In de *Mir* zaten voortdurend schimmels en daar is nooit iemand aan doodgegaan.' Hij keek naar het computerscherm. 'Dit genoom vertelt ons dat we te maken hebben met iets heel nieuws. Ik ben het met Jack eens. Het moet door de mens vervaardigd zijn.'

'Dan hebben we te maken met bioterrorisme,' zei Woody Ellis. 'Iemand heeft ons ruimtestation gesaboteerd. Het moet via een van de experimenten aan boord zijn gekomen.'

Liz Gianni schudde fel haar hoofd. Ze was een agressieve vrouw die op vergaderingen altijd daadkrachtig deelnam, en ze sprak ook nu met grote zelfverzekerdheid. 'Ieder experiment wordt nauwkeurig onderzocht. Iedere risicofactor wordt in ogenschouw genomen en we voeren driefasige analyses uit van de blikken en buisjes waarin de kweekjes worden aangeleverd. Iets als dit kan onmogelijk aan onze aandacht ontsnapt zijn.'

'Ervan uitgaande dat jullie wisten dat het om een gevaarlijke stof ging,' zei Ellis.

'Natuurlijk zouden we dat geweten hebben.'

'Tenzij er met de veiligheidsvoorschriften is geknoeid,' zei Jack. 'Veel van de experimenten komen rechtstreeks bij de onderzoekers – de wetenschappers – vandaan. We weten niet of die zich allemaal even strikt aan de veiligheidsvoorschriften houden. We weten ook niet of ze soms een terrorist in hun laboratorium hebben. Als iemand op het allerlaatste moment een bacteriekweek verruilt, is het dan zeker dat wij dat te weten komen?'

Nu keek Liz onzeker. 'Het is... onwaarschijnlijk dat zoiets gebeurt.'

'Maar het kán gebeuren.'

Hoewel ze het niet wilde toegeven, was aan haar ogen te zien dat de mogelijkheid bestond. 'Ik zal alle onderzoekers aan de tand voelen,' zei ze. 'Iedere wetenschapper die een experiment heeft meegegeven. Reken maar dat ik erachter kom als iemand gerommeld heeft met de veiligheidsvoorschriften.'

Daar twijfelde Jack geen moment aan. Net als de andere mannen in de kamer was hij een beetje bang voor Liz Gianni.

'Er is een vraag die we nog niet gesteld hebben,' zei Gordon Obie, zich voor het eerst in het gesprek mengend. Zoals altijd was hij De Sfinx, die luisterde zonder commentaar te leveren en alle informatie in stilte verwerkte. 'De vraag is: *waarom*? Waarom wil iemand het ruimtestation saboteren? Koestert iemand een wrok tegen ons? Een fanatiekeling die iets tegen technologie heeft?'

'Het biologische equivalant van de Unabommenwerper,' zei Todd Cutler.

'Waarom hebben ze het organisme dan niet gewoon in het JSC losgelaten en onze infrastructuur vernietigd? Dat is veel makkelijker en logischer.'

'Logica is niet van toepassing op fanatici,' merkte Cutler op.

'Logica is van toepassing op iedereen, ook op fanatici,' sprak Gordon hem tegen. 'Zolang je weet binnen welk kader ze opereren. En dat is de reden waarom dit me niet lekker zit. Daarom vraag ik me af of we wel te maken hebben met sabotage.'

'Wat zou het anders moeten zijn?' zei Jack. 'Als het geen sabotage is?'

'Er *is* een andere mogelijkheid. Iets wat net zo angstaanjagend is,' zei Gordon en hij keek Jack met bezorgde ogen aan. 'Een vergissing.'

Dr. Isaac Roman holde de gang door. De pieper aan zijn riem piepte onophoudelijk en hij was doodsbang voor wat hij te zien zou krijgen. Hij drukte op het knopje om het apparaatje af te zetten en duwde de deur open die toegang gaf tot de quarantaineruimte van Niveau 4. Hij ging de kamer van de patiënt niet binnen, maar bleef veilig buiten staan en keek door het raam naar het afgrijselijke tafereel dat zich aan de andere kant van het glas afspeelde.

De muren zaten vol bloedspatten en op de grond onder het bed lag een plas bloed. In die plas lag dr. Nathan Helsinger. Hij had hevige stuiptrekkingen. Twee verpleegsters en een arts in ruimtepakken probeerden hem ervan te weerhouden zichzelf te verwonden, maar de stuiptrekkingen waren zo krachtig dat ze hem niet in bedwang konden houden. Roman zag hoe zijn been uitschoot en een van de verpleegsters zo hard raakte, dat ze achterover viel en over de met bloed bedekte betonnen vloer gleed.

Roman drukte op de knop van de intercom. 'Kijk of je pak niet beschadigd is!'

De vrouw kwam met trage bewegingen overeind en Roman zag de doodsangst op haar gezicht. Ze keek naar haar handschoenen, haar mouwen, het verbindingsstuk waar de zuurstofslang in zat. 'Nee,' zei ze en het klonk als een snik van opluchting. 'Het is nog heel.'

Bloed spatte tegen het raam. Roman deinsde achteruit toen de helderrode druppels langs het glas dropen. Helsingers hoofd sloeg hard tegen de vloer. Zijn ruggengraat kromde en strekte zich. Opisthotonos. Roman had deze bizarre bewegingen slechts één keer eerder gezien, bij een slachtoffer van strychninevergiftiging, wiens lichaam zo krom was komen te staan als een strakgespannen boog. De stuiptrekkingen bleven komen en iedere keer bonkte Helsingers hoofd tegen het beton. Bloed spatte tegen de vizieren van de twee verpleegsters.

'Ga bij hem vandaan!' beval Roman hen door de intercom.

'Maar hij verwondt zichzelf!' zei de arts.

'Ik wil niet dat er nog meer mensen blootgesteld worden.'

'Maar als we de stuiptrekkingen onder controle kunnen krijgen...'

'Hij is niet meer te redden. Ik wil dat jullie allemaal bij hem vandaan blijven. Voordat er iemand gewond raakt.'

Met tegenzin trokken de twee verpleegsters zich terug in een hoek van de kamer. Even later voegde de arts zich bij hen. Ze bleven zwijgend staan kijken naar het afgrijselijke toneel dat zich voor hun ogen afspeelde.

Helsingers hoofd smakte weer tegen het beton toen hij gegrepen werd door een nieuwe convulsie. In zijn schedel verscheen een scheur, als een winkelhaak in een lap stof. De plas bloed spreidde zich nog verder.

'O god, moet je zijn ogen zien!' riep een van de verpleegsters.

De ogen puilden naar buiten als twee reusachtige knikkers die uit de oogkassen wilden springen. *Traumatische proptosis*, dacht Roman. De oogballen worden naar buiten geperst door catastrofale druk binnen de schedel, en staren de wereld in omdat de oogleden geheel worden weggedrukt.

Er zaten nu geen pauzes meer tussen de stuiptrekkingen en het hoofd bonkte onophoudelijk tegen de vloer. Botsplinters vlogen in het rond, tikten tegen het raam. Het was alsof Helsinger probeerde zijn eigen schedel aan stukken te breken, om hetgene dat erin zat, te bevrijden.

Nog een klap. Nog meer bloed en bot tegen het raam.

Hij had allang dood moeten zijn. Waarom bleef hij bewegen?

Maar onthoofde kippen bleven ook bewegen, en Helsingers doodsstrijd was nog steeds niet voorbij. Hij hief zijn hoofd op en zijn ruggengraat kromde zich als een springveer die zo strak wordt opgewonden, dat hij bijna knapt. Toen knakte zijn nek naar achteren. Ze hoorden *krak* en de schedel barstte open als een stukgeslagen ei. Stukken bot vlogen door de kamer. Een klont grijze materie smakte tegen het raam.

Roman slaakte een ingehouden kreet en deinsde achteruit. Hij voelde bittere gal in zijn keel opkomen en boog zijn hoofd, vechtend tegen de onpasselijkheid. Vechtend tegen de duisternis die hem dreigde te verzwelgen.

Zwetend, bevend, slaagde hij erin zijn hoofd weer op te heffen. En weer door het raam te kijken.

Nathan Helsinger lag eindelijk stil. Wat er van zijn hoofd over was, rustte in een poel van bloed. Er was zo veel bloed dat Roman in eerste instantie alleen maar naar het zich nog steeds uitspreidende helderrode meer kon kijken. Toen gleed zijn blik naar het gezicht van de dode man. Naar de trillende, blauwgroene massa op zijn voorhoofd. Cysten.

Chimaera.

'Nicolai? Nicolai, geef antwoord!'

'Mijn oor – het zit in mijn oor –'

'Heb je pijn? Doet je oor pijn? Kijk naar me!'

'Het gaat er steeds dieper in! Haal het eruit! Haal het eruit...'

Jared Profitt, de wetenschappelijk adviseur van de Veiligheidsraad van het Witte Huis, zette de band stop en keek naar de mannen en vrouwen rond de tafel. Op ieders gezicht lag afgrijzen. 'Wat er met Nicolai Rudenko is gebeurd, is méér dan een gevolg van te snelle decompressie,' zei hij. 'Dat is de reden waarom we bepaalde maatregelen hebben genomen. Dat is de reden waarom ik u allen dringend verzoek het hoofd koel te houden. Er staat te veel op het spel. Tot we meer weten over dit organisme – hoe het zich voortplant en hoe het ons besmet – mogen we de astronauten niet naar huis laten komen.'

Op zijn woorden volgde een verblufte stilte. Zelfs NASA-administrateur Leroy Cornell, die de vergadering had geopend met een woedend protest tegen de overname van zijn organisatie, zat er als met stomheid geslagen bij.

Het was de president die de eerste vraag stelde: 'Wat weten we *wel* over dit organisme?'

'Dr. Isaac Roman van USAMRIID kan op die vraag beter antwoord geven dan ik,' zei Profitt. Hij knikte tegen Roman, die niet aan de tafel zat, maar op een van de stoelen tegen de muur, waar hij bijna niemand was opgevallen. Hij stond op zodat iedereen hem kon zien, een lange, grijzende man met een verslagen blik in zijn ogen.

'Ik ben bang dat het nieuws niet erg goed is,' zei hij. 'We hebben chimaera bij een groot aantal zoogdieren van verschillende rassen ingespoten, inclusief honden en slingerapen. Binnen zesennegentig uur waren ze allemaal dood. Een sterftecijfer van honderd procent.'

'En er bestaat geen middel tegen? Is er niets wat werkt?' vroeg de minister van Defensie.

'Niets. Wat op zich zeer beangstigend is. Maar dat is nog niet het ergste.'

Het werd doodstil in de kamer. Angst gleed over ieders gezicht. Wat kon er nog erger zijn dan dit?

'We hebben de DNA-analyse van de allerlaatste generatie eitjes onderzocht. De eitjes die we uit de dode apen hebben gehaald. Chimaera heeft een nieuwe genmassa gekregen, die van de *Ateles geoffroyi*. De slingeraap.'

De president trok wit weg. Hij keek naar Profitt. 'Wil dat zeggen wat ik denk dat het wil zeggen?'

'Het is een kolossale ramp,' zei Profitt. 'Iedere keer dat dit organisme zich in een drager nestelt, iedere keer dat het een nieuwe generatie voortbrengt, neemt het de DNA van de drager over. Het is in staat ons voortdurend een aantal passen vóór te blijven door nieuwe genen op te pikken, die het voordien niet had.'

'Hoe is zoiets mogelijk?' vroeg generaal Moray van de Gezamenlijke Chefs van Staven. 'Een organisme dat nieuwe genen oppikt? Dat zichzelf steeds opnieuw creëert? Het klinkt als iets onmogelijks.'

Roman zei: 'Maar het is wél mogelijk. In de natuur kennen we dit fenomeen al. Bacteriën wisselen vaak met elkaar genen uit, geven ze aan elkaar door met behulp van virussen die als koeriers dienen. Daarom ontwikkelen ze ook zo snel afweerstoffen tegen antibiotica. Ze geven weerstandsgenen aan elkaar door en voegen tegelijkertijd nieuwe DNA aan hun chromosomen toe. Zoals alles in de natuur maken ze van alle wapens gebruik om in leven te blijven en hun soort te laten voortbestaan. Dat doet dit organisme ook.' Hij liep naar de kop van de tafel, waar een vergroting van een elektronenmicrografiek was opgesteld. 'Dit is een foto van een cel. Er zijn kleine korreltjes te zien. Dat zijn groepjes hulpvirus. Koeriers die naar de cel van de drager reizen, in het DNA doordringen en stukjes van het genetische materiaal mee terugnemen naar chimaera. Op die manier worden nieuwe genen, nieuwe wapens, toegevoegd aan het arsenaal.' Roman keek naar de president. 'Dit organisme is zo opgebouwd dat het alle milieucondities kan overleven. Het hoeft alleen maar het DNA van de plaatselijke fauna te infiltreren.'

De president was wit weggetrokken. 'Het verandert dus steeds. Ontwikkelt zich voortdurend.'

Een verontrust gemompel klonk op rond de tafel. Bange gezichten, schuivende stoelen.

'Hoe staat het met de arts die erdoor besmet is?' vroeg een vrouw van het Pentagon. 'Die op Niveau 4 van USAMRIID in quarantaine zit? Leeft die nog?'

Roman gaf niet meteen antwoord en in zijn ogen verscheen een gepijnigde blik. 'Dokter Helsinger is gisteravond laat gestorven. Ik ben er getuige van geweest en het was een... afgrijselijke dood. Hij had zulke heftige stuiptrekkingen dat we niet eens een poging durfden doen hem vast te binden, uit angst dat de ruimtepakken beschadigd zouden worden en er nóg iemand besmet zou raken. Ik heb nog nooit zulke convulsies gezien. Het was alsof een neuron in zijn hersenen opeens een gigantische zenuwtoeval veroorzaakte. Hij heeft de stang van het bed afgebroken. Letterlijk eraf gerukt. Toen is hij uit het bed gevallen en begon met zijn hoofd tegen de vloer te beuken. Zo hard dat we...' Hij slikte. 'Dat we het konden horen toen de schedel barstte. De hele kamer kwam onder het bloed te zitten en hij bleef maar met zijn hoofd tegen de vloer beuken, bijna alsof hij zijn schedel open *wilde* krijgen. Om de druk daar binnenin vrij te laten. En dat maakte de zaak nog erger, omdat hij er hersenbloedingen van kreeg. Op het laatst was de druk in zijn schedel zo groot geworden dat de ogen uit hun kassen werden geperst. Net als in tekenfilms. Net als bij overreden dieren.' Hij haalde diep adem. 'Zo is het geëindigd,' zei hij zachtjes.

'Nu weet u tegenover wat voor soort epidemie we staan,' zei Profitt. 'Dit is de reden waarom we het ons niet kunnen veroorloven zwak of onachtzaam te zijn. Of sentimenteel.'

Weer viel er een langdurige stilte. Iedereen keek naar de president. Ze wachtten – hoopten – op een doorslaggevende beslissing.

Maar de president draaide zijn stoel naar het raam en staarde naar buiten. 'Ik heb er ooit van gedroomd astronaut te worden,' zei hij bedroefd.

Wie niet? dacht Profitt. *Welk kind in dit land heeft er niet van gedroomd in een raket door het heelal te reizen?*

'Ik kan me de dag herinneren dat John Glenn in zijn ruimtecapsule werd gelanceerd,' zei de president. 'Ik zat erbij te huilen. Net zoals iedereen. Ik heb zitten huilen als een klein kind. Omdat ik zo trots op hem was. En trots op mijn land. En op het feit dat ik deel uitmaakte van het menselijke ras...' Hij zweeg. Toen haalde hij diep adem en veegde met zijn hand langs zijn ogen. 'Hoe kan ik die mensen ter dood veroordelen?'

Profitt en Roman wisselden een gepijnigde blik.

'We hebben geen keus, meneer,' zei Profitt. 'Het gaat om vijf levens tegenover de levens van god mag weten hoeveel mensen hier op aarde.'

'Het zijn *helden*. In de ware zin van het woord. En nu moeten wij ze aan hun lot overlaten. Ze laten sterven.'

'De kans is groot, meneer, dat we ze ook nu al niet meer kunnen redden,' zei Roman. 'Ze zijn waarschijnlijk allemaal al besmet. Of zullen nu snel besmet raken.'

'Is het dan mogelijk dat sommigen van hen nog *niet* besmet zijn?'

'Dat weten we niet. Van Rudenko weten we het zeker. Volgens ons is hij besmet toen hij in zijn ruimtepak zat. Zoals u weet, heeft astronaut Hirai tien dagen geleden in de materiaalsluis gezeten met hevige stuiptrekkingen. Dat verklaart hoe Rudenko's ruimtepak besmet is geraakt.'

'Waarom zijn de anderen dan nog niet ziek? Waarom alleen Rudenko?'

'Onze studies laten zien dat dit organisme een incubatietijd nodig heeft. We denken dat het besmettingsgevaar het grootst is rond de tijd dat het slachtoffer sterft, of daarna, wanneer het organisme uit het lijk vrijkomt. Daar zijn we nog niet geheel zeker van, maar we kunnen ons geen foutieve veronderstellingen veroorloven. We moeten ervan uitgaan dat de astronauten allemaal al dragers zijn.'

'Hou ze dan in Niveau 4-quarantaine tot we zekerheid hebben. Maar haal ze in ieder geval naar *huis*.'

'Juist het terugbrengen van de astronauten zou grote risico's met zich meebrengen, meneer,' zei Profitt. 'Het CRV is geen spaceshuttle waarmee je kunt landen als een vliegtuig. Ze zouden in een veel minder goed bestuurbaar ruimteschip terugkomen – in wezen een capsule met parachutes. Stel dat er iets misgaat? Stel dat het CRV in de dampkring uit elkaar spat of bij de landing verongelukt? Dan zou dit organisme in de lucht terechtkomen. De wind zou het overal naartoe dragen! En er zit dan al zo veel menselijke DNA in het genoom, dat we er niets tegen kunnen beginnen, omdat het te veel op *ons* zou lijken. Ieder medicijn dat we ertegen zouden inzetten, zou ook de drager doden.' Profitt zweeg even om de betekenis van zijn woorden te laten bezinken. 'We mogen ons besluit niet door emoties laten beïnvloeden. Daarvoor staat er te veel op het spel.'

'Meneer de president,' mengde Leroy zich in het gesprek. 'Met alle respect, mag ik u erop wijzen dat dit besluit politiek gezien rampzalige gevolgen kan hebben? Het volk zal niet toestaan dat we vijf helden in het heelal laten sterven.'

'Het politieke aspect is het laatste waar we ons nu druk over dienen te maken!' zei Profitt. 'Onze grootste zorg geldt de volksgezondheid!'

'Waarom dan alle geheimhouding? Waarom hebt u NASA dan opzij geschoven? U hebt ons slechts fragmenten van het genoom van het organisme laten zien. Onze biowetenschappers willen graag hun expertise bijdragen. Wij zijn er net zo op gebrand als u – nog meer zelfs – om een geneesmiddel te vinden. Als USAMRIID al zijn gegevens met ons zou delen, zouden we kunnen samenwerken.'

'Het gaat ons om de nationale veiligheid,' zei generaal Moray. 'Een vijandelijk land zou van dit organisme een desastreus biologisch wapen kunnen maken. Het afgeven van chimaera's genetische code staat gelijk aan het afgeven van een blauwdruk voor dat wapen.'

'Dat wil zeggen dat u onvoldoende vertrouwen in NASA hebt om ons die informatie te geven.'

General Moray keek Cornell recht in de ogen. 'NASA's nieuwe filosofie dat alle technologie met ieder willekeurig land op aarde gedeeld dient te worden, is voor ons reden om aan te nemen dat uw veiligheidsprocedures nogal te wensen overlaten.'

Cornell liep rood aan van woede, maar zei niets.

Profitt keek naar de president. 'Meneer, het *is* een tragedie dat we vijf astronauten in de ruimte moeten achterlaten om te sterven, maar we moeten dit ruimer zien. We moeten de mogelijkheid van een nog veel grotere tragedie in overweging nemen. Een wereldomvattende epidemie, veroorzaakt door een organisme waar we nu pas enig inzicht in krijgen. USAMRIID werkt non-stop om uit te zoeken hoe het organisme in elkaar zit. Tot we dat weten, raad ik u dringend aan te doen wat noodzakelijk is. NASA kan een biologische ramp niet aan. Ze hebben zegge en schrijve één planeetbeveiligingsofficier. De Biologische Bestrijdingsdienst van het leger, daarentegen, is geheel op dit soort crises ingesteld. We kunnen de dagelijkse werkzaamheden van NASA in handen geven van het *U.S. Space Command*, waarbij de luchtmacht toezicht zal houden. NASA heeft te veel persoonlijke en emotionele banden met de astronauten. We moeten het roer stevig in handen nemen. Strikte discipline is noodzakelijk.' Profitt keek langzaam de tafel rond. Slechts voor enkelen van de mannen en vrouwen had hij oprecht respect. Sommigen waren alleen uit op prestige en macht. Anderen zaten hier dankzij politieke betrekkingen. Weer anderen lieten zich snel beïnvloeden door de mening van het volk. Weinigen hadden net zulke ongecompliceerde beweegredenen als hij.

Weinigen hadden net als hij last van nachtmerries, werden midden in de nacht badend in het zweet wakker, ziek van het afschuwelijke visioen over wat hen misschien te wachten stond.

'U zegt dus dat de astronauten nooit meer thuis mogen komen,' zei Cornell.

Profitt keek naar het asgrauwe gezicht van de NASA-administrateur en had oprecht medelijden met de man. 'Zodra we een manier hebben gevonden om de ziekte te bestrijden, zodra we weten dat we dit organisme kunnen vernietigen, kunnen we overwegen uw mensen naar huis te halen.'

'Als ze dan nog leven,' mompelde de president.

Profitt en Roman wisselden een blik, maar zeiden geen van beiden iets. Ze wisten al hoe het zou gaan. Er zou niet op tijd een geneesmiddel worden gevonden. De astronauten zouden niet levend thuiskomen.

Met zijn colbertje aan en zijn das om liep Jared Profitt over straat. Het was drukkend warm, maar hij had er nauwelijks erg in. De meeste mensen beklaagden zich over de zomers in D.C., maar hij vond de hoge temperaturen niet erg. Het was de winter waar hij bang voor was, want hij was overgevoelig voor kou. Wanneer de temperatuur onder het nulpunt daalde, werden zijn lippen blauw en kon hij net zo veel truien aantrekken als hij wilde zonder ooit echt warm te worden. Hij had zelfs 's zomers altijd een trui op kantoor liggen, omdat de airconditioning hem te koud was. Vandaag zat de temperatuur rond de dertig graden en had iedereen die hem passeerde een bezweet gezicht, maar hij trok zijn jas niet uit en zijn das niet los.

Hij was als bevroren uit de vergadering gekomen, zowel lichamelijk als geestelijk.

Hij had zijn lunch bij zich, in een bruine papieren zak, dezelfde lunch die hij iedere ochtend voor zichzelf inpakte voordat hij naar zijn werk ging. De route die hij liep, was iedere dag dezelfde, westwaarts in de richting van de Potomoc, met de Reflecting Pool aan zijn linkerhand. De routine deed hem goed. Er waren tegenwoordig nog maar zo weinig dingen in zijn leven die hem troost boden, en naarmate hij ouder werd, begon hij steeds meer aan bepaalde rituelen te hechten, zoals een monnik in een klooster zich hield aan het dagelijkse ritme van werk, gebed en meditatie. In veel opzichten leek hij op de asceten uit de oudheid, een man die alleen at om zijn lichaam brandstof te geven en alleen een net pak aantrok omdat dat van hem vereist werd. Een man voor wie rijkdom niets betekende.

De naam *Profitt* was precies het tegenovergestelde van wie hij was.

Hij hield zijn pas in toen hij langs de grasheuvel met het Vietnam War Memorial kwam en keek naar de rij plechtig kijkende bezoekers die langs de muur met de geëtste namen schuifelden. Hij wist wat ze dachten wanneer ze de platen zwart graniet zagen en nadachten over de verschrikkingen van het oorlog voeren: *Zo veel namen. Zo veel doden.*

En hij dacht: *Jullie moesten eens weten.*

Hij vond een vrij bankje in de schaduw en ging zitten. Uit de bruine zak haalde hij een appel, een punt cheddarkaas en een fles water. Geen Evian of Perrier, maar gewoon kraanwater. Hij at langzaam terwijl hij naar de toeristen keek die van het ene gedenkteken naar het andere liepen. Zo eren we onze oorlogshelden, dacht hij. We richten gedenktekens op, etsen namen in marmeren platen, hangen de vlag uit. We huiveren wanneer we eraan denken hoeveel levens op ieder slagveld door beide partijen worden opgeëist. Twee miljoen soldaten en burgers waren in Vietnam omgekomen. Vijftig miljoen in de Tweede Wereldoorlog. Eenentwintig miljoen in de Eerste Wereldoorlog. De cijfers vullen ons met afgrijzen. We denken: heeft de mens een nog dodelijker vijand dan zichzelf?

En het antwoord is: ja.

Hoewel we hem niet kunnen zien, zit de vijand overal om ons heen. Binnen in ons. In de lucht die we inademen, het voedsel dat we tot ons nemen. Zo ver als de mensenheugenis reikt, is hij onze Nemesis geweest en hij zal er nog steeds zijn wanneer wij allang van deze planeet zijn verdwenen. Onze vijand is de microbiologische wereld, die door de eeuwen heen meer slachtoffers heeft geëist dan alle oorlogen bij elkaar.

Tussen 542 en 767 n.Chr., veertig miljoen doden door de justiniaanse pandemie.

In de veertiende eeuw vijfentwintig miljoen doden toen de pest terugkeerde.

In 1918 en 1919 bezweken dertig miljoen mensen aan influenza.

En in 1997 stierf Amy Sorensen Profitt op 43-jarige leeftijd aan longontsteking.

Hij at zijn appel, deed het klokhuis in de papieren zak en frommelde die in elkaar. Hoewel het een karige lunch was geweest, was hij verzadigd. Hij bleef nog eventjes op de bank zitten om het restantje van het water op te drinken.

Een toeriste liep langs, een vrouw met lichtbruin haar. Toen ze zich omdraaide en het zonlicht op haar gezicht viel, leek ze op Amy. Ze voelde dat hij naar haar staarde en keek in zijn richting. Ze keken elkaar een ogenblik aan, zij achterdochtig, hij met een stilzwijgende verontschuldiging. Toen liep ze weg en kwam hij tot de conclusie dat ze helemaal niet op zijn overleden vrouw leek. Er was niemand die op haar leek. Niemand was met haar te vergelijken.

Hij stond op, gooide de papieren zak in een prullenbak en liep via dezelfde weg terug. Langs de muur. Langs de veteranen in uniform die daar, nu grijs en afgeleefd, de wacht hielden. Die de herinnering aan de doden in ere hielden.

Maar zelfs herinneringen vervagen, dacht hij. De herinnering aan haar glimlach wanneer ze samen aan de keukentafel zaten, de echo van haar lach – dat alles vervaagt naarmate de tijd verstrijkt. Alleen de pijnlijke herinneringen blijven leven. Een hotelkamer in San Francisco. Een telefoontje midden in de nacht. Jachtige beelden van vliegvelden en taxi's en telefooncellen toen hij zo snel mogelijk het land was overgestoken om op tijd in het Bethesda Hospital te kunnen zijn.

Maar necrotiserende streptococcus heeft zijn eigen agenda, zijn eigen tijdschema voor de dood. *Net als chimaera.*

Hij haalde diep adem en vroeg zich af hoeveel virussen, hoeveel bacteriën, hoeveel schimmels met die ademhaling in zijn longen terecht waren gekomen. En welke daarvan zijn dood zou zijn.

20

15 augustus

‘Wat mij betreft, kunnen ze de klote krijgen,’ zei Luther. De zender stond uit, Mission Control kon hun gesprek niet horen. ‘Laten we in het CRV kruipen, de motor starten en gaan. Ze kunnen ons moeilijk dwingen om te draaien en terug te gaan.’

Zodra ze van het ruimtestation losgekoppeld waren, *konden* ze niet eens terug. Het CRV was niet meer dan een capsule met parachutes. Na de loskoppeling kon het vier omwentelingen rond de aarde maken, maar daarna was het gedwongen in de dampkring terug te keren en te landen.

‘Ze zeiden dat we rustig moesten afwachten,’ zei Griggs. ‘En dat doen we.’

‘Waarom zouden we bevelen opvolgen waar geen mens iets aan heeft? Als we Nicolai niet snel naar huis brengen, gaat hij dood, man!’

Griggs keek naar Emma. ‘Wat vind jij, Watson?’

Emma hield al vierentwintig uur de wacht over haar patiënt. Ze wisten allemaal dat hij zwaar ziek was. Ze hadden hem vastgebonden aan de onderzoektafel, maar hij schokte en rilde en soms maakten zijn armen en benen zulke felle bewegingen dat Emma bang was dat zijn botten zouden breken. Hij zag eruit als een bokser die er in de ring lelijk van langs had gekregen. Onderhuids emfyseem had het zachte weefsel van zijn hele gezicht doen zwellen. Ook zijn oogleden waren zo dik dat ze bijna geheel dichtgedrukt zaten, maar door de smalle spleetjes kon je nog net zien dat het oogwit vuurrood was, duivels rood.

Ze wist niet hoeveel Nicolai kon horen en begrijpen, dus durfde ze niet hardop te zeggen wat ze dacht. Ze wenkte haar collega’s mee de Russische Dienstmodule uit.

Ze trokken zich terug in de woonmodule, waar Nicolai hen niet kon horen en waar ze veilig hun maskers en brillen konden afzetten.

‘Als Houston ons niet onmiddellijk toestemming geeft voor de evacuatie,’ zei ze, ‘redt hij het niet.’

‘Ze zijn op de hoogte van de situatie,’ zei Griggs, ‘maar ze mogen ons geen toestemming voor de evacuatie geven tot het Witte Huis het goedvindt.’

‘Moeten we hier dan domweg blijven zitten tot we allemaal ziek worden?’ zei Luther. ‘Wat denk je dat ze zullen doen als we gewoon in het CRV stappen en vertrekken? Ons neerschieten?’

Diana zei zachtjes: ‘Dat zou best kunnen.’

De waarheid achter die woorden bracht hen allemaal tot zwijgen. Iedere astronaut die ooit aan boord van een ruimteschip was gestapt en zwetend de countdown had afgewacht, wist dat er in een bunker op Cape Canaveral een ploeg luchtmachtofficieren zat wiens enige taak het was de shuttle samen met de bemanning op te blazen. Als er tijdens de lancering een storing optrad in het besturingssysteem en de raket op een dichtbevolkt gebied dreigde neer te komen, was het de plicht van deze officieren om op de knop te drukken. En het was niet zo dat ze de leden van de bemanning niet kenden. Integendeel. Ze hadden waarschijnlijk zelfs foto’s gezien van de gezinnen van de astronauten. Ze wisten precies wie ze vermoordden. Het was een afgrijselijke verantwoordelijkheid, maar niemand twijfelde eraan dat die officieren hun plicht zouden doen.

Dus was het zo goed als zeker dat ze ook het CRV zouden vernietigen, als ze daartoe opdracht zouden krijgen. Vergeleken met de gevaren van een nieuwe, dodelijke epidemie waren de levens van vijf astronauten niet erg belangrijk.

Luther zei: ‘Ik durf er iets onder te verwedden dat ze ons wél veilig laten landen. Waarom niet? Vier van ons zijn nog steeds gezond. *Wij* zijn niet besmet.’

‘Maar we hebben aan de ziekte blootgestaan,’ zei Diana. ‘We hebben dezelfde lucht ingeademd, dezelfde leefruimte gedeeld. Luther, Nicolai en jij hebben samen een hele nacht in die luchtsluis gezeten.’

‘Ik voel me anders prima.’

‘Ik ook. En Griggs en Watson ook, maar als het om een besmettelijke ziekte gaat, zitten we misschien al in de incubatietijd.’

‘En daarom moeten we de bevelen van Mission Control opvolgen,’ zei Griggs. ‘We blijven hier.’

Luther keek Emma aan. ‘Vind jij ook dat we voor martelaar moeten spelen?’

'Nee,' zei ze.

Griggs keek haar verrast aan. 'Watson?'

'Ik heb het niet over mezelf,' zei Emma. 'Maar over mijn patiënt. Nicolai kan niet praten, dus doe ik dat voor hem. Hij moet naar een ziekenhuis, Griggs.'

'Je hebt gehoord wat Houston heeft gezegd.'

'Ik heb alleen maar een hoop verwarring gehoord. Evacuatiebevelen die plotseling zijn ingetrokken. Eerst zeiden ze dat het om het Marburg-virus ging. Toen zeiden ze dat het helemaal geen virus is, maar een nieuw organisme dat is gefabriceerd door bioterroristen. Ik weet niet wat daar beneden allemaal gebeurt. Ik weet alleen dat mijn patiënt...' Ze liet haar stem dalen. '... op sterven ligt,' zei ze zachtjes. 'En dat het mijn verantwoordelijkheid is hem in leven te houden.'

'En het is mijn verantwoordelijkheid me te gedragen als gezagvoerder van dit ruimtestation,' zei Griggs. 'Ik moet blijven geloven dat ze in Houston hun uiterste best doen. Ze zouden ons niet in een dergelijk gevaar brengen als de situatie niet echt heel ernstig was.'

Daar kon Emma niets tegenin brengen. Op Mission Control werkten allemaal mensen die ze kende en vertrouwde. *En Jack zit er ook*, dacht ze. Er was niemand die ze meer vertrouwde dan Jack.

'Er komt een bericht binnen,' zei Diana met een blik op de computer. 'Het is voor Watson.'

Emma zweefde de module door om de boodschap te lezen die op het scherm was verschenen. Het bericht was afkomstig van NASA Biowetenschappen.

Dokter Watson,
We vinden dat u moet weten waar u tegenover staat – waar we allemaal tegenover staan. Dit is de DNA-analyse van het organisme waarmee Kenichi Hirai besmet was.

Emma zette het *attachment* op het scherm.

Ze had er een paar ogenblikken voor nodig om de nucleonreeks die over het scherm rolde, geestelijk te verwerken. En nog een paar minuten om de conclusies te kunnen geloven.

In één chromosoom zaten genen van drie *afzonderlijke* diersoorten. De luipaardkikker. De muis. En de mens.

'Wat is dit voor organisme?' vroeg Diana.

Emma antwoordde zachtjes: 'Een nieuwe levensvorm.'

Het was het monster van Frankenstein. Een verminking van de

natuur. Opeens viel haar het woord 'muis' op en dacht ze: *De muizen. Die zijn het eerst ziek geworden*. De afgelopen anderhalve week waren ze één voor één doodgegaan. De laatste keer dat ze in de kooi had gekeken, was er nog maar eentje over geweest, een vrouwtje.

Ze verliet de Russische Dienstmodule en zweefde naar het deel van het ruimtestation dat slechts een minimum aan stroom kreeg. Waren de muizen de oorspronkelijke dragers van dit organisme geweest, een instrument waarmee chimaera aan boord van het ISS was gebracht? Of waren ze toevallige slachtoffers, besmet omdat ze aan iets anders in het station waren blootgesteld?

En leefde de laatste muis nog?

Ze deed het deurtje open en keek in de kooi naar de eenzame bewoonster.

De moed zonk haar in de schoenen toen ze zag dat de muis dood was.

Ze was het muisje met het verminkte oor gaan beschouwen als een echte vechtersbaas, een brutale vlerk die haar soortgenoten koppig had overleefd. Ze voelde een steek van verdriet toen ze het levenloze lijkje in de hoek van de kooi zag hangen. Het buikje leek al wat gezwollen. Ze moest het diertje meteen weghalen en samen met de besmette afval wegdoen.

Ze zette de kooi naast de handschoenkast, deed haar handen in de handschoenen en stak haar hand uit naar de muis. Op het moment dat haar vingers zich rond het lijkje sloten, kwam het opeens tot leven. Emma slaakte een geschrokken kreet en liet het muisje los.

De muis draaide zich om en keek haar nijdig aan, haar snor trillend van woede.

Emma lachte geschrokken. 'Zo, je bent dus niet dood,' zei ze.

'*Watson*!'

Ze draaide zich om naar de intercom, die haar naam had uitgespuwd. 'Ik ben in het lab.'

'Kom gauw naar het RSM. Nicolai heeft stuiptrekkingen!'

Ze vloog het laboratorium uit, tegen de wanden botsend in haar haast naar het Russische deel te komen. Het eerste wat ze zag toen ze het RSM binnengleed, waren de gezichten van haar collega's, die zo'n afgrijzen uitdrukten dat het zelfs achter de beschermende brillen duidelijk te zien was. Toen gingen ze opzij en zag ze Nicolai.

Zijn linkerarm schokte met zo'n kracht dat de hele behandeltafel ervan schudde. De stuiptrekkingen trokken door de linkerkant van zijn lichaam, zodat nu ook zijn been begon te schokken. Zijn heupen bonkten op de tafel toen de stuiptrekkingen hun onstuitbare opmars door zijn lichaam maakten. Het schokken was zo hevig dat de polsbanden tot bloedens toe de huid van zijn handen schraapten. Emma hoorde een misselijkmakende *krak* toen de botten van zijn linker onderarm braken. Opeens vloog de rechter polsband open en begon hij met zijn arm wild in het rond te slaan. Hij beukte er zo hard mee tegen de rand van de tafel dat hij zijn hand letterlijk tot pulp sloeg.

'Hou hem vast! Ik ga hem volpompen met valium!' riep Emma. Ze zocht gejaagd in de medicijnenla.

Griggs en Luther grepen ieder een arm, maar zelfs Luther was niet sterk genoeg om hem in bedwang te houden. Nicolai's vrije arm schoot als een zweep omhoog en smeet Luther opzij. Luther buitelde door de cabine en raakte met zijn voet Diana's wang, waardoor haar bril schuin op haar voorhoofd terechtkwam.

Opeens sloeg Nicolai's achterhoofd tegen de tafel. Hij rochelde en zijn borst zwol op met lucht. Toen begon hij zwaar te hoesten.

Slijm spoot naar buiten en raakte Diana in haar gezicht. Ze slaakte een kreet van afgrijzen en liet Nicolai los. Snel duwde ze zich bij hem vandaan en begon haar ontblote oog schoon te vegen.

Een bolletje blauwgroen slijm zweefde vlak langs Emma. Binnen de geleiachtige massa zag ze een soort pit. Pas toen het bolletje langs de in de wand gemonteerde lampen dreef, besefte Emma waar ze naar keek. Wanneer je een kippenei bij een kaarsvlam houdt, kun je zien wat erin zit. Nu deden de wandlampen dienst als kaars en drong het licht door in het blauwe vlies rond de pit.

Daarin bewoog zich iets. Iets dat leefde.

De hartmonitor piepte. Emma draaide zich met een ruk om naar Nicolai en zag dat hij niet meer ademde. Een rechte lijn gleed over de monitor.

16 augustus

Jack zette de koptelefoon op. Hij zat in zijn eentje in een achterkamer van Mission Control en dit gesprek heette vertrouwelijk te zijn, maar hij wist dat wat hij en Emma vandaag zouden zeggen, niet vertrouwelijk zou blijven. Hij vermoedde dat alle gesprekken met het ISS van nu af aan werden afgeluisterd door de luchtmacht en het U.S. Space Command.

Hij zei: 'CAPCOM, dit is SURGEON. Ik ben gereed voor een vertrouwelijk gesprek.'

'Begrepen, SURGEON,' zei CAPCOM. '*Ground Control*, maak deze lijn vrij.' Er volgde een korte stilte en toen: 'Ga uw gang, SURGEON.'

Jacks hart bonkte. Hij haalde diep adem en zei: 'Emma, ik ben het.'

'Hij zou het misschien gehaald hebben als we hem naar huis hadden gebracht,' zei ze. 'Hij had misschien nog een kans.'

'Wij zijn niet degenen die de evacuatie hebben tegengehouden! Over alle beslissingen van NASA is een veto uitgesproken. We doen onze uiterste best jullie zo snel mogelijk terug te halen. Hou dus nog even vol...'

'Het kan niet snel genoeg zijn, Jack.' Ze zei het kalm. Als terloops. Haar woorden verkilden hem tot op het bot. 'Diana is besmet,' zei ze.

'Weet je het zeker?'

'Ik heb net haar amylaseniveau bekeken. Het is aan het stijgen. We houden haar scherp in de gaten. We wachten in feite op de eerste symptomen. Het spul is door de hele module gevlogen. We hebben alles schoongemaakt, maar we weten niet wie er besmet is en wie niet.' Ze zweeg even en hij hoorde haar sidderend ademhalen. 'Jack, de dingen die je in de lijken van Andy en Jill hebt gezien, waarvan je dacht dat het cysten waren... Ik heb er eentje doorgesneden en onder de microscoop gelegd. Ik heb de foto's daarnet naar Biowetenschappen gestuurd. Het zijn geen cysten, Jack. En het zijn ook geen sporen.'

'Wat zijn het dan?'

'Eitjes. Er zit iets in. Iets dat groeit.'

'Iets dat *groeit*? Bestaan ze dan uit meerdere cellen?'

'Ja.'

Hij wist niet wat hij hoorde. Hij was ervan uitgegaan dat ze te maken hadden met een microbe, een ééncellige bacterie. De dodelijkste vijand van de mens was altijd microbiologisch geweest, bacteriën en virussen en de protozoön, te klein om door het menselijk oog te worden waargenomen. Als chimaera uit meerdere cellen bestond, was het een veel verder ontwikkelde levensvorm dan een eenvoudige bacterie.

'Wat ik heb gezien was nog onderontwikkeld,' zei ze. 'Het had veel weg van een – een *groepje* cellen. Maar met bloedvaten. En ze bewogen. Alsof het ding een hartslag had, alsof het een kweek van myocardiale cellen was.'

'Misschien *was* het een kweek. Een groep eencelligen die tegen elkaar aan zaten.'

'Nee. Nee, volgens mij was het één organisme. En het was nog jong, het was zich nog aan het ontwikkelen.'

'Tot wat?'

'Dat weten ze bij USAMRIID,' zei ze. 'Deze dingen waren zich ook aan het ontwikkelen in het lijk van Kenichi Hirai. Ze vraten zijn organen op. Toen zijn lichaam is geëxplodeerd, moet de hele spaceshuttle vol hebben gezeten met dit spul.'

En het leger had de shuttle meteen onder quarantaine gesteld, dacht Jack, terugdenkend aan de helikopters. De mannen in de ruimtepakken.

'Ze ontwikkelen zich nu ook in Nicolai's lijk.'

Hij zei: 'Stoot het lijk uit, Emma! Wacht daar niet mee.'

'We zijn er al mee bezig. Luther treft de voorbereidingen om het via de luchtsluis naar buiten te brengen. Laten we hopen dat het vacuüm van het heelal dat spul zal vernietigen. Het is een historische gebeurtenis, Jack. De eerste begrafenis in het heelal.' Ze stootte een eigenaardige lach uit, maar die stierf snel weg.

'Emma,' zei hij, 'ik zal zorgen dat je thuiskomt. Al moet ik zelf in een raket stappen en je komen halen.'

'Ze laten ons niet naar huis komen. Dat weet ik inmiddels.'

Hij had nog nooit zo'n verslagenheid in haar stem gehoord en het maakte hem woedend. Wanhopig. 'Geef het niet op, Emma!'

'Ik ben gewoon realistisch. Ik heb de vijand gezien, Jack. Chimaera is een ingewikkelde veelcellige levensvorm. Het beweegt zich. Het plant zich voort. Het zet *onze* DNA, *onze* genen tegen ons in. Als dit een biowetenschappelijk gefabriceerd organisme is, heeft een of andere terrorist het perfecte wapen ontworpen.'

'Dan moet hij ook een geneesmiddel hebben ontworpen. Niemand begint een oorlog met een nieuw wapen als hij zichzelf er niet tegen kan beschermen.'

'Een fanaticus misschien wel. Een terrorist die alleen maar mensen wil doden – heel veel mensen. Daar is dit ding toe in staat. En het moordt niet alleen, maar plant zich ook voort. Het *verspreidt* zich.' Ze zweeg even. Een diepe vermoeidheid sloop in haar stem. 'Al die feiten in aanmerking genomen, is het duidelijk dat wij nooit meer naar huis kunnen.'

Jack zette de koptelefoon af en liet zijn hoofd tussen zijn handen zakken. Lange tijd bleef hij in zijn eentje in de kamer zitten, met het geluid van Emma's stem nog glashelder in zijn oren. Ik weet niet hoe ik je moet redden, dacht hij. Ik weet niet eens waar ik moet beginnen.

Hij hoorde de deur niet opengaan. Pas toen Liz Gianni van Experimenten hem riep, keek hij op.

'We hebben een naam,' zei ze.

Hij schudde verward zijn hoofd. 'Wat?'

'Ik zei toch dat ik zou nakijken welk experiment vernietigd moest worden wegens overdadige schimmelgroei? Het blijkt een celkweek te zijn. De wetenschapper is ene dr. Helen Koenig, een marinebiologe uit Californië.'

'En?'

'Dr. Koenig is spoorloos verdwenen. Ze heeft vorige week ontslag genomen bij SeaScience en sindsdien heeft niemand nog iets van haar vernomen. En Jack, ik heb daarnet met iemand van SeaScience gesproken. Ze vertelde me dat federale agenten op 9 Augustus Koenigs laboratorium hebben doorzocht en al haar dossiers meegenomen.'

Jack schoot overeind. 'Wat voor experiment was het? Wat voor soort celkweek heeft Koenig naar het ISS gestuurd?'

'Een eencellig marineorganisme, dat ze archeonen noemen.'

21

'Het was bedoeld als een project voor drie maanden,' zei Liz. 'Een proefneming over hoe archeonen zich in microzwaartekracht vermenigvuldigen. De kweek begon heel eigenaardige uitwassen te vertonen. Snelle groei, klontering. De archeonen vermenigvuldigden zich met een verbijsterende snelheid.'

Ze liepen over een van de paden die het JSC-terrein doorkruisten, langs een vijver met een fontein die water de stilstaande lucht in spoot. Het was een onaangenaam warme, drukkende dag, maar ze vonden het veiliger om buiten te praten; daar kon tenminste niemand hen afluisteren.

'In de ruimte gedragen cellen zich anders,' zei Jack. Dat was de reden waarom kweekjes naar het ruimtestation gebracht werden. Op de aarde groeit weefsel plat, als papier, en bedekt het de oppervlakte van de kweekplaat. In het heelal kan weefsel door het ontbreken van zwaartekracht in drie dimensies groeien en vormen aannemen die op aarde onmogelijk zijn.

'Dus als je bedenkt dat deze kweek erg opwindende resultaten liet zien,' zei Liz, 'is het nogal vreemd dat het experiment na zes en een halve week plotseling werd stopgezet.'

'Wie had daartoe de opdracht gegeven?' vroeg Jack.

'Helen Koenig zelf. Ze had de archeonenmonsters bekeken die aan boord van de *Atlantis* waren teruggebracht en gezien dat ze besmet waren met schimmels. Toen heeft ze opdracht gegeven alle kweekjes aan boord van het ISS te vernietigen.'

'En is dat gebeurd?'

'Ja, maar het eigenaardige is de manier waaróp ze vernietigd moesten worden. De bemanning mocht ze niet zomaar in een zak stoppen en samen met het natte afval wegdoen, wat normaal gesproken het geval is met een ongevaarlijk organisme. Ze moesten het van Koenig in de smeltkroes doen, verbranden en de as uitstoten.'

Jack bleef staan en keek haar aan. 'Als dr. Koenig onze bioterroriste is, waarom zou ze dan haar eigen wapen vernietigd hebben?'

'Geen idee.'

Hij dacht er over na, probeerde er de logica van in te zien, maar vond geen antwoord op zijn eigen vraag.

'Vertel me eens iets meer over haar experiment,' zei hij. 'Wat is een archeon precies?'

'Petrovitch en ik hebben de wetenschappelijke literatuur erop nageslagen. Archeonen zijn een eigenaardige soort ééncellige organismen die *extremofielen* heten – "liefhebbers van extreme condities". Ze zijn pas twintig jaar geleden ontdekt. Ze leven in groten getale dicht bij warme vulkaantrechters op de bodem van de oceaan. Ze zijn ook gevonden in ijslagen op de pool en in rotsen diep in de aardkorst. Plaatsen waarvan we dachten dat er geen leven kon bestaan.'

'Het is dus een soort hardnekkige bacterie?'

'Nee, het is een volkomen afzonderlijke vorm van leven. Letterlijk betekent de naam "de oerouden". Ze zijn zo oud dat hun oorsprong terug te voeren is naar de universele voorvader van *al* het leven. Naar de tijd dat zelfs bacteriën nog niet bestonden. Archeonen waren in wezen de allereerste bewoners van onze planeet en ze zullen waarschijnlijk alles en iedereen overleven. Ongeacht wat er nog mag gebeuren – een atoomoorlog, een botsing met een komeet – ze zullen blijven bestaan nadat wij allang zijn uitgestorven.' Ze zweeg even. 'In wezen zijn ze de ultieme veroveraars van de aarde.'

'Zijn ze besmettelijk?'

'Nee, ze doen mensen geen kwaad.'

'Dan is dit niet ons dodelijke organisme.'

'Tenzij er in die kweekjes nog iets *anders* zat. Stel dat Koenig er, vlak voordat ze het experiment naar ons heeft verscheept, een ander organisme in heeft gestopt. Ik vind het belangwekkend dat ze precies op het moment dat deze crisis aan het licht kwam, is verdwenen.'

Jack zei niets. Hij dacht na over de vraag waarom Helen Koenig zo abrupt opdracht had gegeven haar eigen experiment te laten verbranden. Hij herinnerde zich wat Gordon Obie tijdens hun vergadering had gezegd: dat het misschien niet om sabotage ging, maar om iets al even angstaanjagends. Een vergissing.

'En dit is nog niet alles,' zei Liz. 'Aan dit experiment zit nog iets vast dat me meteen is opgevallen.'

'Wat dan?'

'De financiering. Experimenten uit de privé-sector moeten zwaar concurreren voor een plek aan boord van het ISS. De wetenschapper vult om te beginnen een aanvraagformulier in, waarin hij de mogelijke commerciële gebruiken van zijn experiment uitlegt. Wij bekijken de aanvraag, die vervolgens door diverse commissies wordt behandeld voordat we besluiten of we het project accepteren. Dat alles vergt veel tijd – meestal gaat er een jaar of meer overheen.'

'En binnen hoeveel tijd is de archeon-aanvraag goedgekeurd?'

'Zes maanden.'

Hij fronste zijn voorhoofd. 'Is die zo snel door die hele molen gegaan?'

Liz knikte. 'Op topsnelheid. Ze hoefden niet te knokken voor financiering door NASA, zie je, zoals de meeste experimenten. Het was een commerciële opdracht. Iemand heeft ervoor *betaald* om dat experiment de ruimte in te krijgen.'

Dat was een van de manieren waarop NASA het ISS financieel drijvende hield – door experimentenruimte aan boord van het station aan commerciële firma's te verkopen.

'Waarom zou een maatschappij zo veel geld uittrekken – en ik heb het echt over *kapitalen* – om een reageerbuis vol waardeloze organismen te laten kweken? Uit wetenschappelijke nieuwsgierigheid?' Ze snoof sceptisch. 'Dat lijkt me niet waarschijnlijk.'

'Welke maatschappij heeft het experiment gefinancierd?'

'De firma waar dr. Koenig werkte. SeaScience in La Jolla, Californië. Die ontwikkelt commerciële producten van dingen uit de zee.'

De wanhoop die Jack daarstraks had gevoeld, begon weg te trekken. Eindelijk had hij informatie waar hij mee kon werken. Hij kon een plan maken. Iets *doen*.

Hij zei: 'Ik wil het adres en telefoonnummer van SeaScience. En de naam van de employé met wie jij hebt gesproken.'

Liz knikte kort. 'Komt voor elkaar, Jack.'

17 augustus

Diana werd wakker uit een onrustige slaap. Ze had pijn in haar hoofd en kon zich nauwelijks losmaken uit haar droom. Dromen over Engeland, over haar jeugd in Cornwall. Het stenen pad naar de voordeur, de overkoepelende pergola met klimrozen. In haar droom had ze het hekje opengeduwd en het zoals altijd horen piepen, omdat de scharnieren geolied moesten worden. Ze was het pad opgelopen naar het stenen huis. Het was een kort pad, zes passen maar, dan zou ze bij de voordeur zijn en die openmaken. Dan zou ze roepen dat ze thuis was, dat ze eindelijk thuis was. Ze verlangde naar de omhelzing van haar moeder, ze verlangde ernaar door haar vergeven te worden. Maar het zestal passen werden er twaalf. En vierentwintig. Nog steeds was het kleine huis buiten haar bereik en opeens rekte het pad zich uit tot het huis was gekrompen tot een poppenhuis.

Ze werd met beide armen uitgestrekt wakker en slaakte een wanhoopskreet.

Toen ze haar ogen opendeed, zag ze Michael naar haar staren. Hoewel zijn gezicht half verborgen zat achter het gasmasker en de beschermende bril, zag ze de uitdrukking van afgrijzen.

Ze ritste haar slaapzak open en zweefde de Russische Dienstmodule door. Nog voordat ze in de spiegel naar haar gezicht had gekeken, wist ze al wat ze zou zien.

In het wit van haar linkeroog zat een vuurrode streep.

Emma en Luther hingen in de gedempt verlichte woonmodule en spraken heel zachtjes met elkaar. Het grootste deel van het ruimtestation kreeg nog steeds geen stroom; alleen de Russische afdeling, die een eigen stroomtoevoer had, functioneerde normaal. De Amerikaanse afdeling was veranderd in een griezelig doolhof van schemerige tunnels en in de donkere woonmodule was het enige licht afkomstig van het computerscherm, waarop de diagrammen van het Milieucontrole en Levensvatbaarheidssysteem te zien waren. Emma en Luther kenden het systeem, hadden de componenten en subsystemen tijdens hun training op aarde uit hun hoofd geleerd, maar hadden een goede reden om het nogmaals door te nemen. Het ruimtestation was besmet en ze wisten niet of dat voor alle afdelingen gold. Toen Nicolai had gehoest, waren eitjes door de hele Russische Dienstmodule gevlogen terwijl het luik open had gestaan. Binnen een paar seconden had het luchtcirculatiesysteem dat erop was gebouwd te voorkomen dat zich zakken van stilstaande lucht vormden, de vrij zwevende bolletjes naar andere delen van het station gebracht. Had het Milieucontrolesysteem de rondzwevende deeltjes in de filters opgevangen en vastgehouden, zoals de bedoeling was? Of had de besmetting zich tot in iedere module verspreid?

Het computerscherm liet de diagrammen zien van de luchttoevoer van en naar het station. Zuurstof was afkomstig uit een aantal onafhankelijke bronnen. De belangrijkste was de Russische elektronengenerator, die water in waterstof en zuurstof elektrolyseerde. Hulpbronnen waren de brandstofgenerator die op chemische brandstof draaide en de zuurstofopslagtanks, die steeds door het station zelf werden opgeladen. Via pijpen werd de zuurstof, gemengd met stikstof, door het station verspreid. Ventilators zorgden ervoor dat de lucht tussen de modules bleef circuleren en zogen lucht weg via diverse borstels en filters om koolzuur, water en in de lucht rondzwervende stofdeeltjes te verwijderen.

'De HEPA-filters moeten ieder eitje en iedere larve binnen vijftien minuten hebben opgezogen,' zei Luther, wijzend naar de Hoog Efficiënte Stofdeeltjesfilters in het diagram. 'Het systeem is voor negenennegentig komma negen procent waterdicht. Alles wat groter is dan een micron moet weggefilterd zijn.'

'Ervan uitgaande dat alle eitjes zijn blijven zweven,' zei Emma. 'Het probleem is dat ze aan dingen vastplakken. En ik heb ze zien bewegen. Ze kunnen in spleten kruipen, zich verstoppen achter panelen waar we ze niet kunnen zien.'

'Als we alle panelen los moeten maken om naar die dingen te zoeken, zijn we maanden bezig. En dan nóg heb je kans dat we er een paar over het hoofd zien.'

'Panelen losmaken heeft geen zin. Ik zal de rest van de HEPA-filters vervangen. Morgen bekijk ik de bacteriologische steekproeven nog een keer. We moeten ervan uitgaan dat dat genoeg is. Maar als die larven in de buizen van de elektrische bedrading zijn gekropen, vinden we ze nooit.' Ze zuchtte. Ze was zo moe dat ze amper kon nadenken. 'Misschien heeft het allemaal niet eens zin. Misschien is het al te laat.'

'Voor Diana is het in ieder geval te laat,' zei Luther zachtjes.

Vandaag had Diana de bloeduitstortingen in haar ogen gekregen. Ze lag nu in quarantaine in de Russische Dienstmodule. Een vel plastic was voor het luik gehangen en niemand mocht er naar binnen zonder gasmasker en bril. *Ook al was dat zinloos*, dacht Emma. Ze hadden allemaal dezelfde lucht ingeademd; ze hadden Nicolai allemaal aangeraakt. Misschien waren ze allemaal al besmet.

'We moeten ervan uitgaan dat de Russische Dienstmodule nu definitief besmet is,' zei Emma.

'Het is de enige module waar volop stroom is en die dus nog bewoonbaar is. We kunnen hem niet volledig afsluiten.'

'Dan weet je wat we moeten doen.'

Luther slaakte een vermoeide zucht. 'Nog een keer naar buiten.'

'We moeten de stroomtoevoer in deze module herstellen,' zei ze. 'Je moet de reparaties aan de cardanusring afmaken, anders staan we op de rand van een catastrofe. Als er nóg iets misgaat met wat we momenteel aan stroomtoevoer hebben, raken we misschien Milieucontrole kwijt. Of de besturings- en navigatiecomputers.' Dat was wat de Russen *het doodskist scenario* noemden. Zonder stroom om zich te oriënteren, zou het ruimtestation reddeloos uit zijn baan raken.

'Ook als we de stroomtoevoer kunnen herstellen,' zei Luther, 'zijn we nog niet van het grootste probleem af. De biologische besmetting.'

'Als we die kunnen beperken tot de Russische afdeling –'

'Maar Diana is een incubator voor die larven geworden! Ze is als een bom die ieder moment kan ontploffen.'

'Wanneer ze eenmaal is gestorven, zullen we haar lichaam onmiddellijk uitstoten,' zei Emma. 'Voordat er eitjes of larven vrijkomen.'

'Dat is misschien niet snel genoeg. Nicolai heeft die eitjes opgehoest toen hij nog leefde. Als we wachten tot Diana sterft...'

'Wat wil je dan, Luther?' Ze schrokken allebei van Griggs stem en draaiden zich naar hem om. Hij keek naar hen vanuit de opening van de module, zijn gezicht glanzend in de schaduw. 'Vind je dat we haar overboord moeten zetten terwijl ze nog leeft?'

Luther trok zich verder terug in het schemerdonker, alsof hij terugdeinsde voor een aanval. 'Jezus, dat zeg ik helemaal niet.'

'Wat zeg je dan?'

'Alleen maar dat de larven – dat we weten dat die in haar lichaam zitten. En dat het alleen maar een kwestie van tijd is.'

'Misschien zitten ze in ons allemaal. Misschien zitten ze ook in *jou*. Misschien zijn ze op dit moment aan het groeien, zich aan het ontwikkelen. Moeten we jou soms ook naar buiten gooien?'

'Als dat noodzakelijk is om de besmetting tegen te houden. Griggs, luister, jij weet ook dat ze dit niet overleeft. En dat we haar niet kunnen helpen. We moeten dingen in overweging nemen...'

'Hou je kop!' Griggs schoot de module door en greep Luther bij zijn shirt. Beide mannen vlogen tegen de wand en ketsten terug. Vechtend draaiden ze om en om in de lucht. Luther probeerde Grigg van zich af te krijgen, maar Griggs hield hem stevig vast.

‘Hou op!’ riep Emma. ‘Griggs, laat hem *los*!’

Griggs liet los. De twee mannen dreven uit elkaar, allebei zwaar hijgend. Emma stelde zich als een scheidsrechter tussen hen op.

‘Luther heeft gelijk,’ zei ze tegen Griggs. ‘We moeten vooruitdenken. We willen het geen van allen, maar misschien hebben we geen keus.’

‘En als het om jou ging, Watson?’ vroeg Griggs fel. ‘Hoe zou je het vinden als wij zaten te overleggen wat we met *jouw* lijk moeten doen? Hoe snel we je in een plastic zak moeten stoppen en ons van je ontdoen?’

‘Ik zou van je *verwachten* dat je daar plannen voor zou maken! Er staan nog drie levens op het spel en Diana weet dat. Ik doe mijn uiterste best om haar in leven te houden, maar om heel eerlijk tegen je te zijn heb ik geen flauw idee hoe ik dat moet doen. Het enige wat ik kan doen is haar volspuiten met antibioticum en hopen dat Houston snel met antwoorden komt. Als je het mij vraagt, zijn we geheel op onszelf aangewezen en moeten we ons voorbereiden op het ergste!’

Griggs schudde zijn hoofd. Zijn ogen waren roodomrand, zijn gezicht gekweld door verdriet. Zachtjes zei hij: ‘Wat is nog erger dan dit?’

Emma gaf geen antwoord. Ze keek naar Luther en zag haar gedachten in zijn ogen weerspiegeld. *Het ergste moet nog komen.*

‘ISS, SURGEON staat *stand by*,’ zei CAPCOM. ‘Ga je gang, ISS.’

‘Jack?’ zei Emma.

Tot haar teleurstelling hoorde ze de stem van Todd Cutler. ‘Ik ben het, Emma. Jack is er vandaag niet. Hij is met Gordon naar Californië.’

Verdomme, Jack, dacht ze. *Ik heb je nodig.*

‘We zijn het allemaal eens met de ruimtewandeling,’ zei Todd. ‘Het moet gebeuren, en snel. Mijn eerste vraag aan jou is hoe Luther Ames het maakt? Lichamelijk en geestelijk. Kan hij het aan?’

‘Hij is moe. We zijn allemaal moe. We hebben de afgelopen vierentwintig uur nauwelijks een oog dichtgedaan. We waren te druk met schoonmaken.’

‘Denk je dat hij voldoende kracht zal hebben voor de ruimtewandeling als we hem eerst een dag rust geven?’

‘Op dit moment is een dag rust voor ons een onbereikbare droom.’

'Maar zou dat genoeg zijn?'

Ze dacht even na. 'Dat denk ik wel. Hij moet gewoon even bijslapen.'

'Goed. Dat komt nu mijn tweede vraag. Ben *jij* in staat een ruimtewandeling te maken?'

Emma zweeg verrast. 'Willen jullie dat *ik* met hem meega?'

'Volgens ons kan Griggs het niet aan. Hij onthoudt zich van alle communicatie met ons. Onze psycholoog is van mening dat hij momenteel niet stabiel genoeg is.'

'Hij heeft het erg moeilijk, Todd. En hij is erg verbitterd dat jullie ons niet naar huis laten komen. Jullie weten het misschien niet, maar hij en Diana zijn...' Ze maakte haar zin niet af.

'Dat weten we. En die emoties hebben een erg negatieve invloed op zijn werk. Een ruimtewandeling is daardoor te gevaarlijk. Dus moet jij met Luther meegaan.'

'Maar ik heb geen pak. Het andere ruimtepak is me te groot.'

'Het pak van Elena Savitskaja zit nog in de Soyuz. Het is daar een aantal missies geleden achtergelaten. Elena is ongeveer net zo groot als jij. Ik denk dus dat het je wel zal passen.'

'Het zou mijn eerste ruimtewandeling zijn.'

'Je hebt ervoor getraind. Je kunt het best. Luther heeft je alleen maar nodig als assistent.'

'En mijn patiënt? Wie moet er voor haar zorgen zolang ik buiten het schip zit?'

Todd zei rustig: 'Ze zal niet lang meer leven, Emma. Volgens ons kun je niets voor haar doen.'

'Dat komt omdat jullie me geen nuttige informatie geven om mee te werken! Het enige wat jullie willen, is dit ruimtestation draaiende houden! Het lijkt wel alsof jullie je meer zorgen maken over die verrekte zonnepanelen dan om de bemanning. Als we geen geneesmiddel krijgen, gaan we hier allemaal dood, Todd.'

'We hebben nog geen geneesmiddel gevonden.'

'Haal ons dan naar huis, verdomme!'

'Denk je soms dat we het leuk vinden om jullie daar te laten zitten? Denk je soms dat we daar zelf voor gekozen hebben? Het lijkt hier wel een nazi-commandopost! Heel Mission Control zit vol met boerenkinkels van de luchtmacht en –'

Er viel een abrupte stilte.

'SURGEON?' zei Emma. 'Todd?'

Geen antwoord.

'CAPCOM, de verbinding met SURGEON is verbroken,' zei ze. 'Kunt u dat alstublieft herstellen?'

Een pauze. Toen: '*Stand by*, ISS.'

Ze wachtte naar haar gevoel een eeuwigheid. Toen Todd weer aan de lijn kwam, klonk hij bedrukt. *Gekoeioneerd*, dacht Emma.

'Ze luisteren mee, hè?' vroeg ze.

'Ja.'

'Dit wordt geacht een vertrouwelijk gesprek te zijn!'

'Het woord vertrouwelijk kennen ze hier niet meer. Hou daar voortaan rekening mee.'

Ze slikte hard om haar woede te onderdrukken. 'Goed. Goed, ik zal mijn woede opzij zetten. Vertel me wat je over dit organisme weet. Wat ik kan gebruiken om het te bestrijden.'

'Ik ben bang dat ik je niet veel kan vertellen. Ik heb zojuist gesproken met dr. Isaac Roman van USAMRIID die de verantwoordelijkheid heeft over het chimaera-project. Hij had geen goed nieuws. Al hun pogingen om de ziekte met antibiotica en wormvernietigende middelen te bestrijden, hebben gefaald. Hij zegt dat chimaera al zoveel oneigen DNA heeft dat het genoom nu vrijwel gelijk is aan dat van zoogdieren. Dat houdt in dat ieder geneesmiddel dat we ertegen inzetten, onze eigen weefsels zal vernietigen.'

'Hebben ze het geprobeerd met geneesmiddelen tegen kanker? Dit spul vermenigvuldigt zich zo snel, dat het veel wegheeft van een tumor. Kunnen we het daarmee niet te lijf gaan?'

'USAMRIID heeft het met antibiotica geprobeerd in de hoop dat ze het in de celdelingsfase konden vernietigen. Helaas waren de vereiste doses zo groot dat de dragers er ook door werden gedood. Het hele darmvlies werd erdoor afgestoten. De dieren zijn gewoon doodgebloed.'

De ergste dood die je je kon indenken, dacht Emma. Massale bloedingen in de darmen en maag. Bloed dat zowel via de mond als de rectum naar buiten stroomde. Ze was op de aarde eens van zo'n sterfgeval getuige geweest. In de ruimte zou het nog veel erger zijn, omdat gigantische bloedbollen als rode ballonnen door de cabine zouden zweven en stukspatten tegen de wanden en de bemanningsleden.

'Er werkt dus niets,' zei ze.

Todd gaf geen antwoord.

'Helemaal niets? Geen enkel middel waar de drager niet door wordt gedood?'

'Ze hebben het wel over iets gehad, maar volgens Roman gaat het alleen om een tijdelijk effect, niet om een geneesmiddel.'

'Wat dan?'

'Een hogedrukkamer. Een luchtdruk van minimaal tien atmosfeer. Het equivalent van een duik in de oceaan naar een diepte van honderd meter. Besmette dieren die in kamers met een dergelijke hoge luchtdruk zijn geplaatst, leven nog steeds. Zes dagen nadat ze aan de ziekte zijn blootgesteld.'

'Moet het echt *minimaal* tien atmosfeer zijn?'

'Als het minder is, krijgt de ziekte vat op de drager en sterft hij.'

Ze slaakte een kreet van frustratie. 'Zelfs *als* we de luchtdruk hier tot zo hoog konden opvoeren, is tien atmosfeer meer dan dit station kan verdragen.'

'Zelfs bij twee atmosfeer is de druk op de romp al groot,' zei Todd. 'Bovendien zou je een heli-ox atmosfeer moeten hebben en die kunnen jullie in het ruimtestation niet nabootsen. Daarom wilde ik er niets over zeggen. Voor jullie is deze informatie van geen enkel nut. We hebben al bekeken of we een hogedrukkamer naar het ISS kunnen brengen, maar een zo groot gevaarte – iets dat in staat is dergelijke hoge druk te produceren – zou in de laadruimte van de *Endeavour* vervoerd moeten worden en het probleem is dat die buiten de horizontale planning zit. Er zijn minstens twee weken voor nodig om zo'n kamer in gereedheid te brengen. Bovendien zou het ruimteschip zich aan het ISS moeten koppelen. Dan zou de *Endeavour* en haar bemanning blootgesteld worden aan het besmettingsgevaar.' Hij zweeg even. 'USAMRIID zegt dat zoiets niet eens in overweging genomen kan worden.'

Ze zweeg, maar haar frustratie begon een kookpunt te bereiken. Hun enige hoop was een hogedrukkamer, en daarvoor moesten ze terugkeren naar de aarde. En dat kon niet.

'We moeten met deze informatie iets kunnen doen,' zei ze. 'Leg het me uit. Waarom werkt een hogedrukkamer? Waarom heeft USAMRIID er überhaupt aan gedacht dat uit te proberen?'

'Dat heb ik dr. Roman ook gevraagd.'

'En wat zei hij?'

'Dat dit een nieuw en bizar organisme was. Dat we daarom onconventionele middelen moeten uitproberen.'

'Daarmee heeft hij geen antwoord gegeven op je vraag.'

'Meer wilde hij me niet vertellen.'

Tien atmosfeer was het absolute uiterste dat de mens kon verdragen. Emma was een enthousiaste diepzeeduikster, maar had het nooit aangedurfd om dieper te gaan dan veertig meter. Een diepte van honderd meter was voor dwazen. Waarom had USAMRIID proefnemingen gedaan met zulke hoge druk?

Daar moet een reden voor zijn, dacht ze. *Ze weten iets over dit organisme, waardoor ze reden hadden te denken dat het zou lukken.*

Er is iets dat ze ons niet vertellen.

22

De reden waarom ze Gordon Obie de Sfinx noemden, was nog nooit zo duidelijk geweest als tijdens de vlucht naar San Diego. Ze hadden op Ellington Field een van de T-38 jets genomen. Obie vloog en Jack zat in de enige passagiersstoel. Dat ze tijdens de vlucht nauwelijks iets tegen elkaar zeiden, was niet verwonderlijk. Een T-38 is niet geschikt voor conversatie, aangezien de piloot en de passagier achter elkaar zitten, als twee erwten in een schil. Maar zelfs toen ze in El Paso een tussenlanding maakten om te tanken en waren uitgestapt om na anderhalf uur opgevouwen te hebben gezeten even hun benen te strekken, liet Obie zich niet tot een gesprek verleiden. Alleen toen ze aan de rand van het vliegveld een Dr. Pepper dronken uit de automaat naast de hangar, zei hij iets, uit eigen beweging. Hij keek met toegeknepen ogen naar de hemel, waar de zon al door het zenit was, en zei: 'Als ze mijn vrouw was, zou ik 'm ook goed knijpen.'

Daarna gooide hij het lege blikje in de afvalbak en liep terug naar de jet.

Na de landing op Lindbergh Field kroop Jack achter het stuur van een huurauto en reed noordwaarts over Interstate 5 naar La Jolla. Gordon zei bijna niets en staarde de hele rit uit het raam. Jack had altijd gedacht dat Gordon meer een machine dan een mens was en stelde zich voor hoe dat computerachtige brein het voorbijglijdende landschap registreerde als aparte gegevens: HEUVEL. BRUG. NIEUWE WOONWIJK. Hoewel Gordon een astronaut was geweest, was er niemand in het korps die hem echt kende. Hij kwam plichtmatig naar alle feesten, maar bleef dan apart staan, een stille, eenzame figuur die nooit iets sterkers dronk dan zijn geliefde Dr. Pepper. Hij scheen zich met zijn eigen zwijgen volkomen op zijn gemak te voelen, accepteerde het als een onderdeel van zijn persoonlijkheid, net zoals hij zijn komische flaporen en slechte kapsels had geaccepteerd. Dat niemand Gordon Obie echt kende, kwam omdat hij het niet nodig vond zich bloot te geven.

Daarom had Jack in El Paso zo verbaasd opgekeken van zijn opmerking. *Als ze mijn vrouw was, zou ik 'm ook knijpen.*

Jack kon zich niet voorstellen dat De Sfinx ooit bang was geweest, evenmin als hij zich hem als een getrouwd man kon voorstellen. Voor zover hij wist, was Gordon altijd vrijgezel geweest.

Mist kwam al uit zee opzetten tegen de tijd dat ze de kust van La Jolla hadden bereikt. Ze reden de toegangsweg naar SeaScience bijna voorbij, omdat die slechts door een klein bord werd aangegeven en eerst dwars door een eucalyptusbos liep. Pas na een kilometer zagen ze het researchcentrum, een surrealistisch gebouwencomplex van wit beton dat veel weg had van een fort en uitkeek op zee.

Een vrouw in een witte laboratoriumjas ontving hen bij de balie. 'Rebecca Gould,' zei ze, hen beiden de hand drukkend. 'Mijn laboratorium is naast dat van Helen. Ik ben degene die u vanochtend aan de telefoon hebt gehad.' Met haar korte haar en robuuste gestalte kon Rebecca net zo goed voor een man als een vrouw doorgaan. Zelfs haar zware stem kon op tweeërlei manier uitgelegd worden.

Ze namen de lift naar de kelder. 'Ik begrijp echt niet waarom u per se hierheen wilde komen,' zei Rebecca. 'Zoals ik u telefonisch al heb verteld heeft USAMRIID Helens laboratorium helemaal leeggehaald,' Ze wees naar een deur. 'Kijkt u zelf maar hoe weinig ze hebben achtergelaten.'

Jack en Gordon gingen het lab binnen en keken ontmoedigd om zich heen. De laden van de dossierkasten hingen open. Op de planken en tafels stond niets, zelfs geen rekje voor reageerbuizen. Alleen de muurdecoraties hadden ze laten hangen, hoofdzakelijk ingelijste posters van vakantieoorden, lokkende foto's van tropische stranden met palmbomen en gebruinde vrouwen die glimmend van de zonnebrandolie lagen te zonnebaden.

'Ik was in mijn laboratorium toen ze kwamen. Ik hoorde boze stemmen en brekend glas. Toen ik om het hoekje van de deur keek, zag ik mannen dossiers en computers wegdragen. Ze hebben alles meegenomen. De incubators met haar kweekjes. Rekken vol zeewatermonsters. Zelfs de kikkers die in dat terrarium daar zaten. Toen mijn assistenten probeerden ze tegen te houden, werden ze zelf meegenomen om verhoord te worden. Ik heb natuurlijk meteen dr. Gabriel gebeld.'

'Dr. Gabriel?'

'Palmer Gabriel. De directeur van het instituut. Hij is meteen gekomen, samen met een advocaat van SeaScience. Maar ook hij kon er niets tegen doen. Het leger heeft doodgewoon alles in kartonnen dozen gepakt en meegenomen. Zelfs de lunchpakketjes van de werknemers!' Ze deed de koelkast open en wees naar de lege planken. 'Ik heb geen idee wat ze dachten te vinden.' Ze keek hen aan. 'En ik snap ook niet wat u hier doet.'

'Ik denk dat we allemaal op zoek zijn naar Helen Koenig.'

'Die heeft ontslag genomen. Zoals ik u al heb verteld.'

'Weet u ook waarom?'

Rebecca haalde haar schouders op. 'Dat vroegen die lui van USAMRIID ook aldoor. Of ze kwaad was op SeaScience. Of ze geestelijk onstabiel was. Daar heb ik niets van gemerkt. Volgens mij was ze gewoon moe. Doorgedraaid, omdat ze hier al ik weet niet hoe lang zeven dagen per week werkte.'

'En nu kan niemand haar vinden.'

Rebecca hief kwaad haar kin op. 'Het is geen misdaad om op vakantie te gaan. Dat wil niet zeggen dat ze een bioterrorist is. USAMRIID deed net alsof dit laboratorium een plek was waar een misdaad was bekokstoofd. Alsof ze het Ebola-virus aan het kweken was of zoiets. Helen bestudeerde archeonen. Onschadelijke zeemicroben.'

'Weet u zeker dat dat het enige project was waar ze aan werkte?'

'Bedoelt u of ik Helen in de gaten hield? Natuurlijk niet. Ik heb het veel te druk met mijn eigen werk. En waar zou Helen dan mee bezig geweest moeten zijn? Ze heeft járen in haar research naar de archeonen gestoken. Het experiment dat ze naar het ISS mocht sturen, was haar eigen ontdekking. Ze beschouwde het als een persoonlijke triomf.'

'Hebben die archeonen commerciële waarde?'

Rebecca aarzelde. 'Niet voor zover ik weet.'

'Waarom moesten ze dan in het heelal bestudeerd worden?'

'Hebt u nog nooit van pure wetenschap gehoord, dr. McCallum? Kennis op zich? Het zijn eigenaardige en fascinerende wezentjes. Helen had deze specifieke soort in de Galapagos gevonden, bij een vulkanische krater, op een diepte van zesduizend meter, waar een luchtdruk heerst van zeshonderd atmosfeer en het water bijna kookt. Archeonen voelen zich daar heel prettig. Zo zie je maar weer hoe het leven zich weet aan te passen. Het is niet meer dan natuurlijk je af te vragen wat er gebeurt als je zo'n levensvorm uit die extreme omstandigheden haalt en overbrengt naar een vriendelijker omgeving. Zonder duizenden kilo's waterdruk die je dreigen te verpletteren. Zelfs zonder zwaartekracht die de groei beïnvloedt.'

'Neem me niet kwalijk,' zei Gordon opeens. Ze keken allebei naar hem om. Hij was door het laboratorium geslenterd, had in lege laden en prullenbakken gekeken. Nu stond hij voor een van de posters aan de muur en wees naar de foto die in een hoek van de lijst was gestoken. Een foto van een groot vliegtuig op een landingsbaan. Onder de vleugel stonden de twee piloten. 'Waar komt deze foto vandaan?'

Rebecca haalde haar schouders op. 'Hoe moet ik dat nou weten? Dit is Helens laboratorium.'

'Het is een KC-135,' zei Gordon.

Nu begreep Jack waarom Gordon zo geïnteresseerd was in de foto. NASA had KC-135's gebruikt om astronauten te laten wennen aan microzwaartekracht. Wanneer je met dat toestel grote parabolische bochten vloog, was het net alsof je in een achtbaan zat en voelde je je bij iedere duik voor de tijdsduur van maximaal dertig seconden gewichtloos.

'Heeft dr. Koenig voor haar research gebruikgemaakt van een KC-135?' vroeg Jack.

'Ik weet dat ze vier weken op een of ander vliegveld in New Mexico heeft gezeten. Ik heb geen idee wat voor soort vliegtuig ze daar hebben gebruikt.'

Jack en Gordon keken elkaar peinzend aan. Vier weken research met een KC-135 kostte heel veel geld.

'Wie zou toestemming moeten geven voor een dergelijke uitgave?' vroeg Jack.

'Dr. Gabriel.'

'Zouden we hem even kunnen spreken?'

Rebecca schudde haar hoofd. 'Je kunt niet zomaar bij Palmer Gabriel binnenvallen. Zelfs de wetenschappers die hier werken, zien hem bijna nooit. Bovendien heeft hij in alle uithoeken van het land instituten, dus heb je kans dat hij niet eens hier is.'

'Nog een vraag,' zei Gordon. Hij was naar het lege terrarium gelopen en keek naar het mos en de steentjes op de bodem. 'Waar is deze bak voor?'

'Voor kikkers, zoals ik u daarnet al heb verteld. Helens knuffeldieren. USAMRIID heeft ze samen met al het andere meegenomen.'

Gordon rechtte zijn rug en keek haar aan. 'Wat voor soort kikkers?'

Ze stootte een geschrokken lach uit. 'Stelt NASA altijd van die eigenaardige vragen?'

'Ik ben gewoon nieuwsgierig wat voor soort kikkers ze als knuffeldier had.'

'Ik geloof dat ze luipaardkikkers heetten. Geef mij maar een leuke poedel. Die is tenminste niet zo slijmerig.' Ze keek op haar horloge. 'Hebt u verder nog vragen, heren?'

'Ik geloof dat we hier klaar zijn. Dank u,' zei Gordon. Zonder verder nog iets te zeggen, liep hij het laboratorium uit.

Ze zaten in de huurauto. De mist die uit zee opkwam, trok langs de ramen en bedekte de ruiten. *Rana pipiens*, dacht Jack. De noordelijke luipaardkikker. Een van de drie diersoorten die in chimaera zaten.

'Hier is het dus vandaan gekomen,' zei hij. 'Uit dit laboratorium.'

Gordon knikte.

'USAMRIID wist dat een week geleden al,' zei Jack. 'Hoe zijn ze daar achter gekomen? Hoe wisten ze dat chimaera afkomstig was uit SeaScience? Er moet een manier zijn om hen te dwingen hun informatie aan ons bekend te maken.'

'Niet als het een kwestie is van nationale veiligheid.'

'NASA is *niet* de vijand.'

'Misschien denken zij van wel. Misschien vinden ze dat de dreiging binnen NASA ligt.'

Jack keek hem aan. 'Een van onze mensen?'

'Het is een van de twee redenen waarom het ministerie van Defensie ons buiten spel wil houden.'

'En de andere reden is?'

'Dat het een stelletje eikels zijn.'

Jack lachte en leunde achterover. Eventjes zwegen ze allebei. Het was een vermoeiende dag geweest en ze moesten nog terugvliegen naar Houston.

'Ik heb het gevoel dat ik blindelings om me heen sla,' zei Jack. Hij drukte zijn hand tegen zijn ogen. 'Ik weet niet tegen wie ik aan het vechten ben, maar ik kan het me niet veroorloven op te houden met vechten.'

'Voor zo'n vrouw als zij zou ik ook blijven vechten,' zei Gordon.

Ze spraken geen van beiden haar naam uit, maar wisten dat ze het over Emma hadden.

'Ik herinner me haar eerste dag op Johnson,' zei Gordon. In het gedempte licht van de beslagen ruiten was Gordons alledaagse gezicht geschetst in nuances van grijs op grijs. Hij zat erg stil, zijn blik recht vooruit, een stille, kleurloze man. 'Ik moest de klas van beginnende astronauten toespreken. Ik keek naar al die nieuwe gezichten, en daar zat ze, op de eerste rij, in het midden. Niet bang eruit gepikt te worden. Niet bang vernederd te worden. Ze was nergens bang voor.' Hij zweeg en schudde kort zijn hoofd. 'Ik vond het nooit prettig wanneer ze de lucht inging. Iedere keer dat ze voor een missie werd gekozen, had ik het liefst haar naam doorgestreept. Niet omdat ze niet goed genoeg was. Welnee. Ik vond het gewoon vreselijk om haar naar dat lanceerplatform te zien gaan, omdat ik wist hoeveel dingen er mis konden gaan.' Hij zweeg abrupt. Jack had hem nog nooit zoveel achter elkaar horen zeggen. En Gordon had nog nooit zoveel van zijn gevoelens blootgegeven. Toch verbaasde dit Jack helemaal niet. Hij dacht aan de ontelbare manieren waarop hij van Emma hield. Welke man zou *niet* van haar houden? vroeg hij zich af. Zelfs Gordon Obie was niet immuun.

Hij startte de motor. De ruit werd schoon toen de ruitenwissers de mistsluier wegveegden. Het was al vijf uur; ze zouden in het donker terugvliegen naar Houston. Hij reed over het parkeerterrein naar de uitgang.

Opeens zei Gordon: 'Wat zullen we nu krijgen?'

Jack trapte hard op de rem toen een zwarte auto door de mist op hen afkwam. Een tweede auto reed met gillende banden het parkeerterrein op en kwam schuivend op een paar centimeter afstand van hun voorbumper tot stilstand. Vier mannen stapten uit.

Jack bleef als bevroren zitten toen het portier werd opengerukt en een stem bevelend zei: 'Uitstappen, heren.'

'Waarom?'

'Stap nu maar gewoon uit.'

Gordon zei zachtjes: 'Ik heb zo het idee dat hier niet over onderhandeld kan worden.'

Met tegenzin stapten ze uit. Ze werden snel gefouilleerd en hun portefeuilles werden in beslag genomen.

'Hij wil met u praten. Ga achter in die wagen zitten.' De man wees naar de andere zwarte auto.

Jack keek om zich heen naar de vier mannen. *Weerstand bieden heeft geen zin* was een redelijke samenvatting van de situatie. Hij liep met Gordon naar de zwarte auto en stapte achterin.

Voorin zat een man. Het enige wat ze konden zien was zijn achterhoofd en schouders. Hij had dik, zilvergrijs haar, dat achterover was gekamd, en droeg een grijs kostuum. Het raam gleed open en de twee in beslag genomen portefeuilles werden aan de man overhandigd. Hij liet het raampje meteen weer dichtglijden, een donkergetinte barrière tegen nieuwsgierige ogen. Een paar minuten bestudeerde hij de inhoud van de portefeuilles. Toen draaide hij zich om naar zijn bezoekers. Hij had donkere, bijna zwarte ogen, waar vreemd genoeg bijna niets in weerspiegeld werd. Twee zwarte gaten die licht opvingen. Hij gooide de portefeuilles in Jacks schoot.

'U bent ver van Houston, heren.'

'We zijn in El Paso verkeerd afgeslagen,' zei Jack.

'Wat heeft NASA hier te zoeken?'

'We willen weten wat er in werkelijkheid in de celkweekjes zat die u de ruimte in hebt gestuurd.'

'USAMRIID is hier al geweest. Ze hebben alles in beslag genomen. Alles. Dr. Koenigs researchdossiers, haar computers. Als u vragen hebt, moet u bij *hen* zijn.'

'USAMRIID wil ons niets vertellen.'

'Dat is uw probleem, niet het mijne.'

'Helen Koenig werkte voor u, dr. Gabriel. Weet u niet eens wat er in uw eigen laboratoriums gebeurt?'

Jack zag aan de uitdrukking op het gezicht van de man dat hij goed gegokt had. Dit was de stichter van SeaScience. *Palmer Gabriel.* Een engelachtige naam voor een man wiens ogen geen licht uitstraalden.

'Er werken honderden wetenschappers voor me,' zei Gabriel. 'Ik heb laboratoriums in Massachusetts en Florida. Ik kan onmogelijk bijhouden wat er in die laboratoriums allemaal gebeurt. Noch kan ik verantwoordelijk worden gehouden voor misdaden die mijn werknemers begaan.'

'Dit is niet zomaar een misdaad. Het gaat om een biologisch ontwikkelde chimaera. Een organisme dat de volledige bemanning van een ruimteschip heeft gedood. En dat uit *uw* laboratorium is gekomen.'

'Mijn researchers hebben zelf de leiding over hun projecten. Daar bemoei ik me niet mee. Ik ben zelf een wetenschapsman, dokter McCallum, en ik weet dat wetenschappers het beste werken wanneer men ze volledige onafhankelijkheid gunt. De vrijheid om hun nieuwsgierigheid te bevredigen. Wat Helen aan het doen was, was haar eigen zaak.'

'Waarom bestudeerde ze archeonen? Wat hoopte ze te ontdekken?'

Hij draaide zich weer om, zodat ze alleen nog zijn achterhoofd zagen met het zilvergrijze haar. 'Kennis is altijd nuttig. Soms hebben we in het begin niet door hoeveel het waard is. We denken bijvoorbeeld: wat hebben we eraan te onderzoeken wat de voortplantingsgewoonten van de zeekomkommer zijn? Dan ontdekken we opeens hoeveel waardevolle hormonen we uit die eenvoudige zeekomkommer kunnen halen, en opeens is de voortplanting heel belangrijk.'

'En waarom zijn archeonen zo belangrijk?'

'Dat is nu juist de vraag. Daarom bestuderen we organismen net zo lang tot we weten hoe we ze kunnen gebruiken.' Hij wees naar het gebouwencomplex, dat nu in mist was gehuld. 'U ziet dat we dicht bij zee zitten. Al mijn laboratoria staan aan zee. De zee is mijn boorterrein. Daar zoek ik naar nieuwe geneesmiddelen tegen kanker, naar wondermiddelen. Het is erg logisch om die in zee te zoeken, omdat we daar zelf uit zijn voortgekomen. Het is onze geboorteplaats. Al het leven is begonnen in de zee.'

'U hebt geen antwoord gegeven op mijn vraag. Hebben archeonen commerciële waarde?'

'Dat is nog niet bekend.'

'Waarom hebt u ze dan de ruimte in gestuurd? Had dr. Koenig tijdens de vluchten met de KC-135 iets ontdekt? Iets wat verband houdt met gewichtloosheid?'

Gabriel draaide zijn raampje naar beneden en wenkte de mannen. De achterdeuren gingen open. 'U wordt vriendelijk verzocht nu uit te stappen.'

'Wacht,' zei Jack. 'Waar is Helen Koenig?'

'Ik heb niets meer van haar gehoord sinds ze hier ontslag heeft genomen.'

'Waarom heeft ze opdracht gegeven haar eigen celkweekjes te verbranden?'

Jack en Gordon werden uit de auto gesleurd en naar de huurauto geduwd.

'Waar was ze bang voor?' riep Jack.

Gabriel gaf geen antwoord. Zijn raampje gleed dicht en zijn gezicht verdween achter het getinte glas.

23

18 augustus

Luther liet de laatste lucht in de bemanningssluis wegstromen en maakte het EVA-luik open. 'Ik ga wel eerst,' zei hij. 'Doe het heel rustig aan. Het is altijd eng, de eerste keer.'

Toen Emma voor het eerst de leegte zag, greep ze zich in paniek vast aan het luik. Ze wist dat dit een bekend verschijnsel was en dat het over zou gaan. Deze korte periode van verlammende angst overkwam vrijwel iedereen bij zijn eerste ruimtewandeling. Het brein heeft er moeite mee het oneindige van het heelal te accepteren, de afwezigheid van boven en onder. In de miljoenen jaren van evolutie is in het menselijke brein de angst tegen vallen stevig ingebed, en die angst moest Emma nu overwinnen. Ieder instinct vertelde haar dat als ze het luik losliet, als ze het waagde de sluis uit te komen, ze onherroepelijk in het oneindige zou neerstorten. Verstandelijk wist ze dat dat niet zou gebeuren. Ze zat met een dik koord vast aan de bemanningssluis. Als dat koord mocht breken, kon ze haar SAFER-jetpack gebruiken om bij het ruimtestation terug te komen. Alleen een onvoorziene reeks onafhankelijke ongelukken zou een ramp kunnen veroorzaken.

Maar dat is precies waar we mee te kampen hebben, dacht ze. Het ene ongeluk na het andere. Een Titanic in het heelal. Ze slaagde er niet in de ingebeelde dreiging van een nieuwe ramp van zich af te zetten.

Zo waren ze nu ook nog gedwongen geweest de hand te lichten met de voorschriften. In plaats van een volle nacht onder lagere luchtdruk in de luchtsluis door te brengen, hadden ze er slechts vier uur gezeten. Theoretisch was het genoeg, maar iedere afwijking van de normale procedures bracht nieuwe risico's met zich mee.

Ze haalde een paar keer diep adem en voelde het verlammende gevoel wegtrekken.

'Hoe gaat-ie?' hoorde ze Luthers stem in haar koptelefoon.

'Ik... ik heb even de tijd genomen om het uitzicht te bewonderen,' zei ze.

'Geen problemen?'

'Nee, hoor. Alles kits.' Ze liet het luik los en zweefde door het gat naar buiten.

Diana ligt op sterven.

Griggs staarde met stijgende bitterheid naar het gesloten tv-circuit waarop hij Luther en Emma kon zien, die buiten aan het werk waren. Robotten, dacht hij. Gehoorzame robotten die netjes deden wat Houston zei. Jarenlang was ook hij een robot geweest. Nu pas had hij begrepen wat zijn plaats in het geheel was. Hij, en alle anderen, waren wegwerpmateriaal. Reserveonderdelen die als enige functie hadden NASA's glorieuze apparatuur te onderhouden. Ook al gaan we hier allemaal dood, we zullen het schip tot het einde toe laten blinken. Tot uw orders, kapitein!

Nou, hij niet. NASA had hem verraden. NASA had hen allemaal verraden. Als Watson en Ames nog steeds braaf wilden meedoen, moesten ze dat zelf weten. Hij hield het voor gezien.

Alleen Diana was nog belangrijk voor hem.

Hij verliet de woonmodule, zweefde naar het Russische deel van het station en glipte onder het vel plastic door dat voor de luikopening van de Russische Dienstmodule hing. Hij nam niet de moeite zijn masker en bril op te zetten. Waarom zou hij? Ze gingen hier toch allemaal dood.

Diana lag vastgebonden op de behandeltafel. Haar ogen met de gezwollen oogleden zaten vrijwel dicht. Haar buik, die altijd zo plat en stevig was geweest, was dik. *Vol met eitjes*, dacht hij. Hij stelde zich voor hoe die in haar groeiden, zich vermenigvuldigden onder de bleke tent van huid.

Zachtjes streelde hij haar wang. Ze deed haar bloeddoorlopen ogen open en zocht naar zijn gezicht.

'Ik ben het,' fluisterde hij. Hij zag dat ze probeerde haar arm los te trekken uit de polsband. Hij legde zijn hand op de hare. 'Je moet je arm stilhouden, Diana, vanwege de infusie.'

'Ik kan je niet zien.' Ze snikte. 'Ik kan niets zien.'

'Ik ben bij je. Ik ben hier, vlak bij je.'

'Ik wil niet op deze manier sterven.'

Hij knipperde zijn tranen weg en wilde iets zeggen, haar geruststellen dat ze niet dood zou gaan, dat hij dat niet zou toestaan. Maar hij kon de woorden niet vinden. Ze waren altijd eerlijk geweest tegenover elkaar. Hij kon nu niet tegen haar liegen. Dus zei hij niets.

Ze zei: 'Ik had nooit gedacht...'

'Wat had je nooit gedacht?' vroeg hij rustig.

'Dat het zo... zou gaan. Zonder een kans om de held uit te hangen. Alleen maar ziek en nutteloos.' Ze lachte, maar meteen vertrok haar gezicht van de pijn. 'Niet wat je noemt... een glorieus einde.'

Een glorieus einde. Dat was wat iedere astronaut zich voorstelde: dat hij in het heelal zou sterven. Een kort ogenblik van doodsangst en dan een snelle dood. Het plotseling wegvallen van de luchtdruk, of brand. Niemand had zich ooit een dood als deze voorgesteld, het langzame, pijnlijke wegebben terwijl je lichaam werd opgevreten door een andere vorm van leven. In de steek gelaten door de mensen op aarde. Stilletjes opgeofferd ten behoeve van het mensdom.

Overbodig geworden. Hij kon het voor zichzelf nog wel accepteren, maar niet wat Diana betrof. Hij kon het niet accepteren dat hij op het punt stond haar te verliezen.

Hij kon nauwelijks geloven dat hij haar, de eerste keer dat ze elkaar hadden ontmoet, tijdens de training op het JSC, kil en afstandelijk had gevonden, een ijzige blondine met veel te veel zelfvertrouwen. Haar Engelse accent had hem ook tegengestaan, omdat ze zo superieur overkwam. En haar taalgebruik was zo netjes en afgemeten in vergelijking met zijn lijzige Texaanse accent. Tegen het eind van de eerste week hadden ze zo'n hekel aan elkaar gehad dat ze nauwelijks iets tegen elkaar zeiden.

Na de derde week hadden ze, op aandringen van Gordon Obie, met tegenzin vrede gesloten.

Na de achtste week was Griggs voor het eerst bij haar op bezoek gegaan. Eerst alleen voor een glaasje – als collega, om de missie te bespreken waarvoor ze aan het trainen waren. Na verloop van tijd waren de onderwerpen van gesprek persoonlijker geworden. Griggs' ongelukkige huwelijk. De duizend en één dingen die hij en Diana gemeen hadden. En dat had tot het onvermijdelijke geleid.

Ze hadden hun verhouding voor iedereen op het JSC geheimgehouden. Pas hier, in het ruimtestation, waren hun collega's zich ervan bewust geworden. Als iemand er eerder iets van had gemerkt, zou Blankenship hen zonder pardon van de lijst geschrapt hebben. Zelfs in deze moderne tijd was een buitenechtelijke verhouding een smet op de reputatie van een astronaut. En als een echtscheiding het resultaat was van een verhouding met een ander lid van het astronautenkorps, kon je verdere missies wel vergeten. Griggs zou een onzichtbaar lid van het korps zijn geworden, een man van wie niemand nog iets zou zien of horen.

Twee jaar lang had hij van haar gehouden. Twee jaar lang had hij, wanneer hij 's nachts naast zijn slapende vrouw lag, naar Diana verlangd en manieren verzonnen om voorgoed bij haar te kunnen zijn. Ooit zou dat gebeuren, al moesten ze daarvoor beiden ontslag nemen bij NASA. Dat was de droom die hem door al die eenzame nachten heen had geholpen. Zelfs nu ze twee maanden samen in deze kleine ruimte hadden geleefd en wel eens tegen elkaar waren uitgevallen, hield hij nog steeds van haar. Hij had de droom niet opgegeven. Tot nu.

'Wat voor dag is het vandaag?' mompelde ze.

'Vrijdag.' Hij begon haar haar weer te strelen. 'In Houston is het half zes 's middags. Borreltijd.'

Ze glimlachte.

'Ze zitten nu in de bar. Ze drinken margarita's en eten pinda's. God, ik zou best een borrel lusten. Met een mooie zonsondergang erbij. Jij en ik op het meer...'

De tranen die op haar wimpers glinsterden, braken zijn hart. Het besmettingsgevaar kon hem geen donder meer schelen. Met zijn blote hand veegde hij de tranen weg.

'Heb je pijn?' vroeg hij. 'Zal ik je nog wat morfine geven?'

'Nee, bewaar het maar.' *Iemand anders zal het nog nodig hebben*, was wat ze niet zei.

'Vertel me wat je wilt. Wat ik voor je kan doen.'

'Ik heb dorst,' zei ze. 'Dat komt door die margarita's van jou.'

Hij lachte. 'Ik zal er eentje voor je maken. Maar dan zonder alcohol.'

'Graag.'

Hij zweefde naar de keuken en maakte het voorraadkastje open. Het zat vol Russische levensmiddelen, andere dingen dan in de Amerikaanse keuken. Hij zag in vacuüm verpakte zoute vis. Saucijsjes. Diverse soorten onsmakelijk uitziende Russische producten. En wodka – een klein flesje, meegenomen door de Russen, zogenaamd voor medicinale doeleinden.

Het is misschien de laatste keer dat we samen iets kunnen drinken.

Hij schudde wat wodka in twee drinkzakjes en zette de fles terug.

Toen voegde hij water aan de zakjes toe, extra veel in die van Diana om het drankje te verdunnen. Het gaat maar om het idee, dacht hij. Om de herinneringen. Aan de avonden waarop ze samen op het terras van haar huis naar de zonsondergang hadden gekeken. Hij schudde de zakjes om het water en de wodka te mengen en draaide zich naar haar om.

Een helderrode ballon van bloed puilde uit haar mond.

Ze had stuiptrekkingen. Haar ogen waren helemaal omhoog gedraaid en haar tong zat tussen haar tanden. Een lapje vlees, een ruw afgebeten stukje tong, hing aan een draadje op haar kin.

'Diana!' schreeuwde hij.

De ballon van bloed brak af en dreef weg als een satijnen bol. Meteen vormde zich een nieuwe, gevoed door het bloed dat uit het kapotgebeten vlees stroomde.

Hij greep het plastic bijtblokje dat aan de tafel hing en probeerde het tussen haar tanden te duwen om haar zachte weefsel te beschermen tegen verdere schade, maar hij kon de tanden niet van elkaar krijgen. De menselijke kaak is een van de sterkste spieren van het lichaam en die van haar zat stijf dicht. Hij greep de injectiespuit met valium, die klaar voor gebruik aan de tafel hing en stak de naald in het verbindingsstuk van de infusieslang. Nog voordat hij de spuit helemaal leeg had, begonnen de stuiptrekkingen te zakken. Hij gaf haar de hele dosis.

Haar gezicht ontspande zich. Haar kaak zakte open.

'Diana?' zei hij. Ze reageerde niet.

De nieuwe bloedbel groeide, puilde uit haar mond. Hij moest de aders afknijpen, het bloeden stelpen.

Hij maakte de medicijnkist open, vond een pakketje steriel gaas en scheurde het open. In de haast liet hij een paar lapjes wegzweven. Hij ging achter haar hoofd hangen, klemde zijn voeten onder het bed, en deed behoedzaam haar mond open om de stukgebeten tong naar buiten te halen.

Ze hoestte en probeerde haar gezicht weg te draaien. Ze stikte in haar eigen bloed, dreigde het vocht in te ademen.

'Blijf stil liggen, Diana.' Met zijn rechterpols op haar ondertanden gedrukt om haar kaak open te houden, greep hij met zijn linkerhand een bundeltje gaasjes en begon daarmee het bloed te deppen. Opeens schoot haar hoofd achterover door een nieuwe stuiptrekking en klapte haar kaak dicht.

Hij schreeuwde het uit toen het vlezige gedeelte van zijn hand tussen haar tanden klem kwam te zitten. De pijn was zo intens dat er zwarte vlekken voor zijn ogen dansten. Hij voelde warm bloed in zijn gezicht spatten en zag een nieuwe rode ballon opkomen. Zijn bloed, gemengd met het hare. Hij probeerde zijn hand los te trekken, maar haar tanden zaten er te diep in. Het bloed bleef naar buiten stromen en de ballon kreeg de afmetingen van een basketbal. *Een doorgesneden slagader!* Hij kon haar kaak niet openkrijgen; door de stuiptrekking waren haar spieren met bovenmenselijke kracht gespannen.

Hij dreigde het bewustzijn te verliezen.

In zijn wanhoop ramde hij zijn vrije vuist tegen haar tanden, maar de kaak ging niet open.

Hij gaf haar nog een kaakslag. De basketbal van bloed spatte uiteen tot kleinere bolletjes die tegen zijn gezicht, zijn ogen, botsten. Haar kaken weken nog steeds niet uiteen. Er was nu zo veel bloed, dat het was alsof hij in een meer van bloed zwom en geen adem kon krijgen.

Blindelings sloeg hij haar nog een keer met zijn vuist in het gezicht. Hij voelde botten breken, maar ze liet zijn hand niet los. De pijn was verschrikkelijk, ondraaglijk. Hij raakte nu volkomen in paniek en kon nergens anders meer aan denken dan dat hij de pijn moest laten ophouden. Hij was zich er nauwelijks van bewust wat hij deed, toen hij als een waanzinnige op haar gezicht begon te beuken.

Met een ijselijke kreet rukte hij eindelijk zijn hand los en vloog achteruit. Hij greep zijn pols, waaruit sliertjes bloed ontsnapten die als rode linten om hem heen dansten. Het duurde even voordat hij tot rust kwam en weer scherp kon zien. Hij keek naar Diana's verbrijzelde gezicht, de bloederige stompjes van haar tanden. De schade die *zijn* vuist had veroorzaakt.

Hij brulde van ellende. Zijn kreet echode tegen de wanden, vulde zijn oren met het geluid van zijn angst en spijt. *Wat heb ik gedaan? Wat heb ik gedaan?*

Hij dreef naar haar toe, nam haar verbrijzelde gezicht in zijn handen. De pijn van zijn eigen wond voelde hij niet meer; die was opeens in het niets verdwenen, overschaduwd door het afgrijzen van wat hij had gedaan.

Weer schreeuwde hij het uit, nu van woede. Hij beukte met zijn vuist tegen de wand van de module. Rukte het plastic weg van de deuropening. *We gaan toch allemaal dood!* Opeens zag hij de medicijnkist.

Hij stak zijn hand erin en greep een scalpel.

Todd Cutler staarde naar het computerscherm en voelde een steek van paniek. Op het scherm stond de biotelemetrie van Diana Estes. Haar ECG vertoonde opeens een zigzagpatroon met hoge uitschieters. Tot zijn opluchting duurde het niet lang. Even abrupt als het afwijkende patroon begonnen was, zakte de hartslag terug tot een regelmatig, zij het snel ritme.

'FLIGHT,' zei hij, 'ik zie een probleem met het hartritme van mijn patiënte. Haar ECG heeft gedurende vijf seconden grote onregelmatigheid vertoond.'

'Wat wil dat zeggen?' vroeg Woody Ellis.

'Als het voortduurt, is zoiets meestal fataal. De hartslag is nu weer regelmatig en zit rond de honderddertig. Dat is sneller dan we tot nu toe van haar hebben gezien. Niet gevaarlijk, maar ik maak me er zorgen over.'

'Wat adviseer je, SURGEON?'

'Dat we haar een anti-aritmische middel geven. Lidocaïne of Amiodarone. Die zitten in de medicijnkist.'

'Ames en Watson zitten nog buiten het schip. Griggs zal het moeten doen.'

'Ik zal hem wel begeleiden.'

'Goed. CAPCOM, neem contact op met Griggs.'

Terwijl ze wachtten tot Griggs zou antwoorden, hield Todd de monitor scherp in de gaten. Wat hij zag, baarde hem zorgen. Diana's hartslag versnelde. 135. 140. Opeens een korte uitbarsting van 160, waarbij de pieken erg onduidelijk waren, misschien omdat de patiënte zich bewoog of er een elektrische storing was opgetreden. Wat gebeurde daarginds toch allemaal?

CAPCOM zei: 'Gezagvoerder Griggs geeft geen antwoord.'

'Ze heeft die Lidocaïne hard nodig,' zei Todd.

'We krijgen geen contact met hem.'

Zou hij ons niet horen of weigert hij te antwoorden? dacht Todd. Ze maakten zich grote zorgen over Griggs' geestelijke gezondheid. Had hij zich zo voor de buitenwereld afgesloten dat hij een dringende oproep kon negeren?

Opeens staarde hij als bevroren naar het computerscherm. Weer toonde Diana's hartritme grote onregelmatigheid. Haar hartkamers trokken zich zo snel samen dat ze niet efficiënt konden pompen en dus haar bloeddruk niet op peil houden.

'Ze moet de Lidocaïne *nu* krijgen!' zei hij fel.

'Griggs geeft geen antwoord,' zei CAPCOM.

'Haal de EVA-bemanning dan naar binnen.'

'*Nee*,' kwam FLIGHT tussenbeide. 'Ze zitten midden in een moeilijke reparatie. We mogen ze daarbij niet storen.'

'Als we haar niet helpen, gaat ze dood.'

'Als we de EVA-bemanning naar binnen halen, kunnen er de komende vierentwintig uur geen reparaties worden verricht.' De bemanning kon niet eventjes binnenkomen en meteen weer naar buiten gaan. Ze hadden tijd nodig om te rusten en moesten zich aan de decompressietijden houden. Hoewel Woody Ellis het niet hardop zei, dacht hij waarschijnlijk wat iedereen in de zaal dacht: ook als ze de bemanning naar binnen haalden, zou het voor Diana Estes weinig uitmaken. Haar dood stond al vast.

Todd zag tot zijn afgrijzen dat de ECG-lijn bleef zigzaggen en nu niet meer terugzakte.

'Ze gaat hard achteruit!' zei hij. 'Haal een van de twee dan naar binnen. Laat Watson terugkomen!'

Een seconde werd er nog geaarzeld.

Toen zei FLIGHT: 'Goed.'

Waarom gaf Griggs geen antwoord?

Gejaagd trok Emma zich van de ene naar de andere handgreep om zo snel mogelijk bij het hoofdspant te komen. Ze voelde zich traag en log in het ruimtepak en haar handen deden pijn van de inspanning die het haar kostte om ze in de dikke handschoenen te bewegen. Ze was doodmoe van de reparatiewerkzaamheden, en nu drong vers zweet door in haar onderkleding en trilden al haar spieren van vermoeidheid.

'Griggs, geef verdomme antwoord!' riep ze in haar microfoontje.

Het ISS bleef zwijgen.

'Hoe is het met Diana?' vroeg ze tussen hijgende ademhalingen door.

'Nog steeds onstabiel met een hoog hartritme.'

'*Shit*.'

'Rustig aan, Watson. Verlies de voorzichtigheid niet uit het oog!'

'Ze redt het nooit. Waar is Griggs?'

Ze hijgde nu zo dat ze nauwelijks kon praten. Ze dwong zichzelf zich te concentreren op de volgende handgreep en op te letten dat ze niet verstrikt raakte in de navelstreng. Ze klom over het spant en deed een duik naar de ladder, maar werd met een ruk tegengehouden. Haar mouw was aan een punt van het platform blijven hangen.

Rustig aan. Anders wordt dit je dood.

Voorzichtig maakte ze haar mouw los. Gelukkig was er geen scheur in gekomen. Met bonkend hart daalde ze de ladder af en schoof de luchtsluis in. Ze deed snel het luik dicht en draaide de drukkraan open.

'Praat met me, Todd,' zei ze op dringende toon terwijl de druk in de luchtsluis begon te stijgen. 'Hoe is haar hartslag?'

'Hoog, met V-fibrillatie. Griggs geeft nog steeds geen antwoord.'

'Ze redt het nooit.'

'Ik weet het, ik weet het!'

'Ik zit inmiddels op vijf psi.'

'Doe de luchtsluiscontrole. Sla die niet over.'

'Daar heb ik geen tijd voor.'

'*Je mag die niet overslaan, Watson!*'

Ze haalde diep adem. Todd had gelijk. In het vijandige milieu van het heelal mocht je geen controles overslaan. Ze werkte de procedure af, wachtte tot de luchtdruk geheel op peil was en maakte toen het luik naar de luchtsluis open. Daar trok ze snel haar handschoenen uit. Het Russische ruimtepak was minder lastig uit te trekken dan het Amerikaanse, maar het kostte evengoed tijd om de helften van elkaar te scheiden en zich eruit te wurmen. *Ik kom nooit op tijd*, dacht ze toen ze met haar voeten trappelde om ze uit de pijpen te krijgen.

'Wat is de situatie, SURGEON?' vroeg ze op scherpe toon.

'Ze zit nu in lage fibrillatie.'

Een terminaal ritme, dacht Emma. Dit was hun laatste kans om Diana te redden.

Gekleed in haar onderkleding met het waterkoelingssysteem maakte ze het luik naar het ruimtestation open. In haar haast om bij haar patiënte te komen, duwde ze zich tegen de wand af en dook languit door de opening.

Iets nats spatte in haar gezicht en verblindde haar een ogenblik. Ze tastte naar een muurstang, greep mis en smakte tegen de wand. Een paar seconden bleef ze in opperste verwarring hangen en probeerde ze de nattigheid uit haar ogen te krijgen. *Wat zit er in mijn ogen?* dacht ze. *Geen eitjes. Alsjeblieft... geen eitjes...* Toen ze weer kon zien, kon ze niet bevatten wat ze zag.

In de schemerige node hingen gigantische bollen. Ze voelde iets nats op haar hand en toen ze ernaar keek, zag ze een donkere vlek die haar mouw doordrenkte. Op de rest van haar kleding verschenen ook donkere vlekken. Ze hief haar mouw op naar een van de lampen van de node.

Het was bloed.

Met afgrijzen staarde ze naar de gigantische bollen die in de schemering hingen. Het waren er zoveel...

Ze sloot snel het luik om besmetting van de luchtsluis te voorkomen. Het was te laat om de rest van het station te beschermen: de bellen bloed zaten overal. Ze dook de woonmodule in, opende het antibesmettingskastje en zette snel een masker en bril op. Misschien was het bloed niet besmettelijk. Misschien kon ze zich nog beschermen.

'Watson?' zei Cutler.

'Bloed... overal zit bloed!'

'Diana's ritme is heel zwak. Er is niet veel over om een elektrische stoot te geven.'

'Ik ga meteen naar haar toe!' Ze werkte zich uit de node en ging de tunnel van de Zarya binnen. Het licht in de Russische module leek vreselijk schel na de schemerige Amerikaanse afdeling en overal hingen bollen bloed, als vrolijke ballonnen. Sommige waren tegen de wanden stukgeslagen en hadden de Zarya helderrood gekleurd. Toen ze door de luikopening de module binnengleed, kon ze een aanvaring met een gigantische bel die precies in haar pad dreef, niet vermijden. In een reflex deed ze haar ogen dicht toen het bloed over haar bril stroomde. Verblind bleef ze hangen om met haar mouw de brillenglazen schoon te vegen.

Toen ze haar ogen weer opendeed, keek ze midden in Michael Griggs spierwitte gezicht.

Ze gilde. In afgrijzen trapte ze wild in het luchtledige zonder zich te kunnen verplaatsen.

'*Watson*?'

Ze staarde naar de enorme bel bloed die aan de gapende wond aan zijn nek hing. Dit was de bron van al het bloed – een doorgesneden halsslagader. Ze dwong zichzelf de onbeschadigde zijde van zijn nek aan te raken om te zien of zijn hart nog klopte, maar ze voelde geen hartslag.

'Diana's ECG ligt plat!' zei Todd.

Emma hief verbijsterd haar hoofd op naar de deuropening van de Russische Dienstmodule, waar Diana in quarantaine behoorde te liggen. Het vel plastic was weg; de module stond in rechtstreekse verbinding met de rest van het station.

Doodsbang ging ze de module binnen.

Diana lag nog vastgebonden op de behandeltafel. Haar gezicht was onherkenbaar verbrijzeld, haar tanden tot splinters geslagen. Een bloedballon welde op uit haar mond.

Nu pas drong het piepen van de hartmonitor tot Emma door. Een rechte lijn liep over het scherm. Ze stak haar hand uit om het apparaat af te zetten, maar stokte halverwege. Op de knop zat een blauwgroene klonter.

Eitjes. Diana heeft al eitjes afgescheiden. Ze heeft chimaera vrijgelaten.

Het gepiep van de monitor steeg tot een ondraaglijk volume, maar Emma bleef roerloos hangen en staarde naar de klont eitjes. Het was alsof de glinsterende massa steeds scherp en onscherp werd. Ze knipperde met haar ogen en toen ze weer scherp kon zien, herinnerde ze zich de nattigheid die in haar gezicht en haar ogen was gespat toen ze door het luik van de luchtsluis was gedoken. Ze had toen geen bril opgehad. Ze voelde de nattigheid nog op haar wang, koud en plakkerig.

Ze hief haar hand op, raakte haar gezicht aan en staarde naar de eitjes die als trillende parels aan haar vingertoppen kleefden.

Het gekrijs van de monitor was oorverdovend geworden. Ze zette het apparaat af, maar de stilte was al net zo alarmerend. Want ze hoorde het zoemen van de ventilators niet. Die moesten de lucht opzuigen en door de HEPA-filters halen om het station te zuiveren. *Er zit zo veel bloed in de lucht, dat alle filters zijn verstopt*. De stijging van de druk had de sensors op een dwaalspoor gebracht, waardoor de oververhitte ventilatoren waren afgeslagen.

'Watson, geef antwoord!' zei Todd.

'Ze zijn dood.' Haar woorden eindigden in een snik. 'Ze zijn allebei dood!'

Nu kwam Luthers stem door haar koptelefoon. 'Ik kom naar binnen.'

'Nee,' zei ze. 'Nee...'

'Hou vol, Emma. Ik kom eraan.'

'Luther, je mag niet binnenkomen! Het hele station zit vol met bloed en eitjes. Het is niet meer bewoonbaar. Je moet in de luchtsluis blijven.'

'Dat is op lange termijn geen oplossing.'

'Op lange termijn is er helemáál geen oplossing!'

'Ik zit al in de bemanningssluis. Ik doe nu het buitenluik dicht. Ik zet de drukkraan open.'

'De ventilators werken niet. We kunnen de boel niet eens schoonmaken.'

'Ik zit nu op vijf psi en ga aan de luchtsluiscontrole beginnen.'

'Als je binnenkomt, kom je er ook aan bloot te staan!'

'De luchtdruk is bijna op peil.'

'Luther, ik ben misschien al besmet! Ik heb het in mijn ogen gekregen.' Ze haalde diep adem. Het uitademen eindigde in een snik. 'Jij bent de enige die nog over is. De enige die nog een kans heeft om dit te overleven.'

Op haar woorden volgde een lange stilte. 'Jezus, Emma,' fluisterde hij.

'Luister. Luister naar me.' Ze wachtte even tot ze wat gekalmeerd was. Tot ze logisch kon nadenken. 'Ga naar de materieelsluis. Die is nog relatief schoon, dus kun je daar je helm afzetten. Zodra je binnen bent, moet je je communicatiezender uitzetten.'

'Wat?'

'*Doe het.* Ik ga naar Node I. Ik zal vanaf de andere kant van het luik met je praten.'

Nu kwam Todd weer aan de lijn: 'Emma? Emma, sluit de communicatie met ons niet af...'

'Sorry, SURGEON,' zei ze zachtjes en ze deed de zender uit.

Even later hoorde ze Luther via de intercom van het station zeggen: 'Ik zit in de materieelsluis.'

Ze spraken nu onder elkaar, zonder dat Mission Control hen kon horen.

'Er staat nog één ding voor je open,' zei Emma. 'Datgene waar je al die tijd op hebt aangedrongen. Voor mij is het te laat, maar voor jou niet. Je bent nog onbesmet. Je zult de ziekte niet met je meenemen.'

'We hadden een overeenkomst. Dat er niemand achterblijft.'

'Je hebt drie uur onbesmette lucht in je zuurstoftank. Als je in het CRV je helm ophoudt en meteen de dampkring binnentreedt, moet dat genoeg zijn.'

'Maar dan zit jij hier vast.'

'Ik zit hier evengoed vast!' Ze haalde nog een keer diep adem en ging op kalmere toon verder. 'We weten allebei dat dit helemaal tegen de regels is. En het is misschien helemaal geen goed idee. We weten niet hoe ze zullen reageren. Dat risico zul je moeten nemen. De keus is aan jou, Luther.'

'Maar dan kun jij hier niet meer weg.'

'Laat mij er nou maar buiten. Denk niet eens aan me.' Ze voegde er zachtjes aan toe: 'Ik ben toch al dood.'

'Emma... nee...'

'Wat wil je het liefste doen? Geef me daar antwoord op. Denk nu alleen aan *jezelf*.'

Ze hoorde hem diep ademhalen. 'Ik wil naar huis.'

Ik ook, dacht ze, haar tranen wegknipperend. *O god, wat wil ik graag naar huis*.

'Zet je helm op,' zei ze. 'Dan maak ik het luik open.'

24

Jack holde de trap op naar Gebouw 30, liet de bewaker zijn penning zien en liep regelrecht door naar het SVOR.

Gordon Obie ving hem buiten de controlekamer op. 'Wacht even, Jack. Als je herrie gaat schoppen, gooien ze je er meteen uit. Neem een ogenblik de tijd om af te koelen, anders heeft ze niks aan je.'

'Ik wil dat mijn vrouw *ogenblikkelijk* naar huis wordt gebracht.'

'Dat willen we allemaal en we doen onze uiterste best, maar de situatie is veranderd. Het hele ruimtestation is nu besmet. Het filtersysteem werkt niet meer. De EVA-bemanning heeft geen kans gezien de cardanusring te repareren, dus draaien ze op halve kracht. En nu weigeren ze ook nog met ons te praten.'

'Wat?'

'Emma en Luther hebben de communicatie afgesloten. We hebben geen idee wat daarginds gebeurt. Daarom hebben ze jou laten komen – om ons te helpen het contact te herstellen.'

Jack staarde door de open deur de zaal in. Hij zag mannen en vrouwen voor de computers zitten en gewoon hun werk doen. Het maakte hem pisnijdig, dat die vluchtcontrollers zo kalm en efficiënt bleven. Dat de dood van nóg twee astronauten niets aan hun kille bekwaamheid afdeed. De koele houding van de mensen in de zaal maakte zijn eigen verdriet, zijn eigen angst des te groter.

Hij liep de controlekamer in. Twee luchtmachtofficieren stonden naast vluchtleider Woody Ellis en luisterden mee naar de gesprekken die via de communicatiekanalen werden gevoerd. Ze vormden een schrijnend geheugensteuntje dat NASA niet langer de leiding had over de gebeurtenissen. Toen Jack langs de achterste rij naar de computers van de afdeling SURGEON liep, keken sommige controllers meelevend naar hem op. Hij nam zonder iets te zeggen plaats naast Todd Cutler. Hij was zich er scherp van bewust dat vlak achter hem, op de tribune, luchtmachtofficieren van het U.S. Space Command de zaal in de gaten hielden.

'Heb je het laatste nieuws al gehoord?' vroeg Todd zachtjes.

Jack knikte. Er liep geen ECG-lijn meer over het scherm van de computer. Diana was dood. Evenals Griggs.

'De helft van het station krijgt geen of weinig stroom. En er zweven nu eitjes in de lucht.'

En bloed. Jack kon zich levendig voorstellen hoe het er in het station moest uitzien. Het schemerige licht. De stank van de dood. Bloedvlekken op de wanden. Dichtgeslibde HEPA-filters. Een spookhuis in een baan om de aarde.

'Kun jij proberen met haar te praten, Jack? We moeten weten hoe de zaken er precies voorstaan.'

'Waarom willen ze niet met ons praten?'

'Dat weten we niet. Misschien hebben ze de smoor in. Dat kan geen mens ze kwalijk nemen. Of ze verkeren in een shocktoestand.'

'Nee, er moet een specifieke reden voor zijn.' Jack keek naar het centrale scherm voor in de zaal waarop het pad stond aangegeven dat het ruimtestation om de aarde beschreef. *Wat ben je van plan, Emma?* Hij zette de koptelefoon op en zei: 'CAPCOM, dit is Jack McCallum. Ik ben gereed.'

'Begrepen, SURGEON. *Stand by*, dan zullen we het nog een keer proberen.'

Ze wachtten. Het ISS gaf geen antwoord.

In de derde rij computers keken twee van de controllers opeens over hun schouder naar vluchtleider Ellis. Jack hoorde niets door zijn koptelefoon, maar zag ODIN, de controller die toezicht hield op de datanetwerken aan boord, opstaan en over zijn computer heen iets fluisteren tegen de controllers op de tweede rij.

De OPS-controller op de derde rij zette zijn koptelefoon af, stond op en rekte zich uit. Hij liep op zijn gemak de rij uit, alsof hij naar de wc ging. Toen hij langs SURGEON kwam, liet hij een prop papier op Todd Cutlers schoot vallen en liep nonchalant door.

Todd maakte de prop open en keek Jack verbijsterd aan. 'Het station heeft de computers omgeschakeld naar ASCR,' fluisterde hij. 'De bemanning is al begonnen met de loskoppelingsprocedure van het CRV.'

Jack staarde hem ongelovig aan. ASCR, oftewel Verzekerde Veilige Terugkeer van Bemanning, was het computerprogramma voor een evacuatie. Hij keek snel om zich heen. Geen van de controllers zei er iets over via de communicatiekanalen. Het enige wat Jack zag, waren rijen ruggen die opeens iets rechter getrokken werden. Iedereen keek strak naar de computerschermen. Hij wierp een blik op Woody Ellis. Die stond er volkomen roerloos bij, maar zijn lichaamstaal sprak boekdelen. *Hij weet wat er aan de hand is en houdt zijn mond.*

Het zweet brak Jack uit. Dat was dus de reden waarom de bemanning geen antwoord gaf. Ze hadden op eigen initiatief een beslissing genomen en waren al bezig die uit te voeren. De luchtmacht zou er echter gauw genoeg achter komen. Via hun ruimtesurveillancenetwerk van radars en optische sensors konden ze binnen de dampkring objecten met het formaat van een tennisbal vinden. Zodra het CRV was losgekoppeld, zodra het een onafhankelijk ruimteschip was geworden, zou het controlecentrum van het U.S. Space Command in het Cheyenne Mountain Air Station het zien. De grote vraag was: hoe zouden ze reageren?

Ik hoop bij god dat je weet wat je doet, Emma.

Na de loskoppeling had het CRV vijfentwintig minuten nodig om de route en het landingsterrein te bepalen en vijftien minuten voor de voorbereidingen op de intrede in de dampkring. Een uur later zouden ze landen. Maar vóór die tijd zou het U.S. Space Command het schip allang ontdekt hebben en scherp in de gaten houden.

De OSO-controller op de tweede rij stak met een nonchalant gebaar beide duimen omhoog. Met dat gebaar gaf hij het nieuws woordeloos door: het CRV was losgekoppeld. Wat er verder ook mocht gebeuren, de bemanning was op weg naar huis.

Nu ging het spel beginnen.

De spanning in de zaal steeg. Jack wierp een steelse blik op de twee luchtmachtofficieren, maar die schenen zich nergens iets van bewust te zijn; een van de twee keek steeds naar de klok, alsof hij ergens naartoe moest en haast had om weg te komen.

De minuten verstreken. Het was eigenaardig stil in de zaal. Jack leunde met bonkend hart naar voren. Zweet drong in zijn overhemd. Het CRV was nu los van het ruimtestation. De landingsplaats was bepaald, het navigatiesysteem afgesteld op de GPS-satellieten.

Vooruit, vooruit, dacht Jack. *Duik meteen de dampkring in!*

Het gerinkel van een telefoon verbrak de stilte. Jack keek opzij en zag dat een van de luchtmachtofficieren opnam. De man verstijfde en keek naar Woody Ellis.

'Wat heeft dit te betekenen?'

Ellis zei niets.

De officier tikte snel iets in op Ellis' toetsenbord en staarde ongelovig naar het computerscherm. Hij greep de telefoon weer. 'Ja, meneer, ik vrees dat ik dat moet bevestigen. Het CRV is losgekoppeld. Nee, meneer, ik weet niet hoe het – ja, meneer, we luisteren naar de communicaties, maar –' De officier liep rood aan en transpireerde hevig terwijl hij luisterde naar de tirade die uit de hoorn stroomde. Toen hij ophing, beefde hij van woede.

'Laat ze omkeren!' beval hij.

Woody Ellis antwoordde met nauwelijk verhulde minachting: 'Het is de Soyuz-capsule niet. Je kunt hem geen rondjes laten rijden als een auto.'

'Zorg dan dat hij niet kan landen!'

'Dat is onmogelijk. Ze maken een enkele reis naar huis.'

Drie luchtmachtofficieren kwamen met snelle pas de zaal in. Jack herkende generaal Gregorian van het U.S. Space Command – de man die nu het bevel voerde over de activiteiten van NASA.

'Huidige situatie?' vroeg Gregorian afgemeten.

'Het CRV heeft zich losgekoppeld maar zit nog in de ruimte,' antwoordde de officier met het rode gezicht.

'Hoe lang voordat ze in de dampkring komen?'

'Eh – die informatie heb ik niet, meneer.'

Gregorian wendde zich tot de vluchtleider. 'Hoe lang, meneer Ellis?'

'Dat hangt ervan af. Er zijn diverse mogelijkheden.'

'Ik heb geen behoefte aan een lesje in ruimtevaarttechniek! Ik wil een antwoord. Een tijdstip.'

'Goed.' Ellis rechtte zijn rug en keek de man in de ogen. 'Ze kunnen over één uur landen, maar ook over acht uur. Dat hangt helemaal van hen af. Ze kunnen maximaal vier omlopen rond de aarde maken. Ze kunnen ook meteen in de dampkring terugkeren en over een uur landen.'

Gregorian greep een telefoon. 'Meneer de president, ik ben bang dat we niet veel tijd hebben om tot een besluit te komen. Ze kunnen ieder moment in de dampkring terugkeren. Ja, meneer, ik weet dat het een zware beslissing is. Ikzelf blijf erbij dat de aanbeveling van meneer Profitt de beste is.'

Welke aanbeveling? dacht Jack in paniek.

Een luchtmachtofficier die bij een van de computers zat, riep: 'Ze beginnen aan de terugkeer in de dampkring!'

'De tijd dringt, meneer,' zei Gregorian. 'We moeten *nu* uw antwoord hebben.' Daarop volgde een lange pauze. Toen knikte hij opgelucht: 'U hebt de juiste beslissing genomen. Dank u.' Hij hing op en wendde zich tot de luchtmachtofficieren. 'Hij heeft zijn toestemming gegeven.'

'Waarvoor?' vroeg Ellis. 'Wat zijn jullie van plan?'

Zijn vragen werden genegeerd. De luchtmachtofficier pakte de telefoon en gaf op kalme toon een bevel: '*Stand by* voor EKV-lancering.'

Wat is een EKV? dacht Jack. Hij keek naar Todd en zag aan zijn gezicht dat die ook niet wist wat er gelanceerd werd.

Het was TOP, de trajectcontroller, die naar hen toe kwam en de vraag op zachte toon beantwoordde. '*Exoatmospheric Kill Vehicle*, een projectiel om voorwerpen buiten de dampkring te vernietigen,' fluisterde hij. 'Ze gaan de capsule onderscheppen.'

'Het doelwit moet geneutraliseerd worden voordat het in de dampkring terugkeert,' zei Gregorian.

Jack vloog in paniek overeind. '*Nee!*'

Als één man stonden de andere controllers luid protesterend op. Hun kreten overstemden CAPCOM, die uit alle macht schreeuwde om erbovenuit te komen: 'Ik heb contact met het ISS! Ik heb contact met het ISS!'

Het ISS? Dan was er nog iemand aan boord. Er was iemand achtergebleven.

Jack drukte zijn hand tegen zijn koptelefoon en luisterde naar de gedownlinkte stem.

Het was Emma. 'Houston, dit is Watson in het ISS. Missiespecialist Ames is *niet* besmet. Ik herhaal, hij is *niet* besmet. Hij is het enige bemanningslid dat aan boord van het CRV terugkeert. Ik verzoek u dringend het schip veilig te laten landen.'

'Begrepen, ISS,' zei CAPCOM.

'Ziet u wel? Er is geen reden om hem neer te schieten,' zei Ellis tegen Gregorian. 'Hou de EKV-lancering tegen!'

'Hoe weten we of Watson de waarheid spreekt?' ging Gregorian ertegenin.

'Dat moet wel. Waarom zou ze anders zijn achtergebleven? Ze heeft zichzelf laten stranden. Het CRV was de enige reddingsboot die ze had!'

Jack bevroor toen de betekenis van die woorden tot hem doordrong. Het verhitte gesprek tussen Ellis en Gregorian zakte opeens naar de achtergrond. Jack dacht niet meer aan het lot van het CRV. Hij kon alleen nog maar denken aan Emma, die nu helemaal in haar eentje gevangenzat in het ruimtestation en daar niet wegkon. *Ze weet dat ze besmet is. Ze is achtergebleven om te sterven.*

'Het CRV heeft de voorbereidingen voor intrede voltooid. Het is aan het dalen. Het traject is te zien op het centrale scherm.'

Op de wereldkaart voor in de zaal was een bliepje te zien dat het CRV en haar eenzame passagier vertegenwoordigde. Ze hoorden die passagier ook nu via het communicatiekanaal.

'Dit is vluchtspecialist Luther Ames. Ik nader hoogte van binnenkomst. Alle systemen functioneren.'

De luchtmachtofficier keek naar Gregorian. 'We zitten nog op *stand by* voor EKV-lancering.'

'Het is niet nodig,' zei Woody Ellis. 'Hij is niet ziek. We kunnen hem thuis laten komen!'

'De kans is groot dat het CRV besmet is,' zei Gregorian.

'Dat weet u niet!'

'Ik mag het risico niet nemen. Ik mag het leven van de mensen hier op aarde niet in de waagschaal stellen.'

'Verdomme, dat is moord!'

'Hij heeft onze bevelen genegeerd. Hij wist hoe we zouden reageren.' Gregorian knikte tegen de luchtmachtofficier.

'De EKV's zijn gelanceerd, meneer.'

Een doodse stilte daalde neer over de zaal. Woody Ellis staarde lijkbleek naar het centrale scherm, naar de vele stippellijntjes die op het bliepje afstormden.

De minuten verstreken in doodse stilte. Voor in de zaal begon een van de vrouwelijke controllers zachtjes te huilen.

'Houston, ik nader punt van binnenkomst.' Het kwam als een schok om Luthers opgewekte stem opeens door de luidsprekers te horen. 'Ik zou het erg prettig vinden als iemand me kwam afhalen, want ik kan echt niet in mijn eentje uit dit ruimtepak komen.'

Niemand gaf antwoord. Niemand had er het hart toe.

'Houston?' zei Luther na een ogenblik stilte. 'Hé, zijn jullie er nog?'

Eindelijk slaagde CAPCOM erin te antwoorden, al was het op bevende toon: 'Eh, begrepen, CRV. We zullen een kist bier koud zetten en revuemeisjes optrommelen....'

'Zo, zo, wat een verwennerij. Zeg, ik ga zo dadelijk de black-out in. Hou dat bier maar goed koud, want ik –'

Keihard geruis explodeerde uit de luidsprekers. Toen niets meer.

Het bliepje op het scherm spatte uiteen als vuurwerk.

Woody Ellis zakte op zijn stoel neer en liet zijn hoofd tussen zijn handen zakken.

19 augustus

'Ik open een kanaal voor een vertrouwelijk familiegesprek,' zei CAPCOM. '*Stand by*, ISS.'

Praat met me, Jack. Praat alsjeblieft met me, smeekte Emma in stilte, zwevend in de schemerige woonmodule. Nu de ventilators het niet deden, was het zo stil in de module dat ze het ruisen van haar eigen hartslag en de beweging van de lucht die haar longen in en uit gleed, kon horen.

Ze schrok op toen CAPCOM's stem opeens zei: 'Com-kanaal geopend. Gaat uw gang voor een PFC.'

'Jack?' zei ze.

'Ja, ik ben het. Ik ben er, schat.'

'Hij was onbesmet! Ik heb dat duidelijk doorgegeven...'

'We hebben geprobeerd ze tegen te houden! Het bevel kwam rechtstreeks van het Witte Huis. Ze wilden geen risico's nemen.'

'Het is mijn schuld.' Ze was zo moe dat ze opeens haar tranen niet meer kon bedwingen. Ze was alleen en ze was bang. En nu drukten de gevolgen van haar fatale beslissing ook nog op haar schouders. 'Ik dacht dat ze hem wel terug zouden laten komen. Ik dacht dat dit zijn beste kans was om in leven te blijven.'

'Waarom ben je achtergebleven, Emma?'

'Ik moest wel.' Ze haalde diep adem en zei: 'Ik ben besmet.'

'Je bent *blootgesteld*. Dat wil nog niet zeggen dat je besmet bent.'

'Ik heb daarnet een bloedmonster van mezelf onderzocht, Jack. Mijn amylaseniveau is aan het stijgen.'

Hij zei niets.

'De incubatietijd is acht uur. Daarna heb ik vierentwintig tot achtenveertig uur tot ik... niet meer kan functioneren.' Haar stem won aan kracht en ze klonk nu eigenaardig kalm, alsof ze het over de op handen zijnde dood van een patiënt had. Niet haar eigen. 'Dat is genoeg tijd om wat orde op zaken te stellen. De lijken uit te stoten. Een deel van de filters te vervangen, zodat de ventilators weer gaan werken. Dan heeft de volgende bemanning niet zo veel werk aan het schoonmaken. Als er nog een volgende bemanning komt...'

Jack had nog steeds niets gezegd.

'Wat mijn stoffelijk overschot betreft...' Haar stem klonk monotoon en afstandelijk, alle emoties onderdrukt. 'Wanneer het eenmaal zover is, denk ik dat ik het beste de ruimte in kan gaan. Dat is het beste voor het station. Daar kan ik na mijn dood tenminste niets besmetten. Nadat mijn lijk...' Ze zweeg even. 'Ik kan zonder hulp het ruimtepak aantrekken. Ik heb valium en verdovende middelen. Genoeg om in te slapen. Ik zal slapen wanneer de zuurstof opraakt. Weet je, Jack, als je er goed over nadenkt, is het nog niet eens zo'n slechte manier om te sterven. Zwevend in de ruimte, tussen de aarde en de sterren. En dan rustig inslapen...'

Nu hoorde ze hem. Hij huilde.

'Jack,' zei ze zachtjes. 'Ik hou van je. Ik weet niet waarom het tussen ons allemaal zo scheef is gelopen. Ik weet dat een deel daarvan mijn schuld is geweest.'

Hij haalde sidderend adem. 'Niet doen, Emma.'

'Ik vind het zo stom van mezelf, dat ik zo lang heb gewacht om je dit te vertellen. Je denkt waarschijnlijk dat ik het nu alleen zeg omdat ik niet lang meer te leven heb. Maar Jack, eerlijk waar, ik –'

'Je gaat niet dood.' Hij zei het nogmaals, nijdig. 'Je gaat niet dood.'

'Je weet dat dr. Roman van alles heeft geprobeerd. Niets werkt.'

'De hogedrukkamer wel.'

'Maar die kunnen ze niet op tijd hiernaartoe brengen. En zonder reddingsboot kan ik niet naar huis. Als ze me al eens zouden laten landen.'

'Er moet een oplossing zijn. Iets waarmee je het effect van een hogedrukkamer kunt nabootsen. Het werkt voor de besmette muizen. Die leven nog steeds, dus moet het een of andere uitwerking hebben. De muizen zijn de enige die het tot nu toe hebben overleefd.'

Nee, dacht ze opeens. *Niet de enige.*

Langzaam draaide ze zich om en staarde naar de opening van Node I.

Mijn muis, dacht ze. *Zou mijn muis nog leven?*

'Emma?'

'Ogenblikje. Ik moet even iets nakijken in het lab.'

Ze zweefde door Node I naar het Amerikaanse laboratorium. De stank van opgedroogd bloed was daar al even sterk en zelfs in het schemerige licht kon ze de vlekken op de wanden zien. Ze zweefde naar de dierenkooien, trok die van de muis naar voren en deed een zaklantaarn aan.

De lichtbundel bescheen een meelijwekkend schouwspel. De opgezwollen muis leverde een doodsstrijd, het bekje open, happend naar adem.

Je mag niet sterven, dacht ze. *Jij bent aldoor de sterkste geweest, de uitzondering op de regel. Het bewijs dat er nog hoop voor me bestaat.*

De muis trappelde met haar pootjes en draaide zich om en om van de pijn. Een sliertje bloed krulde tussen haar achterpoten naar buiten en viel uiteen tot rondwentelende bolletjes. Emma wist wat er nu zou komen: nog wat laatste stuiptrekkingen tot het brein veranderde in een soep van verteerde proteïnen. Ze zag weer een rode vlek op het witte bont tussen de achterpoten verschijnen. En toen zag ze iets anders, een roze dingetje dat tussen de pootjes naar buiten stak.

Het bewoog.

De muis draaide wild in het rond.

Het roze ding gleed naar buiten, wriemelend en haarloos. Aan de buik zat een glinsterend koordje. Een navelstreng.

'Jack,' fluisterde ze. '*Jack!*'

'Ik ben er nog.'

'De muis...'

'Wat is ermee?'

'Ze is de afgelopen weken keer op keer blootgesteld aan chimaera en niet ziek geworden. Ze is de enige die het heeft overleefd.'

'Leeft ze nog steeds?'

'Ja. En ik geloof dat ik weet hoe dat komt. Ze was zwanger.'

De muis begon weer te trappelen. Een tweede jong gleed in een vlies van bloed en slijm naar buiten.

'Het moet gebeurd zijn in de nacht dat Kenichi haar per ongeluk bij de mannetjes heeft gezet,' zei ze. 'Ik heb haar nooit aangeraakt. Ik had geen idee...'

'Waarom zou de zwangerschap van belang zijn? Waarom zou die haar beschermd hebben?'

Emma hing in het schemerdonker en had moeite antwoorden te vinden. De recente ruimtewandeling en de schok van Luthers dood hadden haar lichamelijk volkomen uitgeput. Ze wist dat Jack net zo moe was. Twee vermoeide breinen die tegen de tikkende bom van haar infectie vochten.

‘Goed, laten we even nadenken over zwangerschap,’ zei ze. ‘Het is een gecompliceerde lichamelijke toestand. Het is veel meer dan de draagtijd van de foetus. Het verandert de metabolische toestand.’

‘Hormonen. Drachtige dieren hebben enorm veel hormonen in hun gestel. Als we dat kunnen nabootsen, kunnen we misschien hetzelfde effect bereiken als bij de muis.’

Hormoonbehandeling. Ze dacht aan alle chemicaliën die in het lichaam van een zwangere vrouw circuleerden. Oestrogenen. Progesteron. Prolactine. Choriogonadotrofine.

‘De pil,’ zei Jack. ‘Je kunt zwangerschap nabootsen met voorbehoedsmiddelen.’

‘Maar die hebben we niet aan boord. Die horen niet bij de medische uitrusting.’

‘Heb je in Diana’s kastje gekeken?’

‘Ze zou nooit voorbehoedsmiddelen nemen zonder dat ik dat wist. Ik ben de medische officier. Dat had ik dan moeten weten.’

‘Kijk evengoed even. Vooruit, Em.’

Ze schoot het laboratorium uit. In de Russische Dienstmodule trok ze snel de laden van Diana’s kastje open, al vond ze het eigenlijk onbehoorlijk om in andermans spullen te snuffelen. Zelfs die van een dode vrouw. Tussen de keurig opgevouwen kleren ontdekte ze zakjes snoepgoed. Ze had niet geweten dat Diana van snoep hield; er waren nog veel meer dingen die ze niet over Diana had geweten en nu nooit zou weten. In een andere la zag ze shampoo, tandpasta en tampons. De pil was er niet bij.

Ze smeet de la dicht. ‘Er is niets wat ik kan gebruiken!’

‘Als we de shuttle morgen lanceren – als we je de hormonen kunnen toesturen –’

‘Ze gaan heus geen shuttle lanceren! En zelfs als je me een hele apotheek zou kunnen toesturen, duurt het drie dagen voordat die hier is!’

En over drie dagen was ze hoogstwaarschijnlijk dood.

Ze bleef aan het met bloed bespatte kastje hangen, zwaar hijgend, iedere spier gespannen van frustratie. Van wanhoop. ‘Dan moeten we dit vanuit een andere hoek benaderen,’ zei Jack. ‘Emma, hou vol! Je moet me helpen denken.’

Ze haalde diep adem. ‘Goed. Ik heb toch niets beters te doen.’

‘Waarom zouden hormonen werken? Wat is het mechanisme? We weten dat het chemische signalen zijn – een intern communicatiesysteem op celniveau. Ze werken door het activeren of onderdrukken van gen-expressie. Door de programmering van de cellen te veranderen...' Hij ratelde maar door, liet zich op de stroom van zijn deducties naar de oplossing voeren. 'Een hormoon moet zich aan een specifieke receptor van de bedoelde cel hechten om te kunnen werken. Het is als een sleutel die op zoek is naar het juiste slot. Als we de gegevens van SeaScience konden bestuderen – als we erachter konden komen welke DNA dr. Koenig aan het genoom van dit organisme heeft toegevoegd – zouden we misschien weten hoe we de vermenigvuldiging van chimaera kunnen stopzetten.'

'Wat weet je over dr. Koenig? Welke research heeft ze nog meer gedaan? Misschien hebben we daar iets aan.'

'We hebben haar curriculum vitae. We hebben alles wat ze over archeonen heeft gepubliceerd. Maar verder is ze voor ons nog een mysterie. Net als SeaScience. We zijn bezig meer informatie te zoeken.'

Dat kost tijd, dacht ze. *En ik heb niet veel tijd over.*

Haar handen knepen zo hard in de handgreep van Diana's kastje dat ze pijn deden. Ze liet hem los en dreef weg, alsof ze werd meegevoerd op een getijde van wanhoop. Losse spullen uit Diana's kastje zweefden om haar heen in de lucht, de bewijzen van Diana's voorliefde voor snoepgoed. Chocoladerepen. M&M's. Een in cellofaan verpakt pakje gekristalliseerde gemberblokjes. Dat laatste trok opeens Emma's aandacht. Gekristalliseerde gember.

Kristallen.

'Jack,' zei ze. 'Ik heb een idee.'

Haar hart bonkte toen ze de Russische Dienstmodule verliet en terugzweefde naar het Amerikaanse laboratorium. Daar zette ze de computer aan. Het amberkleurige scherm gloeide griezelig in het donker. Ze riep het programma 'Gegevens Projecten' op en klikte op 'ESA'. Het Europese Ruimte Agentschap. Het bestand bevatte al het referentiemateriaal en alle procedures die nodig waren om de experimenten van het ESA te kunnen uitvoeren.

'Wat voor idee, Emma?' vroeg Jack in haar koptelefoon.

'Diana werkte aan de groei van proteïnekristallen, weet je nog wel? Farmaceutische research.'

'Welke proteïnen?' vroeg hij gespannen, waardoor ze meteen wist dat hij al doorhad waar ze naartoe wilde.

'Ik neem de lijst nu door. Het zijn er tientallen...'

Namen van proteïnen rolden over het scherm. De cursor bleef staan op de naam waarnaar ze had gezocht; *HCG – menselijk choriogonadotrofine*.

'Jack,' zei ze zachtjes. 'Ik geloof dat ik een klein uitstel van executie heb gevonden.'

'Wat dan?'

'HCG. Diana was de kristallen aan het ontwikkelen. Ik moet er wel een inwendige ruimtewandeling voor uitvoeren, want de kristallen zitten in de ESA-module en die is vaccuüm gezogen. Maar als ik meteen begin met drukverlagen, kan ik over vier tot vijf uur die kristallen gaan halen.'

'Hoeveel HCG is er aan boord?'

'Dat moet ik even opzoeken.' Ze opende het betreffende experimentendossier en liet haar ogen snel over de gegevens gaan.

'Emma?'

'Ogenblikje. Hier heb ik de meest recente voorraad. Ik moet even het normale HCG-niveau van zwangerschap opzoeken.'

'Dat kan ik wel doen.'

'Nee, hier heb ik het al. Als ik deze kristalmassa verdun in normale saline... en mijn lichaamsgewicht schat op vijfenveertig kilo...' Ze tikte de gegevens in. In feite sloeg ze er maar een slag naar. Ze wist niet hoe snel HCG werd opgenomen en wat de uitwerking zou zijn. Op het scherm verscheen een antwoord.

'Hoeveel doses?' vroeg Jack.

Ze deed haar ogen dicht. *Het werkt niet snel genoeg. Het kan me niet redden.*

'Emma?'

Ze haalde diep adem maar dat eindigde in een snik. 'Voor drie dagen.'

De Oorsprong

25

20 augustus

Het was kwart voor twee 's nachts en Jack zag bijna dubbel van vermoeidheid. De woorden op het computerscherm dansten voor zijn ogen. 'Er moet nog meer zijn,' zei hij. 'Blijf zoeken.'

Gretchen Liu keek gefrustreerd van het toetsenbord op naar Jack en Gordon. Ze hadden haar uit haar bed gebeld en ze was zonder haar gebruikelijke camera-make-up en contactlenzen komen opdraven. Jack en Gordon hadden hun elegante pr-vrouw nog nooit zo alledaags meegemaakt. Ze hadden haar ook nog nooit met een bril gezien – een bril met een zwaar montuur en glazen die haar half toegeknepen ogen sterk vergrootten. 'Dit is echt het enige wat ik via Lexis-Nexis kan vinden. Over Helen Koenig vrijwel niets. Over SeaScience alleen de gebruikelijke persberichten. En wat Palmer Gabriel betreft, hebben jullie zelf kunnen zien dat hij niet van publiciteit houdt. De afgelopen vijf jaar is zijn naam alleen voorgekomen in het financiële katern van *The Wall Street Journal*. Zakelijke artikelen over SeaScience en haar producten. Geen biografische gegevens. En ook geen foto.'

Jack leunde achterover in zijn stoel en wreef in zijn ogen. Ze zaten op de pr-afdeling en waren al twee uur bezig ieder artikel over Helen Koenig en SeaScience dat ze op Lexis-Nexis konden vinden, uit te pluizen. Voor SeaScience hadden ze referenties genoeg gevonden, tientallen artikelen waarin de producten van de firma genoemd werden, van shampoo en geneesmiddelen tot mestproducten. Maar er stond vrijwel niets in over Koenig en Gabriel.

'Probeer de naam Koenig nog een keer,' zei Jack.

'Jack, we hebben iedere spellingvariatie van haar naam geprobeerd,' zei Gretchen. 'Er staat verder niets in.'

'Probeer het dan eens met "archeonen".'

Met een zucht tikte Gretchen 'Archeonen' en klikte op 'Zoeken'.

Een ontmoedigend lange lijst van trefzinnen begon het scherm te vullen.

'Vreemde wezens. Wetenschappers enthousiast over ontdekking van nieuwe tak van leven.' (*Washington Post*)

'Archeonen onderwerp van internationaal congres.' (*Miami Herald*)

'Diepzeeorganisme geeft aanwijzingen over oorsprong van leven.' (*Philadelphia Inquirer*)

'Jongens, hier schieten we niets mee op,' zei Gretchen. 'Als we al deze referenties moeten doornemen, zijn we tot morgenochtend zoet. Laten we stoppen en een poosje gaan slapen.'

'Wacht!' zei Gordon. 'Kijk dit eens.' Hij wees naar een citaat onder aan het scherm: 'Wetenschapper komt om bij diepzeeongeluk in de Galapagos.' (*New York Times*)

'De Galapagos,' zei Jack. 'Daar heeft dr. Koenig de archeonenketen ontdekt. In het Galapagos Rif.'

Gretchen klikte op het artikel. De tekst verscheen op het scherm. Het bericht dateerde van twee jaar terug.

COPYRIGHT: *The New York Times*.
AFDELING: Internationaal nieuws.
KOP: 'Wetenschapper komt om bij diepzeeduiken.'
CORRESPONDENT: Julio Perez, NYT.
TEKST: Een Amerikaanse wetenschapper die zich bezighield met een studie van het marineorganisme 'archeonen' is gisteren omgekomen toen zijn eenmansduikboot klem kwam te zitten in een kloof van het Galapagos Rif. Het stoffelijk overschot van Dr. Stephen D. Ahearn kon vanochtend pas geborgen worden, nadat men er vanaf het moederschip *Gabriella* in was geslaagd kabels aan de miniduikboot te bevestigen en die naar de oppervlakte te halen.

'We wisten dat hij nog leefde, maar we konden niets doen,' zei een collega-wetenschapper aan boord van de *Gabriella*. 'Hij zat vast op een diepte van zesduizend meter. Het heeft uren geduurd voordat we de duikboot los hadden en naar boven konden halen.'

Dr. Ahearn was professor in de geologie, verbonden aan de *University of California*, San Diego. Hij was woonachtig te La Jolla, Californië.

Jack zei: 'De naam van het moederschip was *Gabriella*.'

Hij en Gordon keken elkaar aan, beiden getroffen door een onthutsende gedachte. *Gabriella. Palmer Gabriel.*

'Ik wil wedden dat het een boot van SeaScience was,' zei Jack. 'En dat Helen Koenig aan boord was.'

Gordon keek weer naar het scherm. 'En vind je het niet belangwekkend dat Ahearn geoloog was?'

'Waarom is dat belangwekkend?' vroeg Gretchen geeuwend.

'Wat had een geoloog aan boord van een researchschip te zoeken?'

'Misschien onderzocht hij stenen op de zeebodem.'

'Laten we even kijken wat er over hem bekend is.'

Gretchen zuchtte. 'Jullie zijn me een volle nacht schoonheidsslaap schuldig.' Ze tikte de naam 'Stephen D. Ahearn' en klikte op 'Zoeken'.

Een lijst van zeven referenties verscheen op het scherm. Zes gingen over zijn tragische dood bij de Galapagos.

De andere dateerde uit het jaar vóór zijn dood:

'Professor van UCSD zal recente ontdekkingen over tektietenresearch presenteren. Een van de voornaamste sprekers op het Internationale Geologische Congres in Madrid.' (*San Diego Union*)

Gordon zei zachtjes: 'Dat is het, Jack. Dit is wat ze voor ons verborgen proberen te houden.'

Jacks handen tintelden en zijn keel was droog. Hij staarde naar het woord, het woord dat hen alles vertelde.

Tektieten.

Ken Blankenship, de algemeen directeur van het JSC, woonde in een van de kleurloze bungalows in de buitenwijk Clear Lake, waar veel topfunctionarissen van het JSC hun residentie hadden. Het was een groot huis voor een vrijgezel en in het felle schijnsel van de buitenverlichting zag Jack een perfect verzorgde voortuin en kaarsrecht geschoren heggen. Zo'n tuin, die om drie uur 's nachts nog in overvloedig licht baadde, was precies wat je van Blankenship kon verwachten. Hij stond bekend om zijn perfectionisme en zijn bijna paranoïde hang naar veiligheidsmaatregelen. *Er zal ook wel een camera op ons gericht zijn*, dacht Jack, toen hij samen met Obie wachtte tot er werd opengedaan. Ze moesten een paar keer aanbellen voordat er in het huis licht aanging. Even later verscheen Blankenship in de deuropening, een kleine, gedrongen Napoleon in een badjas.

'Het is drie uur,' zei Blankenship. 'Wat doen jullie hier?'

'We moeten praten,' zei Gordon.

'Doet mijn telefoon het niet? Hadden jullie niet kunnen bellen?'

'Het gaat om iets dat we niet telefonisch kunnen bespreken.'

Ze stapten naar binnen. Pas toen de voordeur dicht zat, zei Jack: 'We weten wat het Witte Huis geheim probeert te houden. We weten waar chimaera vandaan komt.'

Blankenship staarde hem aan, zijn ergernis over zijn verstoorde nachtrust meteen vergeten. Toen keek hij naar Gordon, alsof hij van hem een bevestiging van Jacks woorden verwachtte.

'Het verklaart alles,' zei Gordon. 'Het geheimzinnige gedoe van USAMRIID. De paranoia van het Witte Huis. En het feit dat dit organisme zich anders gedraagt dan onze artsen ooit hebben meegemaakt.'

'Wat zijn jullie te weten gekomen?'

Jack gaf antwoord op die vraag. 'We weten dat chimaera DNA bevat van de mens, de muis en een amfibie, maar USAMRIID wil ons niet vertellen wat de rest van het DNA in het genoom is. Ze willen ons niet vertellen wat chimaera precies is en waar het vandaan komt.'

'Je zei gisteravond dat het als experiment van SeaScience naar het ISS was gestuurd. Dat het een archeonenkweek was.'

'Dat dachten we. Archeonen zijn op zich niet gevaarlijk. Ze zijn niet in staat bij mensen ziekten te veroorzaken – daarom werd het experiment ook door NASA geaccepteerd. Maar dit zijn geen *gewone* archeonen. Er is iets mee dat SeaScience ons niet heeft verteld.'

'Wat dan?'

'Het gaat om hun oorsprong. Het Galapagos Rif.'

Blankenship schudde zijn hoofd. 'Ik snap niet waarom dat belangrijk is.'

'Het organisme is ontdekt door wetenschappers aan boord van het schip *Gabriella*, dat eigendom is van SeaScience. Een van de wetenschappers was dr. Stephen Ahearn, die op het laatste moment als expert naar de *Gabriella* was gehaald. Een week later was hij dood. Zijn eenmansduikboot kwam op grote diepte vast te zitten in een kloof en toen is hij gestikt.'

Blankenship zei niets, maar zijn ogen hielden die van Jack vast.

'Dr. Ahearn stond bekend om zijn onderzoek naar tektieten,' zei Jack. 'Dat zijn glasachtige fragmenten die geproduceerd worden wanneer een meteoor in de aarde inslaat. Dat was dr. Ahearns specialiteit. De geologie van meteoren en astroïden.'

Blankenship zei nog steeds niets. *Waarom reageert hij niet?* vroeg Jack zich af. *Snapt hij niet wat dit wil zeggen?*

'SeaScience heeft Ahearn naar de Galapagos gehaald, omdat ze de mening van een geoloog wilden,' zei Jack. 'Ze wilden een bevestiging van wat ze op de zeebodem hadden gevonden. Namelijk een astroïde.'

Blankenships gezicht trok strak. Hij draaide zich om en liep naar de keuken.

Jack en Gordon liepen achter hem aan. 'Daarom is het Witte Huis zo bang voor chimaera!' zei Jack. 'Ze weten waar het vandaan komt. Ze weten wat het is.'

Blankenship nam de telefoon van de haak en draaide een nummer. Even later zei hij: 'U spreekt met Kenneth Blankenship, de directeur van het JSC. Ik moet Jared Profitt spreken. Ja, ik weet hoe laat het is, maar dit is een spoedgeval. Verbind me even door met zijn huis...' Hij zweeg. Even later zei hij in de telefoon: 'Ze weten het. Nee, ik heb het ze niet verteld. Ze zijn er zelf achter gekomen.' Een pauze. 'Jack McCallum en Gordon Obie. Ja, ik ben thuis en ze staan hier naast me.' Hij gaf de telefoon aan Jack. 'Hij wil je spreken.'

Jack nam de telefoon van hem over. 'McCallum.'

'Hoeveel mensen weten het?' was het eerste wat Jared Profitt hem vroeg.

Die vraag maakte Jack meteen duidelijk hoe vertrouwelijk de informatie was. Hij zei: 'Ons medische personeel. En een paar mensen van Biowetenschappen.' Meer zei hij niet; hij paste er wel voor op namen te noemen.

'Kunnen jullie het stilhouden?' vroeg Profitt.

'Dat hangt ervan af.'

'Waarvan?'

'Of u met ons meewerkt. Informatie aan ons doorgeeft.'

'Wat wilt u precies, dr. McCallum?'

'Volledige openheid. Alles wat u over chimaera weet. De rapporten van de lijkschouwingen. De gegevens over uw medische experimenten.'

'En als we u die niet willen geven?'

'Dan zullen mijn collega's van NASA faxen uitsturen naar alle persbureaus in het land.'

'En wat zou er in die faxen staan?'

'De waarheid. Dat de oorsprong van dit organisme niet hier op aarde ligt.'

Daarop volgde een lange stilte. Jack kon zijn eigen hartslag in de hoorn horen. *Hebben we het goed geraden? Hebben we echt de waarheid ontdekt?*

Profitt zei: 'Ik zal dr. Roman opdracht geven u alles te vertellen. Hij zal in White Sands op u wachten.' Waarna hij abrupt ophing.

Jack hing ook op en keek Blankenship aan. 'Hoe lang weet jij het al?'

Blankenships stilte wakkerde Jacks woede alleen maar aan. Hij deed dreigend een stap naar voren. Blankenship deinsde achteruit tegen de keukenmuur. '*Hoe lang weet jij het al*?'

'Een... paar dagen. Ik heb moeten zweren dat ik niets zou zeggen.'

'Terwijl onze mensen één voor één doodgingen?'

'Ik had geen keus! Ze doen het allemaal in hun broek van angst! Het Witte Huis. Het ministerie van Defensie.' Blankenship haalde diep adem en keek Jack recht in de ogen. 'Het zal je allemaal nog wel duidelijk worden. In White Sands.'

21 augustus

Met het ene uiteinde tussen haar tanden trok Emma de rubberband strak. De aderen van haar linkerarm zwollen als blauwe wormen op onder haar bleke huid. Ze haalde een watje met alcohol over de ader in de holte van haar elleboog en trok een gezicht toen ze de naald erin stak. Als een junk die naar een shot snakt, spoot ze de hele inhoud van de spuit in haar arm, terwijl ze halverwege de rubberband los liet springen. Daarna deed ze haar ogen dicht en ontspande ze zich een ogenblik terwijl ze zich inbeeldde hoe de HCG-moleculen, als piepkleine sterretjes van hoop, door haar aderen gleden, in haar hart en longen rondwentelden en daarna naar alle grote en kleine bloedvaten uitzwermden. Ze verbeeldde zich dat ze de uitwerking nu al kon voelen, dat haar hoofdpijn wegtrok en de hete vlammen van de koorts zakten tot een stervende gloed. Ze had drie doses. Voor drie dagen.

Het was alsof ze uit haar lichaam loskwam en zichzelf van een afstand zag, opgekruld als een aangevreten foetus in een doodskist. Een sliertje speeksel sijpelde uit haar mond en deelde zichzelf op tot transparante, wriemelende draadjes. Als maden.

Ze deed haar ogen open en besefte dat ze had geslapen. Dat ze had gedroomd. Haar hemd was doorweekt met zweet. Dat was een goed teken. Het wilde zeggen dat haar koorts gezakt was.

Ze masseerde haar slapen om de beelden uit haar droom weg te krijgen, maar dat lukte haar niet; de werkelijkheid en de nachtmerries waren één geworden.

Ze trok het natte hemd uit en pakte een schone uit Diana's kastje. Ondanks de vreemde droom was ze opgeknapt van het dutje en kon ze weer helder denken en verder zoeken naar nieuwe oplossingen. Ze zweefde naar het Amerikaanse laboratorium, plaatste zich voor de computer en riep de chimaeradossiers op. Chimaera was een buitenaards organisme, had Todd Cutler haar verteld. Alles wat NASA nu over de levensvorm wist, was doorgeseind naar de computers aan boord van het ISS. Ze las de dossiers zorgvuldig door, hopend op nieuwe inspiratie, een nieuwe benadering waar nog niemand aan had gedacht. Maar alles wat ze las, was haar al ontmoedigend bekend.

Ze opende het genoomdossier. De nucleonreeks rolde over het scherm, een eindeloze stroom A's, C's, T's en G's. Dit was de genetische code van chimaera – of in ieder geval een deel ervan. Het deel dat USAMRIID bereid was geweest aan NASA door te geven. Ze staarde als gehypnotiseerd naar de regels die over het scherm marcheerden. Dit was de essentie van de onbekende levensvorm die in haar binnenste groeide. Dit was de sleutel tot de vijand. Ze wist alleen niet hoe ze hem moest gebruiken.

De sleutel.

Ze dacht opeens aan wat Jack had gezegd over hormonen. *Een hormoon moet zich aan een specifieke receptor van de bedoelde cel hechten. Het is als een sleutel die op zoek is naar het juiste slot.*

Waarom zou een zoogdierhormoon als HCG de vermenigvuldiging van een buitenaardse levensvorm tegenhouden? vroeg ze zich af. Waarom zou een buitenaards organisme, dat volkomen verschilt van die op aarde, sloten hebben waar *onze* sleutels in passen?

Op het scherm was de nucleonreeks tot het einde toe doorgerold. Ze staarde naar de knipperende cursor en dacht aan de op aarde geboren levensvormen van wie de DNA was geïnfiltreerd door chimaera. Door de toeëigening van die nieuwe genen was de buitenaardse levensvorm deels mens, deels muis en deels amfibie geworden.

Ze nam contact op met Houston. 'Ik wil iemand van Biowetenschappen spreken,' zei ze.

'Iemand in het bijzonder?' vroeg CAPCOM.

'Een amfibieënexpert.'

'*Stand by*, Watson.'

Tien minuten later kwam dr. Wang van NASA Biowetenschappen aan de lijn. 'U hebt een vraag over amfibieën?' vroeg hij.

'Ja, over *Rana pipiens*, de noordelijke luipaardkikker.'

'Wat kan ik u daarover vertellen?'

'Wat er gebeurt wanneer je de luipaardkikker blootstelt aan menselijke hormonen.'

'Een bepaald hormoon in het bijzonder?'

'Oestrogenen, bijvoorbeeld. Of HCG.'

Dr. Wang antwoordde zonder aarzelen. 'Milieu-oestrogenen hebben op amfibieën over het algemeen een averechtse uitwerking. Daarover zijn toevallig vrij veel studies gedaan. Sommige experts denken dat de wereldwijde afname van het aantal kikkers te wijten is aan oestrogeenachtige substanties die de beken en vijvers vervuilen.'

'Wat voor oestrogeenachtige substanties?'

'Je hebt bijvoorbeeld bepaalde soorten verdelgingsmiddelen, die oestrogenen nabootsen. Ze maken een inbreuk op de endocriene huishouding van de kikker, waardoor die zich niet meer kan voortplanten en zelfs niet groeien.'

'Maar hij gaat er niet dood aan.'

'Nee, er treedt alleen een storing op in het voortplantingsproces.'

'Geldt dat in het bijzonder voor kikkers?'

'Ja. Die zijn namelijk veel gevoeliger dan zoogdieren. Bovendien hebben kikkers een poreuze huid, waardoor ze ontvankelijker zijn voor gifstoffen. Dat is hun achilleshiel, om zo te zeggen.'

Achilleshiel. Ze zweeg en dacht na.

'Dokter Watson?' zei Wang. 'Hebt u nog meer vragen?'

'Ja. Bestaat er een ziekte of een gif waardoor kikkers *wel* en zoogdieren *niet* gedood worden?'

'Dat is een interessante vraag. Wat gif betreft, zou het afhangen van de dosis. Als je een kikker een klein beetje arsenicum geeft, gaat hij dood. Arsenicum kan de mens ook doden, als je een grotere dosis gebruikt. Aan de andere kant zijn er microbiologische ziekten, bepaalde bacteriën en virussen, waar alleen kikkers aan doodgaan. Ik ben geen arts, dus kan ik niet met zekerheid zeggen of ze voor de mens volkomen onschadelijk zijn, maar –'

Ze viel hem in de rede. 'Virussen?' vroeg ze. 'Welke virussen?'

'Bijvoorbeeld de Rana-virussen.'

'Daar heb ik nog nooit van gehoord.'

'Ze zijn ook alleen bekend aan amfibie-experts. Het gaat om DNA-virussen. Ze maken deel uit van de Irido-virusfamilie. We vermoeden dat ze de oorzaak zijn van het kikkervis oedeemsyndroom. De kikkervisjes zwellen op en krijgen inwendige bloedingen.'

'En daar gaan ze aan dood?'

'In groten getale.'

'Doodt dat virus ook mensen?'

'Dat weet ik niet en ik geloof niet dat iemand dat weet. Ik weet alleen dat Rana-virussen over de hele wereld kikkerkolonies hebben uitgeroeid.'

De achilleshiel, dacht ze. *Ik heb hem gevonden*.

Door het DNA van de luipaardkikker aan het genoom van chimaera toe te voegen, was dat deels amfibie geworden. Het had tevens de kwetsbaarheden van amfibieën gekregen.

'Is het mogelijk levende monsters van een van die Rana-virussen te bemachtigen? Om op chimaera uit te proberen?' vroeg ze.

Het bleef lang stil. 'Ik snap het,' zei dr. Wang. 'Dat heeft nog nooit iemand geprobeerd. Niemand heeft er zelfs ooit aan gedacht –'

Weer viel ze hem in de rede. 'Kunt u aan zo'n virus komen?'

'Ja. Ik weet twee amfibie-researchlaboratoria in Californië die met levende Rana-virussen werken.'

'Doet u dat dan. En neem contact op met Jack McCallum. Hij moet hierover geïnformeerd worden.'

'Hij is zojuist met Gordon Obie naar White Sands vertrokken. Ik zal hem daar bellen.'

Als in een cowboyfilm tuimelden droge struiken over de weg, meegevoerd in een wolk van striemend zand. Ze reden langs het wachthuisje en de elektrische omheining het kale legerterrein op. Jack en Gordon stapten uit en keken op naar de lucht. De zon had een doforanje kleur en ging schuil achter het opwaaiende stof. De kleur van de zonsondergang, niet van het middaguur. Ze hadden slechts een paar uur geslapen voordat ze vanaf Ellington vertrokken waren en het daglicht deed Jack pijn aan de ogen.

'Deze kant uit, heren,' zei de chauffeur.

Ze volgden de soldaat het gebouw in.

De ontvangst was wel even anders dan de eerste keer dat Jack hier was geweest. Hun escorte gedroeg zich beleefd en eerbiedig. Dr. Isaac Roman wachtte hen bij de receptie op, al leek hij niet erg blij hen te zien.

'Alleen u mag mee naar binnen, dr. McCallum,' zei hij. 'Meneer Obie moet hier wachten. Dat was de afspraak.'

'Ik heb helemaal niet zo'n afspraak gemaakt,' zei Jack.

'Nee, maar meneer Profitt wel, uit uw naam. Hij is de enige reden dat u toestemming hebt gekregen in dit gebouw te komen. Ik heb niet veel tijd, dus laten we maar gauw beginnen.' Hij draaide zich om en liep naar de liften.

'Wat een zak. Een typische militair,' zei Gordon. 'Ga maar. Ik wacht hier wel.'

Jack liep achter Roman aan naar de lift.

'Onze eerste halte is het ondergrondse Niveau 2,' zei Roman. 'Daar doen we proeven met dieren.' Toen de liftdeur opengleed, kwamen ze tegenover een wand van glas te staan. Een kijkwand.

Jack liep ernaartoe en keek het laboratorium in. Een twaalftal mensen in anti-besmettingspakken was er aan het werk. Hij zag kooien met slingerapen en honden. Vlak bij het raam waren glazen hokjes met ratten. Roman wees ernaar. 'U ziet dat aan iedere kooi een label hangt met de datum en het uur waarop ze zijn geïnfecteerd. Ik zou geen betere manier weten om u te laten zien hoe dodelijk chimaera is.'

In de kooi waar Dag 1 op stond, zaten zes ratten die er erg gezond uitzagen en lustig de speelwielen lieten draaien.

In de kooi met Dag 2 waren de eerste tekenen van de ziekte zichtbaar. Twee van de zes ratten lagen te rillen en hadden bloeddoorlopen ogen. De andere vier zaten amechtig bij elkaar.

'De eerste twee dagen,' zei dr. Roman, 'zit chimaera in het reproductieve stadium. Dat is het tegenovergestelde van wat we hier op aarde kennen. Over het algemeen moet een levensvorm eerst volwassen worden om zich te kunnen vermenigvuldigen. Chimaera vermenigvuldigt zich eerst en wordt dan pas volwassen. Het vermenigvuldigt zich bijzonder snel en kan binnen achtenveertig uur wel honderd kopieën van zichzelf voortbrengen. In het begin zijn die kopieën microscopisch klein – niet zichtbaar voor het blote oog. Zo klein dat je ze kunt inademen of tot je nemen via de slijmvliezen. Daarom weet je ook niet dat je besmet bent.'

'Ze dragen dus in de vroegste fase van hun levensloop de ziekte over.'

'Ze kunnen in *alle* fasen van hun leven de ziekte overdragen. Het is voldoende dat ze vrij in de lucht rondzwerven. Meestal gebeurt het rond het tijdstip waarop het slachtoffer sterft, of een aantal dagen later, wanneer het lijk openbarst. Zodra je door chimaera bent besmet, zodra het zich in je lichaam heeft vermenigvuldigd, beginnen alle afzonderlijke kopieën te groeien. Zich te ontwikkelen tot...' Hij zweeg even. 'We weten niet goed hoe we het moeten noemen. Eierzakjes, zou je kunnen zeggen. Er zit namelijk een larve in.'

Jacks blik gleed naar de kooi met Dag 3. Daarin hadden alle ratten stuiptrekkingen. Ze sloegen met hun poten alsof iemand ze voortdurend elektrische schokjes gaf.

'Op de derde dag,' zei Roman, 'groeien de larven al erg snel. Massaal vervangen ze de hersencellen van de drager. Ze vernietigen de neurologische functies van het slachtoffer. En op de vierde dag...'

Ze keken naar het vierde hok. Op één na waren alle ratten dood. De lijken waren niet weggenomen; ze lagen er met stijve pootjes en wijd open bekjes bij. Er waren nóg drie hokken; men liet hier het ontbindingsproces zijn eigen gang gaan.

Op de vijfde dag begonnen de lijken op te zwellen.

Op de zesde dag waren de buikjes nog dikker geworden, zo dik dat de huid strakgespannen zat. Stroperige vloeistof droop uit de open ogen en glinsterde op de neusgaten.

En op de zevende dag...

Jack bleef voor het raam staan en staarde naar het zevende hok. Geëxplodeerde lijken lagen door de kooi verspreid als uit elkaar geklapte ballonnen. De huid was opengereten en de organen waren vergaan tot een zwarte smurrie. Op de snuit van een van de ratten zat een geleiachtige massa van ondoorzichtige bolletjes. De bolletjes trilden.

'Dat zijn de eierzakjes,' zei Roman. 'In dit stadium zitten alle lichaamsholten ermee vol. Ze voeden zich met het weefsel van het slachtoffer en groeien ontzettend snel. Ze vreten doodgewoon alle spieren en organen op.' Hij keek naar Jack. 'Kent u de levenscyclus van de parasietwesp?'

Jack schudde zijn hoofd.

'De volwassen wesp injecteert haar eitjes in een levende rups. De larven groeien en nemen de hemolymfenvloeistof van de drager tot zich. De rups *leeft* dan nog. Hij doet dienst als incubator voor een andere levensvorm die hem van binnenuit opvreet, tot de larven uiteindelijk uit hun stervende gastheer barsten.' Roman keek naar de dode ratten. 'De larven van dit organisme vermenigvuldigen en ontwikkelen zich ook binnen een levend slachtoffer. Dat veroorzaakt diens dood. De larven hopen zich op in de schedel. Ze vreten de buitenste laag van de grijze cellen aan. Beschadigen bloedvaten, veroorzaken hersenbloedingen. De druk binnen de schedel stijgt langzaam. De aderen in de ogen zetten op en barsten open. Het slachtoffer lijdt aan hevige hoofdpijn, raakt in de war. Hij stommelt rond alsof hij dronken is. Binnen drie of vier dagen is hij dood. De andere levensvorm blijft van het lijk eten. Dringt het DNA binnen. Gebruikt dat DNA om zijn eigen evolutie te versnellen.'

'Met welk doel?'

Roman keek Jack aan. 'We weten niet wat het einddoel is. Iedere generatie chimaera neemt DNA van het slachtoffer over. De chimaera die we nu onderzoeken is niet hetzelfde als die waarmee we begonnen zijn. Het genoom is ingewikkelder geworden. De levensvorm meer ontwikkeld.'

Het gaat steeds meer op de mens lijken, dacht Jack.

'Dat is de reden voor de strenge geheimhouding,' zei Roman. 'Terroristen van een willekeurig vijandig land zouden in het Galapagos Rif naar meer van dit spul kunnen gaan zoeken. Als dit organisme in verkeerde handen valt...' Zijn stem zakte weg.

'Niets van dit spul is dus door de mens gefabriceerd.'

Roman schudde zijn hoofd. 'Het is bij toeval in het Rif gevonden en door de *Gabriella* naar de oppervlakte gebracht. Dr. Koenig dacht eerst dat ze een nieuw soort archeonen had ontdekt. Maar wat ze had gevonden, was dit.' Hij keek naar de klont trillende eitjes. 'Duizend jaar heeft dit organisme gevangengezeten in de restanten van die asteroïde. Op een diepte van zesduizend meter. Daarom is er al die tijd niets mee gebeurd. Omdat hij op de bodem van de oceaan terecht was gekomen en niet op land.'

'Nu begrijp ik waarom u de hogedrukkamer hebt uitgeprobeerd.'

'Al die tijd heeft chimaera rustig voortbestaan in het Rif. We hoopten dat we het weer onschadelijk konden maken door de hoge druk na te bootsen.'

'Maar dat is niet zo?'

Roman schudde zijn hoofd. 'Alleen tijdelijk. Het organisme is door de blootstelling aan de microzwaartekracht permanent veranderd. Toen het eenmaal in het ISS zat, is er als het ware een schakelaar tot de vermenigvuldiging omgedraaid. Alsof het voorgeprogrammeerd was om een dodelijke uitwerking te hebben. De afwezigheid van zwaartekracht was vereist om het programma opnieuw te activeren.'

'Hoe tijdelijk is de hogedrukbehandeling?'

‘Besmette muizen blijven gezond zolang ze in de kamer zitten. We hebben ze nu al tien dagen in leven weten te houden. Maar zodra we ze uit de kamer halen, zet het ziektebeeld zich voort.’

‘En het Rana-virus?’ Jack was pas een uur geleden telefonisch op de hoogte gebracht door dr. Wang van NASA Biowetenschappen. Een voorraad van het amfibie-virus was al in een vliegtuig van de luchtmacht op weg naar dr. Romans laboratorium. ‘Onze wetenschappers zijn van mening dat het kan werken.’

‘In theorie. Maar het is nog te vroeg om een spaceshuttle te sturen. We moeten eerst bewijzen dat het Rana-virus werkt, anders zet je de levens van een nieuwe bemanning op het spel. We hebben tijd nodig om het virus te testen. Daar gaat minstens een paar weken overheen.’

Emma heeft niet een paar weken, dacht Jack. *Haar voorraad HCG is maar genoeg voor drie dagen.* Zwijgend staarde hij naar de kooi met rattenlijken. Naar de eitjes die in hun nest van slijm glinsterden. *Hoe kan ik meer tijd winnen?*

Tijd. Opeens schoot hem iets te binnen. Iets dat Roman had gezegd.

‘U zei dat de muizen in de hogedrukkamer al tien dagen in leven zijn gebleven.’

‘Dat klopt.’

‘Maar de *Discovery* is precies tien dagen geleden neergestort.’

Roman meed zijn blik.

‘U hebt de proefneming met die hogedrukkamer dus meteen geregeld. Dat wil zeggen dat u van het begin af aan hebt geweten wat het was. Nog voordat u de lijkschouwingen had verricht.’

Roman draaide zich om en liep terug naar de lift. Hij hapte naar adem toen Jack hem in zijn kraag greep en naar zich toe sleurde.

‘Het was helemaal geen commercieel experiment,’ zei Jack.

Roman rukte zich los en deinsde struikelend achteruit tegen de muur.

‘Defensie heeft SeaScience als dekmantel gebruikt,’ zei Jack. ‘Jullie hebben hun ervoor betaald om het experiment voor jullie de ruimte in te sturen. Om geheim te houden dat het leger belangstelling heeft voor deze levensvorm.’

Roman schuifelde naar de lift in een poging te ontsnappen.

Jack greep de kraag van zijn laboratoriumjas en trok die strak. ‘Er is helemaal geen sprake van bioterrorisme. *Jullie zijn zelf de mist ingegaan*!’

Romans gezicht liep paars aan. 'Ik krijg geen... lucht!' Jack liet hem los. Roman gleed langs de muur op de grond en bleef ineengedoken zitten, happend naar adem, niet in staat een woord uit te brengen. Toen hij weer kon spreken, was dat op fluistertoon.

'We konden niet weten wat ermee zou gebeuren. Dat het zonder zwaartekracht zo zou veranderen...'

'Maar jullie *wisten* dat het een buitenaardse levensvorm was.'

'Ja.'

'En dat het een chimaera was. Dat het DNA van een amfibie er al in zat.'

'Nee. Nee, dat wisten we niet.'

'U liegt.'

'We weten niet hoe het kikker-DNA in het genoom terecht is gekomen! Het moet in het laboratorium van dr. Koening gebeurd zijn. Het moet een vergissing zijn geweest. Ze had het organisme in het Rif gevonden en meteen begrepen wat het was. SeaScience wist dat we er belangstelling voor zouden hebben. Een buitenaards organisme – natuurlijk hadden we daar belangstelling voor! Defensie heeft de experimenten met de KC-135 gefinancierd. Wij hebben de experimentenruimte in het ISS betaald. We konden het niet als militair experiment het heelal insturen. Dat zou te veel vragen hebben opgewekt, te veel onderzoekcommissies. NASA zou zich afvragen waarom het leger zo veel belangstelling had voor een onschuldige zeemicrobe. Maar niemand stelt de privé-sector ooit vragen. Dus hebben we er een commercieel experiment van gemaakt, met SeaScience als sponsor en dr. Koenig als verantwoordelijk wetenschapper.'

'Waar is dr. Koenig eigenlijk?'

Roman kwam langzaam overeind. 'Die is dood.'

Die informatie verraste Jack. 'Dood?' zei hij zachtjes.

'Het was een ongeluk.'

'Denkt u dat ik dat geloof?'

'Het is de waarheid.'

Jack bestudeerde de man een ogenblik en kwam tot de conclusie dat Roman niet loog.

'Het is vorige week gebeurd, in Mexico,' zei Roman. 'Vlak nadat ze ontslag had genomen bij SeaScience. De taxi waarin ze zat, is in elkaar gereden.'

'Daarom heeft USAMRIID haar laboratorium leeggehaald. Niet om haar dossiers te bekijken, maar om ze te vernietigen.'

'We hebben te maken met een buitenaardse levensvorm. Een organisme dat veel gevaarlijker is dan we ooit hadden kunnen vermoeden. Ik geef toe dat het experiment een vergissing is geweest. Het is op een ramp uitgelopen. Maar stelt u zich eens voor wat er kan gebeuren als deze informatie uitlekt naar terroristenorganisaties?'

Daarom mocht NASA het niet weten. Daarom kon de waarheid nooit onthuld worden.

'En u weet het ergste nog niet eens, dr. McCallum,' zei Roman.

'Wat bedoelt u?'

'Er is nog iets dat ik u wil laten zien.'

Ze namen de lift naar het volgende niveau, het ondergrondse Niveau 3. Nog dieper de mijn in, dacht Jack. Weer kwamen ze tegenover een wand van glas te staan met daarachter een laboratorium vol mensen in ruimtepakken.

Roman drukte op de knop van de intercom en zei: 'Kan iemand het proefexemplaar even te voorschijn halen?'

Een van de werknemers knikte. Ze liep naar een stalen kluis, draaide aan een groot combinatieslot en verdween in de kluis. Even later kwam ze weer te voorschijn. Ze duwde een karretje voor zich uit met daarop een stalen container op een metalen blad. Ze liep ermee naar de glaswand.

Roman knikte.

Ze ontgrendelde de stalen container, haalde er een cilinder van plexiglas uit en zette die op het blad. De inhoud deinde zachtjes in transparante formaline.

'Dit is afkomstig uit het ruggenmerg van Kenichi Hirai,' zei Roman. 'Het was door de wervelkolom beschermd toen de *Discovery* neerstortte. Toen we het verwijderden, leefde het nog – hoewel nauwelijks.'

Jack probeerde iets te zeggen, maar kon geen woord uitbrengen. Hij hoorde alleen het geruis van de ventilators en het bulderen van zijn eigen hartslag toen hij in afgrijzen naar de inhoud van de cilinder staarde.

'Dit is de ontwikkelingsvorm van de larve,' zei Roman. 'Dit is de volgende fase.'

Nu begreep hij het. De reden voor de geheimhouding. Wat hij in de formaline had gezien, opgekruld in die glazen cilinder, had alles duidelijk gemaakt. Hoewel het bij het verwijderen uit het ruggenmerg was beschadigd, was de vorm duidelijk. De glanzende amfibieënhuid. De larfachtige staart. En de foetale kromming van de ruggengraat – niet amfibieachtig, maar veel afschrikwekkender omdat de genetische origine herkenbaar was. *Zoogdierachtig*, dacht hij. Misschien zelfs menselijk. Het begon al gelijkenis te vertonen met de voormalige drager ervan.

Als het de kans zou krijgen een andere diersoort te besmetten, zou het weer van uiterlijk veranderen. Het kon het DNA van ieder organisme op aarde infiltreren en iedere denkbare vorm aannemen. Uiteindelijk zou het zich ontwikkelen tot een stadium waarin het geen drager meer nodig had, maar zelfstandig kon groeien en zich vermenigvuldigen. Het zou onafhankelijk zijn en zichzelf kunnen voeden. Misschien zou het zelfs intelligent zijn.

En Emma was nu een levende kweekplaats voor die dingen, haar lichaam een voedende cocon waarin ze groeiden.

Jack huiverde toen hij weer op de landingsbaan stond en naar het verlaten vliegveld keek. De legerjeep die hem en Gordon had teruggebracht naar de legerbasis White Sands was geslonken tot een glimmend stipje met een staart van stof achter zich aan. Het withete zonlicht deed zijn ogen tranen en een ogenblik zag hij de woestijn alsof hij onder water zat.

Hij draaide zich om naar Gordon. 'Er zit niets anders op. We moeten het doen.'

'Er zijn duizend dingen die mis kunnen gaan.'

'Dat is altijd zo. Bij iedere lancering, iedere missie. Dat is niets nieuws.'

'We hebben geen rampenplan, geen vangnet. En ik ken ze. Ze zijn zo eigenzinnig als de pest.'

'Daarom lukt het misschien juist. Wat is hun motto ook alweer? *Kleiner, sneller, goedkoper*.'

'Goed,' zei Gordon. 'Laten we er even van uitgaan dat je *niet* op het lanceerplatform wordt opgeblazen. Dat de luchtmacht je *niet* torpedeert. Stel dat je veilig en wel aankomt. Dan is het nog altijd de vraag of het Rana-virus zal werken.'

'Vanaf het allereerste begin, Gordon, was er één ding dat ik niet begreep. Namelijk waarom er amfibie-DNA in dat genoom zat. Hoe was chimaera aan het gen van kikkers gekomen? Roman denkt dat het per ongeluk is gebeurd. Een vergissing die in Koenigs laboratorium is gemaakt.' Hij schudde zijn hoofd. 'Volgens mij was het geen ongeluk. Volgens mij heeft Koenig dat gen *met opzet* aan het DNA toegevoegd. Als vangnet.'

'Ik kan je niet volgen.'

'Ik denk dat ze een vooruitziende blik had en rekening heeft gehouden met de mogelijke gevaren. Met wat er zou kunnen gebeuren als deze nieuwe levensvorm in microzwaartekracht te drastisch veranderde. Ze wilde een manier achter de hand houden om chimaera te kunnen vernietigen als er iets mis mocht gaan. Een achterdeurtje waarmee ze het verdedigingsmechanisme van het organisme kon neutraliseren. En dat is dit.'

'Een kikkervirus.'

'Het zal lukken, Gordon. Het moet lukken. Ik durf er mijn leven onder te verwedden.'

Een wervelwind van stof waaide tussen hen op, zand en papiertjes met zich meenemend. Gordon draaide zich om en keek over het grauwe asfalt naar de T-38 waarmee ze uit Houston waren gekomen. Hij zuchtte. 'Ik was al bang dat je dat zou zeggen.'

26

22 augustus

Casper Mulholland zat aan zijn derde pakje Tums, maar zijn maag voelde evengoed aan als een borrelende heksenketel. In de verte stak de *Apogee II* glanzend de lucht in, als een mitrailleurkogel die rechtop in het woestijnzand was geplaatst. Het ruimteschip zag er niet erg indrukwekkend uit, zeker niet in de ogen van dit publiek. De meesten van de toeschouwers hadden al eens het denderende geweld van een NASA-lancering meegemaakt en waren gepast onder de indruk geweest van de majestueuze kracht waarmee de gigantische vuurkegels de spaceshuttle hemelwaarts hadden gestuwd. De *Apogee II* leek in de verste verte niet op de spaceshuttle. Ze leek meer op een speelgoedraket en Casper zag de teleurstelling in de ogen van de kleine twintig bezoekers die op de speciaal gebouwde tribune klommen en over het kale woestijnlandschap naar het lanceerterrein keken. Alles moest groot zijn. Iedereen was verliefd op macht en kracht. Kleine, elegante dingen interesseerden niemand.

Er kwam weer een busje aanrijden en een nieuwe groep bezoekers stapte uit, handen boven de ogen om ze te beschermen tegen de ochtendzon. Hij herkende Mark Lucas en Hashemi Rashad, de twee zakenmensen die hen drie weken geleden een bezoek hadden gebracht. Hij zag ook over hún gezicht teleurstelling glijden toen ze naar het lanceerplatform keken.

'Kunnen we er niet dichterbij komen?' vroeg Lucas.

'Helaas niet,' zei Casper. 'Voor uw eigen veiligheid. Per slot van rekening hebben we hier te maken met explosieve stuwstof.'

'Maar ik dacht dat we de lancering van dichtbij konden meemaken.'

'U mag straks de controlekamer – ons equivalent van Houstons Mission Control – bekijken. Wanneer het schip eenmaal gelanceerd is, gaan we naar binnen om u te laten zien hoe we het in een baan om de aarde brengen. Dát is de eigenlijke toets van ons systeem, meneer Lucas. Iedere tweedejaars student in ruimtevaarttechniek kan een raket de lucht in krijgen. Maar om hem daarna in een goede baan om de aarde te brengen en naar een ander ruimtevoertuig te dirigeren, dát is een heel andere zaak. Daarom hebben we de demonstratie ook vier dagen vervroegd – om op het juiste lanceringskader voor het ISS in te haken. Om u te laten zien dat ons systeem in staat is een ruimte-rendez-vous te bewerkstelligen. De *Apogee II* is precies het soort vogel waar NASA naar op zoek is.'

'U gaat zeker niet aankoppelen?' zei Rashad. 'Ik heb gehoord dat het station in quarantaine wordt gehouden.'

'Nee, we gaan niet aankoppelen. De *Apogee II* is alleen maar een prototype. Het kan niet eens aan het ISS aankoppelen, omdat het daartoe niet is uitgerust. Maar we zullen hem heel dicht langs het ruimtestation laten vliegen om te demonstreren dat het wel tot de mogelijkheden behoort. Weet u, het feit dat we in staat waren ons lanceringsschema op zo korte termijn te wijzigen, is een groot pluspunt. In de ruimtevaart draait alles om flexibiliteit. Er gebeuren altijd onverwachte dingen. Neem nu het ongeluk van mijn partner. Ondanks het feit dat meneer Obie vanwege zijn gebroken bekken het bed moet houden, hebben we de lancering niet geannuleerd. We gaan nu de vlucht gewoon vanaf de grond dirigeren. *Dat*, heren, is flexibiliteit.'

'Ik kan er nog wel inkomen dat men lanceringen uitstelt,' zei Lucas. 'Vanwege slecht weer, bijvoorbeeld. Maar waarom hebt u de lancering vier dagen vervroegd? Sommige van onze partners kunnen er nu niet bij zijn.'

Casper voelde het laatste Tums-tabletje verdrinken in een nieuwe golf maagzuur. 'Dat is heel eenvoudig.' Hij wachtte even om een zakdoek te voorschijn te halen en het zweet van zijn voorhoofd te vegen. 'Het heeft te maken met dat lanceringskader waar ik het over had. De omloopbaan van het ruimtestation heeft een hellingshoek van 51.6 graden. Als je die baan op een kaart bekijkt, zie je dat het een ovaal is die een koers volgt tussen 51.6 graden noord en 51.6 graden zuid. Aangezien de aarde om zijn eigen as draait, komt het ruimteschip bij iedere omwenteling over een ander punt op de kaart. Bovendien is de aarde niet volkomen rond, wat nog een complicatie aan de berekeningen toevoegt. De beste tijd voor een *lift-off* is wanneer de omloopbaan precies boven *jouw* lanceringsterrein ligt. Al die dingen bij elkaar genomen, hadden we diverse lanceringsopties.

Zo moesten we kiezen tussen een lancering overdag of 's nachts. En rekening houden met de toelaatbare lanceringshoeken. En de weersvoorspellingen...'

Ze begonnen glazig te kijken. Dit interesseerde hun allemaal niets.

'Kortom,' beëindigde Casper opgelucht zijn uitleg, 'vanochtend om zeven uur is het beste tijdstip voor de lancering. Begrijpt u wel?'

Lucas keek alsof hij zichzelf wakker schudde, als een hond die opschrikt uit een dutje. 'Ja, natuurlijk.'

'Toch wou ik dat we er dichterbij konden komen,' zei meneer Rashad treurig. Hij staarde naar de raket, een stompe vinger aan de horizon. 'Hiervandaan lijkt het niet veel bijzonders, vindt u zelf ook niet? Zo klein.'

Casper glimlachte, ook al voelde hij nu zijn hele maag in het zuur oplossen. 'Ach, u weet wat ze zeggen. Het gaat niet om de grootte. Het gaat erom, wat je ermee doet.'

Dit is onze laatste kans, dacht Jack terwijl een druppel zweet over zijn slaap gleed en door de voering van zijn helm werd opgezogen. Hij probeerde zijn razende hartslag tot rust te brengen, maar zijn hart was als een angstig dier dat wild om zich heen sloeg om vrij te komen. Al die jaren was dit het moment geweest waar hij van had gedroomd: vastgesnoerd in de pilotenstoel, helm gesloten, zuurstofkraan open. De *countdown* die naar het nulpunt tikte. In die dromen was nooit sprake geweest van angst, alleen van opwinding. Over wat er komen ging. Hij had nooit gedacht dat hij in werkelijkheid zo bang zou zijn.

'Je zit op T minus vijf minuten. Als je nog terug wilt, moet je het nu zeggen,' zei Gordon Obie in zijn koptelefoon. Gordon had Jack in ieder stadium van het plan de kans geboden van gedachten te veranderen. Tijdens de vlucht van White Sands naar Nevada. Vanochtend vroeg, toen Jack in de hangar van Apogee Engineering het ruimtepak had aangetrokken. En in de auto die hen door de aardedonkere woestijn naar het lanceerplatform had gebracht. Dit was Jacks allerlaatste kans.

'We kunnen de *countdown* nog stopzetten,' zei Gordon. 'De vlucht afgelasten.'

'Wat mij betreft, kan het doorgaan.'

'Dan is dit je laatste stemcontact. Van nu af aan mag er geen communicatie zijn. Geen downlink naar de grond en geen contact met het ISS, anders kunnen we het verder wel vergeten. Als we je stem horen, gelasten we de zaak meteen af en brengen we je naar huis.' *Als dat dan nog mogelijk is*, was wat hij er niet aan toevoegde.

'Begrepen.'

Er viel een korte stilte. 'Je hoeft dit niet te doen. Niemand verwacht het van je.'

'Niet zeuren. Steek die kaars nou maar gewoon aan.'

Gordons zuchtende antwoord kwam luid en duidelijk door. 'Goed dan. We zitten op T minus drie minuten en de *countdown* gaat door.'

'Bedankt, Gordie. Voor alles.'

'Goede reis en veel succes, Jack McCallum.'

De verbinding werd verbroken.

Dat was misschien de laatste stem die ik ooit zal horen, dacht Jack. Van nu af aan zou de datatransmissie uit de controlekamer van Apogee via de besturings- en navigatiecomputers naar het ruimteschip komen. Het schip zou wórden gevlogen; in plaats van Jack kon er net zo goed een aap in de pilotenstoel zitten.

Hij deed zijn ogen dicht en concentreerde zich op zijn hartslag. Die was al aan het bedaren. Hij voelde zich opeens wonderlijk kalm, en gereed voor het onontkoombare, wat dat ook mocht zijn. Hij hoorde het gezoem en geklik toen de computers het schip in gereedheid brachten voor de sprong. Hij stelde zich de wolkeloze hemel voor, de dampkring zo dik als water, als een zee van lucht waar hij doorheen moest om het koude luchtledige van het heelal te bereiken.

Waar Emma op sterven lag.

Er viel een onheilspellende stilte over de menigte op de tribune. De klok van de *countdown* die op het grote videoscherm te zien was, passeerde de T minus zestig seconden en bleef tikken. De lancering gaat dus door, dacht Casper, en paniek deed nieuwe zweetdruppeltjes op zijn voorhoofd te voorschijn springen. Diep in zijn hart had hij nooit geloofd dat het echt zover zou komen. Hij was voortdurend voorbereid geweest op vertragingen, uitstel, afstel. Hij had met dit beestje al zo veel teleurstellingen, zo veel tegenslag moeten verwerken, dat angst als gal in zijn keel opsteeg. Hij keek naar de gezichten op de tribune en zag dat velen de seconden meetelden. Het begon als een gefluister, een ritmische trilling in de lucht.

'Negenentwintig. Achtentwintig. Zevenentwintig...'

De fluistering werd een koor van mompelende stemmen, dat iedere seconde sterker werd.

'Twaalf. Elf. Tien...'

Caspers handen beefden zo dat hij ze om de reling moest klemmen. Hij voelde zijn hart kloppen in zijn vingertoppen.

'Zeven. Zes. Vijf...'

Hij deed zijn ogen dicht. O god, wat hadden ze gedaan?

'Drie. Twee. Een...'

De mensen hielden gelijktijdig hun adem in. Toen golfde het gebrul van de motoren over Casper heen en vlogen zijn ogen open. Hij staarde naar de staart van vuur die opsteeg naar de hemel. Nu zou het gebeuren. Eerst de verblindende lichtflits, en dan, vertraagd door de snelheid van het geluid, zouden hun trommelvliezen bijna stukgereten worden door de klap van de explosie. Zo was het met de *Apogee I* gegaan.

Maar de vuurstraal bleef stijgen tot het alleen nog maar een bleke stip in de helderblauwe lucht was.

Iemand gaf hem een harde klap op zijn schouder. Hij draaide zich geschrokken om en zag Mark Lucas' stralende gezicht.

'Gefeliciteerd, Mulholland! Een schitterende lancering!'

Casper wierp nog een angstige blik op de hemel. Nog steeds geen explosie.

'Maar daar hebt u zelf natuurlijk geen moment aan getwijfeld, of wel?' zei Lucas.

Casper slikte. 'Nee, natuurlijk niet.'

De laatste dosis.

Emma drukte op de zuiger en spoot de inhoud van de injectiespuit langzaam in haar ader. Ze trok de naald eruit, drukte een watje op de punctie en boog haar arm dubbel om het watje op zijn plek te houden terwijl ze de naald weggooide. Het was een bijna religieuze ceremonie, ieder onderdeel plechtig uitgevoerd in de wetenschap dat dit de laatste keer was dat ze dit alles zou voelen, van het prikje van de naald tot de bobbel van het watje in de kromming van haar elleboog. Hoe lang zou deze laatste dosis HCG haar nog in leven houden?

Ze draaide zich om en keek naar de muizenkooi, die ze naar de Russische Dienstmodule had overgebracht, omdat daar meer licht was. Het eenzame moedermuisje hing ineengedoken in de kooi, als een sidderende bal bont. Ze was stervende. Het effect van de hormonen was niet eeuwigdurend. De jongen waren die ochtend al gestorven. Morgenochtend, dacht Emma, ben ik het enige levende wezen in dit ruimtestation.

Nee, niet het enige. Die andere levensvorm zou nog in haar leven. Tientallen larven zouden uit hun winterslaap komen en beginnen zich te voeden en te groeien.

Ze drukte haar hand tegen haar buik, als een zwangere vrouw die het ongeboren kind voelt bewegen. Als een echte foetus bevatte de levensvorm in haar binnenste onderdeeltjes van haar DNA. In die zin was het haar biologische nazaat. Het bezat de genetische nalatenschap van alle dragers die het had gekend. Kenichi Hirai. Nicolai Rudenko. Diana Estes. En nu, van Emma.

Ze was de laatste. Na haar zouden er geen dragers meer zijn, geen nieuwe slachtoffers, omdat er geen redders zouden komen. Het station was nu een besmette spelonk, waar niemand bij in de buurt mocht komen, zoals de leprakolonies in de Oudheid.

Ze zweefde het RSM uit en zwom naar het deel van het station waar de stroomtoevoer op een minimum zat. Er was amper genoeg licht om de weg door de schemerige node te kunnen vinden. Afgezien van het ritmische ruisen van haar eigen ademhaling was het hier volkomen stil. Ze bewoog zich door dezelfde luchtmoleculen die voorheen door de longen waren gegaan van de mensen die nu dood waren. Ze voelde de aanwezigheid van de vijf die gestorven waren nog steeds, kon zich verbeelden de echo van hun stem te horen, zwakke restanten van geluid die de stilte minder indringend maakten. Dit was de lucht waarin ook zij zich hadden bewogen en waarin hun heengaan nog steeds voelbaar was.

En over niet al te lange tijd, dacht ze, zal ook mijn heengaan voelbaar zijn.

24 augustus

Jared Profitt werd vlak na middernacht gewekt. Hij had vast geslapen, maar toen de telefoon ging was hij meteen klaarwakker. Hij nam op.

De stem aan de andere kant klonk bruusk. 'U spreekt met generaal Gregorian. Ik heb zojuist contact gehad met ons controlecentrum in Cheyenne Mountain. Die zogenaamde demo-lancering vanuit Nevada zit nog steeds op een rendez-vous-koers met het ISS.'

'Welke demo-lancering?'

'Van Apogee Engineering.'

Profitt fronste en probeerde zich de naam voor de geest te halen.

Iedere week werden er over de hele wereld grote aantallen raketten gelanceerd. Commerciële luchtvaartbedrijven waren voortdurend raketmotoren aan het uitproberen, brachten satellieten in een baan om de aarde en strooiden zelfs de gecremeerde stoffelijke overschotten van mensen uit in het heelal. Space Command hield wel negenduizend door de mens gefabriceerde voorwerpen tegelijk in de gaten. 'Wat was dat ook alweer?'

'Apogee is een nieuw, voor hergebruik bestemd ruimteschip aan het testen. Ze hebben het gisterenochtend om tien over zeven gelanceerd. Ze hebben de FAA er netjes over ingelicht, maar *ons* pas op de hoogte gesteld toen het ding al in de lucht zat. De vlucht staat genoteerd als een testvlucht van hun nieuwe RLV. Een lancering, een tocht langs het ISS en onmiddellijke terugkeer in de dampkring. We houden haar nu al anderhalve dag in de gaten en de meeste recente stuurcorrecties wijzen uit dat het heel goed mogelijk is dat ze veel dichter bij het ISS komen dan ze ons verteld hebben.'

'Hoe dicht?'

'Dat hangt af van de komende stuurcorrecties.'

'Dicht genoeg voor een rendez-vous? Een aankoppeling?'

'Dat is niet mogelijk met dit schip. We hebben er alle specificaties over binnengekregen. Het is een prototype zonder koppelsysteem. Ze kunnen hooguit langsvliegen en zwaaien.'

'Zwaaien?' Profitt schoot recht overeind in bed. 'Is het dan bemand?'

'Nee, dat zei ik maar bij wijze van spreken. Volgens Apogee is het onbemand. Er zijn wel dieren aan boord, waaronder een slingeraap, maar geen piloot. En we hebben geen stemcommunicatie tussen de grond en het schip opgevangen.'

Een slingeraap, dacht Profitt. De aanwezigheid van een slingeraap aan boord van het ruimteschip hield in dat ze de mogelijkheid dat er ook een piloot aan boord was, niet mochten uitsluiten. De milieucontrolemonitors voor het koolzuurniveau konden geen onderscheid maken tussen dieren en mensen. Het gebrek aan informatie zat hem dwars. Het tijdstip van de lancering nog meer.

'Ik weet niet of er reden tot ongerustheid bestaat,' zei Gregorian, 'maar u wilde op de hoogte gehouden worden van de nadering van ieder ruimteschip.'

'Wat is Apogee precies voor een maatschappij?' vroeg Profitt.

Gregorian snoof minachtend. 'Een ondermaatse firma met twaalf man personeel. Ze zitten in Nevada. Tot nu toe hebben ze weinig succes gehad. Anderhalf jaar geleden is hun eerste prototype twintig seconden na de lancering ontploft. Alle oorspronkelijke investeerders hebben toen hun handen ervan afgetrokken. Het valt me eerlijk gezegd mee dat ze er nog eentje hebben gebouwd. Hun raketmotoren zijn gebaseerd op Russische technologie. Hun zogenaamde spaceshuttle is een eenvoudige ruimtecapsule die bij terugkeer neerdaalt aan parachuten. De experimentencapaciteit is slechts driehonderd kilo plus een piloot.'

'Ik ga naar Nevada. We moeten hier meer over weten.'

'We houden het schip voortdurend in de gaten en tot nu toe hebben we geen reden gezien om in te grijpen. De firma probeert gewoon indruk te maken op nieuwe investeerders. Als het reden tot bezorgdheid mocht geven, kunnen we het altijd vanaf de grond vernietigen.'

Generaal Gregorian had waarschijnlijk gelijk. Het feit dat een stelletje enthousiastelingen een aap de ruimte in had geschoten, was geen reden om meteen de noodtoestand af te kondigen. Hij moest juist voorzichtig te werk gaan. De dood van Luther Ames had in het hele land een golf van protesten opgewekt. Dit was geen goed tijdstip om nóg een ruimteschip aan flarden te schieten – zeker niet een van Amerikaanse makelij.

Maar veel dingen aan Apogee zaten hem niet lekker. De timing. De rendez-vous-manoeuvres. Het feit dat de aanwezigheid van een mens aan boord niet definitief bevestigd of uitgesloten kon worden.

Wat kon het anders zijn dan een reddingsmissie?

Hij zei: 'Ik ga evengoed naar Nevada.'

Drie kwartier later zat Profitt in zijn auto en reed hij de oprit van zijn huis af. Het was een heldere nacht met sterren die eruitzagen als flonkerende speldenknoppen op blauw fluweel. Er zijn misschien honderd miljard melkwegstelsels en ieder van die melkwegstelsels bestaat uit honderd miljard sterren. Hoeveel van die sterren hadden planeten en op hoeveel van die planeten bestond leven? *Panspermia*, de theorie dat er in het universum nog meer leven bestond en zich verspreidde, was allang geen hersenschim meer. Het denkbeeld dat er alleen leven zou bestaan op deze bleekblauwe stip in dit onbelangrijke zonnestelsel, was nu even absurd als het naïeve geloof van de volkeren uit de Oudheid dat de zon en de sterren om de aarde draaiden. De enige belangrijke vereisten voor leven zijn de aanwezigheid van op koolstof gebaseerde chemische verbindingen en een vorm van water. Beide zijn in het heelal in overvloed aanwezig. Wat inhoudt dat leven, hoe primitief ook, even overvloedig kon zijn en dat interstellair stof vol kon zitten met bacteriën en sporen. En uit die primitieve wezentjes kwam al het andere leven voort.

En wat gebeurt er wanneer dergelijke levensvormen, die als vlokjes kosmisch stof arriveren, zich uitzaaien over een planeet waar reeds leven bestaat?

Dat was Jared Profitts grootste nachtmerrie.

Ooit had hij de sterren mooi gevonden. Ooit had hij met ontzag en verwondering naar de hemel gekeken. Nu zag hij oneindig veel bedreigingen wanneer hij opkeek naar de sterren. Hij zag een biologisch armageddon.

De veroveraar, die uit de hemelen neerdaalde.

Het was tijd om te sterven.

Emma's handen trilden en haar hoofd bonkte zo dat ze haar kiezen op elkaar moest klemmen om het niet uit te schreeuwen. De laatste morfine-injectie had alleen de allerergste pijn weggenomen en ze was zo versuft door de pijnstillers dat ze zich nauwelijks op het computerscherm en het toetsenbord onder haar vingers kon concentreren. Ze wachtte tot het trillen van haar handen iets zakte. Toen begon ze te typen.

Persoonlijke e-mail aan: Jack McCallum.
Als ik één wens in vervulling kon laten gaan, zou ik wensen dat ik je stem nog een keer kon horen. Ik weet niet waar je bent en waarom ik niet met je kan praten. Ik weet alleen dat het ding in mijn binnenste op het punt staat het van me te winnen. Terwijl ik dit schrijf, voel ik hoe het terrein wint. Ik voel mijn krachten afnemen. Ik heb er zo lang mogelijk tegen gevochten, maar nu ben ik moe. Ik ben er klaar voor om in te slapen.
Zolang ik nog kan typen, is dit wat ik je het allerliefste wil vertellen: Ik hou van je. Ik heb altijd van je gehouden. Men zegt dat niemand die op de drempel van de eeuwigheid staat, met een leugen op zijn lippen naar binnen gaat. Men zegt dat bekentenissen op het doodsbed altijd geloofd moeten worden. En dit is de mijne.

Haar handen trilden zo dat ze niet meer kon typen. Ze drukte op 'Verzenden'.

Ze pakte het valium uit de medicijnkist. Er waren nog maar twee tabletten over. Ze nam ze in met een slok water. De randen van haar gezichtsveld begonnen wazig te worden. Haar benen voelden verdoofd aan, alsof ze niet meer bij haar lichaam hoorden, maar de ledematen van een ander waren.

Ze had niet veel tijd over.

Ze had geen kracht meer om het ruimtepak aan te trekken. En wat maakte het ook uit waar ze stierf? Het station was al besmet. Haar lijk zou gewoon samen met de rest opgeruimd worden.

Voor de laatste keer zweefde ze moeizaam ze naar de donkere kant van het ruimtestation.

De koepel was de plaats waar ze haar laatste wakende ogenblikken wilde doorbrengen. Zwevend in de duisternis, neerkijkend op de schoonheid van de aarde. Door de ramen kon ze de blauwgrijze rondingen van de Kaspische Zee zien. Wolken dreven boven Kazachstan en op de Himalaya lag sneeuw. Daar beneden zijn miljarden mensen die hun dagelijkse leven leiden, dacht ze. En ik zit hier, een stervende stip in het heelal.

'Emma?' zei de stem van Todd Cutler zachtjes in haar koptelefoon. 'Hoe is het ermee?'

'Niet... zo goed,' mompelde ze. 'Pijn. Zie niet scherp meer. Ik heb de laatste valium ingenomen.'

'Je moet volhouden, Emma. Luister naar me. Geef het niet op. Nog niet.'

'Ik heb de strijd al verloren, Todd.'

'Nee! Je moet blijven geloven –'

'In wonderen?' Ze lachte zachtjes. 'Het enige wonder is dat ik hier zit. Dat ik de aarde kan zien vanaf een plek waar zo weinig mensen zijn geweest...' Ze legde haar hand tegen het raam van de koepel en voelde de warmte van de zon door het glas. 'Ik wou alleen dat ik Jack nog een keer kon spreken.'

'We doen ons best dat voor elkaar te krijgen.'

'Waar is hij? Waarom kun je hem niet bereiken?'

'Hij werkt als een bezetene om je naar huis te halen. Dat moet je geloven.'

Ze knipperde haar tranen weg. *Dat geloof ik ook.*

'Kunnen we nog iets voor je doen?' vroeg Todd. 'Wil je soms met iemand anders praten?'

'Nee.' Ze zuchtte. 'Alleen met Jack.'

Het bleef stil aan de andere kant.

'Ik denk... ik denk dat ik nu het liefst...'

'Ja?' zei Todd.

‘Ik wil gaan slapen. Verder niets. Alleen maar slapen.’

Hij schraapte zijn keel. ‘Dat is goed. Ga maar uitrusten. Ik blijf hier, voor het geval je me nodig hebt.’ Hij sloot af met een zacht: ‘Welterusten, ISS.’

Welterusten, Houston, dacht ze. Ze nam haar koptelefoon af en liet hem in de schemering wegzweven.

27

Het konvooi van zwarte auto's kwam in een wolk stof tot stilstand bij de ingang van Apogee Engineering. Jared Profitt stapte uit de voorste wagen en keek op naar het gebouw. Het zag eruit als een vliegtuighangar, raamloos en doelmatig, met op het dak een wirwar aan satellietschotels.

Hij knikte tegen generaal Gregorian. 'Neem het gebouw over.'

Nog geen minuut later gaven Gregorians mannen het teken dat het gebouw in beslag was genomen. Profitt liep naar binnen.

Daar was een aantal vrij slordig uitziende mannen en vrouwen tot een gespannen, boze groep bijeen gedreven. Profitt herkende twee van de gezichten: NASA's hoofd van de afdeling Bemanningen, Gordon Obie, en vluchtleider Randy Carpenter. Zijn voorgevoel was dus correct geweest. NASA zat hier, en dit onopvallende gebouw in de woestijn van Nevada was in een *mission control* van de rebellen veranderd.

In tegenstelling tot NASA werkten ze hier blijkbaar met een erg krap budget. De vloer was van kaal beton. Een spaghettiwirwar van draden en kabels slingerde alle kanten op. Een belachelijk dikke kat zocht zich voorzichtig een weg over een berg afgedankte elektronische apparatuur.

Profitt liep naar de rij computers en zag gegevens binnenstroomden. 'Waar is het ruimteschip op dit moment?' vroeg hij.

Een van Gregorians mensen, een vluchtcontroller van het U.S. Space Command, zei: 'Het heeft daarnet weer een stuurcorrectie uitgevoerd en kan over vijfenveertig minuten bij het ISS zijn.'

'Laat hem terugkomen.'

'Nee!' zei Gordon Obie. Hij maakte zich los van de groep en kwam naar voren. 'Doet u dat niet. U begrijpt het niet –'

'De bemanning van het ISS mag niet geëvacueerd worden,' zei Profitt.

'Het *is* ook geen evacuatie!'

'Wat doet dat ding daar dan? Het is duidelijk op weg naar een rendez-vous met het ISS.'

'Nee, dat is het niet. Een rendez-vous is niet eens mogelijk. Het schip heeft geen aankoppelsysteem. Het kan niet in contact komen met het station en kan dus ook niet besmet worden.'

'U hebt geen antwoord gegeven op mijn vraag, meneer Obie. Wat doet de *Apogee II* daar?'

Gordon aarzelde. 'De firma wil alleen maar een naderingsroute testen, meer niet. Het is een toets van Apogee's rendez-vousmogelijkheden.'

'Meneer Profitt,' zei de vluchtcontroller van Space Command. 'Ik zie hier iets vreemds.'

Profitt draaide zich met een ruk om naar het computerscherm. 'Wat dan?'

'De cabinedruk is gezakt tot acht psi, terwijl hij op veertien komma zeven zou moeten zitten. Tenzij het schip een ernstig lek heeft, hebben ze de druk in de cabine met opzet verlaagd.'

'Hoe lang zit hij al op dit niveau?'

De vluchtcontroller tikte snel wat toetsen in. Een grafiek van de cabinedruk verscheen op het scherm. 'Volgens hun computers is de druk in de cabine de eerste twaalf uur na de lancering op veertien komma zeven gehouden. Ongeveer zesendertig uur geleden is de druk verlaagd tot tien komma twee en tot een uur geleden op dat niveau gehouden.' Hij keek met een ruk op. 'Ik weet wat ze aan het doen zijn! Dit is een voor-ademingsprotocol.'

'Waarvoor?'

'Voor een ruimtewandeling.' Hij keek naar Profitt. 'Volgens mij is er iemand aan boord van dat schip.'

Profitt draaide zich om naar Gordon Obie. 'Wie is er aan boord? Wie hebben jullie gestuurd?'

Gordon zag in dat het geen zin had de waarheid nog langer te verbergen. Verslagen zei hij: 'Jack McCallum.'

De man van Emma Watson.

'Het is dus *toch* een reddingsmissie,' zei Profitt. 'Hoe hadden jullie je dat voorgesteld? Hij verlaat het schip en dan?'

'Hij heeft een ruimtepak met een SAFER-jetpack. Daarmee schiet hij zichzelf van de *Apogee II* naar het ISS. Daar gaat hij via de EVA–sluis naar binnen.'

'Om zijn vrouw te evacueren.'

'Nee. Dat hoort niet bij het plan. Hij weet – net als wij allemaal – waarom ze niet terug kan komen. Jack is gegaan om haar het Ranavirus te brengen.'

'En als het virus niet werkt?'

'Dat is een risico dat hij neemt.'

'Hij gaat zich blootstellen aan het ISS. Dan kunnen we ook hem niet meer terug laten komen.'

'Hij was ook niet van plan om terug te komen! De *Apogee II* keert zonder hem terug.' Gordon zweeg en keek Profitt indringend aan. 'Hij wist van tevoren dat het een enkele reis zou zijn. Hij heeft de voorwaarden geaccepteerd. Zijn vrouw ligt daarginds op sterven! Hij wil – hij kan – haar niet in haar eentje laten sterven.'

Jared Profitt zweeg verbluft. Hij staarde naar de computerschermen waarop de gegevens bleven binnenstromen. Terwijl de seconden wegtikten, dacht hij aan zijn vrouw, Amy, die in het Bethesda Hospital op sterven had gelegen. Hij dacht aan zijn sprint door de vertrekhal van Denver om het vliegtuig naar huis, naar haar, te halen, en herinnerde zich zijn moedeloosheid toen hij ademloos bij de *gate* was aangekomen en het vliegtuig had zien wegtaxiën. Hij dacht aan de wanhoop waardoor McCallum werd gedreven, de hartverscheurende kwelling om zo dicht bij je doel te komen en het dan buiten bereik te zien wegglijden. En hij dacht: hier kan niemand op aarde iets van krijgen. Alleen McCallum. Hij heeft er zelf voor gekozen, terwijl hij wist wat de consequenties waren. Welk recht heb ik hem tegen te houden?

Hij zei tegen de vluchtcontroller van het Space Command: 'Geef de besturing van het ruimteschip terug aan Apogee. Ze mogen de missie afronden.'

'Pardon, meneer?'

'Ik zei dat het ruimteschip zijn missie mag voltooien.'

Een ogenblik viel er een verblufte stilte. Toen haastten de vluchtcontrollers van Apogee zich naar hun plaatsen.

'Meneer Obie,' zei Profitt, Gordon aankijkend. 'U begrijpt dat we iedere beweging van McCallum in de gaten zullen houden. Ik ben niet uw vijand. Maar het is mijn taak de mensen op aarde te beschermen en daarvoor zal ik het noodzakelijke doen. Als ik een indicatie bespeur dat u evengoed van plan bent die mensen naar huis te brengen, zal ik opdracht geven de *Apogee II* te vernietigen.'

Gordon Obie knikte. 'Ik zou niet anders van u hebben verwacht.'

'Dan weten we allebei waar we aan toe zijn.' Profitt haalde diep adem en keek weer naar de rij computers. 'Zorg dat die man bij zijn vrouw komt.'

Jack hing aan de rand van de eeuwigheid.

Alle EVA-training in de wereld had hem niet kunnen voorbereiden op de diepgewortelde angst, de verlamming die hem in haar greep hield terwijl hij naar het oneindige van het heelal keek. Hij had het luik naar de open laadruimte opengeduwd en het eerste wat hij door de gapende muil zag, was de aarde, duizelingwekkend ver in de diepte. Het ISS kon hij niet zien; dat hing boven hem, buiten zijn gezichtsveld. Om bij het station te komen, moest hij door die muil naar buiten gaan en naar de andere kant van de *Apogee II* klauteren, maar eerst moest hij zover zien te komen dat hij alle instincten kon negeren die tegen hem schreeuwden dat hij veilig in de luchtsluis moest blijven zitten.

'Emma,' zei hij en de klank van haar stem was als een zacht gebed. Hij haalde diep adem en bereidde zich erop voor de handgreep van het luik los te laten en zich over te geven aan de genade der hemelen.

'*Apogee II*, dit is CAPCOM Houston. *Apogee* – Jack – geef antwoord.'

Jack schrok van de stem in zijn koptelefoon. Hij had niet verwacht iets van de mensen op aarde te horen. Het feit dat Houston hem opriep en zelfs zijn naam had genoemd, hield in dat het geheim niet langer een geheim was.

'*Apogee*, we verzoeken u dringend antwoord te geven.'

Hij bleef zwijgen, er helemaal niet zeker van of het verstandig was zijn aanwezigheid in de ruimte te bevestigen.

'Jack, we hebben bericht ontvangen dat het Witte Huis zich niet met je missie zal bemoeien. Op voorwaarde dat je één belangrijk feit heel goed onderkent: namelijk dat dit een enkele reis is.' CAPCOM zweeg even en zei toen zachtjes: 'Als je aan boord van het ISS gaat, kom je er nooit meer weg. Dan mag je niet meer terugkomen.'

'Dit is *Apogee II*,' antwoordde Jack nu. 'Bericht ontvangen en begrepen.'

'En je gaat er evengoed mee door? Denk erover na.'

'Waarom dacht je dan dat ik hier zat? Om het uitzicht te bewonderen?'

'Eh, begrepen. Maar voordat je het doet, willen we je iets doorgeven. Ons contact met het ISS is ongeveer zes uur geleden verbroken.'

'Verbroken? Hoe bedoel je?'

'Emma geeft geen antwoord meer.'

Zes uur, dacht hij. Wat zou er in die zes uur gebeurd zijn? De *Apogee II* zat al twee dagen in de ruimte. Zo lang had het geduurd tot het het ISS had ingehaald en alle rendez-vous-manoeuvres uitgevoerd. Al die tijd had hij geen contact met de grond gehad en niet geweten wat er aan boord van het ruimtestation gebeurde.

'Misschien is het al te laat. Misschien moet je er nog even over nadenken –'

'Hoe is haar biotelemetrie?' viel hij CAPCOM in de rede. 'Wat is haar hartslag?'

'Ze ligt niet aan de machines. Ze heeft ervoor gekozen zich ervan los te maken.'

'Dus weten jullie niets zeker. Jullie weten niet hoe ze eraan toe is.'

'Vlak voordat we het contact met haar verloren, heeft ze je nog een laatste e-mail gestuurd.' CAPCOM zei zachtjes: 'Jack, ze nam daarin afscheid van je.'

Nee. Meteen liet hij de handgreep van het luik los en dook uit de luchtsluis de open laadruimte in. *Nee*. Hij greep een stang en trok zich om de open deuren heen naar de andere kant van de *Apogee II*. Opeens zag hij het ruimtestation, vlak boven zijn hoofd, zo groot en breed dat hij er een ogenblik alleen maar verbluft naar kon staren. Toen dacht hij in paniek: *Waar is de EVA-sluis? Ik zie de EVA-sluis niet!* Er waren zo veel modules, zo veel zonnepanelen, verspreid over een oppervlakte die gelijk stond aan twee voetbalvelden, dat hij er niet in slaagde zich te oriënteren. De duizelingwekkende afmetingen overweldigden hem.

Toen zag hij de donkergroene *Soyuz*-capsule. Hij zat onder het Russische deel van het station. Meteen werd alles duidelijk. Zijn blik flitste naar de Amerikaanse afdeling en hij herkende de Amerikaanse woonmodule. Aan het eind van die module zat Node I, die in verbinding stond met de luchtsluis.

Hij wist nu precies waar hij moest zijn.

Nu moest het gebeuren. De grote sprong. Hij had alleen zijn SAFER-jetpack om hem voort te stuwen. Hij zou zonder verbindingskabels, zonder anker, de lege ruimte moeten oversteken. Hij deed het jetpack aan, duwde zich af tegen de *Apogee II* en schoot op het ISS af.

Omdat het zijn eerste keer in de ruimte was, bewoog hij zich onhandig en onervaren. Hij wist ook niet goed in te schatten hoe snel hij op zijn doel afvloog en smakte met zo'n klap tegen de romp van de woonmodule, dat hij bijna terugketste. Nog net op het nippertje wist hij een stang te grijpen.

Snel. Ze is stervende.

Misselijk van angst en zwaar hijgend trok hij zich hand over hand langs de woonmodule.

'Houston,' stootte hij uit. 'Laat SURGEON... klaarstaan.'

'Begrepen.'

'Ben bijna... bij Node I...'

'Jack, dit is SURGEON.' Het was Todd Cutler. Hij sprak rustig maar indringend. 'Je hebt twee dagen geen contact met ons gehad. Er zijn een paar dingen die je moet weten. Emma heeft haar laatste dosis HCG vijfenvijftig uur geleden gekregen. Daarna is haar toestand erg achteruitgegaan. Haar amylase en CPK zitten erg hoog. Bij ons laatste contact klaagde ze over zware hoofdpijn en zei ze dat de rand van haar gezichtsveld begon te vervagen. Dat was zes uur geleden. We weten niet hoe ze er nu aan toe is.'

'Ik ben bij het luik van de EVA-sluis.'

'De controlesoftware van het station is omgezet naar EVA. Je mag naar binnen.'

Jack trok het luik open en dreef de sluis in. Toen hij zich omdraaide om het luik weer dicht te doen, ving hij een glimp op van de *Apogee II*. Het schip dreef al weg. Zijn enige reddingsboot ging zonder hem naar huis. Hij had zijn schepen achter zich verbrand.

Hij deed het luik dicht en vergrendelde het. 'Drukegalisatiekraan open,' zei hij. 'Druk is aan het stijgen.'

'Ik vind dat ik je op het ergste moet voorbereiden,' zei Todd. 'Voor het geval ze –'

'Geef me liever iets waar ik mee kan werken!'

'Goed. De laatste berichten van USAMRIID. Het Rana-virus schijnt te werken, maar alleen in lichte gevallen, dat wil zeggen op de proefdieren die nog in het beginstadium van de ziekte zitten en het virus binnen zesendertig uur na besmetting hebben gekregen.'

'Wat gebeurt er als ze het daarna pas krijgen?'

Cutler gaf geen antwoord. Zijn stilzwijgen bevestigde het ergste.

De druk in de sluis was gestegen tot 14 psi. Jack deed het tussenluik open en dook de materieelsluis in. Gejaagd trok hij zijn handschoenen los, werkte zich uit zijn ruimtepak en stroopte de onderkleding met de koelingsleidingen van zich af. Uit de ritszakken van het ruimtepak haalde hij de pakketjes noodmedicijnen en de reeds in gereedheid gebrachte injectiespuiten met het Rana-virus. Hij trilde over zijn hele lichaam, van angst, angst voor wat hij in het ruimtestation zou aantreffen.

Hij duwde het binnenste luik open.

En zijn nachtmerrie werd werkelijkheid.

Ze dreef in de schemerige Node I, als een eenzame zwemster in een donkere zee. Alleen was deze zwemster aan het verdrinken. Haar armen en benen schokten ritmisch. Stuiptrekkingen deden haar wervelkolom krommen en haar hoofd van voren naar achteren slaan. Haar haar zwiepte als een zweep. De laatste stuiptrekkingen voordat de dood intrad.

Nee, dacht hij. *Ik laat je niet doodgaan. Verdomme, Emma, je mag me niet verlaten.*

Hij pakte haar bij haar middel en trok haar mee naar het Russische deel van het station. Naar de modules waar nog stroom en licht was. Haar lichaam schokte als een elektrische kabel die onder stroom stond en ze sloeg wild om zich heen. Ze was zo klein, zo kwetsbaar, maar de kracht die door haar stervende lichaam stroomde, dreigde hem de baas te worden. Gewichtloosheid was nieuw voor hem en hij botste als een dronkeman tegen de wanden en de luiken terwijl hij uit alle macht probeerde hen beiden naar de Russische Dienstmodule te krijgen.

'Jack, zeg iets,' zei Todd. 'Wat gebeurt er?'

'Ik heb haar naar de RSM gebracht... ik leg haar nu op de behandeltafel...'

'Heb je haar het virus al gegeven?'

'Ik moet haar eerst vastbinden. Ze heeft stuiptrekkingen... ' Hij bond de Velcrobanden over haar borst en heupen om haar lichaam aan de behandeltafel te verankeren. Haar hoofd klapte achterover en haar ogen draaiden omhoog in de kassen. Het oogwit was angstaanjagend rood. *Geef haar het virus. Doe het!*

Aan de behandeltafel hing een rubberslang. Hij trok hem los en bond hem om haar wild slaande arm. Uit alle macht trok hij haar onderarm naar beneden om de holte van haar elleboog bloot te leggen. Met zijn tanden trok hij het dopje van de spuit met het Rana-virus. Hij stak de naald in haar arm en drukte op de zuiger.

'Ik heb haar het virus gegeven!' zei hij. 'De hele spuit!'

'Wat doet ze?'

'Ze heeft nog steeds stuiptrekkingen!'

'Er zit een infusie met Dilantin in de medicijnenkist.'

'Ik zie hem. Ik breng de infusie aan!' De rubberband zweefde langs hem heen en herinnerde hem er abrupt aan dat alles hier gewichtloos was. Wat niet vastzat, dreef snel buiten je bereik. Hij griste hem uit de lucht en pakte Emma's arm weer.

Even later meldde hij: 'De Dilantin gaat er nu in! Infusie helemaal open.'

'Zie je al verandering?'

Jack staarde naar zijn vrouw en beval haar in stilte: *Vooruit, Emma, doe je best. Waag het niet nu dood te gaan.*

Langzaam ontspande haar wervelkolom zich. Haar nek verslapte en haar hoofd bonkte niet meer tegen de tafel. Haar ogen draaiden terug zodat hij haar irissen kon zien, twee donkere poelen omringd door vuurrode bloeduitstortingen. Maar toen hij in haar pupillen keek, welde een kreun in zijn keel op.

Haar linkerpupil was helemaal verwijd. Zwart en levenloos.

Het was te laat. Ze was stervende.

Hij nam haar gezicht in zijn handen, alsof hij haar met pure wilskracht in leven kon houden. Maar terwijl hij haar smeekte hem niet in zijn eentje achter te laten, wist hij dat ze niet kon worden gered door gebeden of handoplegging. De dood is een organisch proces. Bepaalde biochemische functies, de beweging van ionen over de celvliezen, worden langzaam gestaakt. De hersengolven worden steeds vlakker. De ritmische samentrekkingen van myocardiale cellen zakken terug tot een lichte trilling. Hij kon haar niet in leven houden door het alleen maar te wensen.

Maar ze was nog niet dood.

'Todd,' zei hij.

'Ik luister.'

'Hoe zit het met de eindfase? Wat gebeurt er met de proefdieren?'

'Ik kan je niet volgen...'

'Je zei dat het Rana-virus werkt als het vroeg genoeg wordt toegediend. Dat wil zeggen dat chimaera erdoor gedood wordt. Waarom werkt het dan niet wanneer het later wordt toegediend?'

'Omdat er dan al te veel weefselschade is. Interne bloedingen –'

'Waar? Interne bloedingen? Hebben de autopsies dat uitgewezen?'

'Bij honden zit de fatale bloeding in vijfenzeventig procent van de gevallen in de schedel. Chimaera's enzymen beschadigen bloedvaten op de oppervlakte van het hersenschors. De bloedvaten barsten open en de bloedingen veroorzaken een catastrofale stijging van de druk binnen de schedel. Het is te vergelijken met een ernstige hoofdwond, Jack. De hersenen beginnen uit te puilen.'

'En als je het bloeden laat ophouden en de beschadigingen aan de hersenen weet te stoppen? Misschien blijft het slachtoffer lang genoeg in leven om het Rana-virus zijn werk te laten doen, als je hem voorbij het kritieke stadium weet te krijgen.'

'Dat zou kunnen.'

Jack staarde naar Emma's verwijde pupil. Opeens flitste er een afgrijselijke herinnering door zijn hoofd: Debbie Haning, bewusteloos op de ziekenhuisbrancard. Bij Debbie had hij gefaald. Hij had te lang gewacht met de behandeling. Vanwege zijn besluiteloosheid was ze gestorven.

Ik laat jou niet sterven.

Hij zei: 'Todd, haar linkerpupil reageert niet. Ik moet een schedelboring verrichten.'

'Wat? Maar je werkt blind. Zonder röntgenfoto's...'

'Het is haar laatste kans! Ik moet een boor hebben. Waar liggen de werktuigen?'

'Ogenblikje.' Binnen een paar seconden kwam Todd weer aan de lijn. 'We weten niet zeker waar de Russen hun gereedschap bewaren, maar die van NASA zitten in de voorraadkastjes in Node I. Er hangen labels aan de Nomex-zakken. Daar staat precies op wat erin zit.'

Jack schoot de dienstmodule uit. Weer botste hij tegen wanden en luiken toen hij zich met onhandige bewegingen voortbewoog naar Node I. Zijn handen trilden toen hij de voorraadkast opendeed. Pas bij de vierde Nomex-zak zag hij op het label 'Elektrische boor/boorijzers/stroomverdelers' staan. Hij trok hem uit de kast, greep ook een zak met schroevendraaiers en hamers en schoot de node weer uit. Hij was maar een paar ogenblikken van haar zijde geweken, maar de angst dat ze bij zijn terugkeer dood zou zijn, joeg hem op topsnelheid door de Zarya terug naar de dienstmodule.

Ze ademde nog. Ze leefde nog.

Hij bond de Nomex-zakken aan de tafel en haalde de boor te voorschijn. De boor was bedoeld voor reparaties aan het ruimtestation, niet voor neurochirugie. Nu hij hem in zijn hand had en het tot hem doordrong wat hij ging doen, raakte hij in paniek. Hij ging opereren in een onsteriele omgeving, met een stuk gereedschap dat bestemd was voor stalen schroeven, niet voor vlees en botten. Hij keek naar Emma, die roerloos op de tafel lag, en dacht aan wat er onder dat schedeldak lag, de grijze cellen waarin een leven aan herinneringen, dromen en emoties lagen opgeslagen. Alles wat haar uniek maakte. En dat nu langzaam afstierf.

Hij haalde een schaar en een scheermes uit de medicijnenkist, greep een handvol haar en knipte het af. Daarna schoor hij de stoppels zodat hij een schone werkplek boven haar linkerslaap had. *Je mooie haar. Ik heb altijd van je haar gehouden. Ik heb altijd van jou gehouden.*

De rest van het haar bond hij bij elkaar en duwde het uit de weg, zodat het de te opereren plek niet kon bevuilen. Met een stuk pleisterband legde hij haar hoofd klem op de tafel. Steeds sneller werkend, bracht hij het gereedschap in gereedheid. De suctiekatheter. De scalpel. Het verbandgaas. Hij doopte de boorijzers eerst in een desinfecterend middel en toen in alcohol.

Tot slot trok hij steriele handschoenen aan en pakte de scalpel.

Zijn huid werd klam in de handschoenen toen hij de incisie maakte. Het bloed dat uit de wond sijpelde, klonterde samen tot een groeiende bol. Hij bette de plek met verbandgaas en sneed dieper, tot de scalpel bot raakte.

Wie een gat in de schedel maakt, stelt de hersenen bloot aan een vijandig universum van microbiologische indringers. Maar het menselijke lichaam is veerkrachtig; het kan de ergste aanslagen overleven. Daar herinnerde hij zich voortdurend aan toen hij een putje sloeg in het slaapbeen en de punt van de boor erin zette. De oude Egyptenaren en de Inca's hadden met succes schedelboringen verricht, gaten in schedels gemaakt met primitief gereedschap zonder zich zelfs maar van steriele technieken bewust te zijn. Het was te doen.

Zijn handen trilden nu niet meer en hij concentreerde zich volkomen op het boren. Een paar millimeter te diep en hij raakte de hersenen. Dan zouden duizend dierbare herinneringen in een fractie van een seconde vernietigd worden. Hij moest er ook voor oppassen niet de hersenvliesslagader te raken, want dat zou een onstuitbare fontein van bloed veroorzaken. Hij hield steeds even op om adem te halen en de diepte van het gat te schatten. *Voorzichtig. Voorzichtig.*

Opeens voelde hij hoe het laatste laagje van het bot werd doorboord. Met bonkend hart trok hij de boor terug.

Meteen welde een bel bloed uit het gaatje op. Het was donkerrood – aderlijk. Hij slaakte een zucht van opluchting. Niet slagaderlijk. De druk op Emma's hersenen nam nu al af, de innerlijke bloeding kon door de nieuwe opening ontsnappen. Hij zoog de bel bloed weg en bette met verbandgaas de nieuwe bolletjes die opwelden toen hij een tweede gat boorde, en een derde, tot hij een cirkel van gaatjes in de schedel had gemaakt. Zijn handen waren nu helemaal verkrampt en zijn gezicht baadde in het zweet. Maar hij had geen tijd om uit te rusten. Iedere seconde telde.

Hij pakte een schroevendraaier en een kleine hamer.

Laat dit alstublieft goed gaan. Laat ze hierdoor gered worden.

De schroevendraaier als priem gebruikend tikte hij de punt heel voorzichtig in de schedel. Toen, met opeengeklemde kaken, wrikte hij het ronde schedelplakje los.

Meteen gutste bloed naar buiten. De grotere opening bood het een kans massaal te ontsnappen en het werd met regelmaat uit de schedel gepompt.

En er stroomde nog iets anders uit de schedel. *Eitjes*. Een klont eitjes glibberde naar buiten en bleef trillend in de lucht hangen. Jack zoog ze snel met de suctiekatheter in de vacuümfles. Al eeuwenlang waren de allerkleinste levensvormen de grootste vijand van de mens. Virussen. Bacteriën. Parasieten. *En nu jullie*, dacht Jack, naar de fles kijkend. *Maar we kunnen jullie verslaan.*

Er kwam bijna geen bloed meer uit het gat. Door die eerste golf was de druk op haar hersenen al aanzienlijk verlicht.

Hij keek in Emma's linkeroog. De pupil was nog steeds verwijd, maar toen hij het licht erin liet schijnen, meende hij – of verbeeldde hij het zich? – de randen ietsje te zien trillen, als zwart water dat naar het centrum rimpelde.

Je *zult* het overleven, dacht hij.

Hij verbond de wond met verbandgaas en bracht een nieuwe infuus aan met steroïden en fenobarbital die haar coma tijdelijk zouden verdiepen om haar hersenen te beschermen tegen verdere schade. Daarna bracht hij de ECG-plakkertjes op haar borst aan. Pas toen hij al die taken af had, wond hij de rubberband om zijn eigen arm en gaf hij zichzelf een dosis van het Rana-virus. Het zou voor hen allebei het einde of de redding zijn. Daar zou hij gauw genoeg achter komen.

Op de ECG-monitor liet Emma's hart een gestaag ritme zien. Hij nam haar hand in de zijne en wachtte op een teken.

27 augustus

Gordon Obie liep de SVOR-zaal in en keek naar de mannen en vrouwen die de computers bemanden. Op het centrale scherm beschreef het ruimtestation zijn ovale pad over de wereldkaart. Op dit moment zouden dorpelingen in de woestijn van Algerije, als ze toevallig opkeken naar de nachtelijke hemel, zich verbazen over de vreemde ster, zo helder als Venus, die door het heelal zeilde. Een ster die uniek was in het firmament, omdat hij niet was gemaakt door een almachtige God of de krachten der natuur, maar door de kwetsbare handen van de mens.

En in deze zaal, aan de andere kant van de wereldbol, zaten de hoeders van die ster.

Vluchtleider Woody Ellis keek om en begroette Gordon met een bedroefd knikje. 'Niets. Het is stil daarboven.'

'Wanneer hebben we voor het laatst contact gehad?'

'Jack heeft vijf uur geleden gezegd dat hij ging slapen. Hij heeft al bijna drie dagen geen oog dichtgedaan. We doen ons best hem niet te storen.'

Drie dagen en nog steeds was er geen verandering opgetreden in Emma's toestand. Gordon zuchtte en liep langs de bovenste rij naar de computerafdeling van de ruimtevaartartsen. Todd Cutler, ongeschoren en dodelijk vermoeid, hield de biotelemetrie van Emma op zijn monitors in de gaten. En wanneer had Todd voor het laatst geslapen? vroeg Gordon zich af. Iedereen was moe, maar niemand was bereid toe te geven dat ze verloren hadden.

'Ze houdt het nog steeds vol,' zei Todd zachtjes. 'En ze krijgt nu geen fenobarbital meer.'

'Maar ze is nog niet uit de coma gekomen?'

'Nee.' Met een zucht leunde Todd achterover en kneep in de brug van zijn neus. 'Ik weet niet wat ik verder nog kan doen. Ik heb zoiets nog nooit bij de hand gehad. Neurochirurgie in de ruimte.'

Die zin hadden velen van hen de afgelopen weken geuit. *Ik heb nog nooit zoiets bij de hand gehad. Dit is iets nieuws. Dit is iets dat we nog nooit eerder hebben meegemaakt*. Maar was dat niet de kern van pionierswerk? Dat geen crisis voorspeld kon worden, dat ieder nieuw probleem om een eigen oplossing vroeg? Dat iedere triomf gebouwd was op opofferingen?

En er waren triomfen geweest, te midden van alle tragedies. De *Apogee II* was veilig in de woestijn van Arizona geland en Casper Mulholland was nu met de luchtmacht in onderhandeling over het eerste contract dat zijn firma ooit had gesloten. Jack was nog steeds gezond, zelfs na drie dagen aan boord van het ISS – een teken dat het Rana-virus zowel een geneesmiddel als een voorbehoedsmiddel tegen chimaera was. En het feit dat Emma nog steeds leefde, mocht ook als een triomf beschouwd worden.

Al was dat misschien slechts een tijdelijke.

Gordon ervoer een diepe droefenis toen hij haar ECG-bliepje over het scherm zag glijden. Hoe lang kon het hart blijven kloppen, wanneer het brein verloren was? vroeg hij zich af. Hoe lang kon een lichaam een coma overleven? Om een ooit zo levenslustige vrouw te zien wegsterven was nog erger dan getuige te moeten zijn van haar plotselinge, catastrofale dood.

Opeens schoot hij overeind in zijn stoel, zijn blik strak op de monitor gevestigd. 'Todd,' zei hij. 'Wat gebeurt er met haar?'

'Wat?'

'Er is iets mis met haar hart.'

Todd hief zijn hoofd op en staarde naar de lijn die trillend over het scherm gleed. 'Nee,' zei hij, zijn hand uitstekend naar de communicatieschakelaar. 'Dat is niet haar hart.'

Het schrille gejank van de monitor sneed door Jacks hazenslaapje. Hij schrok wakker. Hij was al zo veel jaren gewend tijdens de nachtdienst uit zijn bed te worden gebeld, dat hij meteen klaarwakker was wanneer men hem riep, ook al had hij nog zo vast geslapen. Zodra hij zijn ogen opendeed, wist hij waar hij was. En dat er iets mis was.

Hij draaide zich om in de richting van het alarmsignaal en raakte even in de war vanwege de omgekeerde omgeving. Emma hing aan het plafond. Een van haar ECG-plakkertjes was losgeraakt en zweefde in het niets, als een sliertje zeewier onder water. Hij draaide zich 180 graden om en meteen was alles weer normaal.

Hij maakte het plakkertje weer vast. Zijn hart bonkte toen hij naar de monitor keek, bang voor wat hij zou zien. Tot zijn opluchting gleed een normaal ritme over het scherm.

En toen – iets anders. Een trilling.

Beweging.

Hij keek naar Emma. En zag dat haar ogen open waren.

'Het ISS geeft geen antwoord,' zei CAPCOM.

'Blijf het proberen. We moeten hem dringend spreken!' zei Todd fel.

Gordon staarde naar de biotelemetrie waar hij niets van begreep, en vreesde het ergste. De ECG gleed van boven naar beneden over het scherm en ging opeens over in een rechte lijn. *Nee*, dacht hij. *We zijn haar kwijt!*

‘Er zit gewoon een draadje los,’ zei Todd. ‘Misschien heeft ze stuiptrekkingen.’

‘Nog steeds geen antwoord van het ISS,’ zei CAPCOM.

‘Wat zou daarginds toch allemaal gebeuren?’

‘Kijk!’ zei Gordon.

Beide mannen keken roerloos toe toen een bliepje op het scherm verscheen. Het werd gevolgd door een tweede, en een derde.

‘SURGEON, ik heb het ISS aan de lijn,’ zei CAPCOM. ‘Met een verzoek om een consultatie.’

Todd schoot naar voren op zijn stoel. ‘*Ground control*, geef me een PMC-kanaal. Ga je gang, Jack.’

Het was een vertrouwelijk gesprek; alleen Todd kon horen wat Jack zei. Een doodse stilte daalde over de zaal en iedereen draaide zich om naar de afdeling van de artsen. Zelfs Gordon, die vlak naast Todd zat, kon niets van diens gezicht aflezen. Todd zat voorovergebogen, beide handen tegen zijn koptelefoon gedrukt, alsof hij alle afleidingen wilde buitensluiten.

Toen zei hij: ‘Ogenblikje, Jack. Er zijn hier een heleboel mensen die dit willen horen. Ik zal ze het nieuws even doorgeven.’ Todd keek naar vluchtleider Ellis en stak triomfantelijk zijn duimen op. ‘Watson is wakker! En ze praat!’

Wat er toen gebeurde, zou eeuwig in Gordon Obie’s herinnering gegrift blijven. Hij hoorde stemmen opklinken, aanzwellen tot een luid gejuich. Hij voelde hoe Todd hem een harde klap op zijn schouder gaf. Liz Gianni slaakte een cowboykreet. En Woody Ellis zakte met een ongelovig en blij gezicht op zijn stoel neer.

Maar wat Gordon zich vooral zou herinneren, was zijn eigen reactie. Hij keek de zaal rond en merkte opeens dat hij een brok in zijn keel had en dat er tranen in zijn ogen stonden. In al zijn jaren bij NASA had nog nooit iemand Gordon Obie zien huilen. En dat zou nu ook niet gebeuren.

Ze juichten nog steeds toen hij opstond en ongemerkt de zaal verliet.

5 Maanden later

Panama City, Florida

Het piepen van scharnieren en de holle klank van metaal echode in de grote hangar toen de deur van de hogedrukkamer eindelijk openging. Jared Profitt zag eerst de twee marineartsen naar buiten komen en diep ademhalen. Ze hadden ruim een maand in die claustrofobische ruimte gezeten en leken een beetje overdonderd door hun plotseling herkregen vrijheid. Toen draaiden ze zich om en hielpen ze de andere twee de kamer uit.

Emma Watson en Jack McCallum stapten naar buiten en zagen Jared Profitt op zich afkomen.

'Welkom terug op aarde, dr. Watson,' zei hij. Hij stak haar zijn hand toe.

Ze aarzelde en gaf hem toen een hand. Ze was veel magerder dan op de foto's die hij van haar had gezien. Ongelooflijk tenger. Vier maanden had ze in het heelal in quarantaine gezeten, en daarna nog eens vijf weken in de hogedrukkamer. Dat had zijn tol geëist. Ze was sterk vermagerd en haar ogen leken enorm groot en glansden eigenaardig in haar bleke gezicht. Het nieuwe haar op de geschoren plek van haar schedel was zilver van kleur en vormde een scherp contrast met haar bruine krullen.

Profitt keek naar de twee marineartsen. 'Zou u ons even alleen willen laten?' Hij wachtte tot ze weg waren. Toen vroeg hij aan Emma: 'Voelt u zich goed?'

'Goed genoeg,' zei ze. 'Ze zeggen dat ik vrij van ziekte ben.'

'Voor zover we kunnen nagaan,' verbeterde hij haar. Dat was een belangrijk onderscheid. Hoewel was bewezen dat het Rana-virus bij proefdieren werkte en chimaera vernietigde, konden ze wat Emma betrof geen definitieve prognose op langere termijn geven. Het enige wat ze met zekerheid konden zeggen, was dat haar lichaam momenteel geen chimaera bevatte. Vanaf het moment dat ze aan boord van de *Endeavour* was geland, was ze onderworpen aan eindeloze bloed- en röntgenonderzoeken en biopsies. Hoewel die allemaal negatief waren, had het USAMRIID erop gestaan dat ze in de hogedrukkamer bleef tot alle onderzoeken waren afgerond.

Ook nu was ze er nog niet van af. Haar hele leven lang zou ze een studie-object blijven.

Profitt keek Jack aan en zag vijandigheid in zijn ogen. Jack had geen woord gezegd, maar zijn arm beschermend om Emma's middel geslagen, waarmee hij duidelijk zei: je krijgt haar niet bij me vandaan.

'Dr. McCallum, ik hoop dat u begrijpt dat er een goede reden was voor iedere beslissing die ik heb genomen.'

'Ik weet wat de redenen waren, maar dat wil nog niet zeggen dat ik het eens ben met uw beslissingen.'

'Dan hebben we in ieder geval iets gemeen: wederzijds begrip.' Hij stak McCallum niet zijn hand toe; hij voelde wel aan dat Jack zou weigeren die aan te pakken. Dus zei hij alleen: 'Er staan buiten nogal wat mensen op u te wachten. Ik zal u niet langer bij uw vrienden vandaan houden.' Hij draaide zich om en wilde weglopen.

'Wacht even,' zei Jack. 'Wat gaat er nu gebeuren?'

'U bent vrij om te gaan. Zolang u maar regelmatig terugkomt voor onderzoek.'

'Nee, ik bedoel, wat gaat er gebeuren met degenen die hiervoor verantwoordelijk zijn? Degenen die chimaera het heelal in hebben gestuurd?'

'Die zullen niet langer de besluiten nemen.'

'Is dat alles?' Jack verhief kwaad zijn stem. 'Krijgen ze niet eens straf? Hoeven ze niet eens voor de gevolgen op te draaien?'

'De zaak zal op de gebruikelijke manier afgehandeld worden. Zoals dat bij alle overheidsinstanties gebeurt, inclusief NASA. Een discrete afvloeiing naar de zijlijn met aansluitend ontslag. Er kan geen onderzoek ingesteld worden en er mag niets bekendgemaakt worden. Chimaera is te gevaarlijk om de rest van de wereld van het bestaan ervan op de hoogte te brengen.'

'Maar er zijn mensen gestorven.'

'Daar zullen we het Marburg-virus de schuld van geven. Per ongeluk naar het ISS gebracht door een besmette aap.'

'Iemand moet de verantwoordelijkheid dragen.'

'Voor een ongelukkige beslissing?' Profitt schudde zijn hoofd. Hij draaide zich om naar de hangardeur, die een streepje zonlicht doorliet. 'Het gaat niet om een misdaad die bestraft kan worden. Het gaat om mensen die fouten hebben gemaakt. Mensen die niet ten volle beseften waar ze mee te maken hadden. Ik weet dat het voor u frustrerend is. Ik begrijp best dat u er iemand de schuld van wilt geven. Maar in dit toneelstuk komen geen echte schurken voor, dr. McCallum. Alleen... helden.' Hij draaide zich om en keek Jack in de ogen.

De twee mannen keken elkaar een ogenblik aan. Profitt zag geen warmte, geen vertrouwen in Jacks blik. Maar wel respect.

'Uw vrienden staan op u te wachten,' zei Profitt.

Jack knikte. Hij en Emma liepen naar de hangardeur. Toen ze naar buiten stapten, viel het zonlicht naar binnen en zag Jared Profitt, zijn ogen half toegeknepen tegen het felle licht, Jack en Emma alleen in silhouet, zijn arm rond haar schouder, haar profiel naar het zijne gekeerd. Onder luid gejuich liepen ze naar buiten, waar ze werden opgeslokt door het verblindende licht van de zonnige dag.

De Zee

28

Een vallende ster scheerde door de hemel en spatte uiteen tot flonkerende flinters. Emma's adem stokte van verrukking. Ze snoof de geur van de wind in Galveston Bay op. Alles aan het thuiszijn kwam haar nog steeds als nieuw en vreemd voor. De ononderbroken hemelkoepel. Het deinen van het dek van de zeilboot onder haar rug. Het geluid van het water dat tegen de romp van de *Sanneke* klotste. Ze had al die eenvoudige, aardse dingen zo lang moeten ontberen, dat een briesje op haar gezicht al iets was om intens van te genieten. Tijdens de quarantainemaanden in het ruimtestation had ze vaak naar de aarde gekeken en grote heimwee gevoeld naar de geur van gras, de smaak van zilte lucht, de warmte van de grond onder haar blote voeten. Ze had gedacht: wanneer ik weer thuis ben, *als* ik ooit nog thuiskom, ga ik nooit meer weg.

Nu was ze thuis en genoot ze van alles wat er op de aarde te zien en te ruiken viel, maar toch bleef ze verlangend naar de sterren kijken.

'Wens je wel eens dat je nog een keer kon gaan?' Jack vroeg het zo zachtjes, dat zijn woorden bijna verloren gingen in de wind. Hij lag naast haar op het dek van de *Sanneke*, haar hand in de zijne, zijn ogen net als de hare gericht op de nachtelijke hemel. 'Denk je wel eens "als ze me nog een kans zouden geven, zou ik gaan"?'

'Iedere dag,' zei ze zachtjes terug. 'Gek, hè? Toen we daarginds zaten, hadden we het alleen maar over thuis. En nu we terug zijn, willen we weer de lucht in.' Ze streek met haar vingers over haar schedel, over het nieuwe, nog korte haar dat opvallend zilverwit van kleur was. Ze voelde het hobbelige litteken op de plek waar Jacks scalpel in huid en vliezen had gesneden. Het was een blijvende herinnering aan wat ze in het ruimtestation had overleefd. Een eeuwig aandenken aan alle verschrikkingen, geëtst in haar vlees. Maar wanneer ze naar de hemel keek, voelde ze het oude verlangen naar het heelal toch weer opkomen.

'Ik denk dat ik altijd zal blijven hopen op een nieuwe kans,' zei ze. 'Net zoals zeevaarders altijd terug willen naar zee, ook al was hun laatste reis nog zo zwaar. Ook al hebben ze met nog zo veel vuur de grond gekust toen ze weer veilig aan land waren. Na verloop van tijd gaan ze weer naar de zee verlangen en willen ze terug.'

Maar zij zou nooit meer het heelal ingaan. Ze was als een zeevaarder die op het land gevangenzat, met de zee rondom, lokkend maar verboden. Vanwege chimaera was het heelal voor haar verboden terrein geworden.

Hoewel de artsen van het JSC en USAMRIID geen tekenen van de besmetting meer hadden kunnen ontdekken in haar lichaam, konden ze er niet zeker van zijn dat chimaera met wortel en al was uitgeroeid. Het kon latent zijn, een onschuldige onderhuurder van haar lichaam. Niemand van NASA durfde te voorspellen wat er kon gebeuren als ze naar de ruimte zou terugkeren.

Dus zou ze nooit terugkeren. Ze was een spookastronaute geworden, nog steeds lid van het korps, maar zonder hoop dat ze ooit nog voor een missie gekozen zou worden. Anderen moesten de droom nu waarmaken. Er zat alweer een nieuwe bemanning aan boord van het ISS om de reparatiewerkzaamheden en de biologische schoonmaak, waar Jack en zij mee begonnen waren, te voltooien. Volgende maand werden de laatste nieuwe onderdelen voor de beschadigde spanten en zonnepanelen aan boord van de *Columbia* naar het ruimtestation gebracht. Het ISS zou niet sterven. Te veel levens waren verloren gegaan om de droom van een station in de ruimte waar te maken; als ze het nu in de steek zouden laten, zouden al die opofferingen voor niets zijn geweest.

Weer zagen ze een vallende ster, langsschietend als een nog heel even opgloeiend kooltje. Ze wachtten, hoopten, op nog meer. Sommige mensen zagen er een voorteken in of een engel die uit de hemel neerdaalde, anderen beschouwden het als een gelegenheid om een wens te doen. Emma zag alleen wat het was: kosmisch puin, reizigers in de koude, donkere verten van het heelal. Maar de wetenschap dat het alleen maar brokken steen en ijs waren, maakte ze niet minder wonderbaarlijk.

Ze boog haar hoofd achterover om de hemel af te speuren, maar op hetzelfde moment werd de *Sanneke* door een golf opgeheven en kreeg ze het verwarrende gevoel dat de sterren op haar afkwamen, dat ze door het heelal en de tijd werd geslingerd. Ze deed haar ogen dicht. Zonder enige waarschuwing begon haar hart hevig te bonken en werd ze gegrepen door een onverklaarbare angst. Ze voelde de ijzige kus van zweet op haar gezicht.

Jack kneep in haar trillende hand. 'Wat is er? Heb je het koud?'

'Nee. Nee, niet koud...' Ze slikte moeizaam. 'Ik moest opeens aan iets afgrijselijks denken.'

'Wat dan?'

'Als USAMRIID gelijk heeft – als chimaera in een asteroïde op de aarde terecht is gekomen – dan is dat het bewijs dat er elders ook leven bestaat.'

'Ja, dat is zo.'

'Stel dat het intelligent leven is?'

'Chimaera is te klein, te primitief. Het is niet intelligent.'

'Maar degenen die het gestuurd hebben, zijn dat misschien wel,' fluisterde ze.

Jack lag opeens erg stil. 'Een kolonisator,' zei hij zachtjes.

'Als zaden die door de wind worden verspreid. Waar chimaera ook landt, op welke planeet in welk zonnestelsel dat ook mag zijn, het zal de plaatselijke bevolking infiltreren. Het DNA ervan in zijn eigen genoom opnemen. Het zal niet miljoenen jaren aan evolutie nodig hebben om zich aan zijn nieuwe onderkomen aan te passen. Het kan al het genetische gereedschap dat nodig is om te overleven, overnemen van de levensvorm die zich daar al bevindt.'

En wanneer het eenmaal was ingeburgerd, wanneer het op de nieuwe planeet de dominante levensvorm was geworden, wat dan? Wat was de volgende stap? Ze wist het niet. Het antwoord, dacht ze, moest liggen in de delen van chimaera's genoom die nog niet waren geïdentificeerd. De DNA-reeks waarvan de functie een mysterie bleef.

Weer vloog een meteoor langs de hemel, als om hen eraan te herinneren dat het heelal voortdurend aan verandering onderhevig is. Dat de aarde slechts één van de eenzame reizigers in het oneindige heelal is.

'We moeten zorgen dat we erop voorbereid zijn,' zei ze. 'Voordat een volgende chimaera landt.'

Jack ging zitten en keek op zijn horloge. 'Het begint fris te worden,' zei hij. 'Laten we naar huis gaan. Gordon zal uit zijn vel springen als we morgen niet op de persconferentie verschijnen.'

'Ik heb hem nog nooit uit zijn vel zien springen.'

'Je kent hem niet zo goed als ik.' Jack trok aan de grootval. Het grootzeil rees in de mast, fladderend in de wind. 'Hij is een beetje verliefd op je, weet je dat?'

'Gordie?' Ze lachte. 'Dat kan ik me nauwelijks voorstellen.'

'En weet je wat ík me niet kan voorstellen?' zei hij zachtjes, haar dicht naar zich toe trekkend. 'Dat niet iedere man verliefd op je is.'

Opeens stak de wind op en kwam het zeil bol te staan. De *Sanneke* schoot vooruit, het water van Galveston Bay doorklievend.

'Overstag,' waarschuwde Jack. Hij liet het schip door de wind gaan, met de boeg naar het westen. Niet meer navigerend op de sterren, maar geleid door de lichtjes op de kust.

De lichtjes van thuis.

Verklarende woordenlijst

NASA wordt ook wel het 'Nationale Acroniemen Slingerende Agentschap' genoemd, en met reden. Gesprekken tussen NASA-employés zitten vaak zo vol acroniemen, dat de leek zou gaan denken dat hij een vreemde taal hoort. Dit zijn de verklaringen van de acroniemen en afkortingen die in dit boek zijn gebruikt:

AFB: Air Force Base – luchtmachtbasis

ALSP: Advance Life Support Pack – medisch pakket met apparatuur voor patiënt met hartproblemen

APU: Auxiliary Power Unit – hulpcircuit

ASCR: Assured Safe Crew Return – Verzekerde Veilige Terugkeer van Bemanning; een softwareprogramma aan boord van een ruimtestation om in noodgevallen afkoppeling en vertrek van evacuatieruimteschip te bewerkstelligen.

ATO: Abort to Orbit – afbreken (van een lancering) in het heelal; een afbrekingsprocedure waarbij het ruimteschip korte tijd in de ruimte verkeert voordat het terugkeert naar de aarde

CAPCOM: Capsule Communicator – (idem)

CCPK: Crew Contaminant Protection Kit – anti-besmettingstas

CCTV: Closed Circuit Television – gesloten televisiecircuit

CRV: Crew Return Vehicle – de reddingsboot voor de bemanning van het ruimtestation

C/W: Caution and Warning – Voorzichtigheid en Waarschuwing; computerprogramma aan boord van het ruimtestation

CRT: Cathode Ray Tube – elektronenstraalbuis

DAP: Digital Autopilot – Digitale Automatische Piloot

ECG: Elektrocardiogram

ECLSS: Environmental Control and Life Support System – Leefklimaatcontrole- en Levensvatbaarheidssysteem

ECS: Environmental Control System – leefklimaatcontrolesysteem
EKV: Exoatmospheric Kill Vehicle – raketten die zijn ontworpen om voorwerpen te vernietigen voordat ze de dampkring inkomen
EMU: Extravehicular Mobility Unit – een ruimtepak (Amerikaans)
EPS: Electrical Power System – elektrisch stroomcircuit
ESA: European Space Agency – Europese Ruimte Agentschap
EVA: Extravehicular Activity – een ruimtewandeling
Falcon: vluchtcontroller belast met het in de gaten houden van de stroomtoevoer en zonnepanelen van het ISS
FAA: Federal Aviation Agency – Federale Luchtvaartdienst
FCR: Flight Control Room – controlekamer
FDO: Flight Dynamics Officer – vluchtdynamiekingenieur
FGB: (Russisch) Functional Cargo Block; een van de modules van het ruimtestation. Ook genoemd: Zarya.
FLIGHT: Flight Director – vluchtleider
GC: Ground control – (idem)
GDO of GUIDO: Guidance Officer – begeleidingstechnicus
GNC: Guidance, Navigation and Control – Richting, Navigatie en Controle
GOES: Geostationary Operational Environmental Satellite; een weersatelliet
GPC: General Purpose Computer – Computer voor Algemene Doeleinden
HAB: (Amerikaans) Habitation Module – woonmodule
HCG: Human Chorionic Gonadotrophin – menselijk choriogonadotrofine; een zwangerschapshormoon
HEPA filter: High Efficiency Particulate Air filter – hoog efficiënte stofdeeltjesfilter.
ISS: International Space Station – internationaal ruimtestation
IVA: Intravehicular Activity; een ruimtewandeling binnen een ruimteschip of module waar de luchtdruk is weggevallen
JSC: Johnson Space Center – het ruimtevaartcentrum in Houston
KSC: Kennedy Space Center – het ruimtevaartcentrum op Cape Canaveral
Ku-band: communicatiesysteem op Ku-band
LCC: Launch Control Center – controlecentrum voor de lancering
LEO: Low Earth Orbit; omloop op een paar honderd mijl van de aarde
LES: Launch and Escape Suit – de feloranje pakken die astronauten dragen tijdens de lancering en bij terugkeer naar de aarde
MMACS: Maintenance, Mechanical Arm and Crew Systems Engi-

neer – ingenieur belast met onderhoud, mechanische onderdelen en bemanningssystemen

MOD: Mission Operations Director – Hoofd van de Afd. Ruimtevluchten

NASA: National Aeronautics and Space Administration – het Amerikaanse Nationale Ruimtevaartagentschap

NASDA: het Japanse Ruimtevaartagentschap

NOAA: National Oceanic and Atmospheric Administration – het (Amerikaanse) Nationale Oceaan- en Luchtruimagentschap

NORAD: North American Air Defense Command – Noord-Amerikaanse luchtverdedigingscommando

NSTS: National Space Transportation System – Nationale Ruimtetransportsysteem

ODIN: Vluchtcontroller belast met toezicht op de datanetwerken en computers die zich aan boord van het ISS bevinden

ODS: Orbital Docking System – ruimtekoppelingssysteem

OSO: Vluchtcontroller belast met toezicht op de mechanische toestand van het ISS

PFC: Private Family Conference – vertrouwelijk familiegesprek

PI: Principal Investigator – wetenschapper die op aarde verantwoordelijk is voor een in het ISS uit te voeren experiment

PMC: Private Medical Conference – vertrouwelijk medisch gesprek

Psi: Pounds per square inch – pond per vierkante inch (luchtdruk)

PVM: Photovoltaic Module – fotovoltaïsche module

RCS: Reaction Control System – een van de motoren van de spaceshuttle die in het heelal wordt gebruikt om correcties aan te brengen in de omloopbaan van het ruimteschip

RLV: Reusable Launch Vehicle – meermalig te gebruiken ruimteschip

RPOP: Rendezvous and Proximity Operations Program – software programma voor rendez-vous en nadering (tussen twee ruimteschepen)

RTLS: Return to Launch Site – afbreking van de lancering waarbij de spaceshuttle eerst moet doorvliegen om brandstof te dumpen en dan keren voor een landing op of in de buurt van het lanceringsterrein

SAFER: Simplified Aid for Eva Rescue – een jetpack dat een astronaut tijdens een ruimtewandeling in staat stelt zichzelf via stuwkracht in veiligheid te brengen in het geval dat zijn 'navelstreng' heeft losgelaten

SRB: Solid Rocket Boosters – stuwraketten

SURGEON: De roepnaam voor de dienstdoende ruimtevaartarts in de controlekamer

STS: Shuttle Transportation System – transportschema van de spaceshuttles

SVOR: Special Vehicle Operations Room – de controlekamer voor het internationale ruimtestation

TAL: TransAtlantic Landing – een afbrekingsmethode waarbij de spaceshuttle aan de overkant van de Atlantische Oceaan landt (in Europa of Afrika)

TACAN: Tactical Air Navigation – tactisch luchtnavigatiesysteem

TAEM: Terminal Area Energy Management – computersysteem voor eind van de landingsprocedure van de spaceshuttle

TOPO: Vluchtcontroller voor de trajectcontrole van het ISS

UHF: Ultra High Frequency – idem

USA (United Space Alliance): een privé-maatschappij, aangetrokken om bepaalde aspecten van NASA's werkzaamheden te onderhouden en uit te voeren

USAMRIID: United States Army Medical Research Institute of Infectious Diseases – het medische researchinstituut voor besmettelijke ziekten van het Amerikaanse leger

U.S. Space Command: Onderdeel van het Verenigde Commando van het ministerie van Defensie; USSPACECOM houdt door de mens gefabriceerde voorwerpen die in een omloopbaan om de aarde draaien, in de gaten en steunt zowel militaire als burgerlijke operaties die met het heelal te maken hebben

Zij weet wat er werkelijk is gebeurd…

In Bostons Chinatown wordt de hand van een vrouw gevonden. Op het dak van een gebouw ligt haar lijk met een bijna afgehakt hoofd. Er worden twee zilvergrijze haren op haar lichaam aangetroffen. Tijdens het onderzoek ontdekken rechercheur Jane Rizzoli en patholoog-anatoom Maura Isles dat er nog meer brute moorden zijn gepleegd. Negentien jaar eerder vonden tijdens een schietincident in een restaurant in Chinatown vijf mensen de dood. Slechts één persoon overleefde die slachtpartij: een mysterieuze vrouw en een meester in de Chinese vechtkunst die een groot geheim met zich meedraagt. Nu is ze het doelwit van een onzichtbare vijand die meedogenloos toeslaat…

'De boeken van Tess Gerritsen variëren van spannend tot zeer spannend.' *De Telegraaf*

'*Sneeuwval* blijft boeiend tot de laatste bladzijde.' Crimezone.nl ****

'Tess Gerritsen overtuigt met de van haar bekende mix van zorgvuldig opgebouwde spanning en oude vertrouwde personages.' *Algemeen Dagblad*

Tess Gerritsen – *Het stille meisje*
ISBN 978 90 443 3249 0

Lees ook het nieuwste boek van Tess Gerritsen

De levens van drie kinderen raken door extreem gruwelijke gebeurtenissen met elkaar verweven: eerst worden hun families vermoord, daarna hun pleeggezinnen. Ze blijven als enige overlevenden over.
De kinderen worden in veiligheid gebracht op de streng beveiligde kostschool Evensong, een internaat voor zwaar getraumatiseerde kinderen dat is opgericht door leden van de Mefisto Club. Maura Isles vertrouwt de gang van zaken op de school niet en wil dat de zestienjarige Julian 'Rat' Perkins, die ze kent van een eerdere zaak en ook op Evensong verblijft, een ander onderkomen zoekt.
Jane en Maura storten zich op het onderzoek naar de moorden op de families en zetten hun eigen levens op het spel om de kinderen te beschermen. Kunnen ze het gevaar op tijd afwenden?

ISBN: 978 90 443 3690 0

www.tessgerritsen.com